望海潮
原创长篇系列

红海潮

钟而赞 著

海峡出版发行集团 | 海峡文艺出版社

图书在版编目(CIP)数据

红海潮/钟而赞著. — 福州：海峡文艺出版社，
2024.8
("望海潮"原创长篇系列)
ISBN 978-7-5550-3790-3

Ⅰ.I247.5

中国国家版本馆CIP数据核字第20248V2J48号

红海潮

钟而赞　著	
出 版 人	林　滨
责任编辑	林可莘
出版发行	海峡文艺出版社
经　　销	福建新华发行(集团)有限责任公司
社　　址	福州市东水路76号14层
发 行 部	0591-87536797
印　　刷	上海盛通时代印刷有限公司
厂　　址	上海市金山工业区广业路568号
开　　本	720毫米×1010毫米　1/16
字　　数	290千字
印　　张	18.75
版　　次	2024年8月第1版
印　　次	2024年8月第1次印刷
书　　号	ISBN 978-7-5550-3790-3
定　　价	68.00元

如发现印装质量问题，请寄承印厂调换

目 录

楔子	1
第一章	11
第二章	27
第三章	42
第四章	52
第五章	64
第六章	75
第七章	89
第八章	100
第九章	112
第十章	123
第十一章	132
第十二章	144
第十三章	159
第十四章	168
第十五章	174
第十六章	182
第十七章	194
第十八章	205
第十九章	216
第二十章	226
第二十一章	233
第二十二章	242
第二十三章	252
第二十四章	266
第二十五章	276
第二十六章	283
尾声	294

楔　　子

　　现在，就让我带着你分别从海路和陆路走进我的家乡河洋。是的，我是畲族人，好客已经成为我们这个民族固有的秉性。我们乐意把每一个善意的来访者当作最尊贵的客人，送上最好的食品、最美的彩带和最动听的歌谣。我必须事先声明，在河洋这片肥沃宽广的海垦平原上，并非只生活着我的族人，在洋的左右两侧的洋高和洋左，都是比我的族人聚居的洋里要大得多的村子，就算处于洋的最南端、拐过一个山脚就是海的洋口，也有七八十户人家，比起洋里要多上十来户。在米洋镇的镇域版图上，河洋的面积又要大得多了，它还包括围拢着河洋平原的葱葱郁郁的山区和散落在山坳林间的那些村落。我至今都没弄清楚重峦叠嶂里隐藏着多少个村子，哪些属于河洋，属于福宁县，属于闽东的其他县市，又有哪些归于邻省浙江泰顺县或平南县的地界。我只知道我们洋里背靠的广阔山区有一个统一的名称，叫北山里。北山里有一条大山谷，叫双坡谷，谷的东西两坡分属浙江和福建，两个村子夹谷而居，东面的叫东坡吴厝，归浙江省平南县石浦镇管辖，西面的叫西坡李厝，在米洋镇河洋村的版图之内。但人们习惯于把河洋的地域范围限定为河洋平原四周的四个村子，即使是米洋镇上的居民，甚至镇里的领导，他们在说到河洋时，脑子里第一时间出现的版图估计也不包含北山里的那些村子。

　　有关河洋与北山里的关系，我知道的还有一条山溪。它从双坡谷一路盘山绕林向东游走，沿途又汇聚了众多小山溪，到达洋里后山的青牛岗时突然掉头向南，而后纵身一跃，跳下二十几米高的崖壁，形成一个大水潭，这就是青牛潭。潭水沿青牛涧跌宕而下，临近山脚，又飞下一段高三五米的崖壁，形成一个略呈半月形的阔大水潭。那其实是一个不小的湖了，但我们却都叫它大潭。晴天，旭日或夕阳的光辉洒在水面上，荡漾的水波闪动着鱼鳞般的金色光斑，它因此拥有了一个好听的名称，叫金水潭。而以它为中心的这一带，就被称作金水湾，潭中的那一座狭长的小屿，叫金水屿。金水潭是我童年时代的乐园之一，每年夏天，一般是正午时分，伙伴们躲过大人的耳目，偷偷溜进金水湾，争抢着跑到潭边，三下五除二就剥下沾满污渍的短裤背心，"扑通扑通"跳进水里嬉闹。我记得那时的金水屿上长满了油绿柔软的草，还有两棵不知是哪个年代栽下的桃树，繁密而细瘦的枝条上结起的稀稀疏疏的青桃子，才牛眼睛那么大，就全填进了我们的肚子。当时，我们实在想不出该用什么来形容桃子的大小，有人说，也就牛眼睛那么大吧，大家恍然大悟一般，附和着喊："对得很，就是牛眼睛，就那么大，就那么个样子。"我们当然想不到它日后真会被称作牛眼睛桃，并成了一种地方名优特产。对我们来说，除了享用青涩的果实，每年春天缀满桃树的粉色小花根本就引不起我们的兴趣。青牛涧两侧山坡上有的是形状各异、色彩斑斓的野花，不少花朵儿还能放在嘴里嚼，嚼出似甜非甜的汁液。那一碰就碎、又小又娇的桃花算得了什么？

看到这两树桃花，你就看到了临水宫。桃树、桃花和临水宫有什么关系呢？我是在后来才觉得三者之间应该有些关联，却又说不出所以然。而小时候的我是不会想到这问题的，我只知道每年正月十五，家家户户都要备下酒席，请远远近近的亲戚来做客喝酒。各家各户的大门是打开的，也不分谁是谁家的客人，只要你走进来，主人就一定会盛情招呼你坐下来，喝几轮酒。酒席就成天摆在那儿，主人也候在家里随时准备招待客人。只有傍晚时分不行。傍晚，村里人要一拨一拨地带着鞭炮和燃香、红烛到临水宫放炮、点烛、敬香。其实从正月十三就开始了，各家的客人也大多正月十三就来了。但前两天在各自的亲戚家，不串门喝酒吃饭，只有正月十五这天，不论中午、下午还是晚上，也不分熟悉陌生，只要够酒量，或者不怕醉，你可以把全村六十来户的酒都喝个一轮两轮。那是一年中最热闹的几天，比大年夜还要热闹上几倍，人多呢，而且据说还要盘歌呢。白天夜里，三五成群地捉对盘山歌。一方挑起歌头另一方就必定有人应战，双方你来我往互不相让，直到哪一方再也想不出应对的句子，才算决出了输赢，却又从哪儿响起一道男声女声，接替失败者，于是又掀起新一轮较量。这样的场面我听奶奶说过，并没亲眼见到，不过直到今天，元宵节这一天各家各户办酒请客、到临水宫放炮敬香是不能免的。

正月十五的临水宫和奶娘菩萨，只属于洋里村。而五月十六的临水宫和奶娘菩萨是河洋四村共有的，四村要选出头人，各家各户集钱，筹办一场声势浩大的祈福活动。在我们那儿，这样的活动叫"做福"。喝福酒、看福戏、抬菩萨，是福事活动的三大项。把临水宫里里外外打扫干净，将经过一个雨季而泥泞不堪的小路重新垫上石子、铺上白沙土，福头们聚在宫前放炮敬香拜菩萨，替四村村邻祈求菩萨赐福，佑护一年四季风调雨顺六畜平安。临近正午，在露天的宽大院埕里摆上酒席，四村四五百户人家，每户派一个人喝福酒，就是四五十桌的酒席，一个个大喝大嚼又说又笑，场面喧闹热烈，每一个人都满脸油光发亮。倘若某些年头遇上特殊情况，比如前一年刮了大台风造成大灾，或是发生了猪瘟病鸡瘟病，福事就要办得更讲究。不但要喝福酒，还要请戏班唱戏，要抬着奶娘菩萨巡境。一支数十人甚至百来人的队伍，一路敲锣打鼓唢呐龙角加上鞭炮阵阵彩旗猎猎香火弥漫，簇拥着菩萨巡察四村，各家各户争抢着到菩萨的轿子前敬香放炮。最后把菩萨送到戏场，敬奉在正对戏台的高处一个事先搭好的神位里，接着一连串鞭炮爆响，伴随着几阵锣鼓，戏开演了。

　　从水潭的右岸到金水屿，再从金水屿到左岸，走的是碇步，各有十来齿，被凿成长方形的青石紧紧铆在溪床上，并肩排成一列。有谁在作文里把它们比作一队士兵，英勇坚定迎水而立，特受老师表扬，说这比喻好，特别形象。水流被碇步阻挡了一下，便显得有些湍急，那些爱冲浪的小鱼一群一群调皮地迎着急流跳跃。它们全身银灰色，因为太小，引不起我们去捕捉的兴趣，但它们冲浪的样子那么可爱，上学放学的路上，我们常常会在碇步上蹲下来，欣赏着它们的勇敢和调皮，弯下腰伸出双手想把它们捧在手心。手指才沾着水面，它们就机灵地散开了。

　　临水宫不大，单间单层的一座建筑，青石砌的墙基，黄土夯实的墙体，内外墙面都涂上赭红色。那时，外墙面的红漆剥落得厉害，甚至有好多大大小小的洞，因此我们才知道那是黄土夯的墙。屋顶用的瓦片和我们居住的房屋没什么不同，就是那种很普通的黑瓦，不同的是屋檐和屋脊，屋檐的四角翘起来，整座房屋就有了想飞翔起来的感觉，也让观看的人有了想飞翔起来的愿望。两扇门十分笨重，也不知道是哪种木材做的，特别沉，像我们这些小孩子两只手各推开一扇是做不到的。宫里正对着门的香案上坐北朝南供着一尊女神像，即使在那大破牛鬼蛇神的年代，也有人偷偷地来到宫里，把宫内打扫一番，用青竹枝轻柔地拂拭去沾在神像头脸身上的灰尘，当然不忘再燃一炷香，三叩九拜后将香虔诚地供在香炉里。所以宫里的那尊女神像总是眉目清朗，慈祥而神圣。那女神，河洋四村的人都叫奶娘妈，或者叫奶娘菩萨，据说有求必应非常灵验，特别是求子嗣，一求一个准，要男就男要女就女。我长大后读到女神陈靖姑的神话，才知道这奶娘菩萨，她的俗名是陈靖姑，在福建浙江一带信众广泛，被民间视为妇女儿童的保护神。

还是说金水潭。潭水先是激烈冲荡了一番，飞花溅玉，白波翻滚，而后大概是体力耗得差不多了，不得不平缓下来。又从左从右各分出一股细流，左边一股绕行洋里村前经洋高至洋口，右边一股斜斜地流过一片菜园，穿过洋左，折转向南到达洋口。人们对于事物的命名总是很随意，这两条小溪，就叫作左小溪、右小溪。就如四村的名称，一个在东面的山脚下，按前后左右的方位，就是左边，所以叫洋左；另一个落在西边山脚，不叫洋右却叫洋高，据说是因为村里只有一个大姓——高姓。至于洋里和洋口，一个在平原的北端被三山夹着，另一个在海堤一端，再出去就是海了。左右小溪分走的只是一小部分的水，更多潭水不肯改变行进方向，环绕过金水屿，沿一条宽四五米的河道径直向南流淌，在接近洋口的地方与左右两条小溪汇合一处，穿过河洋海堤闸门入海。这才是最重要的一道水，我们都叫它大溪，它不声不响地滋润着整个河洋平原，一年两度把青青的秧苗滋养成黄灿灿的水稻，才有了河洋人的生生不息，烟火绵延。它也有疲惫不堪、衰弱得奄奄一息的时候，或者怒气冲天、汹潮激荡的时候，河洋四村人一定非常紧张，他们相信一定是自己做错了事，惹恼了上天和神灵，引来灾难和警示。隔年五月十六的福事办得一定特别盛大、隆重，不但要办一场酒席，还要请临水宫里的奶娘菩萨坐着轿子彩旗飘飘地各村巡察一圈，接受各家各户敬香烛、上红包，也一定要请一家戏班子，在洋高的高家大厝或洋左的王家大门头的场院里搭台唱戏，请奶娘菩萨和四村人一起看戏。

话说绕了，回头说去河洋的路怎么走。从县城到米洋镇，过去是一条盘绕过几座险峻山峦的省道。从中学到大学，我每次回家，乘坐时速三四十公里的短途客运汽车咣啷咣啷地走了近两个小时,才总算到了镇上。现在近多了,当然不是县城或是米洋集镇搬了地址,而是因为有了高速公路。车从县城沿着一条与内河平行的河滨公路行驶了一段后,拐个弯穿过两长一短三条隧道,一下子蹿到了米洋镇。路短了,车轮又跑得快,从县城到米洋,四十分钟就搞定。从米洋镇上到河洋村,过去是一条坑坑洼洼的乡村公路,到了梅花岙口就断了,然后是两侧两条沿着山脚七拐八拐的泥水小路,一条到洋左再伸向洋里,一条伸到洋口。去洋高,则直接跨过横在河洋平原正中的那条塘沽就到了。那一条坑坑洼洼的乡村公路,前几年借高速公路建设的机会,拓宽了路面,改造成宽阔平坦的水泥公路,直达洋口埠头。在河洋四村中,比起百来户的洋左、洋高,洋口不算什么,但因为公路直通村子,前些年下海挣钱的人多,便热闹了起来,洋口人也牛气了起来,还打算把河洋村部迁到洋口。当然,洋高和洋左是不肯的,镇上也觉得不合适,所以闹了一阵,也就没了后文。

这是陆路,从海路走,有两个方向。从县城方向出发,沿着刚才说到的河滨公路一路走到头,就到了岐角码头。岐角码头早在几百年前就很有名了,在规划图上它的名字叫岐角港,据说早在清末就被西方列强看中,要在这儿打造一个通商口岸,后来终于没建成,原因不甚了了。它的位置恰好在闽浙两省海岸线的交界点上,而且有一片广阔绵长的内港,是南来北往大大小小各类船只的中转站和补给站,也是旅途中的逍遥港和台风季节的避难所。一个港口带出了一片繁荣,很多人到我们的县城,第一感受一定是,这儿吃的玩的花样特别多,东西特别贵,市民特别追时尚好享乐。船来了,是从县城开往邻省石浦镇的班船,每天来往一趟,上午八点出发,下午四点到达;另一艘从石浦镇出发,对开,起始时间一致。大约行驶了一个小时二十分,到了洋口埠头,中停十来分钟。想快点,本来可以坐快艇,半个小时就到了,钱要贵一些;但米洋镇通高速公路后,坐车比坐班船便宜,比坐快艇更便宜,生意做亏了,开快艇的只能改行。就算班船,乘客也是越来越少。原先从县城到石浦镇之间只在河洋洋口中停,现在沿岸稍大一些的村子也要靠一靠,想多带几个客人,时间却也耽误得更厉害,人们便更不爱坐了。

你已经来到河洋,这就是我的家乡。它有一片广阔的良田,让我们的先人和我们、我们的子孙得以安身立命，也让一代一代的河洋人对上苍的眷顾和先人的福泽充满了感恩。在上中学之前的十多年中，我一直躺在它和暖的怀抱里。那时的我对它实在说不出有什么特别的感受，我甚至没弄清楚它应该是整个河洋，或者仅仅是窝在平原最北端山脚下的那个小村子——六十来户人家，有着和其他几个村不同的民族身份，有着属于自己的语言和歌谣。它叫洋里，不过是河洋的一部分，不太起眼的一部分。

只要看一眼这片绿了又黄黄了又绿的广阔稻田，你就相信，河洋是一个多么让人热爱的地方。有了这千亩洋，就永远不会饿死人。"祖先英明啊！"站在村口的合婚岩上，奶奶常常会没来由地发出这样一声感叹。我第一次似懂非懂地听到奶奶发出感叹，才六七岁，对于祖先这个词语没有太深的理解，最多就想到我的太爷。战争年代，河洋四村很多人成了烈士，然而四村人说起革命烈士，第一个一定是我的太爷，甚至只说到我的太爷，好像四村就只有他一个烈士。从小我就知道奶奶每隔一段时间，会上米洋镇里领一笔钱，每到过年，镇里村里的干部都要到我家坐坐，说几句问候的话，在墙上贴一张带日历的领袖画像。而我的爸爸，一个只读过两三年小学的农家孩子，之所以被安排到县里的农药厂工作，就因为他是太爷在族谱里的唯一孙子。小时候的我常常会在伙伴们面前多一份荣耀感，就是因为我有一个革命烈士的太爷，尽管那时我的脑海里完全没有太爷的概念，更不用说有什么印象了，因为早在我出生前三十五年，这个世界就没有了他，一个叫雷忠可的人。

太爷牺牲于1936年，那年他虚岁二十三。据此可以推算出他出生于1914年。历史书中，那是个城头变幻大王旗的时代，处处兵荒马乱、灾祸横行，处处是流离失所、饥病交加的难民。而躺在东海之滨这处内腹宽阔的港汊里的河洋依然延续着千百年来的平静安宁景象。正值农历六月，广袤的河洋一派金黄，清凉的海风一阵阵吹来，掀起层层稻浪，空气中弥漫着谷粒成熟的清香。人们已经在筹划开镰的日子，考虑着收割与抢插秋秧的人手安排。如果不是遭遇了一场台风，这个时节的河洋应该是欢喜的、热烈的、忙碌的。台风来得实在有些突然，前一天正午，天空还是湛蓝如洗，一碧千里，午后吹来几阵潮湿而凝重的暖风，也不知从哪儿就飘来大块大块的灰色云团，围追堵截着蓝汪汪的天空和明晃晃的阳光。"要刮台风了！"人们念了一句，一团阴影落进了心里。夜里，风变得急躁起来，一阵紧跟着一阵，越来越用力吹打着门窗、屋瓦、村前村后的树林。先是"沙沙啦啦"的一阵，间隔了一会儿，又是"沙沙啦啦"一阵，间隔的时间越来越短，"沙沙啦啦"的声响越来越重。这个夜晚很多人没睡踏实，"吱呀"一声，有谁起床，点亮煤油灯，探开窗户往外察看。

要刮台风了！人们在不安与焦虑中迎来第二天。灰蒙蒙的天空看起来就像一幅巨大的水墨布幔，稀释得不太均匀的墨汁在布幔上漫漶、流动，配合着一阵紧过一阵的风雨，似乎要将那丝丝缕缕、团团簇簇的黑色墨线、墨块向大地延伸，整个河洋承受着沉重的压力。成熟的水稻被风呼来唤去，无助而痛苦地摇头晃脑。竹枝树干纠缠碰撞的声音，屋顶的压瓦石滚落的声音、瓦片互相挤压的声音、门窗被风拉来扯去的声音，闹得人心惶惶。该收起的，该加上苫席压上石块的，该钉上铁钉压上木条的，都收拾好了，剩下的事，就是揪着心看着、等着、默默祈祷着。

风终于疯狂了起来，撕扯着一切被撞上被揪着的东西，把瓦片、石块抛起来，把扯断的树枝抛起来，把密密匝匝的水稻压下去，又揪起来，揉扯一阵又压下去。雨点像发狠的铁豆"噼里啪啦"地砸下来。不过一个时辰，路面变成了一道道小溪，小溪变成了一条条水龙，咆哮着冲向河洋。就在这风狂雨骤的台风之日，洋里雷族公的屋里传来女人撕心裂肺的凄惨叫声。族公在七八步长的过道里焦躁地来回走动，又在门前或窗前停下来，十分紧张地瞟着门窗的缝隙，充满了探询的渴望。接生婆在呼喝，边上帮忙的三五个女人在大声说笑，生产的女人在惨叫。终在吵吵闹闹中，爆发出婴儿清亮的哭声："哇——""生了生了，生了带柄儿的……"有女人抢着开门，向族公报喜。幸福像一根粗重木棒击中了族公，他的脑袋一阵晕眩，双腿一软，"扑通"地跪了下来，连磕三个头，嘴里念着对天地和祖宗的感恩，又急急忙忙爬起来，抬脚就要往月子房闯。一边的长年陈阿赔拉住他，说："东家，这月子房进不得，犯冲呢！"族公才醒悟过来了，催促着阿赔赶快让厨房煮蛋酒，然后转身奔进另一间屋子，打开床头的木柜，掏出装钱的小木箱，抓出一把又一把银圆。手里抓着银圆的雷族公终于回过神来，他得计较计较。该给接生的上善嫂多少呢？三块吧！用红纸包钱的时候，他犹豫了一下，又抓了两块银圆添进红纸包里。还包了一块的红包五个，这是为在月子房里帮忙的女人还有长年阿赔夫妇准备的。

这时便听到谁惊恐地大叫一声，片刻的沉寂过后，月子房里一下子慌乱起来，女人们大呼小叫，声音尖锐而吓人，有人已经哭出声。族公知道出事了，慌忙中不顾一切冲进月子房。一帮人手忙脚乱，边哭边叫，却只能眼睁睁地看着生产的女人一点一点地安静下去。

都是这台风闹的。

几天后，当台风劫掠了河洋心满意足地销声匿迹之后，火辣辣的太阳又回到蓝得发眩的天空。人们费了更大的精力收割倒伏浸泡在水中的、沾满泥巴的、谷子发了芽头的稻株，一边沮丧地计算着伤心的收成，一边就说到了族公阿婆难产的事。

这孩子命硬，得寄在乞丐人家养，要不铁定活不长。

那只有阿赔了。而且他女人刚生了个女孩，奶水也是不成问题的。

……

对太爷出生时场景，我的大脑里已经形成了定型画面。我第一次听村里的老人说到相关的一些情况时，这样的画面就已经形成了。那刮台风的景象，显然是我曾亲眼见过的某个台风或多个台风的综合体。1914年夏季的这场台风对于河洋来说不算是值得特别记住的灾事。县《水利志》倒是记载了，却只有一句话："1914年7月18日，大风暴雨，庐舍毁坏，粮田漂没，河洋受灾尤重，收成大减。"没死人就不算大灾，至于洋里族公的女人，我的太太婆，她死于难产，与台风无甚干系，顶多也就是受了风雨的惊吓吧。但是对于生下来就失去了母亲的太爷来说，这场台风却成为一个永远抹不去的胎记。人们说，这个人是带着风雨来的，他这一辈子大概是要掀起一些风雨的。有关这类说法，总让人觉得有迷信的嫌疑。迷信也罢，科学也罢，有些事本就叫人糊涂。比如说我的太太爷，我就一直有些奇怪，他怎么就只生养了太爷这么一个儿子呢？他可是洋里最殷实的人家，有水田二十多亩，山地一百来亩，光田租地租，一年能攒下不少的钱粮；家中还雇着一个长年打理家里家外田里地里的伙计。这样的家景，就是在河洋四村，也是排得了上上位的。而且，据说他前后娶了两房女人，也都狠着劲给他生儿生女，怎么就只有太爷这一棵独苗呢？老人会说，那就是一个人的命，一个人命里注定的东西，是改变不了的。太太爷也请算命先生算过，命里本是没有儿女的，所以儿女生一个夭一个。别人家的孩子摔下坎儿，爬起来拍拍屁股，一点事儿也没有，太太爷的孩子一摔下去，就再也爬不起来；别人家的孩子闹麻疹，出痘发热，捂几天，也就没事了，太太爷的孩子闹麻疹，捂了几天，把气息捂没了。又有还在肚子里的，说掉就掉了。太太爷的第一个女人，就是生产时没挺过来，孩子没保住，自己也撒手去了阴曹地府。第二个女人生产时还是没挺过来，不过总算把孩子留住了。太太爷怕呀，找算命先生，先生教了他一招，给孩子取个恶名吧，就叫短寿儿，以毒攻毒，幸喜能长寿。太太爷还是担心，又听了长辈的意见，要找个卑贱人家，把孩子寄养了，冲冲孩子与生俱来的霸气、娇气、贵气。放在谁家呢？当然是阿赔家了。洋里六十来户人家，集中了畲家雷蓝钟李吴五姓，其中雷是大姓，几户姓钟姓蓝，两户姓李，一户姓吴；就阿赔，姓陈，独一家汉姓人家。当时，洋里村来了两个蓬头垢面的青年男女，衣裳破烂得都遮不住身子。那男子大概是扛不住饿，摇摇晃晃就倒在村口，女人的哭声、狗的叫声把洋里村的大人小孩都引来看稀奇。人们喝住狗，七嘴八舌地问着猜着，便有老人说，快把人扶到院子里，谁去煮碗粥来，先把人给救醒了。族公走过来，问了些情况，思量了一会儿，对几位老人说，收留了吧，住呢，祠堂边的披厦清理清理，可以住人。这当然是件好事，而且大家也知道族公家需要个长年，阿赔夫妇便在洋里住下了。事后问起怎么就流落到河洋，阿赔羞愧地笑笑，说是家乡遭了大灾，逃难，一路打零工乞讨着走过来，就落在这儿了。问起家住哪儿，不说地名，只说很远，跨了好几个省。这阿赔不过二十五六的年纪，眉眼间透着机灵，做事利索，人们便猜疑他的来路，猜疑的结果便是有些闲言、有些不安。也就几个月的时间，人们便把这些闲言这些不安给扔掉了，阿赔两口子又勤快又实在，又肯帮助人，哪家有事，都爱搭一把手。阿赔女人叫水英，很快就和村里的女人混熟了，阿嫂阿婶地叫唤、亲热着，却又总顺着别人的意思，让人喜欢。来时就怀了身子，两三个月后，那肚子就挺了起来，转年生了个姑娘，取名叫翠云，一家子就算在洋里扎下根来。

我不能再这样没完没了地啰唆，毕竟我要讲述的是闹革命的太爷。

太爷的革命生涯确切的起始时间应该是民国二十年也就是1931年春二月。不过发生在民国十八年也就是1929年入秋后的一场强台风，我却不能不说。正是这场造成巨大灾难的台风和由此引发的重大变故，扭转了太爷的人生轨迹。

这一年，太爷十六岁。十六岁，标志着太爷是个成年人了。而就在族公为太爷办了十六岁成年酒后的两个月，一场可怕的台风劫掠了河洋。秋台风是很少见的，一旦刮起来，就一定不是小台风。它的风眼特别黑，黑得让人心里发抖。

台风是我们的熟客了，每年都要来串门一两趟甚至多趟。要是哪一年没刮台风，人们似乎还觉得有些不习惯。刮台风之前，云层的变化十分丰富，有经验的长辈往往根据云层堆积情况和色彩的变化，来判断台风的风力强弱、降雨多少、登陆时间和登陆地到河洋的距离。他们说，每一个台风都有一个风眼，那风眼越黑，风雨就越猛，灾害也就越大。

第 一 章

那是一个阳光炽烈的夏日，一场盛大的宴席在洋里雷家祖厝大院埕里铺排着。族公在桌间穿梭着向客人劝酒敬酒。今天是他的独生子雷忠可十六岁生日。河洋米洋一带，男孩长到十六岁，都要置办几桌宴席，请来族里三两位德高望重的长辈和孩子的舅父、姑父、姨父和代表舅父、姑父、姨父的表哥表弟们来喝一杯酒，这是纪念、庆贺孩子终于长大成人。洋里雷族公这孩子养大成人实在不易，所以没有人会怀疑，雷族公一定要大大操办这件事，办得盛大、体面、热闹。主桌设在祖厝大厅后间，单独一桌，上首是一个身材彪悍的四十来岁的男子，脸膛宽阔，却眉细眼小，又不太恰当地吊着一个大鼻子、安着一张阔大嘴巴，身上一套灰色制服，皱得厉害，又严重褪色，让人怀疑是捡了别人淘汰下来的旧物。他叫何五，县保安大队驻河洋分队分队长。何五自然不是他的本名，大概就是排行老五的意思，但大家叫顺了，也就不再关心他的大名。至于保安分队，四村乡邻嫌多一个字麻烦，当然也是为了讨好抬高何五，从来就省略了那个"分"字，叫保安队。保安队驻洋口，在洋口埠头边建了一个筒状的，下半截青石墙、上半截青砖墙的怪模怪样的楼，村邻们顺口就给取了名字，叫桶子楼。墙上开了很多小窗口，采光通风，兼作瞭望、射击之用。这就是保安队的碉堡。洋口是河洋和周围十里通往县城的最重要的水路码头，也是县城货物进入河洋进而向其他地方流转的道口，同时还是邻省平南县沿海一带各村镇与本县人员货物往来的一个中转站。保安队在这里设站驻兵，理由很充分，不过说是一个分队，其实也就是一个分队长加五个兵。雷族公举杯向何五敬酒时，何五正豁着大嘴用筷子去挖被塞住的牙缝，也没见怎么动静，一碗酒已经倒进胃里。酒碗放下时撞着一支筷子，筷子弹了起来，斜斜飞向左手位上的河洋巡洋社社长王天平。王天平伸手一抓，一边笑着说："何队长真厉害，喝一碗酒也藏着暗招。"其他人也笑起来，跟着说几句逗笑恭维的话。坐在何五右手位的年轻人不笑,也不插话,不怎么动筷子,看他神情,似乎有点厌恶,又有点寂寞,显得很不合群。年轻人二十二岁,脸上有一颗明显的黑痣,像一只苍蝇落在唇角,对那张俊朗的脸影响不大,倒是增强了人们对整张脸的印象。他是洋高大东家高大华的二少爷高宏宇,前些年被送到县城读书,他阿爸本是想托人给他在县衙里谋份公差,哪知事情一拖再拖。高宏宇等不住,河洋初级小学校董王天平上门一邀,他甚至没认真想一想阿爸和王天平之间的龌龊,就答应了,惹得大东家很是生气。有一段时间,父子俩不相往来,高宏宇就住在被改装为学堂的王家祠堂里。不过父子毕竟是父子,有什么疙瘩也不能长长久久地别扭着,高宏宇认了几回错,说了几番理,高大华的心锁也就打开了。洋里雷族公家办喜事,给高大华下了红帖子,又登门邀请过一回,高大华不能不去。他是个不愿上普通人家做客的人,尤其是去洋里畲家做客,恰好二儿子在家,便让他代替自己出席。

　　照理,高大华应该让大儿子高宏含作代表。这高宏含是个浪荡家伙,好赌,又爱拈花惹草,没少生事,让当老子的花钱费心思又丢面子,高大华甚至都不爱用正眼瞧他。高宏宇就不同了,这年轻人待人接物有礼有节有进有退,言谈举止得体,虽然才二十二岁,在河洋和周边一些村子里已留下了一些名声。很多人家——当然是家境不错的,穷人是不敢做这样的奢望的——都想把自家的女儿说给高家二少爷。对其中的几个,高大华还是挺满意的,但高宏宇总是表示谈婚事太早。而且,他的那位浪荡哥哥也还没成家呢。那高宏含倒是喜欢过好几个女孩子,家境不错的,对方不愿嫁,家境不好的,高家看不上,就一直没说上一房合适的媳妇。

　　比方说那一次,高大华去县城办事,却先后两拨人来家里找事。一拨是高大品和他的三个兄弟。这高大品与高大华是同个太爷传下来的,不知道是太爷偏心,分家时给儿子的财产多寡不均,还是高大品的爷爷一辈出了赌徒烟鬼花柳客,反正到了他爸这一辈已经是本家侄子高大华的田客,自家没几分田,只好向高大华租田耕种赖以养家糊口。

　　高大品四兄弟在高家大厝厅堂里又叫又骂,很快就有许多村邻围过来。叫骂些什么,骂的人故意含含糊糊,听的人却全明白啦:高宏含把高大品三弟的媳妇王菊英给睡了。

论辈分，高宏含得管这女人叫婶，管这女人的男人叫叔，这不是乱伦吗？

高大品三弟媳妇前年刚过门，是洋左王老满家的阿妹，有些骚，说是在父家做阿妹时就招惹过男人。和高宏含的事，也不是一次两次一天两天，也不是土里的萝卜不见天日。土里的萝卜到了时间也是要长出绿油油的茎叶，所以他们的事没有几个人不知道。

但高大品他们怎么就闹起来，又选了这么个时间？有知情人说，这高宏含当初沾上菊英时，高大品四兄弟没声张，他们逼着高宏含立下字据，他可以找菊英，但高大品四弟娶媳妇的开销要高宏含负担。高宏含一贯是遇到事不管三七二十一都先应承下来。问题是高大华不待见这个儿子，家里的钱财高宏含除了顺手摸一些，一般沾不到边。高大品明里暗里和高大华谈过，老家伙却装聋作哑不管不顾。没辙了，闹吧，闹一闹，或许能闹出些名堂来，没名堂至少也要泼他一盆脏污，便宜让你白占了，哪有这样的好事？

高宏宇却不知道这其中的奥秘，想去问问大厅里出了什么事，长年婶拉住他说："丑事呢，别去打听。""这事和我家有关系？"长年婶却不说。一再问，长年婶挡不住，就把事儿说了出来。高宏宇不急，想了想，吩咐长年婶叫来高大品，说："你觉得这事有趣呢，还是脸上有光？你觉得这样闹是丑了你家还是丑了我家还是丑了整村的高家人？高宏含就那样一个人，谁会把他的事和我阿爸扯在一起，会指着我家的长辈小辈说这说那？而别人会不会指着你们脊背说话，想必你想得到也听说过吧。"高大品没话说，就把当初和高宏含协议的字据拿出来，说："白纸黑字，上面有高宏含和我们的拇指印，你们不能不认账。"高宏宇不屑地瞥了一眼字据，说："谁都想得到，这字据一定是你们逼迫高宏含立下的，这逼迫的证据能说服谁？即使上衙门公堂也不见得有用。我的意思，今年给你们几家减收一成租，减收的部分就算是为四叔办婚事出点力。我算过，不弄大排场，也就差一小部分，你们家办事，自个儿不能不出点，让人笑话。"高大品愣了愣，欢喜的笑便堆满了脸，连声夸高宏宇，神情语气尽是讨好的意思。高宏宇挥了挥手："就这样办吧，阿品叔你去把那边的事理清楚了。"

事后高大华责怪高宏宇自作主张，不能丢了面子还贴钱。高宏宇却说：

平息要尽早，越传越久越远就可能变味，再说，他们四兄弟在村里也不是可以任人欺侮的角色，要是拼意气闹起来，两家都不好看，他们无所谓，我们就不划算了。还有，家里两百来亩田两百来亩山地，四分之一都由他们四兄弟租种，多用点心思多使些气力，多点收成就能把这点损失找回来，平时需要出力跑腿也是用得到的。这社会早晚会有大风浪，提前积些人情积些好名声，将来一定会有回报。高大华如醍醐灌顶，心胸豁然开朗，他是个矜持的人，却也忍不住表扬了儿子几句。那张脸平时就像一扇关严了的木窗门，现在这扇滞重阴沉的木窗门被打开，屋外明朗的阳光被放进来，照亮那些不轻易显现的木纹，那是高大华隐隐的笑容。

当天来找高大华的第二拨人，领头的是一个人称"马桌"的赌徒。马桌肯定不是实名，但大家都这么叫，马桌也没觉得有什么不好，也就没有谁愿意多事去打听他的真实姓名。在河洋人的地理概念中，有三个核心词：一个是河洋，指的就是千亩河洋和沿洋而居的四村；一个是山里，是指北山里；另一个是洋外，指河洋以外，却不包括北山里，指向有点不明晰。马桌家住洋外一个叫亭下的大村子，靠行赌谋生。每到一个村子，前一两天便有人传递了消息，于是这个晚上在村子里某一家或者是几家共有的厅堂，或是直接搬张桌子摆在村头村尾的宫庙里排开赌局，邻近一些村子沾了赌瘾的人便会聚到这个村子这张赌桌边。马桌总是坐庄，每次看来都带了很多钱，很大气地随人押注，有时输得精光，笑笑说明晚再来，甩甩手就走了，或是到村里某个相好的女人家快乐快乐，却绝不睡下歇夜，任凭刮风下雨结霜落雪，完了事就走。他与高大华能有什么交情？没有！就算马桌送上门，高大华也未必愿见他，哪能有什么交情呢？事情还是出在高宏含身上。这高宏含不是也好一手嘛，不知什么时候就欠下了马桌的钱。马桌说是去年底的事，总共是五百银圆。

马桌爱笑不笑地瞧着高宏宇，说："还是把你爸你哥叫出来吧，你个斯文学生，不知道这些事的。"高宏宇盯着马桌看，看得马桌心下发虚，把头扭到别处去。旁边一个小伙计用脚踢翻了一张椅子，随手拉起另一张椅子准备往院子里扔，便听到高宏宇结结实实地喝了一声："放下，这里是你们撒野的地方吗？高宏含欠了赌债，你找他要去，高家的钱财是老人挣下的，和高宏含，也和我高宏宇无关。什么时候分家另过，老人愿意给高宏含多少家产,你们再找他要去。老人挣的家业,是用来养一家子老的小的,不是用来给高宏含还赌债的。你爱借钱给高宏含,那是你的事,与高家无关。今天你要是在这儿闹出一丁点儿的事来,会有什么后果,你们想清楚了。"马桌依然爱笑不笑地看着高宏宇,一字一顿地说:"行,你把高宏含叫出来,我们找他要,不还钱也行,伤了他一只胳膊一条腿什么的,你们别说是谁的事哦。"高宏宇霍地站了起来,直视着马桌,厉声说:"高宏含不在。要是不怕进牢房,由你们怎么处置他。请你们出去,记住,高家的门不欢迎你们走进来。"

马桌终于没要到钱,狠话是说了,真要与高家结仇,真要卸下高宏含的一条胳膊一条腿,他还不敢。高大华回家听了马桌来找的事,心里更欢喜,对高宏宇说:"你说得对,做得对,这样的东西,就不能让着他们。"回头又把高宏含叫来,狠狠地骂了一顿,骂到气头上,捞起身边的椅子就要甩过去。高宏宇连忙拦住,说:"哥也是二十六七岁的大人了,让人记住这教训,改了坏习惯就行。""狗改得了吃屎的毛病吗?"高大华狠着声说。

河洋四村村邻说起高宏宇,就会说到这些故事。眼下在洋里雷族公的宴席上,便有人问起。问话的人是洋口陈家的头人陈绍荣,坐在王天平左手位,他本意是想夸夸高宏宇,何五却接了话头,暧昧地说:"高大品的三弟媳王菊英真好看,一样吹山风海风,怎么就没把她的脸给吹黑吹糙了?王天平王社长,听说还是你本家妹子是吧?当初在娘家做阿妹,你没啃过这窝边的肥草啊?"王天平的手在何五的肩膀重重拍了一下,说:"何队长喝多了,今儿不是还有件事要谈吗?我看这会儿该说了,要是等下都喝醉了,别说谈事,就是走路还得叫人扶着。"何五正要说,王天平却又抢先截住话,瞄了瞄坐在高宏宇右边的蓝延兴、陈绍元,眼角顺带着就把傍着雷族公坐着的陈阿赔给瞟了一眼,说:"还是另找个机会,大家也都有了些酒意,不是商量事的时机。"他的目光定在蓝延兴身上,猜疑地问:"蓝表哥是北山里的?听说北山里一带闹共产党闹得很凶,蓝表哥有没有干系?北山里的那些畲……"王天平自知失口,连忙打住,停了一瞬,又接着说,山里人好骗,种田种地不交税不交租负债不用还,盘古开天地以来,什么时候有过这样的好事?不收税不收租,过去北京城里的皇宫大院,现在南京城里的总统府,省里府里县里的衙门公堂,都喝西北风治国理政吗?再说了，要是没分个穷的富的贵的贱的，这社会不就乱了套？我个懒汉，成天游手好闲，没米下锅，去别人家锅里盛饭，没个女人，也可以去钻别人家的被窝，你肯？他肯？这么简单的道理，却也有人闹不明白，跟着那什么的共产党瞎起哄，你说这不是鬼迷心窍是什么？"

蓝延兴没急着应口，他应该是个能沉得住气的人。他穿一条黑色对襟无袖褂子，襟沿镶了蓝线绿线红线的花边，这是畲家男子通常的穿着。先前也就敬酒碰杯说些客套话，听桌上人说说笑笑，不插嘴，也不怎么喝酒吃菜，眼神带着笑意，很和善的样子。落座时族公介绍他，说是北山里来的亲戚，叫表哥。看他年龄，却要比族公小，而且至少要小十七八岁。王天平问过，雷族公解释说，畲家人的称呼，在一些人情来往的场合，一般把对方往大里叫，表示敬重。有这回事吗？王天平不清楚，他更关心的是北山里正在闹共产党，听说来过河洋，找一些大户人家筹过钱粮，河洋四村也有一些人私下里正在商量着要弄什么农友会。他这个巡洋社社长，就是要对付这些事，他当然要关心。

蓝延兴在洋里有亲戚，但不是雷族公。雷族公叫他表哥，是借了别人的称呼。族公和蓝延兴、陈绍元打过几次交道，知道他们是什么人，今天他们不请自来，让他吓了一跳，心里就像挂着一个秤砣，吊在那儿，秤钩一空，便要砸下来似的。

坐在蓝延兴下首的陈绍元沉不住气，脸色有些变化，好像憋着一泡尿。蓝延兴的一只手在桌底下握住陈绍元的一只手，带笑的眼却向着王天平，和气地说："王社长说笑了，雷表哥家办喜事，我这个亲戚来喝杯喜酒，怎么就让王社长怀疑上是共产党了？话说回来，没听说哪个穷人去钻富人家女人的被窝，倒是富人钻穷人媳妇被窝的事听说过，这刚刚不是才说到一个吗？"

这句话惹恼了高宏宇。何五说到王菊英时的那个丑态已经让他难以忍受，还好王天平很快就把话题扯到其他事情上。现在，蓝延兴又含沙射影地嘲讽他家的事，他终于动怒了。他用筷子重重敲了敲桌面，把大家震了一下。高宏宇缓缓地站起身，用力控制着说话的速度，让人觉得每个字每个词都像是扎过来的刺："你们，看着人模狗样，一开口就是满嘴恶臭，外头光鲜，里头一堆龌龊，都是些什么人！"说完，撂下一桌子的难堪，转身离席。雷族公连忙打圆场，说："都是玩笑，别当真。"又走过去，伸手去拉高宏宇，却没拉住，高宏宇不管不顾地走了。

"走就走吧，一个没经过世面没尝过荤腥的书呆，哪里懂得什么人情世故？"王天平瞥了一眼走远了的高宏宇，一边不屑地说着，一边招呼大家继续喝酒。蓝延兴笑了笑，对族公说："让你家宝贝出来和大家见个面吧，今天这个日子，他是主角呢。"

"说得对说得对。"其他人附和。不等族公吩咐，陈阿赔便起身，跨出门唤住在院埕里穿梭着给各张桌席添酒的翠云，说："去把弟弟叫来，和大家见个面。"

高宏宇原本想回到洋左的学堂，他漫不经心地走到金水湾，望着正午的阳光下鳞光闪闪的金水潭，觉得闪亮而晃眼的密集光斑中仿佛藏着自己无法探知的秘密。从县中结束了学业回到河洋，他的脑海一度挤满了这样密集闪亮热情洋溢却又抓不住的光芒。他曾以为自己把那光芒给看准了，然而再定神细看，往光芒的深处看，他发现自己眼前仍然一片迷茫，甚至一片黑暗。

潭边有一块突起的岩石，他挪过脚步，在岩石上坐了下来，眼瞅着潭水发呆。一段时间以来，他常常没来由地就发一阵呆，清醒过来后轻轻叹一口气，才想起自己还有什么事要做。他察觉到自己似乎有些不正常，回头认真想一想，却无法找出心境变得如此迷茫颓废的答案。或许是因为王天平吧，也或许是因为冯有光。他想起当初从县城回来时，是多么想把城里的新型学堂带进河洋来，他不惜和阿爸翻脸，帮着王天平把学堂从自家门口的洋高大厝厅堂搬到洋左王家祠堂，争取使河洋初级小学堂升格为河洋国民学校。那时的他满怀热忱，雄心勃勃，相信只有兴办新教育，蒙昧的国民才能被唤醒，落后的中国才有未来。他要在河洋这片熟悉的土地上实施自己的计划，实现自己的梦想。但是他很快就发现，曾那么投缘、把自己说的每一句话都当作真理的王天平，完全不是自己原来所认为的那样有眼光、有担当、跟得上时代，他不过是为了沽名钓誉罢了。当初那么热心地讨好自己，还说什么要办就要把河洋学校办成全福宁乃至全省最好的学校，造福四村乡邻后代，这些话原来都是骗人的把戏，他不过是想把河洋学堂校董这个名头从阿爸的头上抢过来。他懂得什么是教育？大字不识一个的地痞。

高宏宇曾向王天平说："现在学堂就开了国文、算术两类课，原先还有个体育，太不像样，所以停了。但体育课是很重要的，办教育培育后代，除了给他们知识文化，还要锻炼他们良好的体格。开办体育课，当然不能像过去，叫个会打拳的村邻当教员，还是得请个专门精于这一科的教员。"开始，王天平还能用商量的口气，说："一时半会儿这样的人才还真不容易找。保安队里的那几个，当兵出身，也算专门训练过，闲得成天惹是生非，倒不如给他们找个事做。我和何队长说一说，就让他们几个轮着来上课。"高宏宇一听就急了："那哪行啊！都是些兵痞，他们能教出什么名堂？别把孩子们教成坏坯子。"却见王天平已经挑起了眼角，瞪了他一眼说："你以为请个先生不花钱啊！都是野孩子，成天满山满野地跑，生个病都难，他们的身体能差？能识俩字拨个算盘珠子就算他祖宗积了德，我们就是做了天大的好事，你还指望他们考上文状元武状元？"

想起这件事，高宏宇就特别憋心，自己当初怎么就看上这样一个人呢？冯有光说得没错，王天平就是个混世魔王，他哪是真的想为四村办事？不过就是挣自己在四村里称老大的本钱罢了。

河洋国民学校的前身是河洋初级小学堂，再前身是洋高高家私塾。当初高大华按县劝学所的要求把私塾改名为初级小学堂，专职的教员还是洋左的王秀才，再另请一个把算盘珠子拨拉得哗啦响、一个能打几套拳的村邻兼职上算术科、体育科。高宏宇从县中学毕业回乡，便想着把学堂办得更像学堂。但是高大华一口就否决了他的想法，倒是洋左的王天平十分热心，主动找上高宏宇，表示要与高宏宇同心协力，把河洋学堂办成一流的学堂。两人见说不动高大华，便走了县劝学所的门路，硬是把设在洋高高家大厝厅堂的初级小学堂搬到洋左的王家祠堂，改名叫河洋国民学校。王天平顺理成章当上了校董，他自然要谦让一番，但高大华没同意受让，别的人自然更不敢。教员呢，除了留下王秀才，还有高宏宇，又聘请了一位叫冯有光的年轻人。请冯有光也是王天平的意见，冯有光的阿爸在米洋镇上开了一家榨油坊，王天平和冯家曲里拐弯能扯上亲戚关系。但王天平不知道冯有光早在省立四中读书时就加入了共产党，他回到米洋回到河洋，是因为组织给了他任务，要他回乡开展革命活动。那段时间，高宏宇和冯有光过从甚密，他一度要求冯有光同意他加入共产党。冯有光告诉他："你希望成为我们的一员，我们很欢迎，但眼下条件不成熟，你需要接受一段时间的考察。"

冯有光给高宏宇带来模模糊糊的光亮，他想把那片笼罩在表面的迷雾给清扫了。然而这个他很敬重甚至有些畏惧的朋友，在河洋学校只待了不到一年，说是接受了组织的任务，便去了北山里，这之后就再没听到他的音信。两个月前，一个陌生人找到学堂，说是从北山里来，他才知道冯有光死了，死于拉肚子。这并非疑难杂症，只要治疗及时，扎几针药液，吞几颗西药丸子，什么事都不会有，甚至能及时服几帖中草药，也不至于一下子就丢了命。"山里就是缺医少药啊！"来人叹息着，"所以冯书记临死前要我来找你，希望你能帮个忙。你家不是有个青草堂吗？能不能为我们供一些中草药？还有，冯书记还夸你，说你读过很多书，有知识，德行好，家里有钱有势，却不神气，不欺人，做事正派，没看不起穷人，希望看到每个人的日子过得好一些，希望为大家做一些好事。他说如果你愿意，可以和我们一起做些事。"

冯有光死了？这个消息太意外了，高宏宇感觉到自己的心里被猛地撞了一下，有一道墙坍塌了。仿佛有一股看不见的风，从地底下往上冒，而后弥漫开来，裹挟着他，像一片轻得不能再轻的纸片，向上飘散，往高处飘散，往远处飘散，往空茫处飘散，越飘越远越散淡。这个有志向的、爱说笑的、总是在说说笑笑中让他看到一些光亮的朋友，一下子就像空气一样消失了。他望着莽莽苍苍的北山里，似乎看到大山里的某个角落，有一群蚊子、苍蝇或者别的小虫，围着一个脸色蜡黄消瘦的人，一点一点地咬，一点一点地啃，直到把一个人咬成啃成一片空空的黑。

两个月来，高宏宇时不时地想起冯有光。冯有光对他说："像王天平这样的人，靠杀人越货起家，靠欺男霸女发迹，不靠天不靠地，不靠双手不靠亲戚，就靠心黑脸皮厚，吃人不吐骨头，害人不变脸色，混得人模狗样，要钱有钱，要势有势。你说这世道没病？有人说他聪明脑子好使，我看未必，他的做派四村人都看着，谁说他好？树活一张皮，人活一张脸，在人前人后图个好印象好名声，是人之常情，连这样问题都不想的人，你说他脑子好使？他靠的就是狠，就是无赖无耻，他这种人，居然日子比别人过得好，好得多，你说这世道合理不合理？而且，这样一字不识的人，居然当了国民学校的校董，还是上头任命的，你说这政府没病？比比那些天没亮就上山下地天不黑不收工什么苦也能吃的村邻们，比比像你家老爷子那样凡事讲个天道人心、讲个规矩方圆、讲个是非黑白的长者，比比像我们这样读过不少书、怀着奉献心、有见识有追求有品格有担当的书生，他有什么资格成了人上人，成了河洋四村的主宰？"

　　王天平杀人越货的事，高宏宇听说过，也只是人们暗地里交头接耳时听到了一些传闻，过了几年便淡忘了。冯有光这么一说，高宏宇才又从记忆里把它打捞了出来。桶子楼换上福宁县保安大队河洋分队的牌子，还是前两三年的事。它之前叫福宁县河洋税征处。王天平便是靠着这税征处发了家。他原来是洋左王家的一个无赖，因为好吃懒做，穷得连一条像样的裤子都穿不上。七八年前，上头派来一队官兵，从米洋到河洋一路征税收捐，闹得各村鸡犬不宁，四村头人、大户不得不向各家各户筹集一批银圆、特产送给长官，希望赶快打发这批瘟神离开。没想到部队撤离时，留下了几个人，占用洋口头人陈本营的家，挂出一个福宁县河洋税征处的牌子，便在河洋洋口住了下来，队长叫何五。就在这年夏秋交替之际，正是一个台风天，有一只货船为避风浪停靠在洋口埠头边。过了那个风雨夜，第二天上午，人们发现那只货船在不远处的海面上摇摇晃晃地漂荡着，一点一点往下沉，直到最后消失了。难道是船公没下好锚系好缆绳？这么大一只船，这么坏的天气，怎么可能叫一个冒冒失失的船公来掌舵呢？况且，也没看见船上有人，听到呼喊救命的声音呀？人们正在狐疑地猜测着各种可能时，便听到一个令人胆战心惊的传闻：船上的人被那帮兵给杀了，货被劫了。杀人劫货的事是王天平和何五策划的，他们还杀了洋口头人陈本营两夫妇，一并扔海里喂鱼了。恐怖笼罩在人们的心上。看到何五，看到那几个兵丁，看到跟在他们屁股后面的王天平，人们远远地就躲开来，仿佛那是些青面獠牙的魔鬼。冬天，何五征集四村村民出义工建桶子楼，只向四村头人要民工，居然没让各家各户摊钱，这实在让人感到意外。筑楼的钱哪来的？大家仿佛都心知肚明，只是不敢说。又过了一个月，到了第二年正月，王天平在洋左村头大榕树边盖了一座造型古怪的洋楼，面阔三间，很气派，又让人觉得有些刺眼。据说，在这之前王天平去了趟县城，回来就建了这样一座楼。村邻们不懂该怎么称呼它，听说外国人的厝都是这么个样子，所以都叫洋楼。

冯有光拍了拍屁股，站了起来："如果说这社会是个生了病的身体，王天平们就是那些寄生在这身体里的虫子。正是这些寄生虫不声不响躲在暗处又啃又咬，终于把社会这个大身体给咬成千疮百孔，最终病入膏肓。我们就是要把这些虫子从社会的身体里剔除出去，把健康还给社会。"

说这一段话时，冯有光的眼里有亮晶晶的光斑在闪动。

高宏宇想起来了，中午在洋里的宴席上，那个北山里来的穿着畲家服的蓝延兴，就是两个月前向自己传递过冯有光死讯的那位。怪不得那么眼熟，却一时没想过来。他记得事后为他们弄了两麻袋中草药和一小箱西医药，来拿药的却是洋里的陈阿赔，说是北山里的蓝表哥交代替他来取的。陈阿赔第一次来，取走一麻袋中草药。第二次来取走的那一箱西医药，是高宏宇专门跑了一趟县城，找当年在县中时的同学、开西医诊所的贺炜帮忙弄到的。

这两个人，蓝延兴和陈绍元，冯有光的同志，一个看起来总是面带微笑，却总让人觉得这微笑底下有提防有算计；另一个呢，看着不过二十岁出头，却一副苦大仇深的样子，似乎随时可能冲着你来那么一拳头。冯有光怎么会跟他们在一起？怎么会跟他们志同道合？高宏宇充满了疑惑。

高宏宇听到洋里传来好听的歌声。那是畲歌，他听不懂那词，但那调子，明亮，单纯，让人觉得不远处站着一个头脑清醒、目标明确的智者。

午宴将要结束时，人们听到村口的合婚岩传来了歌声。那是一个女人的声音，嘹亮，清脆，穿越过村庄的上空，又转回来：

> 儿郎十六成大人，大人要做大事情。
> 头个勤种田园地，多收稻粱孝双亲。
> 二来娶妻生儿女，传接香火报祖宗。
> 三个起厝兴家业，一家老少好吃穿。
> 再是要帮村邻忙，图个名声传四乡。

声音停了一会儿，等待着有男人往下接，却没有，于是又唱了起来：

儿郎十六长成人，阿爸阿妈心添烦。
东村西厝忖个遍，谁家囡配我家郎？
北山南山挨个探，探得吴厝女一双。
大名月英小月兰，姐妹都是好容颜。
不比嫦娥奔月宫，敢比西施赛貂蝉。
姐妹都是好歌喉，歌声一起百灵愁。
二月二来龙抬头，东坡吴厝起歌场。
十里八乡来做客，客人个个歌中王。
溪边唱罢转院埕，院埕又转岭头上。
连唱三天连三夜，月英月兰歌更长。
客人个个张口夸，吴家姐妹声名扬。
四村儿郎求婚姻，媒婆踏破大厅堂。
月英月兰心气高，一心要配才貌郎。
月兰刚满十四龄，月英今年十六春。
想配姐妹莫要等，快请媒人去北山。

"是爱华表嫂！"有人兴奋地喊了一声。一些人便放开酒杯筷子离了座位，赶去村口听歌。

双坡谷东坡吴厝的爱华表嫂，北山里三五十个村子，没有人不知道，就是河洋四村，知道她的人也不少。她的出名，一是歌唱得好，二是跑媒说合了许多婚姻，三是长得俊俏，四十几岁的山里女人，脸上光滑白净，身段丰满结实，实在不多见。北山里村邻赶街市，一来河洋，二去石浦镇。河洋洋高有条千尺街，沿街开着面馆酒馆茶馆、剃头店粮油店食杂店，洋高大东家高大华家的新厝就落在街的中段，坐东面西，单层五间，隔成两个门面，一个是青草堂，一个是高记茶馆。再往南一段便是鱼肉果蔬集市。河洋四村、北山里那些村子，有些种田种地的人家，会把自家种的养的送到洋高的千尺街，在地上划个位置叫卖。还有专门做生意的，从镇上集市批发小量鱼肉果蔬，在街边搭了个小摊，这样的摊位一般比较固定，他们当然也有田地山林，那些事交代了兄弟姐妹，或忙时花钱雇人帮忙，自己抽空打理一下也就成了。另一些人，大多是洋口村邻，洋高和洋左的也有几个，忙完田里地里的活外还有余力，便摇着小舢板带着罾网讨小海，收获些鱼虾蟹蛤摆到街面上卖些小钱。这千尺街据说几百年前就有了，一度还十分热闹，不过这一二十年来街景很是冷清，也就上午半天的集市，疏疏落落的几个摊，几撮人，到了下午，那些鱼摊菜摊肉摊就都收了，上段街的店还能看到几个人进出，下段的南岸坪就基本看不到人。虽说东坡吴厝归石浦镇管辖，石浦镇也比河洋要大得多也热闹得多，但比起下河洋，到石浦镇的路程要多走半个时辰，又隔着一道宽阔的海港。所以双坡谷东坡西坡两村人赶集，除了大年大节，来河洋也就可以了。爱华表嫂每次来千尺街赶街市，过了响午回双坡谷，走到青牛岗，便把身上的篮子卸下，坐岗头的大青石上休息一会儿，这才刚一坐下，清亮的歌声便从嘴里飞了出来，飞向山下的千亩河洋。

　　这一次，爱华表嫂是接了雷族公的请柬来喝酒。本来吧，来洋里喝喜酒，应该是吴步青才是。双坡谷吴步青管雷族公叫表哥，爱华表嫂是他的妹妹，当然也该叫雷族公表哥。阿妹嫁了人，她和娘家原来的亲戚便没什么人情往来，但是吴步青整天只懂得把头埋进田里地里，他女人又恰好身体有些不舒服，便交代妹妹替他去喝酒。反正，平常家里有什么事，只要是对外的，吴步青就要叫妹妹来商量，也大多都是妹妹拿主意。

　　陈翠云拉着雷忠可走进祖厝厅堂，何五的眼睛就盯上她了。这陈翠云，许是阿妈怀着她时一路流浪饿坏了累坏了，生下来时就像只小老鼠，又瘦又小还黑，直到十来岁，还是长不大喂不胖的样子。哪知过了十五六岁，一下子变了模样，脸蛋丰满了起来，白里透红，还嵌着两个小酒窝，一只小鼻子一双细眼一张小嘴巴，小巧精致，让人忍不住想摸上一把。那总不见长大的身子也拔高一大节，变圆了，有凹有凸，虽然身上那一件畲家服打了七八个补丁，倒像是给那纯黑的布面绣上几朵灰的浅黄的浅绿的花，反而添了几分别致。雷忠可被族公拉着给桌上各位敬酒时，翠云就站在边上瞅，那从眼角嘴角荡漾开来的细细笑纹向整张脸蔓延，全然没感觉到有两束目光像鼻涕一般沾在她脸上身上。

"都说畲家人爱唱会唱,而且喜欢男的女的对唱,一唱一和,今天这大好日子,阿妹你是不是也给大家来一个啊?"何五一边说,一边眯眼看着翠云。

"她姓陈,不是畲家人,在洋里出生长大,畲家话是会说,唱歌却不会。"雷族公替翠云回话,"再说,村里能唱歌的人已经很少了。过去,向客人敬酒,自然是要唱一段敬酒歌。这传统也早就丢了。"

"那就给大家敬一杯酒吧,来,就从我这儿开始。"何五对着翠云就把酒杯举了起来。

"她一个女儿家,从来没沾过酒,不会的,何队长我敬你。"雷族公站起来端着杯和何队长碰了一下,转过头对翠云说,"弟弟酒也敬过了,你们去听爱华表嫂盘歌吧,好多年都没到洋里来做客,难得今天来。"

翠云还没反应过来,雷忠可拽了她一下,拉着她便抢出门去。村口挤了更多的人,有男人和爱华表嫂对唱起来,又有女人加入到爱华表嫂一边,接过男人的歌头,于是一首接一首,连着就是十几个来回。两人挤进人堆,听见站在一边小土包上的高宏宇叫了声"阿可",招招手要他俩过去:"这些歌是什么意思,你能换成本地话吗?"

两年前,河洋学堂刚搬到洋左王家祠堂,高宏宇就上门动员雷忠可上学。雷忠可去学堂读了半年,再也不愿去。姐姐翠云问他怎么就不去了,他说我都十四岁了,比别的孩子高了一大截,哪好意思和他们坐在一起读书写字?高宏宇又来叫,雷族公说算了,不去就不去吧,能写自己的名字,认得一二三四五,也不算睁眼瞎。

雷忠可试着边听边转换成本地话,却不行,老是跟不上,一跟不上便着急,一着急便结巴得更厉害。翠云说:"我来吧。"她听完一句,用本地话按原来的调子轻轻哼一遍。高宏宇不但听懂了词的意思,又重新回味了一番歌的曲调。

"真好!"高宏宇不由自主地称赞了一句。他想起在县中读书时给他们上过三天课的一位姓林的先生。林先生据说是前清的举人,在陕西省当过县令,民国后还任过一届省政府的参政,卸任后赋闲在家,研究起地方民俗。高宏宇和最要好的同学倪海林、贺炜还曾上门拜访过老人家,听他说民俗。那些淹没在日常生活中熟视无睹的习俗、用具、建筑、传说、游戏,那些节日、宫庙和形形色色的神仙，林先生说得妙趣横生，让人浮想联翩，生出现在就回到那些场景中去的愿望。林先生特别说到了畲族，说到畲族的语言和习俗：他们自称山哈，称汉族叫河洛人。大都生活在山里，大概从明初开始大批量从广东、闽南一带迁到福建北部、浙江南部，我们福宁恰恰落在闽浙两省的边界，是畲家人一个重要的居住地。按清乾隆年间修的县志记载，全县有四万多畲族人。畲族的生活习俗和我们很不同，他们说畲家话，穿畲家服，在福宁生活了六七百年，还保留着本民族的传统。当然，他们也都会说本地话，平时穿畲装也穿汉装，要说最大的区别，是过节，是盘山歌。特别是畲族山歌，除了一部分常用的固定的词，很多是当场即兴编词随口就唱出来，畲家人个个都是好歌手。

高宏宇总觉得林先生对自己有一层特殊的意思，他记得当时先生受县政府的聘请组织了一班人编纂福宁乡土志，有一次还表达了希望他参与的意思。"听说你爱读古书，还能写一手文章，如果能参加修志，最好。"

高宏宇知道有关他爱读古书、能写文章的话，一定是林乐怡说的。林乐怡是他们班六个女同学中的一个，她的父亲正是林先生。可是，他算什么爱读古书，他读过几本？他又写过几篇文章？他最终还是委婉地拒绝了林先生，他也确实没想到自己这一辈子要和乡土啊民俗啊这些东西打交道，有趣归有趣，然而怎能把自己的人生交给这些寂寞的事呢？

林先生又说："畲族人以歌代言，以歌记史，以歌传情，以歌会友，歌在他们心中的分量是很重的。我年轻时走过一些畲族山村，听他们唱歌，总是不以为意。那时如果有心，编出一本畲族山歌集子多好啊。现在有这个心，却已经没这个力了。"

高宏宇能感受到林先生对畲族民俗尤其是畲族山歌兴趣很浓。他自以为对畲族并不陌生，洋里不就是畲家村子吗？北山里的那些畲家人不是常常来洋高千尺街赶集吗？现在听爱华表嫂唱歌，他才知道自己对这个民族知道得真不多，他甚至连畲语都听不懂。

别的地方不说，就洋里，还有北山里这么多畲家村落，这个村那个村的常常起歌场办歌会，要是能把那些歌都搜集起来，大概就可以整理成一本集子。他一边想，一边看着似乎因为翻译不好而有些愧疚的雷忠可，问："阿可，爱华表嫂你熟吗？"

"跟我家是亲戚，我叫表姑，可不太熟。"雷忠可低着头，好像为与爱华表嫂不太熟识感到不好意思。一旁的翠云抢过话说："爱华表嫂住双坡谷东坡吴厝。每年双坡谷都要办二月二，爱华表嫂是二月二的歌王，没人能唱过她的。"

　　"双坡谷你去过吗？看过二月二吗？"

　　"我弟弟去过，双坡谷的亲戚每年二月二之前都来请，去听歌会，去看戏。北山里很多村子年年都要过节办歌会，林脚坪的七月七，兄弟坑的四月八，三叠岩的三月三，双坡谷的二月二，都很有名，但双坡谷的二月二是办得最大最热闹的。"

　　"明年二月二，我和你们一起去。"

第 二 章

夏天的雨，历来爽快，来得快去得也快，酣畅淋漓地下一阵，就收了，天上又恢复了蓝莹莹的一张脸。这年夏天的这场雨却有些特别，开始时也痛快，倒水盆子一般泼了几阵，却不停下来，转为小雨，淅淅沥沥地下着，一下就是十来天。这样的季节遇到这样的雨真是要命，谷子正在结实中，需要的是毒辣辣的日头晒，才晒得饱满，晒得金黄，晒得那些稻虫不敢冒头。"这雨，像是回到了头春二月，怎么是这么个下法？"洋里雷族公走进洋高高家大厝厅堂时，对着比自己先来一步的洋口头人陈绍荣说。

除了高大华，其他几个都来了。前几天在洋里的酒宴上，何五和王天平原定好借机说一说禁烟捐的事，可一不小心何五就喝高了，于是再约今天会面商量。

福宁县这些年鸦片越种越多，县城和大小区镇都开了不少烟馆，一些人口稍多的村子也紧跟其后。地方有识之士屡屡呼吁禁烟，县政府却有百般困难，虽多次颁布禁烟令，却每每不了了之。直到民国十六年（1927）十月，新的县国民政府成立，禁烟之事终于有了转机。县长周鼎新新官上任，也想做几件得民心的好事实事，把禁烟列为第一件。奈何开会讨论过好多次，始终没有结果。反对力量强大呀！谁反对？县保安大队大队长吴觉富——这名字实在不好，人们私下里一嘀咕，就叫成了吴绝户。不过，大家习惯都叫他吴大。吴觉富反对禁鸦片的理由很简单，新政府成立，最缺的就是经费，他的保安大队，要想履行保境安民的职责，需要人需要枪，要人要枪都要靠钱。鸦片是最大宗的税源，一禁烟，国民政府和保安大队就活不下去，活不下去还怎么给百姓办实事办好事？怎么保境安民？握着枪杆子的不支持，周鼎新的禁烟计划就实施不了。又两年，民国十八年（1929），吴觉富居然同意禁烟，这让周鼎新喜出望外。

但吴觉富提出，禁烟的事由保安大队来负责。心情舒畅的周鼎新答应得干脆利落。

原来是吴觉富的副官平志成的主意。平志成对吴觉富说："大家都知道鸦片坏，禁鸦片是好事，又都传说是你不让禁，这对吴大你的名声实在不利。其实，主要还是捐的事。前些年让种，可以收捐，现在不让种，要禁，也可以收捐呀，改个名头，叫禁烟捐，不就成了？只要向周县长提出，由保安大队来负责禁烟的事就可以了。这事还不都在我们手里头握着？我们要怎么办，就怎么办。"

吴觉富一听，对啊，用力拍了拍平志成的肩膀，表示赞许。于是定下标准，原先每户规定至少种鸦片一亩，每亩收鸦片捐十元、烟苗捐三元，现在仍是每户以一亩计，每亩收禁种鸦片捐十元、禁止烟苗培育交易捐三元；违反禁令种鸦片的，每亩罚十元，培育、出售烟苗的，以株计，每株罚一元。

何五和王天平原准备碰头商量的地点放在保安队筒子楼，或是放在巡洋社，也就是洋左王天平的洋楼里。高大华说，要碰头就在高家大厝厅堂，保安队的桶子楼和王天平的小洋楼，他不去。别的事高大华不参加就不参加，这事还非得他参加不可。河洋四村，说话最管用的，还是高大华。他说好，四村人心里有别扭，这别扭就有点儿心虚，好像是别扭得不对；他说不好，大家就跟着嚷嚷："洋高大东家说了，这事不好，不行，不能这样做。"四村村邻称别人，要不叫某叔某侄某某哥某某弟，要不直呼名字。包括王天平，过去就叫王天平或天平，或叫天平表哥天平弟，后来王天平不高兴人家这样叫，黑着脸不理人，大家才慢慢改了叫王社长。但是称高大华，四村人都叫大东家，不直呼名字，也不讲究亲疏远近。过去四村有事要商量，都去洋高高家大厝，王天平有事没事都来转一转，向大东家讨教。洋高千尺街上的青草堂和高记茶行，那是高家的商铺，平时大东家一家子人住在高家大厝。这是祖宗厝，说是有一百来年历史了，十九间一字排开，前后两进，上下两层，这么算起来总共有七十二间，住了四五十户人家。正中是大厅，大东家一家人住着大厅左右侧各三间。紧靠大厅右侧一间，楼下前一间摆着两张八仙桌，连在一起，这是特意整理出来为集体议事准备的，后一间略小，也有点暗，搁着一张带柜的写字桌，一张太师椅，外加靠着一侧墙角的大木柜，当作书房。这些年，王天平少来了，有事，大多和何五商量着就解决了。这次高大华说在高家碰头，他还觉得有些不习惯，和何五抱怨，说这老家伙就爱摆架子，像尊菩萨，挪他一下都累。

又请了一回，才见高大华从里间走出来，穿着一件家居的半袖对襟短衫，下身是一件宽筒窄管长裤，向在座的瞟一眼，然后便看向别处，右手却举到腮边，摆了几摆，一边说："真是失礼了，来洋高，我就是个主人，却让大家等我，失礼失礼，何队长王社长，还有各位头人，请诸位见谅。"见正中一个位置空着，显然是留给他来坐，略略有些迟疑，便坐下来。

除了王天平和何五，其他人还不清楚要议论什么事。何五左右扫了一眼，说："这次是上头的任务，县国民政府和保安大队都压了红印。我呢，就一个枪杆子，说话不行，什么事，怎么干，王天平王社长给大家说一说。"

王天平站起来，从身后取过一个公文袋，掏出一份公文，说："这是县国民政府的告示，有周县长的亲自签名。还有一份，是县保安大队吴大队长签发的。在座各位，就大东家识字多，原想劳你老人家给大家念念，想想不妥，所以带个识字的来。"便转头，向门外叫了一声，"请陶志鸿先生。"

门外走进一个穿着竖领浅黄汗衫的年轻人，不过二十岁出头，留平头，脸偏窄偏长，且还有点儿黑，看起来有些瘦弱，动作却还算敏捷。他是学堂新聘的教员陶志鸿。冯有光不辞而别，王天平很是生气，到米洋镇冯记油坊把冯家表哥表嫂狠狠骂了一顿，又狠狠吃喝了一番，才出门。他拜访了米洋镇多个有头有脸的人物，顺带着说一说河洋学校缺个教员的事，希望推荐介绍一个。果然便有结果，有人推荐了陶志鸿陶先生，说也曾在城里上过学，学成后，本也想在县里谋个差事，一时还没合适的空位。王天平找个时间跑了趟陶家，再过了几天，这陶志鸿便背了个行囊来洋左王家祠堂，成了河洋国民学校新教员。

县里前两年就在议论禁鸦片的事，高大华是知道的，其他几人也风闻过。河洋四村种鸦片也有一些年头，有些年种多一些，有些年种少一些，但也始终就是个副业，像冬春下种的那些称作小贵的作物，比如油菜马铃薯茴豆豌豆大头菜，餐桌上添一两样，或者卖些小钱聊补生活开支。这鸦片，却又比那些小贵作物要好，和茶叶相当，或者竟比茶叶还好，见钱多，见钱快。也有一两个好上一口，成了烟鬼，比如洋高大东家的大少爷高宏含，也不知从什么时候就染上烟瘾，好端端一个后生，才两年工夫，变成一个像卧了十年八年病床的病鬼。但做田人家，不敢也没本钱吃鸦片，所以说祸害，大家都未必有什么感受，说好处，大家却都见着了。况且，这捐税这么多，没种一两亩鸦片，日子怎么过呀？村邻们说到县里要禁鸦片，口头上会牢骚几句，说，"让百姓多些收成的事，有什么不好"。牢骚也只是牢骚，未必放在心上，大家都想着也就说说而已，地里种什么不种什么，说到底还是自己说了算。前几年强要你种鸦片，也就是定你一家一亩两亩的份额，完成了份额，不想多种，还种水稻种番薯种茶，想多种也是你自个儿的事。

高大华不这么想。鸦片害人，高宏含就是个教训。当初上头要大家种鸦片，一户一亩两亩，高大华竭力反对，反对的结果，是保安大队的吴大来了，你请他喝酒，他却拿着枪顶着你的脑袋。看着鸦片在河洋的山地上长出来，开花结果，看着村邻们种鸦片刮鸦片汁烧鸦片膏，看着那些烟贩子走村串户收鸦片，高大华心里就恼。恼也没用，村邻们见着了，虚虚地叫一声"大东家"，躲着就过去了。扯上了，一脸的无奈，说："都要过日子呀，没种一亩两亩鸦片，没多收那几片钱，这日子真没法过了。"他原先是定了规矩，凡租种他家边角田和山地，不准种鸦片。刚开始，田客们还遮遮掩掩，不想让他老人家看到，后来就不遮掩了，他也无可奈何。

禁鸦片，都喊了一年两年，就是没动静。这下正儿八经动起来，可是却附带着一个怪东西，叫什么禁烟捐。这哪是禁？这是逼人接着种，逼人种得更多。

陶先生念完了公文，高大华清了清嗓子，接着说："大家也都知道，这些年我一直反对种鸦片。现在县里终于要下决心禁鸦片了，这本是好事。问题是这禁烟捐，做田人家，一年就那么几片收成，往年政府收鸦片捐，从种鸦片的收益上分一块，现在不准种了，还得收捐，钱从哪儿来？没地方来，只能再种鸦片。这叫什么？这叫适得其反。"

本来就在心里嘀咕着的洋里雷族公和洋口头人陈绍荣齐声附和，说："就是！不让人种，还要收捐，这是什么道理？一家家本就东拼西凑地过日子，连个地租田租都要今年拖明年，明年拖后年，越拖越多越重，喘口气都觉得累。现在没了鸦片，每家每户一年少说也少收了二三十个钱，还要凭空多出十四五个捐，简直就是不让人活了嘛。"

"但是县里下的收捐任务，怎么办？"王天平见何五一愣一愣地听别人唠叨，觉得再不说，话就要被完全堵死了。他接着说："其实县政府和保安大队也考虑到收捐不容易，所以，比起往年，这次给大家的提成要多了半成。往年是一成，今年是一成五。河洋四村的任务是七千八，一成五就是一千一二，分到各个头人，均着算有两三百元。再说了，人哪是死的？你说他没钱，到了过年过节，到了要走亲戚送人情，到了要娶媳妇要盖新厝要建先人的坟墓，也都有办法。这些事用钱比这几个捐少吗？我们都替村邻们想太多了。"

怎么是一成五？不是说两成吗？何五心里嘀咕了一下，便见王天平眼角的余光向他扫过来，才明白王天平打埋伏的意思。王天平的意思是扣下半成，扣下的当然不会只是归他王天平一个人。

无论如何王天平事先也应该和自己通个气才是。何五不满地回看了王天平一眼，便听见洋里雷族公说："这些年四村里有几家娶得起媳妇盖了新厝为先人建了坟墓？大家的底儿实在薄，说薄还轻，是没底儿，是漏底儿。像我们洋里，六十二户人家，这三年，娶了一个新媳妇，没盖一间新厝，没建一孔新墓。娶了新人的是谁？阿咳家，生了三个阿哥，大的二十八岁，还是拿家里唯一的阿妹和人家换了亲，那阿妹，才十四岁。"

"雷表哥也不用说洋里村邻怎么个穷。阿咳给牛牿娶亲，酒席还办了三桌，你说他没钱，这三桌的酒席不要钱？"王天平瞄了一眼说。

"亲戚们多少也要送点人情，酒菜也粗，亏不了几个钱，亏就亏在多付给政府一笔筵席捐。大家都难，我们洋口，六七十户，眼下等米下锅的不少于二十来户。你说要他们筹钱缴鸦片捐，去哪儿掏？"陈绍荣也忍不住帮腔抱怨。

"不是鸦片捐，是禁烟捐。"王天平纠正了陈绍荣的错误，回头看着高大华，"大东家你的意思呢？"

"虽说是政府的命令，但如果真的不合民意，我想我们也还可以向上申明。这禁烟捐很是没道理，何队长和王社长算是河洋四村的父母官，是不是可以向镇公所县政府还有保安大队申明村邻们的难处？"

"大东家这是把包袱完完全全甩给我们呀！"王天平又瞄了一眼何五，

接着说,"河洋历来什么都不肯输别人,连续这么多年都受镇里的嘉奖,这次收捐,我们也不该落后。难处自然有,每年收捐收税,也都遇到这些事,也不见得大家今年就一定掏不出来。"

"你们要是实在觉得为难,那我们保安队和巡洋社来干,到时可别说提成没给你们。谁干事谁得钱,走遍天下也是这个理。"坐在王天平边上的何五摸了一下大鼻子站起来,皱着眉头说。

"那有劳何队长和王社长了,我们是干不了的。"高大华不阴不阳地应答了一声。

收捐的事没讨论出子丑寅卯,还赚了一肚子气回来,何五和王天平好不恼火,第二天便让队丁社丁到各村分贴县里的告示和各家应缴份额,通知各家各户准备,又过了几天,便领着保安队和巡洋社去洋里。这天是七月初五。夏稻割了秋秧也插了,接下来四村村邻多少可以喘口气,心烦是免不了的,田租地租要还,年初借的春本要还,也还有一些往年的宿债,都等着这收成的日子,不过刚收获的谷子这时还是自己的。债能不能拖一拖,租是不是也可以拖几天,很多人的心里都打着这样的小算盘。毕竟过日子要花钱的地方太多了,这么几担谷子,补哪个窟窿都不足。

保安队巡洋社一进洋里,领头的王道上便敲响了锣,叫着:"洋里的村邻们听着,今天保安队巡洋社来收捐,各家该多少多少,到厅堂来缴清。"雷族公赶紧跑过来,说:"何队长王社长,村邻们实在是没钱,拿不出来,眼下刚收了夏稻,你知道春本大,中间又夹了个大年,都欠下不少。这夏稻,一亩一年也收不了两三百斤谷子,还租还债还不够,谁还有余钱缴捐啊?这两年茶路特别不通,春茶不值钱,夏茶就更不用说了,鸦片眼下正在开花,还没结果,村邻们实在没处筹钱。"

"有钱没钱是他们的事,捐是上头政府派下来的,没得商量,要不缴钱,要不我们拿东西拿人。"何五臭着脸说。

族公把脸转向王天平,把手中水烟筒装满了烟丝,双手递了过去,说:"王社长,村邻们的难处是摆在面前的。俗话说兜里有才掏得出来,现在个个兜里都空空的,你就是伸手去抢,也没东西。我是想,要不再宽几天,让我劝劝大伙?活人不能让尿憋死了,总得想办法筹一些。"

王天平白了白眼，说："有你雷族公这一句，我们也不能叫你太为难。这样吧，给村邻们三天时间，把该缴的捐都缴了。这三天，巡洋社和保安队就在村里不走。族公想个法儿，看让大家住哪儿，要不住这厅堂也行，抱几床草席拉几条被单来，打个地铺。主要是派饭安排好了就行。"

这吃人连骨头一并吞的家伙！雷族公在心里恨恨地骂了一句。让他们住下来肯定不行，这一帮瘟神，非把村子搅得鸡犬不宁不可。无论如何要把他们送走，走一步是一步，以后再想办法。他正想着该怎么说，何五闲着没事，拖着步子走到村口的雷家祠堂前，看到搭在祠堂边墙的披厦里有个女孩正蹲在灶前烧火。门从后面上了栓，他随意一推，没推开，便在门外叫："把门开开，把门开开。"披厦里的陈翠云早被吓得魂飞魄散，先前发现这一帮人走进院坝，心里便有些紧张，她原想到弟弟家躲一躲，偏偏在山里干活的阿爸阿妈交代自己回来烧了水带到山上去，这么迟疑了一会儿，那伙人已经进了院坝。只好把前门后门都拴上，想着烧了水后趁没人注意就溜出去，没想到这天杀的何五摸过来了。那门是用几片碎板胡乱钉成的，用一条竹竿横过中间往两边的小缝隙一插，就是门闩，很不牢靠。何五稍稍用力一推，便倒了，见这女孩有点眼熟，却想不起来哪见过。他嘻哈着走上前，翠云早吓得没了分寸，只一句接一句大叫皇天。

"皇天啊皇天啊……"

这边雷族公被吓着了，要拉王天平一起到披厦去，把何五拉回来。王天平却不动，只盯着族公看，急得族公在原地儿转转，口里叫着："要出事的要出大事的。"转了几圈，一个人便要往披厦里闯，却反被王天平拉住。

"何队长是个火筒子，而且身上还带着枪，你这样去把他惹急了，走了火怎么办？"王天平似笑非笑地对族公说。

"皇天啊皇天啊……"

又听见何五的声音："嚎什么呀，又没把你吃了，嚎什么呀你。"

这时便听见有人在喊："欺负人欺负到雷家祖宗眼前来了，阿叔阿伯阿哥阿弟们，光天化日下有人要在我们雷家列祖列宗眼窝子前行恶，我们不能睁着眼看列祖列宗受这肮脏气，大家快点赶过去啊。"先前看到保安队巡洋社进村，听到王道上敲响大锣喊着收鸦片捐，大家又愤怒又不安，这愤怒和不安堵在心里头，叫人憋得难受。听这么一喊，只一会儿时间，全村男女老少便全追了过来，各人手里还提着锄头砍刀斧子。院埕里站着两个巡洋社丁，见了这阵式，先就软了腿，连忙往厅堂里跑，叫着："王社长，村里人都来了，都拿着锄头斧子赶来了。"

王天平有些心慌，拉着族公拐过厅堂边门从后门闯进披厦，见何五正一边喝着翠云叫她住口，一边手伸过去摸人家阿妹胸脯，急急地叫一声："何队长，快出来，出事了。"已经有几个年轻后生冲进披厦，那前面的一个正是雷忠可，手里也不知从哪儿顺手捞了柄砍刀。见到何五欺负姐姐，一砍刀就挥了过来，把何五的右手臂刮下一道血淋淋的大口子。何五还没明白怎么一回事，王天平瞅着村邻们发呆的时机，一把扯着他往门外去，一边喊："你们等着，给了何队长这一刀，要怎么还回去，你们想清楚了。"

当天晚上，把儿子狠狠数落了一番后，雷族公就提着一大篮子的鸡蛋，怀里又揣了一个六十块银圆的大红包，赶到保安队的桶子楼登门谢罪。任你说尽好话赔尽不是，何五就是一声不哼，一张臭脸压根儿就不转过来。雷族公搁下鸡蛋篮子和红包，低声下气地道了别，沮丧地往洋高去。他这是要去找大东家高大华帮忙牵个线，约何五、王天平找个时间到米洋镇的聚风楼喝大酒。这个冤家不敢结，人家可是保安队队长，没事还要赖你一个不是，何况用刀砍伤了他？

请客办酒席，不上聚风楼，就不敢叫体面。不说米洋人，就是县里的那些老爷、富商，石浦镇那些有头有脸的人物，大多也喝过聚风楼的酒品过聚风楼的菜见识过聚风楼的气派。能开得起这么气派的酒楼当然不是普通人，那是谁？是米洋保境安民团团总龚山利，全镇最有势力的人物，手下有五六十号团丁，三四十杆枪。这些还不算，最关键还是另外两个，一是他和县里大大小小的老爷们关系都铁得像亲兄弟，二是他虽然早年怎么样没人敢说，但是发了家以后就热心为地方办好事当公道人，成了一镇的主心骨，受人尊重敬畏。

高大华却不太乐意，说："我本就讨厌这迎来送往的一套，加上这几年百事不管，年岁也大了，乐得清闲过日子。你让我去请何五、王天平，别在人家心里头留下一个想法，以为我高大华欠了他们什么。要是不给脸，不听请，你说我这张老脸往哪儿搁？"

"河洋四村，谁敢驳了你大东家的面子？我们去请，人家真就不给脸了，您老去叫，那是多大的面子，谢还来不及，哪会推却？我也是真急了，关系到自家孩子。你知道，我就这根独苗，实在是宠坏了，才惹下这个大麻烦，求您老无论如何帮他跨过这一坎。"

"雷家族公，你话都说到这个份上，我要是再推托，就不是人了。我明天去和何五、王天平打声招呼，看他们的反应。你是准备放在哪一天？桌席定了吗？"

"还没呢。米洋镇上的聚风楼，我这一辈子也就那么三五次沾着亲戚朋友的便宜去过，怎么个定席怎么个点菜一窍不通，想着一并麻烦您老帮忙安排。钱的事没关系，只要您老觉得行，人家吃着高兴，您老就替我做了这个主。"

"你还想请谁，就何五、王天平，我和你，四个？"

"我想能不能劳驾请上您家二少爷？他读过书，见过世面，说话办事有分有寸，又和我家的短寿儿亲近，在桌上或许也能帮着说几句话。再一个就是聚风楼的龚老大，都知道他能耐大，而且与您老关系好，要是能请他来坐坐说几句话就更好了。"

"宏宇跟他说一说倒不是问题。这龚总爷忙得一年都没办法见到几次面，大多待在省城县城里，聚风楼生意也主要托别人打理，一年在米洋待不上一个月，还不知能不能见到面。你的意思我明白，我试试吧，行，最好，不行，也就我们自个儿商量。"

"一切就全靠您老。另外我想四村几个人都在，也叫一叫洋口的绍荣表弟，我来叫他就行，不敢劳驾您老。"

"行，就这么定吧，我明天约一下他们几个，再和聚风楼定一席，定下日子，给你个信。"

这天是十二，雷族公一大早就来到洋高。高大华对他说："中午的事都安排好了，午前提前半个时辰来得及，河洋到米洋镇上又不是很远。你还是先回去忙一会儿，过个把时辰再来，我们一起走。何五、王天平说是他们自个走，到聚风楼再会合。龚总爷也联系上了，昨天还真回来，今天中午聚风楼有几桌，不过也答应了来我们一桌坐会儿。你也别心慌，我替你招呼，也算是半个主人。"

雷族公见高大华还有些事，便告了一声自己的不是，到千尺街遛了一圈，又来到院埕里，在院墙边的石阶上坐下来，免得大厝里的高大华看见。因为是上午赶集时间，这石阶上不时有人上来下去，都是村邻，便不断地要应和别人的问候。恰好有个特热贴的，提着一管水烟筒过来，靠着他坐下。两人轮流着一筒一筒地抽着烟，说着天气好坏田里活计的事。这么抽着聊着，一边过会儿站起来往大厝瞅。这时便看到高大华走出厅堂，拿眼往这边瞧，知道时间到了，大东家这是在找他。

米洋人河洋人办酒席，大多安排在中午，请客吃饭，也大多安排在中午。重要日子，聚风楼常常排不过来。还好这天是个普通日子，整个聚风楼也就三桌酒席。龚总爷龚山利走进包间时，王天平第一个站了起来，还大步迎向门口，说："知道总爷今天在家，该先去问候一声。"王天平与龚山利也相熟。当初河洋办巡洋社，王天平就找过龚山利，向他讨主意，虽说龚没帮上什么大忙，但以后王天平到米洋镇上有事没事都要到龚家走走，便就结下了交情。

一边的高大华有些不快，他站起来，向龚山利伸了伸手，说："龚总爷过来，这主宾的位子留给你，等着你来开席。"

"不是说不等我吗？再说我也只能坐一会儿，隔壁那边还有客人，是我做的东，不能冷落了他们。"

等龚山利坐定，高大华便开始一一介绍桌面上的几位，特别提到坐在下首的雷族公。米洋河洋一带，请客吃饭有个规矩，做东的一定坐在末席，所以龚山利一坐下来，便知道今天是谁有事出钱请客。轮到和雷族公敬酒，他便很用力地和对方碰了一下杯，语气亲近地说："雷族公这是太客气了，大家都是村邻，再说我们也熟识了多年，哪里需要这样破费？"

龚山利受敬了一圈，又敬了一圈，也没动过筷子，便说那头客人在，不能在这边坐太久。临了，交代了一句："都是乡里乡亲，一个林子里的树，砍着枝干还连着根，没有商量不了的事，我敬大家一杯，要先过去了。"

龚山利一走，场面上一时有些沉寂。高大华站了起来，端着杯子说："河洋四村，大事小事，出头出面的，就是在座我们几个。这些年大家事多，坐在一起喝杯小酒攀讲的机会少，今天也是雷族公有意，备下这一个席面，请我们几个来坐坐。我想我们先一起干了这一杯，闹个气氛，然后边喝边攀讲。"

何五的左手臂上还捆扎着药带，他斜了一眼雷族公，说："我就不站起来了，有些儿不方便。这酒这菜，也不敢喝，都说身上破了口子，酒不能沾，酸辣也不能尝。今天本来是不准备来，大东家出面叫，不能不来。我只坐坐，你们随便。"

"那算什么伤，一个小伤口而已，喝几杯酒，不会有大影响。我也坐过青草堂，也会摸几把脉，看几眼气色，何队长气色好着呢！何况何队长军伍出身，这点小伤小痛算什么？"

"那就听大东家的，要是喝了酒得了破伤风，到时大东家可要包治呀。"见高大华这么一说，何五没话，一仰脖，便把一杯酒给倒进肚子里。

高大华领了个头，雷族公便站起来逐个干杯，第一个便是何五："何队长，前头的事，是我们的不是，你大人大量，得罪的地方，请多担待。我这向你请罪了。"

来米洋聚风楼路上，王天平对他说："短寿儿砍了你，这事不好多说，你听四村都怎么传的，都说你欺负人家女孩在先，说起来难听，倒像是我们做了坏事，那小子倒是英雄。"何五听了，觉得有些道理，可心里觉得憋屈，说："好歹也是保安队的队长，被一个下巴连毛都还没长出一根的后生砍了，闷葫芦般不说话，哪里受得了？"

"以后有的是机会，哪里就争这一时？再说，今天这酒席，我们本可以不来，来，就是为了把鸦片捐的事说定。砍了你何队长，他们心里虚，这是个时机。"

何五歪着脸不看雷族公的脸，一只手抄起杯子咕噜就把杯子喝个底朝天。一边的王天平说："何队长这也是为了办县里头的公事，个人是受了点伤，问题不大，关键是公事能不能办成办好，办不好不单何队长落不好，我落不好，就是在座的，也没什么好。所以这禁烟捐的事，多难我们也都得做，其实说难不难，就像刚才大东家说的，河洋四村，大事小事，出头出面也就我们这几个。只要大家齐心，多乱的麻线捆，也能把它解开啰。"

坐雷族公右手边的高宏宇睁着一双眼盯着王天平看，似乎有话要说的样子，见族公正与王天平碰杯，便转过脸，看着自己的阿爸。桌上这几位，说起来都是他的长辈，满心里不情愿也罢，轮到他站起来敬酒时，也得一个一个地敬过去。敬到王天平，习惯叫一声"校董"，便听见王天平笑着说："前些日子说的那是气话，我们河洋多少年才出了这么一个才子，自己的学堂怎么能不请回来当先生呢？过两天，还是回学堂吧。"

那天在高家大厝没谈拢鸦片捐的事，何五和王天平装着满肚子的不高兴。两人走出院埕时，正遇见从外头往里走的高宏宇。前些天高宏宇向王天平请了几天假，说是要到县城里办点事。王天平托他顺便去拜访县政府教育科的鲁科长，邀请鲁找个时间来河洋转转。高宏宇敷衍了一声，没放在心上，见到了才想起把这事给忘了。他这段时间心里很是闹不清，老觉得自己丢了魂一般。想着在城里读书时相处的两个好同学倪海林和贺炜，便想去找他们聊聊话，顺便办一些西药。虽说上个月在洋里的那场酒喝得很不开心，对蓝延兴印象也不好，但毕竟是冯有光的身后交代，总得帮一次两次忙，也算对得起已相隔天上人间的朋友。

"回来了？"王天平打了个招呼，"鲁科长怎么说，定什么时间来河洋？"

"哦，这事忘了。"高宏宇想着是不是找个借口，比如没找着人，人去省城了，但又觉得没必要。

见高宏宇对自己交代的事不当一回事，加上刚刚碰了钉子受了气，王天平心里便升起一股怒火。他阴着脸，看着高宏宇："眼里越来越无人了，别以为读了几天书就了不起，没我王天平办个学堂，你连找个事儿干都没门。"

高宏宇抬起眼直视着王天平，盯着看了一瞬，说："你以为我在学堂教书是为你做事？笑话，我是为四村的村邻们，是为四村的孩子们。你以为你是什么东西？这学堂是政府的，是四村村邻一同缴了教育捐办起来的，你以为是你自家的？"

"你明天别来学堂了！"王天平抬起一根手指，气急败坏地指着高宏宇，又指着高家大厝，说，"总有一天，要让你们在我王天平面前屈腰求饶。"说着扯着何五的膀子，叫一声，"我们走！"

想起这事，高宏宇便觉得有些不自然，他没接话，只是略略躬了躬身，表示敬过的意思，便转向坐在下一位的陈绍荣。

何五有点贪杯，先前说不敢多喝，这时却放开禁忌，也不等别人来敬酒，吃一口菜便闷一口，三两口一杯酒就见了底，又时不时和坐在边上的陈绍荣碰杯。陈绍荣本也爱喝两杯，两个人你来我往，渐渐地便都有了些醉意。那边王天平见今天和高大华聊得挺默契，便提到了禁烟捐的事。

"你是前辈，四村就你德高望重，又历来受镇上的看重。这上头下达的捐税任务，虽说下到保安队，其实就是政府的事，镇公所也是很重视的。我是想，捐税可以少几个，都不交肯定不行。少下的部分，本来是给大家跑腿的辛苦费，村邻们都难，能少出点就少出点，我们也不差那两个钱。所以这几个可以减，但要上缴的任务是不能马虎的。"

"我也知道王社长何队长的难处，但这鸦片既不让种，捐又照样收，实在不合理。虽说改了名头，可谁不知道这是换汤不换药？也不知道是谁想的主意，收钱也要用点脑子，这么个馊主意，不说我们河洋，全县各镇各乡的人，几个能服气？"

这边两人一谈起鸦片捐，一直被搁在一边的雷族公插了嘴："村邻们也确实难，一年下来，辛辛苦苦挖山刨土，一家人连囫囵个肚子圆都没法子。再这样捐那样税，实在是受不住。我们洋里，比起洋高、洋左和洋口，又差了许多。田不多，全村六十来户两三百口人，九十亩田，一户人家都均不到一亩五分，一个人还均不到三分。前一次听王社长说各村的鸦片捐份额，我也没注意，后来想想不对，洋里怎么这么多？河洋四村，洋里户最少，差不多是洋高的二分之一，比起洋左也少四五十户，额度算起来和洋左、洋高却差不了多少，摊到各家，每家每户不是要多出许多？"

王天平看了族公一眼，说："洋里山地多，按户平均算起来，历年来种鸦片比起其他几个村就是多，我们也是参照了这两年收鸦片捐的标准。雷族公你就别再说了，已经弄出抗捐闹事伤人的事，只要何队长大人大量不计较，这事到今天还可以翻过去，要是再闹出什么问题，任谁也没办法。"

族公一时噎住，一边的高宏宇却不紧不慢地开了口，说："一个是种了多少收多少，一个是不让种，怎么会一样呢？怎么能同一标准呢？家里养着母鸡才有鸡蛋吃，杀了母鸡又要吃鸡蛋，哪里来？自个儿生？本来收这捐就不合理，还要说什么标准，真是滑稽。"

王天平看了他一眼，却不去管他。他向大家提出一个建议，说："这捐要收不收不是我们能说了算，我们没这个权力。要说村邻们有困难，能理解，都沾亲带故呢，伤了谁疼起来都连着根。我想，要不我们先替村邻们缴了这捐，当然这是借，到了秋收或年关，再收回来。该怎么计算息钱依着常例，这样看行不行？"

何五已有七八分醉，听到王天平说到垫付捐税的事，突然就插了一句："至少也要算三分的息，马桌的码头钱，利息都已经滚到一块五了。"

马桌就是那个常年靠赌博为生的洋外亭下人。你看他每次到各村去开赌局赢少输多，大把大把撒钱，其实他哪里就亏了？他放码头钱呢！什么是码头钱？在赌场里把手头的钱输光了，或是没本钱又想赌一把，尽管向他开口借钱应急，只要你肯付一块五的利息。一块五什么意思？借一块，第二个月就要还两块五。谁借得起呀？但就有人只记得眼前，好像有了这笔借来的钱，就一定能把输掉的本翻回来，就一定能把昨天输的赢回来。大多赢不回来，本钱息钱却又滚了好几倍。马桌不怕你不还，他养了一群小兄弟，隔三岔五上门，要不就直接把你给绑了弄到哪儿去受几天罪，准备卸你一条胳膊一条腿，割你一只耳朵一根指头。借钱的人只有一条路，就是卖，要不卖田卖地卖厝，要不卖老婆孩子。

何五这么一叫，高大华便猜测到何五、王天平事先有算计。他有些气恼，说："今天这桌子酒，是雷族公向何队长赔不是，只讲私事，不谈公家的事。"

"何队长受了伤，也是因为公事，不是自个儿闲着没事送上门让人砍一刀。再说，这禁烟捐的事总要解决，与在座的各位也不能说都没关系。"

"王社长这话说得就有些偏了。鸦片捐有保安队管，又有你王社长的巡洋社在，有你们操心，干我们平头百姓什么事？你刚才提的或许也是一个小法，由各位带回去，讨村邻们一个意见，这事才最终能定。今天在这儿说，我想大家也决断不了。"

"这么说大东家同意了，那这钱该怎么个垫付法？"王天平不去挑高大华话里的刺，却顺着他后几句的话接着往下说，"是各位各自负责本村，还是四村全统起来？我的意思，既然是做好事，巡洋社和保安队也得拿出几个钱，一是帮村邻们忙，二是可以赚几个，补贴开销。我想，巡洋社和保安队就出其中的一半，各位合起来出另一半，到时按比例算息钱收入。要是算起细账来，大家也能落下几个辛苦钱。"

"这叫把人家衣服剥光了还不算,再要剥人家一层皮!四村村邻本就没钱,连捐都出不起,现在还加上出三成五成的利息。说得好听,叫帮助村邻,要我说,这就叫假公济私!真是生财有道!"高宏宇瞄了一眼阿爸,一时没忍住,便脱口而出。

"有你什么事?"高大华生气地瞪了他一眼,转过脸对王天平说,"这出资垫付收利钱的事,我就不掺和了。他们几位,由他们自己定。还是那句话,得等回头各回各村,问了村邻们的意思才能决定。"

"不干,就我们自个儿干。"那边何五又没头没脑地叫了一句。

第 三 章

刮台风的前一天是中秋节。上午还晴空万里,过了午后,先是吹过来几阵暖风,而后便看到天空中聚起大朵大朵的云团。闻着湿热的风,看看灰白相间的厚重云团,有经验的村邻便怀疑:"这是要刮台风呀。""不会吧,都中秋了,还有什么台风?"有人不以为然。"中秋就不刮台风吗?前年到了八月二十三还刮大台风,虽说不在我们这一带上岸,风也不算特别大,可雨大,也就下了两个时辰不到,整个千亩洋都满了。""秋台风秋台风,一刮就要闹饥荒。比起夏天的,秋台风更怕人。"雷族公恰好走过来,忧心忡忡地说。

台风来得很是迅疾。村邻们推断刮狂风下暴雨最快也是夜里的事,没想到傍晚时分便风雨大作。几阵狂风过后,天空便堆满了浓厚的乌云。人们还来不及把晾晒在山地上的柴草捆扎收回家、把院埕里的柴垛苫盖好、把门窗压上重物,暴怒的狂风已经在天地间横冲直撞,摧枯拉朽,飞瓦断木;雨水瓢泼般往下倒,石子一样、铁块一样,打在瓦片上,像要把瓦片击碎了似的。不到一个时辰,水就漫过塘沽,漫过洋左村、洋高村,漫进人家的院子里。躲在屋里的人们只听见窗外到处是乒乒乓乓唰唰啦啦嘎吱嘎吱咣咣啷啷的声响,风卷着沙石击打着墙壁、屋顶、门窗,树林颠来荡去,竹木一棵接一棵断折。山洪从后门山上奔涌而下,慌不择路一般直接闯进老屋厅堂,冲垮门槛潮涌而出。透过门窗的缝隙,村邻们焦灼地看着千亩河洋,那些正大着肚子的秋稻被风被水拽来扯去,痛苦而无助地甩动着身子,浑浊的洪水一波赶着一波,劈头盖脸地扑过去。很快,洋面便茫茫一片,整个儿被淹没了。

风雨在河洋肆虐了整整一夜,四村村邻一夜无眠。第二天一大早,风停了,雨却一副不肯罢休的样子,有气无力地下一阵停一阵。四村面目全非,洋面上水汪汪一片,大股大股的山洪还在往山下泻,挤下山谷溪涧,闯进河道，溢过溪坝，涌出溪坝坍塌的决口，灌进洋面，乱得无处下手。无处下手也得清理，人们一边唉声叹气、各自埋头整理屋里屋外，一边打听传递各家各户的受灾情况。纷乱中有谁说起半夜里听到一声轰然巨响，不知哪里的山塌下一块来，听那声响，塌下来的一定不是一小块山体。马上就有人喊起来："后门山塌了，塌了好大一块！"老屋后门最靠近山脚的上丁、上笔、忠定兄弟叔侄的三间土坯房全被埋了。人怎么样？都埋了。"啊，快，快快，先把人挖出来，先把人挖出来。"人们扔下手里的事，提着锄头畚箕纷纷往后门赶，有女人就哭了，哭着哭着就号啕起来。山坡上留下一大片鲜红的醒目塌痕，墓基大小的一个椭圆形斜坑，脚下是一个新隆起的大土包。全埋了，老少十三口啊！皇天啊！

洋高北边村口的那棵榕树被劈开了。那树身，原本五个大人抱不过来，树荫盖住一整个村口，那根像是寿星的须，千根万根数不过来。要不是天上的巨灵神，谁有那么大的能耐把它劈开？又听说洋口死了不少人。洋口挡在风口浪头，靠的是那一道海堤。是海堤决口了吗？不是。是夜里有些村邻担心自己的小舢板被水冲走，在船上守着，船被风浪掀翻了，人掉到水里淹死了。还有几个是台风停歇后赶去岸边看情况，突遇台风回南，被风雨卷到水里去。

台风一过，千亩河洋就像被打得遍体鳞伤一般，趴在那儿有一口没一口地喘气。大水退了，田塍和河坝露了出来，却这里崩了一截那里豁了一个大口。水稻也露了出来，东倒西歪，满身泥浆水垢，又纠缠着许多水草和垃圾，绝无起死回生的可能。人们徒劳地在田里这儿翻翻那儿摸摸，把倒伏的稻子立起来，又眼看着它重新倒下去，把缠绕着稻株的水草和垃圾捡走了扔到远处去，无奈地看着它仍死气沉沉地趴在烂泥里。"没用了。"有谁在溪对岸悲伤地说了一句。其他人却不搭腔，或是继续满心不甘地整理着那些稻子，或者停下来，呆呆地望着那些没了希望的一方田亩、没了希望的千亩河洋。

更凄惨的是死了不少人。四村村邻见惯了台风的疯狂暴烈，承受过墙倒屋翻、田园绝收乃至人员损失之痛，但记忆中似乎从来没有过如此酷烈的灾难。洋左刘家八十二岁的老表爷说，他活到八十二，还是第一次看到台风摆出这样的架势，三十七岁和五十六岁那两年，台风也够凶，也死了人，一次死了十二个，一次死了九个，就不得了了。这次死了多少？二十多个？哎呀，叫人撕心啊！这人间做了几多坏事，老天才会发这么大的怒气？

四村到底死了多少人？有个说法是共死了六十五人，还有个说法是二十四人。其实也就是四个村，哪家有谁不幸遇难怎么会不清楚？之所以有两个数字，有人说是因为前一个数字把后来闹饥荒中饿死的人也算在内。还有一个说法是，四村没死那么多人，是王天平多报了死亡人数。

王天平是希望上头多给救济，多发些钱下来，他这是要发灾难财人命财。有村邻说。

刚入冬，就有人家断了粮。饥荒很快开始在四村蔓延。

饿死人的事最先发生在洋口。洋口田少，没灾没难的年头，村邻靠讨些小海捞些鱼虾贩卖，又依靠给货船装卸搬运，手头多少能弄到几个现钱，日子要好过一些。因为这个大台风，多数人家的舢板和渔网不是被浪冲走了就是被打烂了，都是几年十几年的积累，才好不容易有了一只小舢板一副罾网，是生计的依靠。没了舢板没了网，洋口村邻的日子一下子就没了着落。

福宁县台风洪水多发，隔一年两年就要遭受一次大灾，造成粮食歉收，进而引发饥荒。前些年，县里出了个大动作，专为解决这个大难题，在各镇各区各乡设立公谷局，平常年份平价收购村邻手中的余粮，灾年向村邻平粜谷子，以助大家渡过难关。河洋田多四村人口也多，米洋镇和四村大户商量，也办了一个公谷局，镇里出资一小部分，大部分靠四村几家大户投入，在河洋洋高和洋里交接路口建了个粮仓，说是备灾备荒，平时也做籴进粜出的生意，是个不错的挣钱路子。村邻们不叫它公谷局，而叫官仓。最初镇里委托高大华管官仓，前两年也不清楚王天平如何就走通了县里镇里的路子，镇里劝退高大华，把官仓交给王天平。王天平接手的第一年就亏了。投了钱的大户都怀疑王天平玩了手脚，亏了大家肥了他一人；但担心本金被扣住拿不回来，年初便只得按王天平的意思又投了一笔，私下里商量着今年要是再亏，就一定抱成团和王天平好好算算账。不承想却遇上了这一场可怕的风灾，看来今年王天平又有理由黑钱了。台风过后王天平倒是开了两次仓库平粜谷子。可那是怎么个平粜法？一家两小袋，还没轮到一半呢，就说仓库见底了，没谷子了。

洋口的阿踢饿死了，说是吃白齉沙堵死的。这消息在四村悄悄传播，恐慌像一片看不见的雾岚，先是一丝一缕地从某个孔隙飘出，渐渐地便浓重起来，直至弥漫着整个河洋。有人家里全都是野菜了，有人开始吃番薯藤了，有人开始吃树皮了，有人开始吃白齉沙了。白齉沙能吃吗？说是观音土，观音土也是土，吃了就堵死了肠胃，拉不出来，硬把人给撑死了。

洋里也死人了。死的是雷忠明，也是饿的，几天没沾过番薯米谷，就是番薯藤加野菜叶子熬的烂粥，也是舍不得多吃一口，这边还天天赶早摸黑地在山里地里刨食。那一天，他正举着砍刀劈向一根枯树枝，眼前一黑，便昏倒了，一昏倒便再也没醒过来。他是想着打一捆干柴，挑到米洋镇上去卖，换几个钱买一斤八两的谷子，和野菜番薯藤混着煮。看着一家人连着吃那些破藤烂菜，把脸都吃青了，骨头都吃软了，神气儿都吃没了，他是心里难受啊！他僵冷的身体被人抬回来时，他的女人趴在上边有一声没一声地嚎着，像是接不上气一般。

洋左的王老满也死了，倒不是死于饥饿，他用一根绳子把自己吊在后山的树林里。眼看着一季水稻绝了收成，四村每个人的眼里或多或少都有一种叫绝望的情绪。早稻收成还了田租、春本和零零碎碎的一些欠债，差不多就没了。要是年成有指望，还可以向谁借些米谷或银钱挨过眼前这一季，待秋稻收成时还给人家。现在秋稻铁定颗粒无收，谁的日子都难，到哪儿去借粮借钱？原先被欠的，也慌，担心到了年底收不回来，便隔三岔五赶到家里来讨债，开始一两回还客气，到了第三回第四回，话便说得难听，再一两回，就要开口骂人了。也不管是亲舅亲姑还是表哥表姨，能拣着让你脸上发烫心里发急的话，尽管出口，还要吼到全村人四村人都知道。除了放债的，这小斗的米谷，小笔的银钱，都是向亲戚村邻借来应一时之急，原先关系好，才敢开口说借，另一方也才不好意思说不借。现在出了新情况，我也不是有多厚家底，遇到这年头，日子实在难过，毕竟是你欠我，老话说杀人偿命欠债还钱，天经地义，无论如何你也得把借我的还了，还做亲戚还做好村邻，不还，是你欺我，就不能怪我不讲情面。话说得都在理，但就是没东西还啊！人肉能吃吗？要不我往身上割一块给你？

这便是耍赖了。王老满不耍赖，但是真的没钱没粮，拿不出东西还人家。这个你用鞭子抽他也放不出一个屁的老实人，要说他得罪过谁，大概就一个王天平。他一个老实巴交的，什么人不好得罪，偏偏就得罪了巡洋社社长王天平？而且这王天平还是他不出五服的堂侄。说起来那还是多年前的事，早些年王天平就是个混混，好吃懒做成天晃荡，就想着从哪里掏些便宜，日子过得有一顿没一顿，没少到王老满这个不出五服的堂叔家蹭饭吃。有一回，王老满是真生气了，很大声地咕噜了一句："胯下还长着屌呢，好意思这家那家地吃白食？人家一个女人家，还养着一家子人呢。"王老满说的这女人是洋里的春红婶，男人得病死了，留下一个才十岁的孩子，上头还有个瞎眼的婆婆。她才三十出头，坚决不再嫁，家里家外田里地里地辛苦，直到把孩子拉扯大，把老人送上天。老实人不说话，一说话特伤人，王老满的这句话就伤到王天平的心根。听说没过多久，王老满的女儿王菊英在林子里捡柴时，被野男人给糟蹋了，第二年，匆匆忙忙嫁给洋高高大品家的老三。两家既然结了亲戚，有些时候王老满手头紧，便会想到女婿。年初凑春本，向女婿借了几个钱，这女婿却有些浑，看着刮台风把庄稼都刮没了，担心老丈人到时还不起，想着怎么尽快把这钱要回来。女人不肯回娘家讨要，他挥拳头把女人揍得鼻青脸肿，自个儿跑到洋左找老丈人要钱。一次两次三次，话越说越不像样。人家说，是自家丈人呢，几个钱哪就要这么逼命般地讨要？人前人后说不过去的。他瞪着眼，喊："什么丈人，他养了个什么女儿，那女人是个什么东西，河洋四村，谁不知道她的那些臭事？我吞下了狗屎，你还要问我味道香不香，还要当恩情给人家送钱？"

村邻们发现王老满把自己挂在洋左后门山的林子里时，已经是第二天中午的事。大家帮着草草地料理了王老满的丧事，叹了口气，说："这年头啊，就算亲儿子都靠不住，还能靠女婿吗？"

官仓前有一块空地，地块太小，容不了多少人。前后两次开仓放粮，王天平都把地点放在自家洋楼前的院子里，却还是人挤人，又争又吵，还因为争抢和磕碰闹了口角动了手脚。这第二次，王天平叫社丁把四村头人大户都请来，安顿在一边坐着。眼看着原先堆放着两大垛粮食的地方空了，村邻却才走了一小半。一听说没谷子了，大家不乐意，有几个粗蛮的声音一叫，一下子群情汹汹，起哄的、吵闹的、哭啼的、恶骂的，一片混乱。王天平连喝了几声，才把场面压下来。

"村邻们，四村的村邻们，大家先别激动，听我说几句。官仓就那么大，谷子就那么多，一碗水洒不到多少人头上。大家也都看到了，今天坐在这里的还有四村的十几家大户，看着村邻们忍饥挨饿，他们也都坐不住，真心希望能出一点力，每家捐出一些粮食，帮大家渡过难关。接下来，就请洋高大东家的宏宇二少爷来给大家说说该怎么做。"

前些天王天平专门到洋高大厝找高大华商量捐粮赈灾，高大华说："我没意见，虽说四村损失最大的是我，但好歹比没田没地的村邻们日子好过一些，一家人吃饱不成问题，还有些余粮。这段日子来我也没少接济过村邻，算起来也有一二十户，送出去的谷子少说也有一二十担，自然都是亲戚和本家，想多帮一些人家，也没这个力。"高大华不站出来领个头，捐粮的事就做不成，王天平思量了一番，便去找高宏宇，说了灾情说了动员四村大户捐粮赈灾的想法。高宏宇怀疑地看着王天平，沉默了好一会儿工夫，说："这些日子我也一直想着这事，这样吧，我回头劝我阿爸带个头。不过单靠一家一人之力，解决不了问题，还得把各村大户都动员起来，最好是把有些底子的都发动起来。亲帮亲邻帮邻，这样力量才大，才能解决问题。"王天平叫一声好，兴奋地伸手重重拍了高宏宇肩膀一下，惹得高宏宇心里一阵反感。那边王天平连哄带逼要四村十几个大户答应捐粮捐钱，这边高宏宇回家里动员阿爸捐粮赈灾，说："都是村邻，总不能眼睁睁地看着人饿死，有钱的出钱，有粮的出粮，帮助大家渡过这个难关。老话说积德行善善莫大焉，佛祖说救人一命胜造七级浮屠，说的都是这个道理。"大东家阴着脸，气恼地说："你想要我捐多少？我捐！你这是替人家找你阿爸的难看。"高宏宇一时没听出味道，疑惑地说："捐粮赈灾，既是救人性命，也是特别积人望的事，怎么是找阿爸你的难看呢？"大东家瞪了他一眼，说："你懂得官仓里还有多少粮食没开出来平粜？你懂得这样的大灾之年官仓哪里还有粮卖给米洋镇上的米店？你这个书呆子，不但不用脑，还不用眼。"被高大华这么一呛，高宏宇明白了，想到王天平的倒行逆施，自己差点又要被他算计，做了替人数钱的蠢事，心里很是恼火。不过这捐粮赈灾的确是好事，眼下四村村邻饥不择食，连观音土都吃上了，再不想点办法，怕是还有更多的人饿死。他小心地看了阿爸一眼，犹豫了一会儿，说："看着村邻挨饿，怎么说心里也是不好受的，能多帮一家是一家，阿爸你说是吗？王天平伤天害理，把村邻的救命粮当作发财的本钱，我过几天就去县里告发他，要让他受到应有的惩罚。"高大华一眼横过来，说："就你？被王天平当猴耍还以为自己能干，还想扳倒他。你还是小心些，别去惹他，别到时没吃到羊肉却沾了一身的膻味回家。王天平闹捐粮，我还不知道他心里的小九九？不过就是既要当婊子又想立牌坊，一边要遮掩自己私卖官仓粮食，一边又想表示自己关心村邻们，给自己往脸上贴金。该出多少，该帮谁，我心里有数，我不会把粮把钱送到王天平那儿去。"

想到王天平不顾村邻们的死活，昧着良心倒卖官仓粮食的事，高宏宇因愤怒而全身发热。一定要告发他，而且还要让村邻们知道他的恶行，他坚定地对自己说。他正思索着有什么机会用什么办法把王天平的事向村邻们抖出来，王天平跑来问他："和你阿爸说了吗？大东家是什么意思？如果他老人家肯领个头，过两天要第二次开官仓放粮，到时把四村大户都叫来，当着村邻们表个态。一是让大伙儿安心，二也是叫大伙儿看得真切，你阿爸，还有其他大户，是真心要帮他们，真心替他们着想。"高宏宇看了一眼王天平，唇角的黑痣跳了一下，转过头望向别处。这倒是个时机，他心里一动，回头望着王天平，说："我阿爸这边我可以替他出面，其他大户呢？"王天平说："这不等着你阿爸的态度吗？你阿爸同意了，不担心其他人不来。要不我们一起到各村走一圈？"高宏宇摆摆手，说："官仓是你的事，开仓放粮也是你的事，我不掺和，到时其他人肯来，我一定到场。"

第二天傍晚，雷忠可到学堂找高宏宇。自六月十六过生日那天之后他和高宏宇来往就多了。那天，高宏宇对雷忠可说："你在学堂没上几天课，也没学会多少字，这样吧，傍晚学堂放学时，有空你就来，我教你。你呢，也一边教我学说畲家话。你也别叫我什么先生，就叫宏宇哥。"开头几次雷忠可觉得别扭，都是高宏宇来洋里叫他，相处了几天，便亲近了。说是一个教识字一个教说畲家话，却也不很当真，随意就扯到了别的话题，大多是高宏宇在说，雷忠可在听。雷忠可察觉到高宏宇心里很不快乐。有什么事让高宏宇不快乐，他不懂，只是到学堂更勤快了。自己也不清楚为什么就爱往学堂跑，似乎就是为了去陪陪高宏宇。

"你家景况在四村算是挺好的，回去劝劝你阿伯，能不能捐出三五担谷子，这大灾年头，我们少喝一碗稀饭就可能救下一条人命。"高宏宇说。

雷忠可平时和阿伯也说不上三句话，晚上回到家，才说了一个捐粮赈灾，雷族公一句话就顶了回来："你以为你有万贯家财呀，你以为你是救世主呀。河洋四村，有多少人没饭吃？你有本事把他们都请到家里养起来？"

白天王天平已经找上门来，提了捐粮捐钱的事，还说："县里说了，都闹饥荒了，谁家有余粮，不平粜给官仓，要查办没收。"王天平又说："我不想为难大家，也拿不出钱收购大家手里的余粮，只是眼前饥荒这么严重，官仓的粮食就那么多，河洋四村，两三千人，喝的是一条溪里的水吃的是同个洋长的谷子，出些力帮些忙怎么说也是应该的。"

这一两个月来你知道我或多或少帮衬过多少家？你王天平出了多少？这些年你王天平从官仓里又赚了多少？气恼话放在心里说，雷族公嘴上还得客客气气地附和敷衍，还要把王天平夸一番。心里能不憋屈？短寿儿却哪壶不开提哪壶，又说起这档子事来。

"楼上存了那么多粮食……这都饿死人了……就我们洋里……好几户都断粮了……送去一小袋谷子，就能救得一条命……"见阿伯发起火来，雷忠可有些慌张，话说得半吞半吐，东一榔头西一锤前言不搭后语的样子。

"你给我算一算，洋里还有几户没断粮？你给了这家，那家会怎么看？你再算算，全村多少户多少人，每人一天要吃多少粮，一个月要多少，我们那几斤粮食够几个人吃多长时间？亏你还上过学堂，读过几天书，连这个道理都不懂，还比不上你翠云姐姐一个阿妹。"

雷忠可原先对自家有多少粮食并不知情，也没想过要知情。有一段时间，他看到不断有板车把一麻袋一麻袋的东西送来，被阿伯藏在新厝左边溜二楼后间，觉得有些好奇，便偷偷去查看了一番，知道那些原来都是谷子。雷族公原本不把谷子放在家里，而是寄在米洋镇的一家米店里。这种存粮方式至少有若干个好处。一是借了米店原本存粮的经验，既省下自办仓库的麻烦，也避免因储存不当导致粮食变质发霉生虫。二是可以生利。米洋河洋一带，一些地主大户把每年的新粮存在米店里，和米店定了协议。那些要借粮的来米店借，约定到了夏稻秋稻收成，按一担加三至五成还粮，借钱的也来米店借粮，再卖给米店拿钱，到了夏稻秋稻收成，还按一担加三至五成还谷子抵钱。这三成五成的利，米店要分出两成给存粮人。正因有了这第二个好处，便延伸出第三个好处来，不管自家粮食在米店寄存几年，拿回来时都是新粮。陈粮吃起来口感差，上称重量轻，市场卖价自然也要贱一些，比不上新粮。雷族公这些年凭着这一条生财之路，多攒了不少钱财。这次一定要把存粮拿回来，还是台风给闹的。到处闹饥荒，哪一天饿疯了，谁能保证就不到米店去抢粮？况且政府也在敦促各存粮户捐粮，还查究谁家借机囤粮，给扣个囤积居奇的罪名，不但要没收粮食，还要罚一笔钱款。那些米店，正是政府要查的第一个。看着自家这么多粮食，村里却有人就因缺那么一口饭生生饿死，雷忠可觉得不应该这样。"难道不能把粮先借给他们吗？到时就是加两成三成的利息，也比看着人活活饿死强。"他这么一说，族公却又顶了一句过来，说："三成利息？能还上本金就不错。这绝收了一季，就算接下来都风调雨顺，几个人家可以一年两年就翻身？到时要他们拿什么东西还你？再说，盘古开天地，天灾人祸哪年没有，又哪次不死人？一个人有一个人的命，老天要你死你想救也救不了，老天不叫你死你就是吃风喝水也死不了。能帮点是要帮点，也就是尽尽人情。你要把全村各家各户都供起来养，你也得看自己有没有那个能耐。"

心里多不痛快，官仓开仓放粮这天，雷族公和四村的其他大户还是不得不来。王天平在洋楼面前的院埕里摆了一张八仙桌，两旁搁一张太师椅，他一边坐着，右手边又排了四五条长凳，请四村大户就座；八仙桌的另一边坐着学堂里的陶志鸿先生，面前摊着一个本子、一支水笔，过秤的喊一声他便提笔在本子上记下账。见没领到粮食的村邻大呼小叫地闹起来，一边坐着的十来个大户都有些紧张，一听王天平说到要捐粮的事，就明白今天无论如何也是要出点血了。

王天平一唤，高宏宇站起身，左左右右扫了一眼，放慢语速说："今年灾情大，大家都遭受了，不用我多说。只一句话，四村村邻只有亲帮亲邻帮邻，才能一起渡过难关。坐在这边的这十几个阿叔阿伯，都是四村有家底的人家，这场台风遭受的损失都很大，但毕竟还不至于揭不开锅，还不至于吃了上一顿就没下一顿，多多少少有些积累。他们在这样的大灾大难面前，不肯只顾自己，帮亲帮邻，给粮给钱，都出过不少力。现在要他们对着大伙说定出多少，既让他们为难，也不好操作。他们说少了，要叫人讥笑，夸口了，怕又兑现不了。再说，不管他们出了多少，给谁？到时别该帮的人得不到，不需帮的人得了便宜，一瓢水没浇到花上，全泼到溪里去了。我认为这样更好，四村村邻谁家有难处，找谁求援助，是给是借，是多是少，两个自己商量。难处实在，另一个又有能力帮忙却不肯帮忙，这就不对。今天，我想就叫十几个阿叔阿伯当然还有我自己表个态度，村邻谁家断粮挨饿，找个门来求助，一定尽自己所能出力帮忙。"

高宏宇回头问了十几个阿叔阿伯的意见，他们已经高兴地满脸堆笑，七嘴八舌回应说好。一边的王天平一时没弄明白高宏宇这一番话是什么意思，就听见高宏宇接着说："镇里在我们河洋建了官仓，用意就是遇到灾荒年头村邻有一口饭吃。那样大小的官仓，能装多少谷子，想必大家都算得明白，这两次开仓放粮，总共放了多少谷子，大家心里估计也有个数，这两个数字有相差吗？现在是最紧要关头，挨过眼下这一两个月，山上的番薯虽然也损失了不少，多少还能收成一部分，或许可以帮忙顶过这一季。所以，官仓里如果还有谷子，应该全放出来才对。"

王天平气得脸色发青，见围在院埕里的村邻又骚动了起来，用力拍了一下桌子，喝道："都给安静下来，别听他人鼓动。官仓里还有什么谷子？不信我就带你们去看个明白。眼见着村邻们挨饿不肯出力，还要在这里嚼舌头，唯恐天下不乱，偏偏就有这样的人。"

高宏宇却不理会，径直穿过人群扬长而去。

第 四 章

坐落在大山里的双坡谷，灾情比起河洋米洋和石浦镇要小得多了，台风过后，却也伤痕累累，满目疮痍。林木大片倒伏，草厝瓦厝或飞了瓦掀了顶，或塌了墙断了柱，山洪连揪带撕扯下几处山体，又轰然蹿过溪谷，冲毁了谷口的那片稻田。遇到这样的大灾之年，第二年的二月二无论如何要办得更排场更热闹。双坡谷的二月二呀，整个北山里，那么多畲家村子，就没有一个村没一个节日办得比它更热闹。东坡西坡两个村子近一百五十户五六百口人，加上各家各户的亲戚朋友，周边十里八乡来看热闹听盘歌的村邻，每年动不动就是大几千人；要是有做戏、菩萨巡境，来的客人就更多了。双坡谷东坡村尾有座小小的宫庙，背靠一小片林子，面朝溪谷，有一道碎石垒成的小路经过庙前。庙里供奉的神仙是千里眼。传说很久以前东坡出了个奇人，站在坡顶目光能穿过山林看到千里之外。他曾对村邻说："海面上漂来几艘大船，那是一群海盗，他们第二天天不亮就会到达石浦镇，把镇里把周边的村子烧杀抢劫一空，然后摆船过了海港，抢了徐家渡，抢了小叉子湾，沿着山岭一路往山里来，往双坡谷来。双坡谷将要遭遇一场可怕的劫难。"村邻们都以为他是中了邪祟，认定他是胡言乱语，不当一回事。三天后，强盗果然来了，他们劫掠了石浦镇和海港两边的那些村子，又一路循着山岭翻山过涧来到双坡谷，杀人放火坏事做绝。目光能看到千里之外的奇人也被杀了，他身上被砍了很多刀，就是不出血，眼睛也不合上，始终圆瞪着，眼珠子随着海盗转，无论那些海盗在哪个方向，那双眼睛总是盯着他们。那些海盗怵了，裹起掠夺的财物仓皇而去。村邻们相信奇人一定是哪位天神转世，来拯救全村人，为他修建了宫庙，给他塑了泥像，逢年过节家家户户到宫里来给他敬香，祈求他庇佑一村平安。都说办二月二是给菩萨过生日呢，是为了祈求菩萨施恩赐福，护佑一方平安。

二月初一，各家各户的客人就来了。白天，村子的院埕里，村口的茶园竹林边，村后山的岭头上，坡谷里的溪两岸，男男女女捉双揪对已经盘了大半天的歌。那些从外村外乡外县外省赶来会亲的，还没进村口，就被山歌给激荡起满腔的兴头，不过就略略羞涩了一小会儿，便放开喉咙接过村里哪个男人女人开启的歌头，对一首走一段再对一首再走一段。也就来回盘了三两首，便进了村子。那些调皮的阿哥阿妹，便唱起了"妹思哥来夜难眠，盼哥盼到月西山"之类的歌来。迎亲的歌是欢喜的，调情的歌是诙谐的，这么聚三集五地对了半天歌，阿妹的心动了，阿哥的心动了，心里钻进来一个人。等着晚上院埕里或者村周边某处宽阔的平地上燃起一堆篝火，阿妹羞羞地把阿哥一拉，那位阿哥是来做客，有点儿扭捏，旁边的一个两个姐妹嬉笑着赶上来帮忙，又拉又拽，把阿哥拉到火堆边。该跳个舞了，大家环绕着火堆，手牵手拉一个圆圈，一边唱，一边握着别人的手一起往火头上送，又抬起脚往火头上送。火光照红了那一张张年轻的、甜蜜的脸，把阿妹头上的红头巾照得更红，把胸前那一块大面积的刺绣照出更叫人浮想的图案来。唱累了跳累了闹累了，于是停一停。歌停了，舞停了，但笑停不下来，闹停不下来。"你敢踩火堆吗？"哪个阿妹要考验阿哥了。哪能不敢？那位阿哥把裤管挽起来，把鞋脱了，往后退三步，弓着身子运足劲，"嗨"一声便跳进火堆，踩着还火红火红的灰烬飞过去。第二个，第三个，第四个……在这么多人面前，在阿妹的面前，谁也不能让自己成孬种。这是双坡谷二月二歌会必定有的一项活动，叫火头旺。年年二月二，年年火头旺，年年好日子。

　　太阳快要落山时分，吴月英和好姐妹、林脚坪村的蓝阿菊爬上坡岭回家，满脸的红光还没褪去。下午她们一帮姐妹在坡谷里盘了小半天的歌，打败了一拨又一拨对手，直至再也没人接上她们的歌句，只是起哄、说不三不四的俏皮话遮掩失败的不堪，她们才像凯旋的将士，一边意犹未尽地品评着对歌的那些男人谁表现得还不错、谁就是个三板斧的程咬金。双坡谷，不，整个北山里，谁不知道双坡谷东坡的吴月英是个好歌手？都说她唱得比她姑姑爱华还要好呢。二月二龙抬头，多下雨天气，今年二月二老天却特别给劲，连着几天放晴，坡谷里飘浮着一层轻薄的暖气，到了傍晚，日头变得红通通的，特别大特别圆，像一个硕大的橘子悬浮在西山顶上，周边荡漾着红色的波纹，把整个东坡染成一片金黄。吴月英跳进院埕，就看到自家门前坐着两个陌生人。其中一个，看得有些面熟，仔细再看一眼，猜到应该是洋里雷表伯家的那个短寿儿表哥。他好几年没来了。记得有一年二月二，他跟着雷表伯来做客，看那样子像是满身不高兴，不说不笑，不跑不闹，总爱在不惹人注意的角落待着。双坡谷不好吗？二月二不热闹吗？来我家做客大碟大碗地吃菜你还不高兴吗？惹一惹他！你看他衣裳穿得多整洁，给他涂几把锅底灰；你看他多没意思，去，一个个跑过去，拉他一下，撞他一下，拍他一下；你看他脸憋得多红，大家都来，站在这儿，拍手唱歌笑他"像个小傻瓜，稻子当稗拔，割草老割手，挑担两头滑"……你看他急了，逼着他阿伯要回家。第二年他不来了，第三年他不来了，这么多年他都不来。吴月英嘴角掠过一丝羞怯的微笑，目光便落到旁边的另一个人脸上身上。这是谁？我家的亲戚吗？怎么从来就没见过？对方穿一件淡青色软绸汗衫，下身一条灰色直筒裤，顶着那种三七分的发型。过节不穿畲装，就一定不是畲家人。用心再瞟了几眼，又觉得这张脸像是在哪儿见过，到底在哪儿见过，却怎么也想不起来，有点恍惚，像在做梦。这张脸白净、清朗，看着就有些不一样，此时正带着微微的笑意望着她，似乎正在嘴里酝酿着要说什么话。正犹豫着是不是应该问一声，阿妈恰好从厝里出来，说："月英阿菊回来啦，这位是洋里雷表伯家的表哥，这位是跟雷表哥一起来的客人，你们陪一会儿客人，马上就要吃饭了。"

"她就是月英？"高宏宇问雷忠可。

高宏宇想起在洋里喝酒时，听爱华表嫂盘歌的歌词里提到月英月兰两姐妹，这月英一定就是歌里的那个姐姐了。看起来也就十六七岁，一头黑发被捆扎在一条红头巾里，中间又别上一枚银钗，看着干干净净清清爽爽，把一张椭圆的脸衬托得油亮油亮。她穿一件黑色斜襟上衣，大概因为唱了半天的歌，身上发热，此时挽起袖子，露出春笋般的一截小臂，戴着闪亮的银镯子。上衣的黑色布面上缀着一道道一朵朵用彩线绣成的粉红图案，衣摆近膝，却被结实地收进一条宽大的彩色腰带里，人便显得麻利干练。

"你怎么知道我叫月英？"吴月英抬起头来，惊讶地看着高宏宇。

高宏宇一时没想到北山里的畲家人其实都会说本地话，被这一问，愣了一下，才有点结巴地说："前些日子在洋里听歌时，爱华表嫂在歌里唱过你们的。"

"你是谁呀？"

"我叫高宏宇，也是河洋人，家住洋高，跟阿可是好兄弟，今天随他来听歌。起先在坡岭上，听到坡谷里你们在对歌，看到你在唱了，你唱得真好。"

受这一夸，月英突然觉得有些不好意思，别过脸去，心里漾起一种别样的感觉。高宏宇却不怕生，说起去年在洋里听爱华表嫂唱歌，心里就打算要编一本畲家歌集。

"你爱听畲歌？你听得懂吗？会畲家话吗？"月英别过脸来问高宏宇。

"听不懂，和阿可学说畲家话，也没学会几句。不过可以叫阿可翻译成本地话。再说，你们也都会说本地话呀，可以请你们用本地话告诉我歌词。那次在洋里喝酒，听爱华表嫂唱歌，真是好听。还听说北山里好多个村子年年都要过节办歌会，有林脚坪的七月七，三叠岩的三月三，兄弟坑的四月八，特别是双坡谷的二月二办得最排场最热闹。"

"还有好多村子呢，后垄坑也是过三月三，八箩也过四月八，岭脚那个村闹的是九月二十八……"一说起北山里这个村那个村的歌节歌场歌圩歌会，说起什么歌什么歌，月英了如指掌。

"双坡谷二月二，三天三夜地唱，不光北山里这些村子，就是其他县，包括更远一些地方的畲家人，也都要赶来。除了常唱到的那些曲子，还有好多歌，都是临时编临时唱。"

听月英这么一说，高宏宇兴奋地扯了一下雷忠可的胳膊，说："来对了，这次要好好听，好好记，三月三、四月八，我们还去。"

二月初二，来双坡谷听歌看戏的人更多了。有些亲戚因为舍不得抛下一天两天的生计，前一天没来，今天也一定要赶来，会会亲戚，吃个午饭晚饭。家住得近就当晚赶回家，远一些就住一个晚上，第二天吃了早饭再走。邻近的那些村子，不论是畲家人还是汉族人，不论有没有三姑六姨七舅八婆住在东坡西坡，这一天都要赶来双坡谷听歌看戏，临到吃午饭晚饭时分也一定有人来招呼，请到家里吃个饭喝杯酒。早几天，东坡西坡各家各户就忙开了，厝前厝后清扫整理一番，家里的箱柜被褥也翻出来，看着哪天出日头，搁在院埕里曝晒，桌椅碗碟用刷子刷一次，该添的新家当不能少，到时亲戚都要来做客呢，又脏又乱又破烂的，丢不起这个面子。家里就是没一个铜子儿，是借是赊，也得想办法把门面做些装点。当家人要到洋高千尺街或者米洋镇菜市或者隔着海港的石浦镇菜市采购一应菜料食物，年前剩下的香烛鞭炮要是不够，也还要添加一些。到了二月二这一天，东坡西坡各家各户早早就敞开自家的木门柴门，向天地门神灶君供了燃香，又放了鞭炮，女主人便开始下厨房操劳。晌午时，谁在村口岭头上又起了歌头，便有阿哥阿嫂阿弟阿妹甚至阿婆阿婶阿叔阿伯从这儿那儿走出来，慢慢地便聚拢到岭头，你一段我一段地盘起歌来。新来的客人们不急着找自家的亲戚，却在岭头那儿停下来，兴致浓浓地加入盘歌。只一个时辰时间，这岭头便聚集起百来两百人，有本村的，也有外村的，有畲家人，也有不少的汉族人。该吃午食了，才渐渐消停下来。这边早已摆下桌子，上了酒上了菜，或摆在家门前，或摆在自家厅堂里。村口岭头上盘歌听歌的一群人往各家各户去，主人招呼自家的客人走。那些客人，这家那家都熟，一一打招呼，爽快地接受村里人要他过会儿到家来喝碗酒的邀请。热闹转移到村子里，敬酒碰杯，说春道秋，孩子哭叫，女人嬉笑，有主人到这家桌上把客人拉去一会儿，有客人跑到那家的桌上喝几碗喊几句，吵吵闹闹，一片欢喜。午后，那头又有谁在岭头上起了歌头，畲家人爱盘歌，一听有歌场，男女老少便挤过来，遇到谁一时接不上，便插上一节。午后的歌，开场是欢迎，唱的是"今天是二月二，欢迎四乡八村的亲友来做客"，唱着唱着便换了词。

> 桃花开来李花开，二月初二起歌台。
> 东坡吴家西坡李，各家亲友四方来。
> 四方亲友来相会，山高水远情常在。
> 万语千言说不尽，要唱山歌展情怀。

这是一首长曲，唱歌的是个男声，那声音清越地飞起来，像是一眼山泉越过一片光滑的石壁，钻进苍穹，留下余音在四周的山林里游走。高宏宇就想到青牛潭，仿佛看到一道清澈的闪着光斑的潭水像一条银色的蛇趴在崖壁上。往北山里，要走青牛涧西坡的青牛岭。拉着雷忠可来北山里之前，高宏宇从没爬过青牛岭，只到过山下的金水潭金水屿。他听说上头还有一个大水潭，叫青牛潭，却从来没上去过。路上，他拉着雷忠可在青牛岗坐了好长一会儿，看瀑布白花花地从高处飞下崖壁，心里突然间冒出张开双臂往下跳的念头。

有一道圆润的女声接下歌头：

水连云来云连天，畲家歌言几千年。
会亲会友把歌唱，过年过节歌代言。
山歌一唱心开放，心头放开喜连连。
歌是畲家传家宝，世世代代传千年。

紧接着便有人挑起了对歌：

起歌也要好歌头，做田也要好泥头。
好歌头连歌尾转，好田种稻好丰收。

有女声接过歌头应战：

一道山歌九个头，门前栋柱挂笠斗。
改头换面与哥聊，变作黄云半天飘。

男声又转了韵尾：

歌言也要好歌尾，好花也要好园栽。
好歌尾对歌头转，好园栽花花香来。

女声也不甘示弱：

一道山歌九个尾，门前栋柱挂棕蓑。

改头换尾与哥聊，变作黄云半天飞。

歌词不知不觉地便俏皮了起来：

新年过了新春来，梅花开后桃花开。
梅花报春十二月，桃花开了等妹来。

人群一下子热火了起来，笑闹中便听见飞出一道女声：

梅花开后桃花开，阿妹单等阿哥来。
鹿角麂角不一样，梅花桃花报春来。

又是一阵浪潮般的笑声铺盖开来，女方一群的笑声明显有些得意，但男的一方也不甘就这样输了，于是又有人接下歌继续盘唱，一个回合又一个回合地斗着，歌词越来越粗鄙，唱的人却越来越亢奋，闹到后来女的一方实在不知道该怎么开口，这一轮的较量才结束下来。

坡谷溪坪上的戏台传来一阵锣鼓声，这表示戏就要开演了。正对戏台的坎坡上有一处临时搭建起来的小木厝，方方正正像个盒子，这是专为菩萨准备的菩萨厝。昨天下午，菩萨已经完成了对周边各个村子和东坡西坡的巡游，这时已端坐在菩萨厝里等待看戏。厝前的香炉里香烛旺盛，烟雾缭绕。这边歇了歌场，人们都聚拢到戏台下，溪坪却不够宽大，于是左左右右的坎坡上便站满了人。吴月英和阿菊领着高宏宇、雷忠可站在菩萨厝的边上。被烟雾熏得有些受不住，月英便对高宏宇说："我们还是换个地方，到那边的坎坡上挤一挤。"高宏宇却说："这戏也没什么看头，我们还是回你家，你把刚才唱的那些歌给我说一说，我把它们记下来。"阿菊要看戏，月英迟疑了一会儿，也没应答一声，便自个儿先转身爬上坡岭往家的方向走去。

吴月英觉得村子里年年办二月二，今年这一次办得比哪一年都要热闹。村里人、来村里参加二月二的客人们，没有一个不是满面红光，满脸堆着油腻腻的笑，每一个都那样快活，那样尽情地唱，尽情地喝，乐哈哈地看戏。她那几天一直穿着最漂亮的一套凤凰装。她有两套凤凰装，这套领子和胸前的彩线、花色绣得特别精细，腰带是蓝色的，绣着绿色的藤蔓，上头有两只粉色的蝴蝶在飞。坡顶坡谷在盘歌，溪坪溪头在盘歌，吴月英拉着高宏宇，跑东跑西，两个人的影子在村子里飘来飘去，两团云彩一样，两朵灯光一样，两只蜻蜓一样，在熙熙攘攘的人群里，在飞扬的歌声中，停留、闪亮、飞舞。停下来时，高宏宇就掏出个本子来记录。他的记忆真好，"刚才那个看起来有四十来岁的阿婶唱的是什么歌？""那个腮边有颗痣的阿姐和发际高额头敞亮的阿哥对的歌是什么意思？"他不认识他们，但是能准确地说出每个唱歌者的一两个特征，让月英一下子就明白指的是哪一个，就告诉他唱的是什么歌、是什么词，看着他一个字一个字一首歌一首歌地写在本子上。

到了二月初三，各家的客人基本都散了，除了特别亲的，而且可以闲一两天不用想田里山上的农活，才多待一两天，把剩下的几折戏看完，也就几个女人孩子。高宏宇和雷忠可初三那天也要走，吴月英看着他们，眼里像铺上一层灰蒙蒙的雾气，憋了好一会儿，才轻轻吐出一句话，说："戏还有两天呢，你们来一趟不容易，看完戏再走吧！""那就再吵扰你们家两天。"高宏宇答复得没半刻犹豫，似乎一直在等着吴月英的挽留。初五下午，实在该走了，阿菊陪吴月英把客人送到坡谷口，她看到月英的眼里弥漫着一层水雾，仿佛是一口深深的水井，有什么东西失落在深深的水井里，却看不见，也摸不着，便扯了一把雷忠可，把脚步放慢下来，与高宏宇和吴月英落下一段距离。沉静了好一会儿，她突然听见月英大声说："三叠岩过三月三，兄弟坑过四月八，到时，我们还去看节目听盘歌。"

三月三去三叠岩，他们来了。兄弟坑四月八，吴月英和蓝阿菊把村子里里外外瞅了个遍，又瞅了个遍，没看到高宏宇。他失约了。二月二在双坡谷就约下的，三月三去三叠岩，四月八去兄弟坑。

从昨天一到兄弟坑开始，吴月英的一双眼睛就不时地往村口岭头瞧。晚餐时分，她装作不经意，拉着蓝阿菊一家一家走过去，在每一家的堂厅前停一会儿，看一眼围坐在餐桌边的主人客人。希望，失望，再怀着希望，又失望，仿佛月亮刚穿过一团云，才一会儿，又被另一团云吞了进去。希望越来越缥缈，甚至明知并不存在，她却还是执着地把几十户人家都走了一遍。村子前面有一条很宽很深的溪坑，落在坑两岸的这个村子就叫兄弟坑，几十户人家，分散在两岸三处的三个院子，又分别叫坑左、坑右、坑头。吴月英和蓝阿菊把三个院子另加散在边上的几处青石墙黑瓦顶或夯土墙茅草顶的单户全走了一圈，各家各户的晚餐差不多都结束了。阿菊知道好姐妹月英在找谁，不时地看着她，目光里充满了爱怜，轻轻地说："这么迟，今天他是不会来的。"但是兄弟坑四月八，最有看头的最热闹的是初七晚上的祭祖，今天不来，晚上之前不赶到，明天来还有什么意义呢？幽蓝幽蓝的天空轻笼着青紫色的雾岚，半轮月亮晃着浊黄的光华，不远处，山林黑魆魆的影子里谁邀三喝五地就跑到村外开启了歌场。往常，谁一开歌头，吴月英就觉得血管里的血液在发热，喉头在发痒，甚至连想都不用想，一张口就飞出歌来。但今天，她蹲在坑口的岩石上，心不在焉地望着坑口之外的一重又一重山，那些飞来飞去的歌声离她很远，远得甚至根本就到达不了她的耳边。

夜色下的溪坑看不清坑底，坑里的涧水像是在地心深处潺动，吴月英恍惚中看到自己与高宏宇之间隔着一道幽深昏暗的坑谷，她突然一阵战栗，一股寒流穿过了她的身体。

在三叠岩，第二天离开时，他说过："月英，我要娶你，我要你嫁给我。"此时，这句话却像一枚越飞越远的秋叶，又像一缕越飘越远的青烟，若有似无，仿佛从梦里飘来，被一道强光闪照了一下，便消失了。

吴月英来林脚坪找蓝阿菊的时候，阿菊挑着一担畚箕刚从后山坡下来。双坡谷到林脚坪要翻三道岭，没因没由的，月英怎么就来了？看着那张白白净净的圆脸好像瘦了一圈，两只乌黑的眼珠子像是在水中泡久了一般没一点儿光彩，阿菊便知道这十来天好姐妹心里为什么事在纠结。

阿菊心疼了，抓住月英的两只手，说："你呀，魂是真的被人勾走了。四月八过来才几天，怎么就变成这个样子？"

"约好了的，他怎么就没来呢？"

"他就不能有些急事？你是急着想把自己嫁出去还是怎么的？我们最多一次也有大半年没见过面吧？却不见你稍稍想过我。现在，一个才见了几次面的河洛仔，倒把你相思得不成人形。比起情哥哥，好姐妹算什么这是？"

"扯到哪儿去了，是一回事吗？"阿菊那是在开玩笑，月英却当作是胡搅蛮缠，有点生气了。

"你看你看，脾气是越发大了，你心里想人家，向我发什么脾气，是我抢了你的人，还是把人藏起来？"

"你还没完没了了。"月英真生气了，"我这是跟你说正经事，你乱七八糟胡扯什么？"

阿菊有些狐疑地看着自己的好姐妹，说："那你说，是什么正经事？要我做什么？"

这么一问，月英还真不知道该怎么说了。她本来就没想清楚，只是心里头一会儿空落落一会儿乱纷纷，像有什么东西在飘来飘去，就是捉不住。高宏宇的那张脸时不时地闪现，像是隔在一扇窗户里头，那窗户敞开，这张脸便跑了出来，带着含意不明的笑，什么时候窗户又关闭了，眼前便一团昏暗、一片空荡荡。她期期艾艾地吐出一句话："你说，约好的他怎么就没来呢？"

"你是怕人家负心了吧？早先不是劝过你吗？我们是山哈，山哈女不嫁河洛男，雷蓝钟李吴，这五姓外，你可莫想。你想一想，将来嫁过去，受了欺挨了辱你找谁去哭？再说了，我了解过，那高家，是个地主人家，河洋千亩良田，一大半都是他家的，沿洋三面山上，一大半的山地也都是他家的。这样的人家，能娶我们山里人？能娶我们山哈女？"

月英不乐意了，说："山哈女不嫁河洛男，这是哪一代定下的规矩？人还不都是人？我们是四脚走路的还是长着翅膀飞的？我们是长着三头六臂的怪物还是脸上刻了字的？一样站着走路吃着五谷杂粮，为什么就一定要觉得比别人低一等，为什么就不能和他们在一起和他们过一样的日子？哪朝哪代皇帝定了我们就只能窝在山里刨着山坡找食吃？赶一次集上一趟街还得绕百十个弯翻十道八道岭，赖在这山旮旯里，就是种下金子银子，也长不出叶子。洋里雷家族亲，听说最早也是天门湾搬到洋下去的，几百年了，也没被人赶回天门湾。自己把自己看扁了，还要找一通说法，骗自己呢。"

"你就等着人家叫上八抬大轿把你抬到洋下去。你嘴利,我说不过你。你就说,今天来,要我做什么?我能做的,不推,你不听我,我还把你当姐妹。"

吴月英犹豫了一下,幽幽地说:"家里也不知是怎么回事,突然就急着要给我找婆家。前些天,姑姑去了洋里,找了洋里的族公雷表伯……"

"哦?是那个阿可,短寿儿?你们本来就是亲戚,亲上加亲是好事。我也觉得那个表哥不错,长得也不难看,又是自家人。我是真的觉得他更合适。"

月英眼看着又要生气了,听了阿菊后头的那句话,气却消了,只喏嚅着:"那天你也听到了,他说过……他说过要娶的。怎么说,我也该得到一个准口信。"

"你的意思是让我陪你去一趟河洋,找上门去叫人家快点把你娶回家?"

"我这样说了吗?我说找上门催人家娶了吗?你糟蹋人做什么?我不就是想要个口信嘛!"

见吴月英又急又气的样子,阿菊又不忍了。

"你这祖宗呀,算了算了,你说吧,什么时候去,现在还是明天?这都快晌午了,到河洋差不多太阳偏西了,千尺街早收摊了。我们是不为赶集,可总得找个遮人耳目的理由。不过年不过节,不卖鱼不卖肉,我们去河洋做什么事?"

"那就明天,明天恰好是十八,千尺街每月逢八的集市最热闹,我们顺便也去买点东西。"

"你说明天就明天,我下午还得把明天的活快点儿做完了,要不我阿妈的唠叨就受不住。明天大早,在坪岗岭头等你。"

吴月英一整个晚上都没睡好,一会儿想高宏宇是不是不在河洋了;一会儿又想着见面时会出现什么情况,高宏宇会怎么说,自己又该怎么说;一会儿又想明天该穿什么衣裳。睡在旁边的妹妹月兰醒过来两次,迷迷糊糊地问:"怎么还不睡?"她太困了,翻个身,又睡着了。

第二天,吴月英起了个大早,拿出小圆镜照了照,发现眼角有些黑,眼睛里布着红血丝,脸色还有些青灰,便又懊恼,对自己又埋怨又无奈。她把二月二穿着的那件凤凰装和另一件汉装单衫都取了出来,放在床头左看右看，就是拿不定主意该穿哪一件。最后，咬了咬下唇，还是决定穿上那套凤凰装。管别人怎么说干吗？这是要给他看的。他说过，自己穿这件凤凰装时真好看。他喜欢就行，管别人怎么看干吗？

阿菊已经在坪岗岭头等着，见月英穿着一身凤凰装，眼神怪怪的，说："你把我弄傻了，我们这是去听歌会赶歌场，还是下河洋？怎么穿这身？"吴月英腮帮有些红，抬手捋了捋头发，说："穿什么不是穿，哪里有那么多讲究？再说了，这也是平时穿的衣裳，谁说下河洋就不许穿？"

"你是为情哥哥特意穿这么一身的吧？算了算了，你爱怎么穿就怎么穿，要是那个人爱看，穿鸟毛都行。"阿菊又开起了玩笑。

天气有些闷热，又是一个大晴天，走了一段路，身上就开始淌汗，月英才觉得今天这一身是真的穿错了。她应该穿上那一套短袖装，可还没过五月五，穿短袖装又太早了些。下到河洋时，内里已经湿透，肩背的地方被汗泅湿了一大片。两人在千尺街从头走到尾，又从尾走到头，来回走了两趟，两边地摊上、门厅里摆着的东西一样都不看，心神不宁地一味瞟着高家大厝。她们再一次走到千尺街南村口的南坪湾，一处伸进海里的山嘴，拐过山嘴，是一片滩涂地。正是涨潮时分，海水淹没了滩涂，滩涂上红树林的枝干大部分沉进水里，只留下绿意葱茏的树冠在水面上随着一浪一浪的水波一摇一晃。月英目光涣散地望着涌动的水面，望着那一摇一晃的红树林。站在一边的阿菊默默地盯着她看了好一会儿，说："我们到洋里找雷忠可表哥，他不是老和他在一起吗，找到他，要他去叫一声。"

"到城里去了，都去了差不多一个月了。"雷忠可对吴月英说。他先是从对方眼里看到了急切的期盼，转眼间，那双眼便空落落的，蒙着一团灰暗的雾气。阿菊还在嘻嘻地问这问那，吴月英已转过身去，深一脚浅一脚地登上青牛岭。

第 五 章

四月初，天气已经很温热了。高大华一大早到青草堂、高记茶行巡一圈，再沿着千尺街向北走，来到洋高北村口，瞧一眼被台风撕成两半的大榕树，又转过身，望着广阔田野一派浓绿，一时间心头涌动着说不清道不明的暗流，似是感伤，又似乎是新的希望，有点怨怒，又似乎有些无助。有两件事叫他近来心情坏到了极点。自己寄予厚望的二儿子高宏宇居然要娶双坡谷的一个畲家阿妹，在他看来这无异于欺祖灭宗。两人吵过一回，见儿子不撞南墙不回头的样子，高大华简直把肺都气炸了。偏偏正在气头上，王天平又找上门来说鸦片捐的事。

早稻下田一个多月，歪歪斜斜、虚弱不堪的秧苗已经长成膨大粗壮、枝叶张扬的稻株，精神气十足地站在田里，初夏的暖风拂过，发出窸窸窣窣的声响。他想起去年中秋台风过后满目狼藉、气息奄奄的原野，想起秋冬春连着三季威胁着四村村邻的饥饿。在这场灾害中，他家的损失只会比别人多，两百多亩田中，一百来亩凭收成分成，按一亩收租一担五算，光这项，就减收了百来担的谷子。另百来亩收租金，这样年景，谁家能拿出钱来给他还租？都等着他减一些，等着看今年的年景能不能多收一些粮食多见几片钱多多少少还一些，剩下的，也只能等明年甚至后年了。前些天王天平找上门来，说今年五月十六做福要办得更热闹一些，去邪气祈福求平安保四境安宁，另外去年四村头人和保安队、巡洋社垫付的那笔鸦片捐的事也应该和村邻们说一说。

"都垫了一年了啊！去年遇到大灾，年景不好，缓了一年不收，也是对得起四村村邻。大家也都遭了灾，日子过得也不容易，巡洋社和保安队本身更没多少底子，无论如何今年是要收回来的。"高大华皱了皱眉头说，"可怎么收，村邻们拿什么还？虽说我原不想垫这些钱，但村邻们都看着，还以为我不愿替他们帮个忙，这洋高的大几百个钱，到底还是我垫了。要我说，当初就应该拖一拖，要是拖到入秋，刮台风了，县里头大概就不收这样一个不明不白的捐了。"

他这话自然含着一些意思，按往年的惯例，遭遇灾害特别严重的年头，上头总会减免一部分赋税，想必县里应该有说法了。你王天平藏着掖着，糊弄得了别人，可你糊弄不了我高大华。

王天平像是一眼就看穿了高大华的心思，说："听说就这禁烟捐该免不该免，周县长和保安大队吴大都闹了起来。县长请了那些有头有脸的人物到政府开会，反对征收的占了大多数。吴大一恼，喊一声：'行，都不收，你们这些人有钱把这捐给认下来，今个儿谁认够了数，谁回家。'一边叫人把队伍拉到政府大门前，架着枪炮吓唬人。你说，这些人肯替百姓出这个钱吗？到头来还不是吴大怎么说就怎么做？"

王天平想了想，又说："县里倒是有通知，田赋免了一部分。灾情最重的，计九分，减一半田赋，可分三年清还；其余的计七分、五分、三分，各减三成两成一成五，可以推后一年清还。禁烟捐这项呢，去年缴清了，今年可以减收三成额度。这些算起来，今年村邻们的负担要轻不少。我是想，禁烟捐减少的这三成份额恰好就当我们垫钱所应得的息钱，和村邻们就说，看到大家今年的难，这垫付的息钱就不算了。想来村邻们能理解，或许还可以念我们一句好。"

"我也心疼那几百个钱，那可是钱，不是树叶不是纸。但是，你要明白，去年这一闹灾，四村还有几家没欠下一屁股的债？不少还是高利贷，十个钱到了今年连本带利就是二三十个。就算今年风调雨顺，一亩田两季收到四五百斤，除去田租田赋，还能剩下几颗谷子？听你这么说，总有些趁火打劫的意思，心里不舒坦呀。"高大华叹道。

"那你说该怎么办？你家底子厚，送出几百个钱不算回事。巡洋社和保安队可是把底儿都掏出来，不收，喝西北风去？"王天平有些不耐烦。

"我的意思，你是巡洋社社长，何五何队长是保安队队长，也算是河洋一方的父母官，还是要往上说些话，争取把去年的捐全免了，今年到时再说。去年灾害这么惨重，县里又不是不知道，怎么也得体恤体恤百姓的难处。"

"我是真没这本事。你老人家手眼通天，你帮着到县里去通融通融。要是通融得成，我王天平领着四村村邻给你上高香。"

高大华想起当时王天平抑制着满肚子的火走出高家院埕的样子，忽然就觉得心灰意冷。想起自己几十年为四村费心劳神，到头来却落得个叫人在面前使脸色的结局。家里又不安宁，儿子不争气，大的一个眼看着没几年活路了，全部的希望压在另一个身上，结果他为了一个山里的畲家阿妹什么都不管不顾。又想到自己那些产业，田园山林药堂茶店，自己终有一天脚一蹬就撒手而去，家业把不住要毁在哪个不肖子孙手里，心里头冷得像压了一大砣的冰块，融化的冰水像看不见的利齿一点一滴地噬嗜着五脏六腑。不管了，都不管了，他王天平要把河洋闹翻天关我什么事？自己又还有几多年头？一闭眼就没有了，什么也不知道了，子孙如何不肖，又哪里管得了？人这一辈子，就是在人世间晃了一圈，晃过了就归回一抔黄土，这就是人，这就是命。

高大华觉得，向来很懂事很能体贴人做事很有分寸的二儿子宏宇变了，变得让他有点看不懂了。去年冬，他不听自己的劝，一定要去县里告发王天平，结果是王天平丝毫无损，他自己却再也回不去学堂了。不去就不去吧，学堂已经不姓河洋，只姓王天平一个人的王，本就可以不去。那就去城里，找人运作运作，谋份事做。却又说谋份公职的事已经交代了城里的同学，等一段时间就会有结果，可这一等就是小半年。他这是在骗人呢，他什么时候学会骗自己的阿爸了？看他成天提不起精神的样子，看他时不时发呆的样子，看他勉强舒展着神情应付自己、应付人来客往的样子，高大华知道他有心事。但高大华还以为是因为他没找到事做，这边又受了王天平的窝囊气，心里郁闷，没想到原来是被山里的畲家阿妹给迷住了心眼。

"不可能的事，我们家怎么可能娶进一个畲家女人！你看看我们这是什么门庭，难道送你读书错了，真的把你给读痴呆了？"高大华不相信地盯着高宏宇看。

"阿爸你怎么会有这种想法？畲家人和我们有什么不同？也就是另一个民族而已。我们生活在同一个地方，言语习俗虽有些不同，却都会说本地话穿同样的衣裳，一日三餐也没有多大差异，为什么就不可以通婚结亲？这中国还有蒙古族藏族维吾尔族呢，这世界还有白人黑人棕色人呢，地隔千里万里不照样来往，甚至通婚结亲？阿爸，这世界是开放的，我们不能再抱着过去的那些想法，该换换脑子了。"

"送你到县城读了几年书，你还真见世面长见识了，回头教训你老子来了？我不管你什么中国世界黑人白人，我们家，不娶畲家女人。你要记住你是什么人家，你是河洋高大华的儿子，是到县城里读过书在学堂当过先生的。"

他这几声低喝，一时间把高宏宇弄得有些发闷，好一会儿才回过神来，感觉到阿爸的情绪有点不对，说话便有些犹豫，半是自言自语地问："这跟娶个媳妇有什么关系嘛，怎么说到什么人家上来，又说到在县城读书在学堂当过先生的事上来？"

"没关系吗？河洋高大华家，不说在河洋，就是在整个米洋，也是有头有脸的人家。把你往城里送去读书，想着法子在城里给你找份事做，是想着你光耀门庭。你娶个山里的畲家阿妹回来是什么意思？你让我高大华脸面往哪里搁，让我们高家的脸面往哪里搁？"

见高宏宇怔怔地看着自己，高大华缓了一下口气，说："阿宇，你应该清楚我的用意，你哥是没指望了，高家未来的希望，全在你身上。你阿妈去世早，我之所以不肯再娶，就是担心给你们找个后妈，对你们不好。毕竟是乡下，乡下女人，哪个能做到知进退识大体？要是娶了一个爱跟你计较这个那个，也像村里那些女人一样只会张家长李家短地碎嘴皮，或者成天跟你计较吃穿用度，跟你计较一分一厘的得得失失，对你们兄弟俩固然不可能好，这个家乱了规矩失了体面便是迟早的事。你哥那样，也是早年我和你阿妈宠的结果。你不一样，你读过那么多书，做事有章程，四村人口碑又好，是我们家将来的依靠，怎可以草率对待自己的婚姻？你想一想，不用说娶一个山里的畲家阿妹，就是娶了河洋或是米洋哪个一般人家的女子，将来免不了成了我前头说的那类乡下女人，你能不闹心？一时喜欢是一时喜欢，娶亲是一辈子的事，就算不讲究门当户对，起码也要找个话能说到一处去的是不是？话说到这儿，你再想想吧。一句话，你如果一定要娶北山里的那个畲家阿妹，这家门，你今后就别进了，我也当白养了你这么个儿子。"

说了这么一大段话，高大华感觉到有些气喘，他把目光从高宏宇的脸上收回来，低头喝茶。高宏宇脸色苍白，神情恍惚，仿佛刚从漫无目的的远足中归来，抑或是刚经历过一场重大的病情。他沉默了好长一会儿，虚弱地说："阿爸，这事再说吧，我过两天去趟城里，这次去，或许就要待一段时间，我先回屋里休息了。"

河洋四村五月十六做福，有人说是开始于前清，有人说祖先们明代洪武年间就在河洋落户，落户时建了金水湾的临水宫，供奉了奶娘菩萨，选了五月十六这个日子，四村村邻一同祭拜菩萨，祈求菩萨福佑一方安康，所以做福应该从那时就开始了。不管是什么时候开始，记得做福要敬拜菩萨要办福酒要做福戏就行。今年五月十六的福戏，请了石浦镇的云洋班，在洋高南村口临着河洋海堤的南坪湾搭起戏台，演了三个下午三个晚上，五折戏加开头的一折"天官赐福"，共六折。开演前，王天平站在戏台前说话，因为台下嘈杂，他不得不把声音拔高到尖厉的程度，听起来像是有锥子往耳朵钻。他说去年刚遭了大台风，四村都受了不小损失，今年五月十六做福，大家都想办得热闹些，敬天敬地，迎神祈福，希望天地和土地爷护佑四村村邻，保河洋风调雨顺五谷丰登。这过了小半年，看来今年年景应该不错，也是天地神灵赐福。

话锋一转，他便说到鸦片捐的事："这禁烟捐，去年的钱款，都是各村头人替大家垫付的，原本议定到了秋收后连本带息收回，没想到去年刮起大台风，村邻们都受了很大损失。头人们想到大家有难处，同意延迟一年收回垫付的钱款。前些天，几个人又商量了一下，想到毕竟去年遭了灾，今年的捐又要缴，两年并在一起，大家负担重，决定垫付的那笔钱只收回本金，就不算利息了。大家脑子里都有一本账，算一算，三分利息，一百个钱就是多少？一年就是三十六个钱，真是不少呀！这本息怎么算，当初都是议定的，白纸黑字，都签了字摁了拇指印，要大家付利息，也合情合理合法。我的意思是，毕竟今年的捐到时还要缴，我们把两年的分一分，去年的钱这一季水稻收成时清了，今年的就等秋季吧。"

台下赶来看戏的四村村邻嘈嘈杂杂一大片，有叹气的，有念头人们的好的，有埋怨头人们不往上申请减免捐税的，有发牢骚说成天这捐那税是铁了心不让人活的，还有怀疑头人们心里怀着小九九占了大家便宜的。嚷嚷一阵，戏台上锣声鼓声一开，只听长长一声"吁——"，屏幕的一侧走出一个穿红披绿的木偶来,聒噪便收了,人们的眼睛耳朵都集中到台上。鸦片捐不是还没叫缴吗?到了时候再说,能拖多久算多久。

保安队和巡洋社却没让四村村邻拖太久。七月半,保安队的皮子和巡洋社的陈本事便领着几个人来洋里。

河洋、米洋一带,每年要祭祀祖先三次,一次是大过年这一天,一次是清明,再一次就是农历七月十五。清明是扫墓,要到山上去,把事先备好的牲礼茶酒摆在墓案上,请祖先来享用,回家再备下一桌酒菜,那便是家宴了,通常还要请三两位最亲近的亲友与家人共享。七月十五和大年二十九或三十,在祠堂里进行祭祀。临近傍晚,各家各户都搬来方桌或圆桌,摆上几样牲礼茶酒,让祖先享受了,然后搬回家,开始一家人的家宴。七月半,是一年中仅次于过年的重要节日。

二季的稻子已经撸过两轮草,稻株秆粗叶绿,长得很是茁壮。一季收成的谷子晒过日头颗粒归仓,接下来就是粜谷,还了田租、赋税和欠下的债。也就折腾几天,谷仓就空了。看准了家家户户还来不及大批量往外粜谷子,王天平的巡洋社和何五的保安队组成两个催捐小组,一组负责洋里洋左,一组负责洋高洋口,挨家挨户收缴鸦片捐。来到洋里的一组,带头的叫皮子,是保安队的一个小头目,另一个引路的叫陈本事,洋口陈家的人。王天平给巡洋社设了两个小队,任命了两个小队长,一个是王道上,另一个就是陈本事,平常老跟在王天平身后,很讨王天平的欢喜。一组共五人,到洋里,差不多快到吃午饭的时候。一帮人先找洋里雷族公,族公不在,说是到米洋镇上去,还没回来。那就再去找一家吧,午饭的问题要先解决了。洋里谁家的日子还略好一些?陈本事说,去雷上力家,他家有一亩洋田一亩五分山丘田,也还有一些茶园鸦片园,日子还算过得去。各家各户原本都开着门,有几户人家的女人在门口涮锅洗菜,一边说着笑着,三个老人坐在院埕里闲聊,孩子们在奔来跑去。催捐组进了村口,那些女人便收拾了东西转头回屋,顺带着把门也掩上,孩子们怯怯地盯着看,只那三个老人坐着不动,却不聊了,眯着眼瞧着催捐组。

挑七月半这一天进村催捐,这不是故意不让村邻们好好过节吗?前几天,王天平何五把巡洋队和保安队集中起来,安排任务时,也只是说近几天行动,限定半个月内完成。陈本事私下里和皮子说:"我们七月半这天去洋里吧，这收捐的事铁定棘手。你想走一趟人家就乖乖地把钱款把谷子缴上来？想都别想！也不关我们什么事，能收几个是几个。到时王社长何队长自会想办法，我们也就是混几天吃。七月半这天，家家户户总要备些鱼肉酒菜，上门就是客，总得弄几样招待招待我们。"皮子一听，是这么回事，便领着几个人扛着两杆枪往洋里来。他们往雷上力家走过来，雷上力的女人却从里面把门给拴上了。用手敲，又用枪托子撞，叫喊了几声，门还是没开，也不见有人回答，便喊起来："都看着你在屋里，客人来了关着门叫不回应是怎么一回事？"屋里总算回了一句："男人不在家，有事等他回来，我一个女人家，处理不了事，也不方便。"皮子却火了，用脚踢着门槛，叫："开门，我们是来收捐的，欠了捐，总要缴，哪里说躲就躲得过去？"那门槛门框却不结实，皮子带火气地一踢，多使了几分力，门槛连着门框"咣啷"一声散架倒了。破门挖坟偷女人，在河洋米洋一带是最忌讳的三件事。雷上力的女人大骂："你死了儿子断了香火啦，你七月半不找自家儿孙要吃要喝，游魂到我家做什么？我前世欠你的？我家男人挖了你的祖坟偷了你的女人，还是我踩着了你先人的头骨吸了你的骨髓？"女人连哭带骂一头撞向领头的皮子，一把在他脸上扯下五个爪印，挥舞着两只手胡乱扑打着对方。皮子只觉得脸上一阵辣辣的疼，怒火腾地烧了起来，一把揪住女人的头发，甩向一边，又从身边那位队丁的手里捞过枪杆，正想着上前再补一枪托。那女人却爬起来，随手拿过灶膛前的铁嵌子，劈头向他打过来。皮子反应慢了些，头一歪躲过铁嵌，肩膀却重重挨了一下，手上正扣着扳机，慌乱中勾动了扳机，只听"砰"的一声，枪响了，枪眼在女人的腹部。

"杀人啊！保安队巡洋社杀人啊！"门口已经挤过来几个老人、孩子和女人，见保安队开枪打中雷上力的女人，见那女人睁着眼骂骂咧咧地缓慢倒下去，大家都慌了。"杀人啊，保安队巡洋社杀人啊，上力婶被他们杀死了。出人命了！"巡洋社保安队一帮人又慌又怕，昏头昏脑乱撞乱喊了一阵，争抢着往村口跑，却被愤怒的村民堵住了。正是赶回来吃午饭的时候，陆续有男人从田里山里回来，先前就听到枪响，心里一悸，猜测村子里出了什么事，恨不得两脚并在一处跑。雷上力在青牛坪的山丘田里忙碌了半天。那一亩五分的山丘田，大大小小总共三十多丘。有的说是一丘，连着边边角角只能插二三十株苗,因为背阳,地阴水凉,每年只能种一季中稻。最好的年景,这一亩五分山丘田割了三百斤的谷子。稻株长得瘦弱,稗草却见天就往上冒,还有那种叫田漂子的,线一样的茎扎进泥里,和稻子争田力,铜钱般的叶子大大方方地摊在水面,绿得精神绿得叫人恼火。光清除三十多丘田的稗草和田漂子,雷上力已经忙上两天,今天上午紧赶慢赶,才收拾完毕。看着太阳就要升到头顶正中央,才抬着疲软的腰腿带着轻松的心情走下青牛岭。远远听到一声枪响,还不在意,直到走进村口,听见村邻们在叫上力婶被杀死了,心里像是被狠狠撞一下,迷迷糊糊地往家里跑,一把拨开门口的人群,扑向倒在地上的女人。

"皇天啊——"

就在一疏忽之间,催捐组的五个队丁、社丁趁机挤过人群,连跑带跳逃出洋里。醒过神来的村民一边追一边喊,还在回村路上的男人们一时没反应过来,竟让他们给跑掉了。

听到催捐组打死了人的消息,王天平气不打一处来,他把陈本事叫来,狠狠地刮了一个耳光,又刮了一个耳光,却还不解气,骂骂咧咧不住口。陈本事缩着身子虚虚地说:"人是皮子打死的,太快了,拦都拦不住。"王天平红着眼瞪着他,发狠地喝道:"你以为说是保安队打死了就没你的事?你没去?你不在现场?村邻们早就把保安队巡洋社混成一个,你以为你陈本事脱得了干系?"

抬尸上门,王天平想到了。他没想到除了洋里一村的男女老少,其他村子也来了很多人。他在人群里看到蓝延兴和陈绍元,心里咯噔了一下,原来是这两个人在私下里捣鬼。

午后,北山里的蓝延兴和陈绍元就赶到洋里。洋里早就乱成一团,偏偏雷族公不在,说是一大早就去米洋镇上,到现在还没回来。

早两个月前的五月十六,四村各家各户关门上锁携老带幼到洋高南岸坪专注着精神看戏时,蓝延兴和陈绍元把四村十来个参加了农友会的村邻约到洋里雷家祠堂后厅,讨论组织四村村邻抗缴鸦片捐的事。北山区委的计划是八个字:提前酝酿,等待时机。酝酿,就是准备,就是鼓动,就是造势,时机自然是指何五和王天平出手逼捐。前一段时间就听说保安队巡洋社可能近期有动作，但还是有点突然。

"一条活生生的人命，不是一头猪一只狗，不能就这样轻易说杀就杀了。我们一定要让巡洋社保安队给个说法，要王天平何五给个说法。"蓝延兴嘶哑着声音喊。

"把人抬到巡洋社去，抬到王天平家里去。"紧接着便有人跟着叫喊起来。

死者被搁在一张门板上，四个壮实的男人抬着，全村男女老少跟在后头，一路向洋左走来。哭声叫声骂声混杂在一起，加上时不时"噼里啪啦"爆响的鞭炮，撒得满天飞的纸钱，让人一时神情恍惚，心头拥堵。几百号人挤在洋左王天平的洋楼前，呼喝声一波一波地泼过去。洋左的村邻们已经混合进来，洋高和洋口的村邻们也正在往洋左的路上赶。王天平先前还在门口大声地喊话，要村邻分清是非，说缴捐的事不是巡洋社的事，也不是保安队的事，是县政府的事，是米洋镇公所的事，抗捐是违法的，是要坐牢的。他又喊："你们中间有共产党，你们受了共产党的蛊惑，是上了他们的当，这就是造反，是要杀头的。"巡洋社一帮社丁也还列队站在洋楼门前，手里拿着枪拿着刀，眼神却老是飘忽，看着就知道是心虚。人越来越多，叫喊声越来越大，一浪一浪地冲向王天平，冲向小洋楼，王天平担心挡不住，侧过身和身边的陈本事嘀咕一声，便急急跑进楼里。陈本事怕跑慢了，把手上的枪往身边的谁一塞，拉开腿便往洋口跑，他这是要去请何五和保安队。可何五和保安队来了，却没见他跟着来。

　　杀人偿命！不缴鸦片捐！
　　田租减半！地租减半！
　　不还高利贷！不缴巡洋谷！
　　……

洋楼前的场院里、左边右边的土坎上站不下人，有一拨人绕到后墙去，对着窗户喊，又有一拨人退到略远一些的土包上，抓起小石子往洋楼抛。有人看见何五带着保安队扛着枪从洋口方向一路小跑而来，临近洋左村口时却慢了下来，一边观望着，一个个心神不定的样子。

"朝天开几枪，杀杀他们的气势。"何五下了命令。

枪声把正在喧哗呼喊的人们震了一下，现场一下子静了下来，何五和保安队似乎找回了信心，得意地走过来。

"快卸了他们的枪，不能让他们再作恶再杀人。"先前站在人群后头的陈绍元一边冲到保安队跟前，一边喊。一时不知所措的村邻们恍然大悟了一般，一二十个壮实的汉子齐齐冲上前，又抱又拉又扯，把保安队的六个人死死地揪住，抢过枪，把人摁在地上或双手反转着扭住，不让他们动一动。一时间大家围上来，拳头脚尖一齐往那几个队丁身上招呼。这边是保安队在哭爹叫妈，那头抬着死者遗体的四个汉子被其他人推搡着冲上门前石阶。守在门口的巡洋社丁慌忙溜进大门，想把门关上，却哪里还来得及？门被顶开，人群涌进门厅，有人开始握着石块往墙上砸，又有人也不知道从就近谁的厝里捞来菜刀、砍刀、锄头，跑到王家洋楼狠挖狠砍。先前王天平还躲在设在一楼后间的巡洋社社长办公室，这时已经抢上二楼，扯着巡洋社的王道上闯进一间屋子，把门锁紧了，侧着身子往窗户外看，心里又慌又怕。看着蓝延兴在指挥人们呼喊，陈绍元指挥一群人用绳子捆绑何五和他的那几个兵，一时恶向胆边生，命令跟在身边的王道上对准他们开枪。"这两个一定是北山里造反的共产党，杀了他们。"他的脸阴得像堆着牛粪，能闻出臭味来。王道上的手却抖得厉害，枪就是抬不起来。王天平恼了他一眼，抢过那枪，瞄准着蓝延兴就要扣扳机，连扣几下，都没听见响声。那边陈绍元却发现了，从后腰摸出一只短枪，瞄着二楼的窗户"砰"的一声就开了火。手臂却不知被谁扯了一下，枪口被拉低了，恰好雷族公挥着一只手从身前跑过来，陈绍元的这一枪，阴差阳错地打在了雷族公的左肋上。雷族公怎么来了？不是说去米洋镇了吗？什么时候回来，又什么时候来到现场？是谁扯了陈绍元一把？都不清楚，现场太乱了，就是扯人的那个，也闹不清自己做了什么。雷族公跑来，是因为高大华来了。高大华在家里犹豫了小半天时间，洋口的陈本事来请他时，他还没打算要去凑这个热闹，没想着去蹚这浑水。你王天平能耐，惹起众怒，关我高大华什么事？自己屙的屎，想让我替你擦屁股，我傻呀！高大华当然不傻，他只是觉得这事有些蹊跷，只是觉得这次如果自己不出面，河洋真的就要闹翻了天。洋里死了人，那是王天平造的孽，四村人联合起来闹抗捐减租，闹成了,损失最大的还是我高大华。而且,这些田客,抱一团能办成大事,那以后还有我高大华说话的份吗?他觉得还是得去看一看,看看到底什么个情况,看看自己能瞅住什么机会拿出主意,把事情摆平了。

"又死人啦!洋里雷族公让人给打死了!"

人们更慌乱了,一些人愣着,另一些人往雷族公这边挤过来。"快救人!"高大华叫了一声。被刀砍了,要扎住伤口止住血;被蛇咬了,要立即把毒液吸出来;一时发了急痧昏过去,要马上拉一个人来抓痧。这些村邻们多少懂一些。但被枪打中该怎么急救?没人见过,更不用说做过。乱糟糟中,有人说,要不抬到洋高的青草堂去吧。高大华还来不及想是不是该阻止,陈阿赔和几个洋里村邻已经抬着雷族公奔出洋左村口,跑上通往洋高的塘沽。

这时便看到一个人影像一片被一股强风卷着的树叶,向雷族公扑过来。先前听到有人喊"洋里雷族公给人打死了",雷忠可还站在洋左村口的小山包上,看着一片混乱,不知道自己该做些什么,甚至还没反应过来被打死的是自己的亲阿爸。直到这时他才明白过来,阿爸被人打死了。那个自己叫阿伯的人,那个自己不怎么喜欢的人,一天两头有事没事都要往祠堂披厦来交代这交代那的那个人,每次自己摔伤了患了点毛病就急得不行的人,这些年来老是对自己唠唠叨叨的人,自己的阿爸,刚才被人打死了,自己今后永远看不到他了。"阿伯啊——"他突然发出撕心裂肺的一声哭号,人便从小山包上飞下来。

"送我回家……"雷族公吐出这四个字时,声音虚弱得就像一缕细细的炊烟,飘忽着就散了。他的一只手死死握着雷忠可的手,眼睛一会儿睁开,恍恍惚惚地看了儿子一眼,一会儿又闭上,像是无力撑住越来越沉重的眼皮。

"阿伯呀——你不能死呀!阿伯呀——你不能死呀!"

从洋里传来的这一句呼号持续了一整个晚上,一声高一声低,一声强一声弱,像台风雨,猛着下了一阵后弱了下来,紧接着又是一轮疯狂又是一轮疲软,直至最后,似乎筋疲力尽了,无力再凶猛了,却还淅淅沥沥地不肯停下来。

第 六 章

　　入秋近一个月了，早晚已很有些凉意，前三天还是晴空白日，昨天夜里不声不响地就下起了小雨，还不肯停下来，早上起来，还有一阵没一阵地飘着雨线。

　　陈阿赔一大早开了门，看见雷明海披着蓑衣扛着锄头走过院埕，叫了一声，两人就在厝屋门前说起天气，说起族公的事。

　　族公刚过世那几天，看着雷忠可丢了魂似的样子，雷明海有些担心，对陈阿赔说："你们一家别急着回披厦住，陪短寿儿一段日子。他一个人，刚没了阿爸，心里一定是空落落的，又从没打理过家务事，和你们住一起，多少让人放心一些。这两天人怎么样，还好吗？族公这一走，洋里的事谁来做主，这一个家叫谁来当？总是被遮着护着疼着，这一下子没了阿爸，没了一家之主，你让他怎么办？什么时候，邀几个人商谈商谈，看是不是尽快给娶一门亲，成了家，有个贴心的人做伴一起过日子，厝里厝外有人拿主意才好。"

　　"看起来好一些了，就是成天待在厝里，不出门，也不说话，问他想什么，就拿眼瞅瞅你。昨晚倒是突然说了一句，说是王天平叫他参加巡洋社。前天洋左的王天平又来了。我们好人家好子弟，怎么能去巡洋社呢？那都是些什么人？好吃懒做游手好闲，偷鸡摸狗混吃混喝不务正业，让短寿儿和他们混在一起，人要变坏的。"

　　"是嘛，那不行，那都是些臭狗屎，村邻们连拨拉一番都嫌恶心。这事看来要快点商量，一定要劝住。我看晚上就约几个，把春田公几个叫来，一起商量个办法。族公在的时候就一直很看得起我，这事，我不能不管不顾。"雷明海显得有些烦躁，把锄头从肩上放下来，用力甩了一下膀子，揪住自己的蓑衣扯了一下，脑海里纷乱地堆积着一段时间来的事情，便想起了蓝延兴。

族公下葬的前一夜，都已经后半夜了，月亮已经西斜，月光惨白如秋水，照在裸露的肌肤上，渗透着悲戚而幽怨的凉意。当天的法事已经结束，道士们也已回厝去睡了。先前是一阵隔着一阵的龙角锣鼓唢呐和道士的诵唱，是时不时响起的鞭炮，是人们来来往往的杂沓脚步，七嘴八舌议事论事的喧哗，是几个女人高高低低抑扬顿挫的哭丧，现在都消歇下来。除了他和陈阿赔、天门湾本家族公雷上阵，在祠堂后厅为族公守夜的雷忠可和陪护他的翠云，其他村邻都已经回去歇息。当蓝延兴和陈绍元走进祠堂时，留在祠堂里的几个人都感到有些意外。

"我们来送雷表哥一程。"蓝延兴说。他们怎么来了，他们怎么能来？雷明海怔了怔，便看到天门湾族公眉眼间升起的怒气。气氛有些尴尬。蓝延兴回头望了一眼跟在身后的陈绍元，说："我们去看看雷表哥吧。"两人正准备拐过边门去后堂，雷明海站起来挡在他们面前，说："你们走吧。"蓝延兴感到有些惊讶，看了他一眼，又转过脸望着天门湾族公，诚恳地说："几位族亲，我们今天来，一是来送送雷表哥，二也是来表示我们的歉意，三是想和大家说些掏心窝的话。雷表哥突然就这样走了，我心里这两天像有一把刀子在戳在绞，谁都没想到，谁都不愿意，却偏偏就发生了。"

谁也没接话，只是冷漠地看着蓝延兴。蓝延兴又说："我们不想推脱责任，人是我们误伤的。我们今天来，就是向你们来讨罪，你说怎么办，就怎么办。当时那是什么情况呢？大几百号人挤到一处又是为了什么呢？为上力表嫂讨公道，王天平不但不想给公道，还躲在二楼窗口放冷枪，陈绍元发现了，开枪的目的是要阻止他杀人。想不到混乱中手臂被谁一拉，恰巧雷表哥这时跑过来……要说这天杀的王天平何五，天杀的巡洋社保安队，他们不顾我们做田人的死活，一亩田一年收谷子百五十斤，他们恨不得巧立名目征捐征税二百斤。没钱缴捐，还派出兵带着枪上门，不容人叫一声就开枪杀人。"

蓝延兴话音未落，便看见短寿儿从后堂走出来，眼神愣直地盯着陈绍元看，似乎要把对方的脸印在脑里心里。雷明海记得当时他很有些紧张，唯恐短寿儿做出暴烈的动作。还好翠云紧跟着从后堂走出来，挽着短寿儿一只胳膊，对陈阿赔说："阿爸，弟弟两天两夜没睡了，今晚就不守夜了，让他去困一觉吧。"

"已经三更天了，"雷明海对天门湾族公雷上阵说，"明早还要早起，你去困一觉啊，今晚我守。"

"我们也陪族公过这一夜吧。"蓝延兴说。

祠堂里只剩下他们四个人的时候，蓝延兴对雷明海和陈阿赔说，那天他们不能不走，一旦村邻们被谁一撺掇，把矛头对准他们，后果更不堪设想。蓝延兴还说，我们肯定还会再来河洋，一定会再找时机再次发动四村村邻抗租抗捐抗债，这段时间，农友会的同志们要留心，王天平已经闻到了气味，可能会动些手脚，大家一定要小心。

雷明海明白蓝延兴说的是七月半那天的事。那天，他和陈阿赔几个抬着雷族公去洋高，高大华紧跟着也走了，蓝延兴和陈绍元也很快就离开了现场返回北山里。农友会其他人和村邻们又坚持了小半个时辰，可气势衰败下去，就再也提不起来，陆续有人走开，散去。王天平从洋楼里出来，接下村邻们的口号，恨恨地说："杀人当然要偿命！收捐组是伤了人，但不光是他们的责任，谁让你们听了共产党的蛊惑，抗捐不缴，还要攻击他们？现在是洋里的雷族公被北山里来的共产党杀了。杀人的跑了，你们说怎么办？去找谁讨公道？你们这是造反，懂吗？我要是报告到县政府里头，报告给县保安大队，又要有多少人头要落地？北山里来的那两个人呢？我早就怀疑他们是共产党，再让我看见他们，再让我看见谁和他们勾勾搭搭，会是什么个结果，你们自己想一想吧。"王天平又换了一副阴鸷的神情，说，"这事还没完，毁了我家东西，到时不由你不赔，你以为我王天平的家我王天平的巡洋社是根烂木头，由你要砸就砸要劈就劈？识相的，自己站出来，认个错，自个儿说该赔多少个钱。要不，到时让我揪出来，就没那么便宜了。现在把话撂在这儿了，到时别说我没给你们提过醒。"

蓝延兴和陈绍元的身份，他雷明海和陈阿赔当然清楚。他们都是河洋农友会的会员，蓝延兴和陈绍元每次来河洋，都在雷家祠堂披厦落脚。现在保安队和巡洋社一帮人隔几天就来洋里遛遛，东瞅西看，说三道四，估计是何五和王天平吩咐他们来探查情况。他们要探查什么？自然是想知道到底有没有农友会，都有哪些人参加了农友会。

"你担心得是，这些天我也老是吊着胆子。昨天王天平来，看我的眼神不对，像是把我当贼看。所以听他和短寿儿说去巡洋社的事，我也不敢插话，就避开了。"陈阿赔说。

"唉！"雷明海叹了口气，说，"烦也没用，是福不敢想，是祸躲不过。"

"也不用太忧心，北山里那边也不会就此作罢。蓝表哥不是说了吗？他们还会再来，一定要替村邻们讨回公道。包括族公，说来是他们误伤的，归到底，这笔账还是要算到王天平和何五头上。"

"谁知道呢？到时再说吧，我要到山里去，把那块熟地翻一翻，入冬，是要用来种新茶的。"

二楼的雷忠可已经醒来，怔怔地坐在床沿，望着窗外出神。就在刚才，他做了一个梦，梦见了阿伯，自己的亲阿爸。梦里的天是灰暗的，好像也下着雨，有一间黑乎乎的屋子，模模糊糊中有一张床，床上躺着一个人，一个女人，从某个方向透进来一道微弱的光，闪了一闪，便照见女人的一张脸，像是春花婶，又好像不是。阿伯推开屋门，走到床沿，坐下来，往床上瞧了瞧。又是一片黑，一会儿，便看到阿伯骑在那女人身上，摇着晃着，上衣也脱了，口里喘着粗气。从某处又漏进来一道微光，这次照到了一双白腿，一会儿曲着一会儿又绷直，一会儿抬起一会儿又放下，照见一个灰白的屁股在不断地扭动……木窗闭得死死的，门也闭得死死的，却好像有一双眼睛在门缝后头。有一股浓黑的气体在身体里不断膨胀，越胀越大，把整个人憋得很紧，憋得喘不过气来……砰！楼下的厨房里传来一声碗碟破碎的声音。像是被什么东西撞了一下，眼前一黑，眼睛睁开了。

他发了一阵呆，脑子里渐渐有些清晰。他想起有一次回家拿样东西，见前门关着，是从里面上了门闩，进不去，便走到后门，后门也关着，觉得有些奇怪。阿伯不在家，也只会掩一下门，不上栓的，偶尔出门几天，会在门外上锁，怎么会上了里面的门闩？他没想那么多，要拿东西呢，怎么进屋？后门有个大木窗，两扇上下开的窗门特笨重，一推，居然没拴，推开一条缝，一只手伸进去，把门栓拉开，门开了。阿伯在家吗？他有些好奇，便轻着脚步登上楼梯，听到二楼后间传来窸窸窣窣的声响，还有谁在喘着气。有人在屋里，他有点害怕，却又想看看是谁，迟疑了一会儿，便趴到门缝边。他看到阿伯白花花的身子趴在另一个白花花的身子上晃动。躺着的那个是谁？看不到她的脸，他猜到一定是个女人，猜到阿伯和这女人正在做的是什么事。他知道这样的事是不能说的，是只能偷偷做的，别人也是不能看的。他有点慌张地下了楼梯，慌张但很小心，他知道不能弄出声音。是谁呢？他还是好奇，出了门便远远地躲在院坎边的短墙外，一会儿向院子里探了探头，又缩回去，又伸出来。有一会儿，他看到春花婶从正厅后堂走出来，走得有些慌乱，头发也有些零乱，脸上红扑扑的，怕被人瞧见似的。他连忙三蹦两跳跑下院坎，躲到一处墙角去，看着春花婶拐进老厝的某个屋子，才又跑到自家院坎后，脑袋探出短墙，看到阿伯把前门开了一半，伸头往外面睃了一周，才把门全打开。

　　那年他十三岁，还不懂阿伯和春花婶的事其实是村里一个公开的秘密。人们偶尔会在私下谈笑，一个说："一个没水的缸，一桶没缸倒的水，这下凑到一块了。"另一个人一定就会叹了口气，说："难为春花了，守着这个家，守着一个半瘫的婆婆，守着独子忠利，既当妈又当爸，既当男人又当女人，真是难为她了。她要是扔下这个家，这一老一少怎么办？也还好族公多多少少照顾着点，多多少少帮衬着点。"春花婶的男人，他没一点儿印象，大概在他还没出生前就去世了。春花婶的儿子忠利，比他大好多岁，好像从小就对他很不友好，常常背着人欺负他，甩他一巴掌，踢他一脚，随手捞条竹枝抽他一下，有一次还用污泥抹了他一脸。有好几次，姐姐翠云看到了，找忠利拼命，忠利把姐姐摔了好几个跟头，才恨恨地走了。他从不叫忠利哥，见着忠利远远就躲开了。但那忠利哥的奶奶好像又对他特好，远远见到，就招手，就叫，那手从膝盖上抬起来，还没抬到胸前，弯了两弯，就垂了下去，声音像从老鼠洞里钻出来一般，细弱、干涩，没传多远，就断了。她手里总是抱着一条木棍当拐杖，好像从来就没走到比老厝大厅更远的地方，甚至走不到院埕里。那时他没想过春花婶为什么不再嫁个男人这样的问题，他只是觉得这一家与自己的家好像有关系。是什么关系呢？他原先是不明白的，后来看到阿伯和春花婶在屋里扭结在一起，他觉得自己似乎明白了，两家的关系就在这里面。

　　像是有一团浓烈的干火从身体里烧出来，雷忠可觉得整个身体被燥热的气体鼓起来，他盲目而急切地希望有个出口，把这股火气排泄出去。他感到腰下方坚硬起来，很是难受，让人不知所措，让人感到羞耻，又让人充满急迫的渴望，要把什么东西撕碎扯烂。楼梯传来姐姐翠云"嗒嗒嗒"

的脚步声，一边叫："弟弟，起床吃饭了，要是晴天，这下子日头都升得老高了，挖畦的都已经挖了一垄了，插秧的都插了长长一手了。"脑子里突然一片闪光，姐姐那张红扑扑的小圆脸，姐姐进进出出跑来跑去的身影，那些残破的袖子残破的裤管遮不住的光滑的肌肤，争抢着挤进脑门。门没关，姐姐就站在门口，惊讶地看着他，说："弟弟，你醒啦，醒了怎么不下楼呀？吃饭啦！"

"你怎么啦，你发什么呆，你怎么啦！"翠云看弟弟的眼睛直挺挺地盯着自己，看到那眼神里藏着蛇芯子般的火焰，突然觉得有点怕了。她不安地走上去，抓住弟弟的两个臂膀轻轻摇了摇。雷忠可却突然抱住她的腰，头紧紧贴在她的胸前，手在颤抖，身体在颤抖，像是内心里藏着一个无法忍受的东西，却必须死死把它按住，不让它冒出来。她感觉到他热乎乎的体温，着急地叫："弟弟你是不是病啦？身子怎么在抖，怎么这么热？你是不是哪儿不舒服，是不是发烧啦？"

陈阿赔和水英听到翠云的叫声都跑上二楼。雷忠可已经静下来了，他的目光一下子变得那么绵软无力，像金水潭的潭水，先是从崖壁上往下冲，激起水浪一波波向前涌，然后平静下来，淡然地、疲倦地、漫不经心地流进千亩河洋。

"我想去巡洋社看看。"他对养父陈阿赔说。

"短寿儿你真的不能去巡洋社。你知道吗，我们洋里为什么没一人参加巡洋社？因为你阿伯拦着。你阿伯为什么拦着？就因为他们都不是正经过日子的一帮人，是要让人戳着脊梁骨骂祖宗的一帮人。你看他们这些年都做了什么事？前几天他们还在洋里催捐杀人，你阿伯的死，不就是因为他们催捐杀人引发的吗？"

"我阿伯是北山里共产党杀的，是那个陈绍元杀的。"

"就算你恨北山里的共产党，恨陈绍元，你也不能去巡洋社。你阿伯在地底下有知，也不会答应。"

"巡洋社专门对付北山里的共产党，他们能帮我。"

"雷明海说找个时间叫春田公一帮人一起攀谈，说是要替你问一门亲事。你阿伯这一走，家里家外是需要一个人来盘算打理。你十七岁了，成亲不算早，成家立业本来就是男人都要做的大事。你阿伯在世时，北山里双坡谷爱华表嫂说的那家,那个叫月英的阿妹,真的不错。我想叫明海托人向双坡谷吩咐一声,让爱华表嫂再来一趟。"

"我就娶姐姐,一家人还在一起。"雷忠可低着头想了老长时间才说,声音很轻,很清晰。

过了大半个月,雷明海才把该约的人都约齐了。这天下午,几个人坐在族公留下来的三溜新厝里,就着一碟蛋花一碟茴豆一碟咸渍小目鱼,边喝小酒边讨论着要给短寿儿找一门亲。村里三个,一个是七十多岁的春田公,一个是忠成,还有一个是雷明海。论辈分,雷明海比短寿儿还小一辈,看起来近五十岁的人,其实才四十出头,说话做事有条理有分寸,按村邻们的说法,是个能走得出去的人。族公在世时,村里的事,他打头,明海帮衬,大事小事就拿定主意,其他人也就是附和附和。族公这一走,明海便觉得自己有责任把短寿儿照顾好,听说短寿儿要和王天平、巡洋社一帮人混在一起,心里着急,想了又想,觉得没一个家捆住他没有一个人镇住他不行,便对春田公和忠成说:"族公在世时就很恼这个巡洋社,宁可多出几斤谷子,也不爱洋里有人去巡洋社。这下好了,自己前脚刚走,短寿儿后脚就参加了巡洋社,叫他如何在地下安心?我也劝过,阿赔两口子也劝过,没劝成,我想关键还是得给他寻一门亲事,找个人来节制他。"

"还得把上阵叔、短寿儿的培和舅舅叫来,光我们几个怎么行?"忠成说。对,应该的,那坐在春田公右手边的两个就是。

阿赔也在,只是一直没他说话的份。说是养父,当初不过是流浪要饭到洋里,被族公收留了而已,说白了就是一个长年,一个无足轻重的外人。按春田公和天门湾族公雷上阵的意见,本是不用叫他来参加,不过总要谈到族公留下的东西,田地山林看得分明,家里头当然还有些大家看不到的财物。族公走得匆忙,短寿儿又历来对家里的事不挂心,还特别亲近祠堂披厦那个"家",想必这些要问阿赔。再说,明海说了,短寿儿就想娶翠云,翠云是谁呀?阿赔的女儿。

"这不行,怎么能娶翠云?"春田公先开口,摇着手,他原本想多说几句,比如为什么就不能娶翠云,但哼哼了好一会儿,还是哼哼。一边的天门湾族公雷上阵接了话,说:"虽说阿赔一家子早就和我们畲家没什么两样，但毕竟不姓盘雷蓝也不姓钟李吴。再一个，阿赔一家子在洋里是住了十七八年，但什么个情况，我们却一点儿也不清楚，来路不太明，这也是个问题。我们娶媳妇结亲家，总要一清二白才是。"

洋里雷姓的祖先，前清雍正年间从北山里的天门湾搬迁落户河洋，两村雷家人同祖同宗，红白事都还互相走动，宗族大事也是两村商量着办。每年清明，洋里族人要回天门湾祭扫祖墓，每年八月十五，天门湾宗亲也都要赶到洋里雷家祠堂祭拜祖先。

"姓什么、是不是畲家倒不是问题，上阵公住天门湾，不知道我们洋里早很多代就和周边姓高姓王姓陈的人家互结亲家，有嫁出去，也有娶进来。要说阿赔家的来历，倒是一定可以问清楚的。"明海说。

"不行不行。"春田公听了明海的话，这次不但是连连摆手，那个头发稀疏拉杂的核桃脑袋也晃起来，"族公留下这一大片产业，怎可以就交给外姓人呢？要交，也要交给族里。"春田公这几句话倒是说得很明白。

话一挑明，便有些尴尬。一直不出声的培和舅舅这时才咳了两声，说："不是听说姐夫生前给短寿儿定了一门双坡谷的亲吗？怎么今天说起了另外的人？"

培和舅舅是洋里雷族公二房女人的哥哥，因为反对妹妹嫁给人家做填房，族公在世时不爱来洋里走亲，只在妹妹去世、族公去世各来一次，代表家族来奔丧，这次关系到唯一外甥的人生大事，他不能不来。

"再说——"培和舅舅的话还没说完，"我这个外甥今年也十七岁了，去年就做了十六岁，是个大人。我们在座的，几个到十七八岁不是娶了亲当了家上养老下养小？为什么他阿爸留下来的产业要交给别人？难道他是没脑子或是缺心眼？我看我这外甥精神着呢。"他的语气里似乎含着一份硬得硌人的东西，眼光却往坐在灶膛前的雷忠可移过来。

"双坡谷的那个，只是来说了一回，还没定下来，这么久都没消息。短寿儿也没看上，他看上的是翠云。"明海说。

"说一千道一万，叫短寿儿娶翠云，我觉得就是不行。"天门湾上阵公说，"他阿爸生前曾和我说过短寿儿的亲事，说到了翠云，他也想过，翠云这孩子是好，又特别疼特别照顾这个弟弟，两姐弟感情也深，虽说大一点儿，那也没什么关系。他阿爸是担心，短寿儿长到十六七岁，家里家外田里地里的事从没摸过，要他当这个家做这个主，他行吗？不行。不行，这份家业就只能由别人来当。"

"这是谈谁成亲的事呢？是我！我的事，干吗要你们来说这说那？我和陈阿爸水英阿妈还有姐姐就是一家子，什么亲事什么家业，都没你们什么事。"坐在灶膛前的雷忠可突然站了起来，很认真地对大家说，"家里家外田里地里的事我是还不懂，有我陈阿爸水英阿妈料理着，我阿伯在的时候不也是这样吗？我的事不用你们操心。"

几个人在那儿发愣，雷忠可却掉头出门走了。

雷忠可不知不觉中又走到了金水潭。这些天，他觉得有一个庞大的黑影始终罩在自己的头上，赶不走推不开，叫人心里又烦又乱。他觉得心里有很多话，要找个人说出来，但是他能找谁，谁又愿意听他说话？姐姐好像在躲着他，两人的眼睛一对上，她便急急地避开了。有时才开口叫一声姐，姐姐明明听见了，却装作没听见，一转身就从眼前不见了。一家人呢，天天时时见面，这样难堪着真叫人不舒服。不舒服归不舒服，他心里也别扭，却想来想去还是没想通。怎么就别扭了呢？不还是一家人吗？不还是弟弟姐姐吗？就算和姐姐成了亲，睡在一张床上……想到这里，他就不敢再想下去，脸偷偷地红了，做贼一般，缩缩脖子往身边瞅，好像自己正在干坏事，怕被人发现了。脑子里却浮出阿伯和春花婶两条身子纠缠在一起的场景，努力不想，脑子却不听话，那画面强压下去，一会儿又冒了出来，恼得自己恨不得把头从肩膀上摘下来扔到远处去。他想不明白为什么姐姐就变了，似乎陈阿爸水英阿妈和自己之间也有些不自在。村里有些人在议论，说他和姐姐的事，说陈阿赔一家人想霸占他家的产业，说陈阿赔心里有算计呢，全不是平常看到的那副老实诚恳的样子，又说两人怕早就生米煮成熟饭了。雷忠可原先并不怎么在意，甚至没去想这些话藏着什么意思，现在看来，姐姐不理自己，陈阿爸水英阿妈说要搬回披厦住，他们在村邻面前头埋得越来越低，好像做了什么见不得人的事，全是因为自己说过要娶姐姐的话。这有什么错吗？他们想干什么？下午春田公和天门湾上阵伯说的话又是什么意思？

要是宏宇哥在就好了，他一定可以告诉我这是怎么一回事，可他去城里都好几个月了。他怎么也不回一趟河洋？他现在在做什么？他还记得自己，记得双坡谷的月英吗？雷忠可望着清澈的潭水，看着在戏水的小鱼，看着突出水面的两三片岩石，心头漫出一片孤冷的感觉。高宏宇曾问过他，"你看王天平是个怎样的人？"之前，他从来就不曾想过这个问题，有时听到村邻们议论，也从来就没装进耳朵里。王天平是什么样的人和他有什么关系？但是现在，这个问题常常就从脑子里蹦了出来。如果加入巡洋社，以后他就要和王天平打交道。看到的、从别人嘴里听到的有关王天平的细碎记忆一点一滴地钻出来，像一处隐蔽的泉眼，被杂乱的草树遮掩住，现在轻轻拨开那些枝枝叶叶，发现其中一个小小的洞口，一脉细流从洞里似有若无地往外流淌，慢慢地便在洞口前形成一个水洼，水洼里的水又向四面漫溢，和水草、岩石纠缠不清。他犹豫了，把自己交给这样一个人，在他的手下做事，看起来确实不太合适。陈阿爸也是反对的，昨天，说到这件事时，陈阿爸突然说，"我们打算搬回披厦住。"这是什么意思？一家人住在一起好好的，干吗要搬过去？这三溜新厝，是我阿伯的，所以也是我的，祠堂边的披厦，才是陈阿爸水英阿妈和姐姐翠云的家。他像是突然明白过来一般。但是为什么一定要分你的我的？难道我们不是一家人吗？一家人还有分开住的道理吗？

　　阿爸你们要是搬了，我怎么办？他心里确实有些慌。两天前，陈阿爸对他说："村里有几家租了田和租了地的，到了秋收，就要收田租地租了，你阿伯这一走，收租的事，要你去的。"又说，"今年大抵能收多少谷子，到时要送到米洋镇的米厂去还是屯在谷仓里，你要拿个主意。"他觉得诧异，说："我又不懂这些事，你处理就是了。"但陈阿爸说："不懂不行呀，现在没人来替你做这个主，凡事你都要学，要学会。"不是有你和水英阿妈吗？难道阿伯这一走，陈阿爸是要我挑起家里田里地里这一大摞的事吗？不会的，陈阿爸一家就算搬回祠堂披厦，家里家外的事他们也不会扔下不管。但是他心里就是慌，似乎是因为这空荡荡的三溜大厝。这么大的一座厝，一个人住，那要多么冷清多么孤单！阿伯走了，难道陈阿爸和水英妈妈还有姐姐也都要抛下我吗？他感到前方的路面有一个巨大的黑暗洞坑，有一只手正推着他向洞坑靠近，而亲人们却远远地冷漠地站在一边，看着他拼死挣扎而无动于衷。

天色很快就完全暗了下来，一阵晚风吹过，带着清冷的秋意。该回家了，不然水英阿妈又要担心了，姐姐也是会担心的，她只是不说。又不是亲姐弟，成亲有什么不可以？姐姐怕什么，陈阿爸水英阿妈又怕什么？那个春田公，那个上阵伯，他们说的话什么意思？这样一路胡思乱想，就走到了村口，瞟一眼祠堂，披厦里还亮着灯。他心里一顿，便往祠堂走过去，靠近披厦的柴门，透过门的缝隙往厝屋里瞧了一眼，看见蓝延兴陈绍元还有雷明海和养父陈阿赔正在低声商量什么事。他发愣了好一会儿，然后把头甩了一下，便不紧不慢地走出村口，摸黑走到洋左南村口王天平的洋楼，推开门，对从厝里迎面走来的王天平说："北山里那两个共产党又来洋里了，你们要不要派人去抓他们？"

等保安队巡洋社两拨人马凑到一处，已经误了不少时间。再赶到洋里，村里已看不到半星灯火。天黑，白天刚下过雨，路面泥泞湿滑，又不让点火把，临时从被窝里被揪起来的保安队巡洋社队丁社丁叽叽咕咕发牢骚，有几个不小心踩到坑洼处，或者脚底一打滑，还滑溜到田里，弄得一身泥水。村里的狗听见动静，对着黑暗狂叫，把村邻们从睡梦中唤醒了。听着院子里响着一阵零乱的脚步声，先是疑惑，而后一颗心便吊了起来，猜测又有什么不好的事将要发生。没人起床点火，几声浊重衰老的咳嗽也淹没在一阵紧追一阵的狗叫声里。

雷忠可知道这是王天平何五带着保安队巡洋社来抓人。向王天平报信后回洋里的路上，他想到自己忽视了一个很重要的问题：陈阿爸和明海也在披厦里，王天平何五抓了蓝延兴和陈绍元，会不会把他们也抓了？会，不会，两个选项一直在他的脑子里轮番出现，折腾得他坐不安躺不住。他一会儿从楼上下来，走出门，往披厦里望着，往洋左往村口望着，一会儿又转身回屋，上楼，脚步有些慢，每抬起和放下一步，都决定不下来似的。水英阿妈醒了，姐姐翠云也醒了，其实她们一直就没睡，只是听到雷忠可楼上楼下出门进门地折腾，不知道发生了什么事。水英阿妈还是问了："短寿儿，这是怎么回事，出什么事了？"黑暗中，雷忠可听到自己紧迫而粗重的鼻息，听到自己上上下下跳动不止的心脏，他用了十分的力气，说："要去把阿爸叫回来，等会儿王天平何五就会带着巡洋社保安队来抓人。"

"你怎么会知道？"水英阿妈紧张地问。

他迟疑了好一会儿，说："是我向王天平报的信。"

"啊？翠云，你赶快去披厦，告诉你阿爸。"

门前传来一声熟悉的咳嗽声，陈阿赔回来了。刚才洋左的王财来赶来，着急地对蓝延兴和陈绍元说："王天平和何五正在集中巡洋社和保安队，说是要来洋里抓人。我估计是你们俩在洋里，让谁看见了，报到王天平那儿。你们赶紧躲一躲，他们差不多该出动了。"

王财来也是农友会会员。洋左南村口大榕树底下，离王天平的洋楼几米远，有一间单层单间的草厝，那就是王财来的小杂货店。草厝里面就一张简单搭设的木床，一个木架子，架子上有一排瓶瓶罐罐，瓶里罐里装着榨花生莲花豆萝卜干腌大头菜片和盐糖酱醋一类的东西。靠着墙角还有几个酒瓮，里面装着的都是本地产的糯米酒，上口不冲，却后劲绵长，酒量不大的，喝一碗，起身时还只是有点晕，才走一段路，脚步就拉不开，不小心脚底被什么绊了一下，倒在地上，睡着了。它因此又得了个别称，叫半路倒。王财来的这间草厝，正面开一道窄窄的门和一个大大的窗户，窗户的两扇窗板上下开，上头一扇用一根带钩的绳子一挂，下头的一扇摊平了，底下斜斜支一根木棍，便是柜台，也是桌面。下雨天，特别是冬天里天寒地冻，人也冻手冻脚，总会有三两村邻，老的居多，也有三四十岁的壮汉，有时也还有二十左右的年轻人，嘻嘻哈哈呼呼喝喝来到小店，要上一小撮榨花生莲花豆萝卜干腌大头菜片，各要上一碗酒再一碗酒，或是一小口一小口漫不经心地呷着，一边上心不上心地谈着、爱听不听地听着，或是一口就是一碗赌着喝，叫叫嚷嚷地逗自己的能耐。

老话说，小小店胜过肥肥田，说的是即使做点小生意，也一定比种田强。王财来也确是四村的一个能人，挺会闹腾，用村邻们的话说，"能来钱的事，就没他想不到的"。茶季，别人全家男的女的老的少的在山里忙着摘茶，他背着一个大布袋，提着一杆秤，满山遍野收茶叶，跑大半天，傍晚送米洋的茶行茶坊，就挣差价，也比家里有四五亩茶园的人家挣得多。鸦片收成季节，不少人家只懂刮浆卖、摘果卖，他四村一家一户地走，收购了浆果，拿回家烧熟了，制成条状的块状的，再卖给烟贩子，从中也能挣上一些。又在村口扎了个草厝，开张这么一间小店，卖的那些东西实在没法叫人看上眼，用他自己的话说，也就是玩个孩子过家家的把戏，一年下来，盘点盘点收益，居然也是一笔不小的钱。照理，王财来的日子应该过得不错，可并非如此。他家里有田有地，田赋捐税自然免不了，他又是生意人，当一季茶贩子鸦片贩子辛苦换来的赚头，人家保安队巡洋社却就在家门口等着分一半。一爿小店一年说起来是挣了几个，却实在算不上挣大钱，可七捐八税九费的合起来几乎就占了收益的七成。有些时候贩茶贩鸦片能落下几个钱，有些时候就亏了，那爿小店，有些年头能多挣几个，有些年头赊欠的收不回来，没赚到还不算，还得垫本钱。但保安队巡洋社不管你，一年多少就多少，今年多少明年总要增加一些。那些队丁社丁还有事没事老往店里跑，一来要酒要豆要菜，咋咋呼呼地喝，每次不把你的一瓮两瓮喝干，不把你一个罐子两个罐子里的花生莲花豆萝卜干腌菜片吃光，就不肯停下来，吃完喝完，手把嘴巴一抹，走了，从来就没想过要给一个铜板。这些瘟神，这些天杀的贼子……这些年日子过得越来越艰难，王财来把账算在保安队巡洋社头上，每次看到那些瘟神往店里来，心里头便恨恨地骂。

先前看见雷忠可走进王天平的小洋楼，王财来很是惊奇，这短寿儿从来就不见和王天平有来往，今天这是为了什么事？过了一会儿，便见巡洋社的王道上从洋楼里出来。经过店门前时，王财来叫了一声，说："天都黑了，道上叔这是要往哪儿去呢？"王道上神神道道地往四周扫了一眼，说："到洋口桶子楼叫何队长，晚上要去洋里抓人。"王财来一听，就知道是怎么一回事，把店门一关，便往洋里来。等他绕道从洋高过塘沽回到店里，便看到王天平和何五带着十来个往洋里去。

他们跑了，还是躲在谁家？王天平在心里嘀咕着，就听到何五用力揪了一下自己的大鼻子，喝了一句："看你躲哪儿，点起火把，搜，一家一户地搜。"

"慢点。"王天平伸手做了个阻止的动作。想起前两次在洋里倒霉失面子的事，他给自己的心里多上了一道门，不让自己太冲动。他暗自提醒自己，虽然是夜里，一旦动静太大，又惹起全村的对抗，以保安队和巡洋社这些饭桶，到时说不定还得倒大霉。

"人既然已经跑了，搜也没用，弄不好又惹得全村挥锄头抢斧子，你的这些手下，说是当兵扛枪，没比我手下这拨混吃混喝的高明多少，遇到事躲得比我们还快，还是少给自己找不痛快。我们先回去，只要他们还敢在河洋活动，就一定有逮住他们的一天。"

王天平喝住吵吵嚷嚷的队丁社丁，对着黑暗中的雷家祖厝叫："洋里的村邻们听着，今天再给你们一句忠告，少跟北山里的共产党牵扯不清。看哪朝哪代造反有好下场？哪个最后不是株连九族鸡犬过刀！戏你们也看过不少，我呢也不只奉劝你们这一次，如果还不明白还和共产党勾勾搭搭，到时就别怪我王天平不客气。"

又停顿了一会儿，便听见王天平走到雷忠可的三溜新厝前，大声说："短寿儿，你到洋左给我报信时，估计是被谁瞅见了，结果这两个人今晚让他们跑了。没关系，下次，我们一定帮你逮到他们。"

雷忠可怔了怔，便听见楼下的陈阿爸叹了口气，说："王天平这是要断了短寿儿的后路呀！"

第 七 章

　　跨过金水潭时，从青牛涧里猛然刮过来一阵冷风，让王天平打了个寒战。四周黑乎乎的群山，头顶黑乎乎的天穹，面前黑乎乎的千亩河洋，落在黑暗里的四村，似乎藏着许多蠢蠢欲动的眼睛，又似乎藏着许多白森森的牙齿，正盯着他，等待着向他扑过来。想起刚才到洋里没抓着人，他狠狠咬了一口自己的下唇。出了这么大的事，还死了人，他们居然还敢来河洋，河洋还有人和他们勾勾搭搭。他们一定还会来，总有一天，我王天平要和他们真刀实枪干一场。

　　明天就去米洋，把龚山利的任教头请到河洋来。

　　双坡谷西坡外八里的元宝山上有一个寨子叫平岗头，几年前，也不知从哪里就冒出一个叫葛金虎的土匪，占了这个寨子，网罗了一批亡命之徒，干着打家劫舍的勾当。从此，平岗头就被叫成土匪寨。山里人日子过得艰难，实在没什么抢头，所以葛金虎的土匪帮时不时会跑到北面的石浦镇和南面的河洋乡，认准了几个大户搞突袭，有两次还蹿到米洋镇，抢了米洋镇大财主董世风的米行和布行。河洋洋高高大华的高记茶行，还有在千尺街开店的三五户商家，洋左地主王承标的家、洋里雷族公的家，都进过葛金虎的人，失过银圆、货物和粮食。正是那段时间，米洋镇冒出个叫龚山利的能人，组织了几十号青壮汉子，备了大刀标枪鸟铳，后来又陆续添了二十来杆火枪，成立了保境安民团。河洋四村的防匪防盗原本也该龚山利管，可河洋已经有了何五的保安队，龚山利不想和当兵的抢地盘。河洋保安队却不干事，除了在村里赖吃赖喝，除了敲诈洋口埠头的来往行脚商人，除了收鸦片捐收保安费，在土匪进村抢劫时老是迟了一步，最多第二天到失窃的人家看一看，还要顺手捎走几样东西，再不济也要赖着吃喝一餐。高大华和四村几个头人、大户恼得不行。那时王天平跟保安队的何五已经混了几年，在四村有了一些名气，看着有了时机，便找到高大华，说："保安队这班人靠不住，还是得靠自己。米洋不是成立了保境安民团吗？我们也学着，组一个队。米洋镇大，人手多，钱也多，我们河洋就这四村，不叫团，就叫队，成立一个河洋保境安民队，你看行不？"高大华不太爱理王天平，但被抢了几次，也想防着点，能有个队伍挺好，便同意了，说："不叫什么团什么队，就叫巡洋社吧。"四村村邻都是老实本分的种田人，哪里有时间去掺和这类事？说了几次，大家都说好，就是没人愿意入社当社员，既担心误了农时，又担心万一到时和土匪真刀真枪干起来，没准就丢了性命，而且又没给个辛苦费买命钱，谁爱去充当只有吃亏的好汉？还是王天平有办法，不是总有些人好吃懒做吗？不是总有些人爱偷鸡摸狗吗？不是总有些人唯恐天下不乱吗？就找这些人了。一个一个鼓动，居然就整了十来人，又搜罗了几杆鸟铳几把大刀几枝标枪，队伍便拉了起来。

你说这样的队伍，能防什么匪缉什么盗？但王天平就是运气好，巡洋社成立第二年，北山里的土匪头葛金虎死了，手下的那些人因分钱财闹内讧，不久便散了伙。土匪没了，不等于以后就不出现新的土匪，更不等于连贼也永远销声匿迹，所以巡洋社还是要保留。四村也就洋里没人参加巡洋社，王天平也找过洋里雷族公，要他动员几个。雷族公说，村邻们个个忙得都认不清天亮天黑，你叫他们什么时间去巡洋都不愿意，我也没办法呀。村里没出人，就得多交巡洋谷，也就是花钱让别人替你保平安。所以，每年巡洋谷，其他三个村是户均一担谷子，洋里是户均一担半。

为巡洋社的事，王天平没少找龚山利讨教，一来二去，两人就有了一些交情。加上王天平每次上门都不空手，所谓伸手不打笑脸人，龚山利便不好推辞。他叫来自己的总教头任义行，吩咐道："王社长把你看得很重，专程上门请你去给他的巡洋社当个把月时间教头，你就安心替他教好手下一帮人。王社长是个大方的人，不会亏待了你。"

王天平选了个好日子，按任义行的规矩安排了拜师礼，在小洋楼门前的院埕里摆设香案，边上搁一张太师椅，请任义行端坐在太师椅上。一通鞭炮过后，巡洋社丁由王道上、陈本事领着两小队依次敬香作揖拜师。王天平对大家说："一日为师，终身为父，本来每个人都要行叩拜礼的，任教头说不用那么麻烦，敬个香作个揖意思意思就行，那就听他的。接下来的一个月，他就是你们的教官，带领你们练功。这一个月，没什么事，大家都不得缺席训练，有事来不了，要任教头同意。"

这就有点麻烦。一个是吃，十二三号人呢，一张八仙桌再插上四边月形旁，十个人刚好，十二三个就有点挤，挤就挤吧，又不是喝酒吃大餐，捧个碗夹双筷子站着吃就是。问题还有睡，王天平的洋楼靠右角那一间，原先用来放杂物，办了巡洋社，杂物间被整理出来，三块木板加两条长凳，上头铺一张草席，给社丁们一个歇脚闲扯的地方。现在又要求每夜要有两人轮流值夜，值夜的人就在这间屋里睡。王天平又把一层前间靠左的那间整理出来，摆了一张床，备了一应盥洗用品，供任义行暂住。往常只有因事通知集中，社里才备饭，一年也不过五次十次；这次一训练就是一个月，听说可能还会办两个月，那就意味着这一两个月天天有饭吃，这是天大的好事，谁不满心欢喜？况且，据说到时还要给每人做一套衣服，统一的样式，这更是让大家充满了期待。那任教头，天天吊着一张死人脸，仿佛除了一双眼珠子，一整张脸皮就没有过一丝一纹的动静。人倒是长得五大三粗，声音也粗壮，可是就因为这张脸，老让人感到有些阴气。王天平介绍说，任教头不光有一身硬功夫，而且还特别能查人审人。这一身硬功夫，大家都还没见识多少，不过那把人不当人看的训练，很快就让本就不爱吃苦的社丁们叫苦连天。有人借口家里有农活不能耽误，借口家里有人生病要回去照看，要求请假。"不行！"任教头嘴唇似乎连动都没动，那声音分明是呵斥。

训练场地是向保安队借的，保安队桶子楼西面有一块平地，建桶子楼时就平整了，用于平时训练，可是保安队一年没练几次兵，大多时间都闲着。任教头领着巡洋社一帮人训练时，那几个保安队丁就围在边上看。看的人嘻嘻哈哈，像是看耍猴戏，练的人也嘻嘻哈哈，像是玩耍猴戏，那头任教头命令集合，这边还在推推搡搡，你扯一下我我拉一下你。"哎哟！"任教头的脚尖踢中王道上的小腿，王道上一阵钻心的痛，抬头一看那张死人脸，一吓，痛也忘了，驼着背傻傻地看，不清楚自己怎么就挨了踢。"怎么站的？"任教头一声闷喝，王道上却还在发愣，真不知道该怎么站，扭着身子往左挪挪往右挪挪，就是不清楚该挪到哪里。"站直了都不会！"教头又喝了一声，又踢了下王道上的小腿。队列骚动了一小阵，大家不敢再闹玩笑，学着王道上，把身子板直，眼睛斜视着教头。任教头踢人的欲望还没得到充分满足，一个个地看过来，这个踢一脚，那个踢一脚，每个人都给踢了一遍，再低喝一句，不是腿骨挺得不直，就是腰板不正，要不就是双脚叉开。前排最左的那一个，看着最年轻，动作也做得不错，但踢顺势了，收不住，也没想着收住。可对方却抬起脚对顶着挡了过来。"哦，这是谁？第一天就敢顶教头？"任教头紧接着侧脚就踹过来，对方往后一跳，避开了。"你是谁？"那目光像从夜猫的眼里发出来，带着噬咬食物的期待和对危险的警惕。旁边的陈本事连忙跑上前来，对任教头说："他是雷忠可，刚来的，年纪小，不懂规矩，教头你大人大量，不要和他计较。"

每天一大早从各村跑到洋左王家洋楼门前集合，然后列队跑步，跑过塘沽到洋高，穿过千尺街，跑过海堤，到洋口保安队的练兵场。练排队，再练大刀竹枪木棍，再两个三个扭着打，直到日头爬到头顶，才休息一会儿。又跑海堤，跑千尺街，跑塘沽，到洋左吃午饭。午饭后休息一会儿，又集合，跑步去洋口。太阳下山了，结束训练，跑步回洋左，吃过晚饭，留下两个值夜班，其他人回家。这样练了两天，第三天，便有人不干，不来集合。任教头带着王道上和陈本事，赶到那一家，把他揪出来，拉到金水潭边，两人押着，蹲在水流口，把脑袋摁进水里，一下又一下，连摁了二三十下，把对方折磨得哭爹叫妈。又一个受不了，不来了，还是冲到那家里，把人揪出来，紧贴着保安队桶子楼的外墙，两只手扯到头顶，捆在两块突出的砖块上，脚底下叠着三块半截的砖头，一整个半天就这样挂着，看其他人训练。整了几个，弄了几次，没人敢不来了，做动作也不敢马虎。过了半个月，居然就有了那么一些正经的模样，让人刮目相看。王天平有一次领着何五来看训练，得意地说："何队长，现在我这巡洋社跟你的保安队比，怎么样？"何五却不以为然，鼻子里嗤了一声，说："狗即使披上了虎皮，它能就是老虎吗？"王天平反唇相讥，说："你那几个，猫都算不上，还老虎呢。"

毕竟是一些混日子的，模样是有一些，只要再多瞧一眼，就能发现那队列排得总有些看不齐，站姿总有些歪歪扭扭，打拳头练刀枪，和平常伸手踹腿也没什么太大区别。任教头和王天平说："也就那个雷忠可，练得认真，学得有些模样，是个练武的坯，其他人，都是一副死人骨头，硬邦邦的，哪里是练功夫的料？陈本事还好一些，那个王道上，纯粹就是一把干柴，你要他弯个腰，说不定连腰带腿都要一起断成两截。"

先是听到四村村邻吵吵嚷嚷大骂巡洋社保安队又要收捐逼命，再之后，王天平就听到了另外的消息：十月十五，北山里的共产党要煽动四村村邻闹事。

王天平和何五派出手下向各村传通告，说：因为北山里共产党的破坏，上一年禁烟捐收缴一事受阻，现重启收捐，两年一次收清。再一个是前一段巡洋社训练花了一笔大钱，今年户均追加巡洋谷一担。这次收捐，不再派队丁、社丁入村入户征缴，各户必须在十月十五前自行到巡洋社缴钱缴谷子，每超过十天，加收一成罚款。

通告一出，四村村民怨声载道。一些人一边骂一边在计算着自己是否能缴得起这些捐款，要是差不多，该找谁挪借还是该找谁按利息借一部分抵数。另一些人骂了几声，就哭了，不用算，自己无论如何是缴不起的。这年头，又有几个亲戚有力量帮你？借高利贷吗？单借个零头数就能倾家荡产，何况缺了这么一大截。还有一些人，骂痛快了，干脆就说，要钱没有，要命一条，拿去就是，表面装作豪气，心里却凄凄然，想我一个人死不算事，那一家老小怎么办，能不揪心吗？

谁见了谁，都要说几句鸦片捐巡洋谷的事，你骂几句我咒几声，临了，却连骂几句说几声的力气也泄了，口里出来的是一脉软绵绵的叹息。往年也收捐，也你叫我嚷，也唉声叹气，却不像今年，今年这一轮，似乎有些不一样，往年是闹到最后往往有缴有拖有欠就过去了，今年要是不缴个一清二楚，看来不行。

蓝延兴和陈绍元前一次来河洋时，雷明海说，王天平的巡洋社天天都有人在洋里晃，就等着你们来，洋里不能待了，要不去金水潭的临水宫，这次，还在金水潭的临水宫，一下子来了二十八个村邻，把蓝延兴和陈绍元吓了一跳，看着原先那十来张面孔在里头，才大致放下心，却还有点狐疑，对十几张新面孔很有些不放心。宫本来就小，装了这么一大群人便觉得很挤，大家却又嚷嚷着，让蓝延兴又加了一层担忧。他连忙挥着手，说："我们这是秘密集会，哪里能这样大声叫嚷？你们这么一大群地一起来，太不安全，我看今晚我们不能在这里，得移一个地方，说不定何五王天平已经嗅到气味，正领着保安队巡洋社往这边赶呢。"

"怕什么？不怕，这金水湾离村子远，就是最近的洋里，这儿点着灯那儿也看不见光，更不用说洋左洋高。我们喊破了天，声音也传不到洋左洋高去。"

"不能大意，你们这一大群人一路上说说叫叫地来，哪能不引起注意？看看还有什么地方合适，现在就转移过去，小心没坏事。"

又嚷了一阵，还是王财来脑子转得快，说："一时间找个地方不容易，我看就去王家大墓埕那儿，那墓离这就一小段路，喏，从这儿往上爬，爬到那处缓坡就是了。"

一帮人爬到王家大墓，在墓埕上坐下来刚讨论了一会儿，便看到一队火把拐过洋左村尾，向金水潭方向走过来。到了临水宫，闹了半个时辰，才骂骂咧咧地离开。果然是巡洋社和保安队。

还好转移得及时，蓝延兴舒了一口气，回头问起新来的十四五个都是谁，怎么就想到来参加今天的集会。有谁就嚷了起来："保安队巡洋社这是不给人留活路，王天平不是说我们要造反吗？反正是没了活路，还怕什么？造反就造反了。"

"对，我们要为自己寻活路，也要为村邻们寻活路，为我们的子孙寻活路。"蓝延兴说，"但现在还不能大声嚷嚷，我们要保护好自己，我们把力量积累得够大了，到那一天就是我们大声喊大声叫的时候。王天平不是把缴捐的时间定在十月十五吗？那就十月十五。各村来的，回头去发动自己的村邻亲友，告诉他们，这一次一定不缴鸦片捐不缴巡洋谷，不还高利贷，一定要把田租地租减到现在的一半，不达到目的，大家就守着王家洋楼不离开。"

十月十五的行动计划却泄露了。

蓝延兴和陈绍元相信，泄露消息的人是那十来个新加入农友会的村邻中的一个或某几个。他们当然也是无意，因为还没来得及往他们脑子里输入更严格的保密意识和纪律观念。那几个新会员的表现让人感到很不安，看他们的样子很神秘，明眼人一眼就可以看出那是做出来的神秘，其实是为了显摆，显摆自己是个很重要的人，很有本事的人，让人相信自己马上就会干出惊天动地的大事来。

"哎，这缴捐的日子马上就到了，钱在哪？谷子在哪？怎么办这是？这年头真是过不下去了。"有村邻愁闷地说。

"为什么要缴？我们不缴，大家都不缴，他王天平、何五还能把四村人都捆起来抓起来？都抓起来还得准备饭食填大家的肚子呢。别急，过几天，有大事呢。等着吧。"那几个农会新会员说。

这些话很快就传到王天平的耳朵里。他把何五叫来商量对策，拳头狠狠地砸了一下桌子，说："先下手为强，后下手遭殃。"

这一天是十月初八，王天平正午时让王道上陈本事到四村通知社丁集合，说是刚弄到了两杆新火枪，请了任教头来教大家怎么用枪。之前，巡洋社已经添了两杆火枪，一杆给了王道上，另一杆给了陈本事。那两杆枪估计是谁用过退下来的，不能用了，或者王道上和陈本事没学会怎么用，至今还没像样地放过一枪。陈本事的那杆倒是响过一次，这唯一一次发声冒火，还把陈本事吓得差点掉了魂。那次，王天平交代："有几家在向村邻们散布流言，说鸦片捐巡洋谷不用缴，甚至连田租地租也要减去一半，你们去，好好给敲打一下。"陈本事带着两伙计去洋高，来到这一家，男人没在家，家里就一个女人。陈本事支开其他人，说："你们去另几家看看。"刚过了正午，村邻们上山下田还不久，这女人是忘了带茶壶，返回来烧水泡茶。另几个社丁一圈还没绕完，便听到陈本事这边传来"砰"的一声，连忙返回来。陈本事裤子落到脚面上，里头居然没穿裤衩，就光着下身傻呆呆地站在灶膛边。那女人，被推倒仰躺在灶坑的柴堆上，上衣被撕破了，裤子也被扒了，一只手紧紧揪住那件生了好多大洞小洞的破裤衩，另一只手举着夹柴片的火钳，嘴里骂个不停。陈本事手里正握着枪呢，枪口还在冒烟，却像是丢了魂一般。高大华从大厝院埕里走过来，看了这场景，连声地骂："陈本事你这个畜生，欺负人欺负到我高家人头上来了！"一挥手，从灶台上捞起个茶壶便向陈本事掷了过来。陈本事这下醒了，急忙跳开，来不及把腰带绑结实了，一手揪着裤腰一手拖着火枪狼狈地逃出院埕。据说高大华第二天就给王天平递话了，说，要是不给洋高高家一个说法，他会让县里来解决这件事。王天平气得不行，狠狠扇了陈本事两个耳光后，叫他自个儿去给人挂红赔礼。河洋米洋以及北山里石浦镇一带，得罪了谁，想和平解决，一个办法就是上门给对方挂红赔礼。就是带着一篮子的鸡蛋或一包长寿面或其他什么礼物，封一小张红色布条红色纸条或者就是绑一条红色毛线，上门道歉请求对方谅解，还要大放鞭炮呼唤大伙儿来围观见证。偷鸡不成反摸了一大手鸡屎，村邻都会说，陈本事这个面子失大了。陈本事哭丧着脸看着王天平，王天平却对他嚎了一句："自己屙的臭屎屁股自己擦，什么时候把你那根东西割了喂狗，才叫人省心。"王天平这次怎么就不肯硬顶呢？要说，县里他不是没有人，可人家二小子高宏宇新近刚在县政府里谋了职，再说县里正在找哪个倒霉蛋开刀，整治民团扰民的问题，他王天平不能去撞这个彩头。

练了半天枪，社里居然还办伙食，平白无故这是撞上了什么好日子，要说添两杆新枪，社长还不至于这么大方吧。大家都在猜，便听到通知说晚饭后在社里待命，不得离开。出什么事了？十几个人正吵架一般猜测着争议着，王道上跑过来，叫了三个人，说："社长让你们现在就到他办公室，有任务当面布置。"大家更觉得疑惑，还有些不安，嘀咕着今晚真有什么不寻常的事，要不怎么弄得这么神神秘秘？往常有任务从来都是对着大家公开宣布的呀。过了一会儿，王道上又跑过来，叫走三个人。也就一袋烟工夫，十五人分五组各领了任务便出门，也不回头和其他人聊一句。分派完人手，王天平阴冷地扫了王道上一眼，吩咐他取了自己的外衣来："我们去保安队等着。"

派往洋里抓捕陈阿赔的，没有巡洋社的人手，只两个保安队丁。王天平早就怀疑陈阿赔是北山里共产党的眼线。洋里族公在世时，他多少有些顾及族公的面子，再一个就是担心洋里村邻会和自己对着干，最关键的是，他还不想也不太敢惹北山里的共产党，想着只要不来河洋兴风作浪，能够相安无事，就不去冒这个险。但情况看来不妙，几个月前那个声势浩大的场面，直到现在还让他感到后怕。现在，他们又要来了！四村已经蠢蠢欲动，他再不出手，到时可就要任人宰割。上次，如果不是陈绍元误杀了洋里雷族公，结果会怎样？想起来就后怕。迟早要和他们面对面，所以必须抢了先机，挖掉陈阿赔，再从陈阿赔入手，把暗地里那个农友会连根铲除，共产党在河洋就没了牵线搭桥的人，就没了立足之地，就站不住脚，就发不了力。

陈本事有一次心不在焉地说，北山里那边好几次派人到洋高大东家的青草堂大包大捆地取药材，高家二少爷有一段时间老往北山里跑。王天平明白陈本事的意思，但是要说高大华和北山里有关系，他不太相信。看着高大华在河洋像棵大树一样站着，不把自己看在眼里的那副傲气相，他王天平心里有气。现在，他的二小子高宏宇又在县政府里做事，那就是官，就可以压你。不扳倒高家这棵大树，河洋四村的事他王天平就说了不算。眼下就是个机会，青草堂向北山里卖药的事，高宏宇一次次往北山里跑的事，只要从陈阿赔的嘴里说出来，就是罪证，不能把高家连根拔起，至少也要让高家在自己跟前先怕了三分。

　　王天平对保安队的皮子说："要小心，千万不能闹出动静，洋里村邻的厉害，你们见识过的。保安队几个，就你机灵一些，所以这个任务安排你去。"皮子高兴，大大咧咧地说："手到擒来，你就放心好了。"两人来到洋里，悄悄靠近雷家祠堂的披厦，猛地撞开柴门，厝里却没人。王天平忘了交代，陈阿赔一家人最近都住在洋里雷族公的那三溜新厝里。三更半夜，村邻们都睡得熟，有谁听到"砰"的一声，还以为是在做梦，不以为意。陈阿赔却醒了，自问了一声："什么声音？好像是披厦那边有什么东西倒了。"便爬起来，点亮灯，出门去披厦看个究竟。黑暗中便扑过来两条人影，一下子把他摁在地上，麻利地捆了他的手脚，拖起来就往村口跑。陈阿赔刚叫出一声："谁？"嘴便被堵住了。女人水英睡眼惺忪地问："怎么啦？"见半天没回应，警觉了起来，举起油灯跨出门槛，便看到一团人影飘走，知道出事了，便大声叫喊起来。这一叫就把村邻们都惊醒了，大家纷纷起床，亮灯开门，跑到院埕里打听出了什么事。

　　"是被人抓走的吗？到底被谁抓走了？"

　　"没看清，起先就听到砰的一声，以为是披厦里有什么东西倒了，他就去看看情况。一会儿，就听到他叫了一声谁，等我开门，就只看见一团黑影一下子就飘到院坎下去了。"水英一边说一边呜呜地哭。

　　大家正在七嘴八舌地议论，便听到洋左洋高也传来哭声叫声吵闹声。这么说，今晚是好几个村都出事了。出什么大事了？

　　"一定是保安队巡洋社的人。"明海挤到人前，说，"这帮混账，专干这没天良的坏事。"

很快，消息传来，说是保安队巡洋社连夜抓人，抓抗捐不缴的顽固分子。

陈阿赔是个长年，家里没有一分田没有一分地，摊到他头上的鸦片捐没几个，怎么就抓他？一定是消息泄露了。明海心里一颤，回头对翠云说："快去找短寿儿。"自己回头就往北山里去。

不一会儿，几组人马相继回到保安队。王天平让他们把人扔进保安队的拘押室，说："没你们什么事了，都回去，好好睡一觉，明天晚上我请大家喝酒。"楼下已经围了不少人，哭骂声叫嚷声不绝于耳。王天平对皮子说："你带着弟兄们到门口喊一声，把人赶走，让他们明天带着鸦片捐和巡洋谷来要人。"

楼下院子里还在吵吵嚷嚷，王天平却不管不顾，拉着何五到拘押室。拘押室里黑灯瞎火，也不知关了几个人，唉声叹气的，骂骂咧咧的，甚至还有哭哭啼啼的。王天平喊了几句，何五再嚎两声，"扑通"一声便跪下一个软骨头，说起自己家里的难处，求王天平放了他，哭得很是伤心。王天平嘴里嗤笑了一声，和何五掉头就走，过一会儿，吩咐一个保安去拘押室，把刚才下跪求情的软骨头领来。

"说吧，四村谁和北山里的共产党勾结，都有哪些人参加了农友会？一个都别漏了。"

软骨头没片刻犹豫，一五一十供出来。王天平一听有二三十人，脸色一沉，对何五说："共产党果然在河洋做大了。二三十个，不说一带十，就是一带五，就占了小半个河洋。七月间闹到我家门口的那次，我就有些担心，提醒你我们要多加小心，把眼睛瞪圆了。你还以为自己有几杆枪，不怕。现在，事情闹大了。我还听说北山里的共产党成立了一个什么红带队，要是打到河洋来，这边又有一帮人配合作乱，我们就等着丧命吧。"

"先把这些人都抓起来，全毙了，看谁还敢和我们对着干。"何五睁圆小眼睛，大鼻头上下耸动。

王天平想了想，说："现在不行，就保安队和巡洋社这一二十个人，光这二三十个都未必顶得住，何况到时免不了大动干戈。谁再一煽动，四村再跳出一些人来与我们作对，我们的力量肯定不够。也不用着急一时，我明天去趟米洋，找龚总爷借兵，顺便把任义行请来，审一审陈阿赔。"

筒子楼门口被村邻们围住了，昨晚被抓的村邻，家人一晚没睡，有人还整夜守在桶子楼前，叫叫骂骂哭哭啼啼了一整个晚上。回去的人一大早又赶来，又有不少村邻跟着来，都是邻里亲戚，人家出了这么大的事，赶来帮一声腔也是好的。何五两手臂抱在胸前，从门里走出来，几个队丁提着枪跟在他身后。大家齐刷刷地挤了上去，又是哭诉又是求情，有几个还跪了下去，请求何五放人。闹哄哄中，就听到洋里的短寿儿手拿一块石头砸到铁门上，逼问何五："为什么把我陈阿爸也抓起来？"

第 八 章

雷忠可和另两位巡洋社丁,被派往洋高,要抓捕的人叫高大池。

"你们三个,去洋高,把那个高大池抓来。不准点火,要秘密,要快,不惊动其他人,抓到人,直接送到保安队桶子楼,我在那等着。"王天平压低着声音给他们下命令时,雷忠可的脑子里立即跳出一连串问题:出了什么事?干吗要抓高大池?还抓谁?洋里有吗?陈阿爸会不会有事?他本想问一声,却又不知该怎么开口。旁边两个伙计拉了他一把,三个人便跨出门厅隐没进黑夜里。

三个人从洋左一拐上往洋高的塘沽,两个伙计就开始磨蹭。半夜抓人,不是贼不是盗,而是村邻,河洋四村,哪家和哪家不沾点亲?再说,还要求不闹出动静,捆头猪它还乱叫乱踢呢,何况还有一家子?这一叫一喊,不把全村都闹醒了才怪。

"牢骚什么?有屁起先就该放,这会儿在背后发牢骚有屁用。要干就快点,干完早回家。"雷忠可有些急躁。

三人中雷忠可年纪最小,王天平却指定由他负责这一组,唯一一杆火枪归他使用。他们跟任教头练拳脚时雷忠可练得最好,最后检验时表现最出色,居然可以一人对付两人而不败。加上他平常不怎么和大家厮混,不怎么给其他人好脸色,无形中让两个伙计感到一种威力,一种压迫感。

"走快点,进了洋高,嘴给堵上。"雷忠可吩咐。他确实有些急,有一种预感一直盘绕在心头:陈阿爸晚上可能有事,这边的事早了了,马上赶回去。

这天晚上的天特别黑,人们睡得似乎也特别死,连狗也被喂了药似的,没一点儿动静。熟门熟路就摸到高大池的门口,一推,门从里头拴上。当然不能敲门,雷忠可转过身探手拉了拉窗门,窗门轻易就滑出了一道缝。那窗门,是那种左右推拉的木窗,有双层滑沟,把里外两扇一并轻轻往右边推，留出一道缝刚好伸进一条手臂，便摸到门闩，一拨拉，门闩便松开了。三人闪进屋里，床上的人已经发觉，一个侧翻身爬起来，叫了声："谁？"原先还担心进了屋不点火黑乎乎的怎么抓人，可点火了就让人看清自己的这张脸，将来高大池要是有个三长两短，怎么面对面？这下倒好，高大池这一声问恰好暴露了自己。"上！"雷忠可闷喝一声，三个人猛扑上去。黑暗中一阵手忙脚乱，竟就把高大池给绑上，推着就往门外走。说来还是雷忠可年轻，脑子灵光，事先还备了一块破布，一下子就把高大池的嘴给堵上。直到拉着推着出了门，睡在床上的女人还没反应过来，只一味往床角缩，待到屋里没了声息，才想到男人可能出事了，一边慌里慌张地起床点灯一边放声大哭。

村子里闹腾开来。各家各户都被吵醒，不被吵醒的也被叫醒，但是一时没人知道发生了什么事。"啊？有人被抓？谁被抓？抓人？"有人说："莫不是土匪？"马上有人反驳："北山里平岗头土匪寨不是已经没了吗？葛金虎不是死了吗？还哪来的土匪？"有人想到可能是保安队巡洋社，但保安队巡洋社干吗三更半夜来抓人？一村人都聚到大厝大厅，一边议论纷纷一边望着大东家。高大华也糊涂，甚至连事情的来龙去脉都无从弄清楚。直到洋口有人跑过来通报信息，确定人是保安队巡洋社抓走的，四村都有人被抓，抓了不少人，大家还不太相信：果真是保安队巡洋社，保安队巡洋社干吗抓人？都抓了谁？

雷忠可赶回洋里时，差不多是三更天。村里的狗冲着他吠得很凶，这狗今晚是被吓傻了，连本村人都没分辨出来。很多人家都亮着灯，村邻们聚集在他家的三溜新厝门前，叽叽喳喳议论着保安队巡洋社抓人的事。水英妈妈和姐姐翠云在哭，一些人在安慰她们，一些人在詈骂诅咒，一种不安甚至有些恐慌的氛围在弥漫。见到他走过来，村邻们把嘴闭上，只用眼睛盯着他，那眼神，有些特别，含着嘲讽、不屑和斥责，却又有些提防和惧怕。

陈阿爸果然被抓了。雷忠可茫然地望了望水英妈妈和姐姐翠云，又望了望其他村邻，有一阵子才明白过来，问："是谁抓的？"没人回答，哭的还在哭，但哭声压抑着，呜咽着，像夜晚的菜园里那些不知名的小虫在呻吟，像幽深的古井里往上冒着水泡。有一种坚硬而强壮的东西从他的血管里往上升，他走过去，抱住水英妈妈的肩膀："阿妈，你别急，我这就去洋口,把人要回来。"又转过身去,对姐姐翠云说,"阿姐,你先带着阿妈去睡,我这就去要人。"

雷忠可三步并作两步跑到洋口,筒子楼前围了一大群人,都是被抓村邻的家人,还有一些邻居亲友,又哭又骂。他径直挤到门前,双手抓住铁门用力拽,把铁门拽得"咣啷咣啷"响。保安队的皮子走出来,见是他,叫:"短寿儿,这都什么时候了,使劲敲什么?还让不让人睡了?""人在哪儿?"他问。"不知道,再一眯就天亮了,有事明天说,头都不在,我们也做不了主。"皮子打了个哈欠,转身便回到楼里,任凭外头怎样闹,就是不再露面。

又胡乱拽了砸了一通,看着没用,雷忠可只好从人群里挤出来,奔到海堤,烦躁地走来走去,不知道自己该往哪儿走。想到还得找王天平,于是抬腿往洋左跑。在王天平的洋楼前,见里头黑咕隆咚,却又犹豫着要不要打门。想了又想,还是等明天再来。

第二天一大早,雷忠可又赶到保安队。筒子楼下还围着一大群人,哭了一夜,叫了一夜,都疲软下来,有几个就靠在地上睡着了。看他青着脸抢过来,还在低低哭骂的也都静下来,睁着迷糊的眼看他。雷忠可狠狠地砸了几下门,何五走出来,喝道:"吵什么吵?这才什么时候,还让不让人活了?都回去都回去,想要人,把欠下的鸦片捐送来。凭你说不缴就不缴,还要官府做什么,要我们保安队做什么?胆子也贼大,还撺掇四村村邻也不缴,还敢私通北山里的共产党。"

雷忠可冲到前头,逼视着何五:"为什么抓我陈阿爸,人关在哪儿?"何五不屑地乜斜着眼看着他,说:"你不知道你陈阿爸一直和北山里的共产党有勾结吗?不是你报信说,北山里的人在你陈阿爸的披厦里密谋闹事吗?要找陈阿赔,你去找你们的王社长。"

又跑到洋左,王天平还是不在,说是去米洋镇了。真想摔他几样东西,但没用,还得找到人。他在巡洋社里转着圈。除了看家的王道上,整座楼就一位平时给大家煮饭的阿庆婆。又转头回到洋里,想找明海问问主意,明海又不在。水英妈妈看着他心急火燎的样子,低低地说:"要不花点钱?"他发了一会儿呆,便又赶去洋口,见何五坐在门内,对铁门外的一大群哭哭骂骂的人一副爱理不理的样子,大声叫了一句:"要多少钱,我给你。"

"跟你说过，要人，去找你们的王社长。"何五不屑地挑了一眼，就走开了。

王天平到底想干什么？在洋口洋里洋左来来回回跑了几趟，雷忠可越来越焦躁，心里的一股怒火渐渐地越烧越旺。再一次来到巡洋社，看到王道上，便喊："王天平要是再不出现，我就把他的家给烧了。"果然就跑到场院里，跑到榕树底下那一垛干草堆边，扯下一大把，掏出火柴把草点了起来，往王天平的洋楼跑过来。王道上一看，慌了，连忙过来阻止，一边大叫大嚷："这事干不得，要不再等等，王社长真是去了米洋，我估计着也差不多要回来了，要不你去洋口看一看，他要是回来会直接去保安队，不会到这里来。"

王天平去米洋镇向龚山利求援，龚山利含糊地说："还不到时候，到时再说吧。要不你到县里，和吴大说一说，对付北山里的共产党，还是要正规军。"王天平磨蹭了一阵，带了任义行回来。眼下两人正在筒子楼里商量着审问陈阿赔的事，何五上楼来，说："看到高大华从那头走过来了。"王天平嘴角一撇，说："他不是不上保安队巡洋社的门吗，今天怎么来了？何队长，你去会会他，看他想说什么，我是有些不方便。我得回洋左看看，听说短寿儿在上蹿下跳，还说要烧了我的洋楼。这小子，混账起来，说不定就这么干了。"

雷忠可赶到保安队，又被堵在门口。问王社长在不在，回答说不在，回洋左了。又赶到巡洋社，门口遇见王道上向他努努嘴，暗示他王天平在社长办公室。雷忠可闯了进去，一张口就问："为什么要抓我陈阿爸？"王天平拉着脸瞪了他一眼，说："为什么？你不知道他是什么人吗？是北山里共产党的探子，他住的那间披厦就是共产党的活动站。我原先就很怀疑了，还亏你那次来报信，叫我带着大家去抓人，证实了我的猜测。北山里那个蓝延兴陈绍元和陈阿赔是亲戚吗？为什么几次三番出现在披厦里？这问题不用我来告诉你答案吧。"雷忠可找不到话来应对，一张脸憋得通红，老半天才吐出一句："但他毕竟是我的阿爸，我也算是巡洋社的人，能不能放了他，我保证他以后不和北山里共产党来往还不行吗？"王天平盯着他看，说："是你的什么阿爸呀，短寿儿你记住了，他只是你家的一个长年，是你阿伯收留的一个流浪汉。而且，要不是他与北山里共产党勾结，闹出七月半的事，你阿伯也不会死。再说了，勾结共产党，这是杀头的大罪，不用说一个陈阿赔，就是你自己，要是犯了这样的事，我也没办法。"王天平说完这些话，像是有些不耐烦，站了起来，说，"我要去保安队了解情况，你也回去吧。"

"但是，就凭一次北山里有人在陈阿爸家坐一坐谈些话，就可以断定他和共产党勾结吗？"雷忠可侧了侧身让过王天平，突然想到似的大声地质问了一句。

求王天平放人不可能，闯进保安队劫人也不可能，怎么办？雷忠可急得脑子发疼全身发热，眼都不敢往水英妈妈和姐姐翠云脸上瞅，似乎觉得是自己没保护好陈阿爸，没保护好这个家。

连对何五花钱都行不通，王天平肯定也行不通，他想到任义行。陈本事曾说过，有钱能使鬼推磨。巡洋社一帮人，他平时也就偶尔和陈本事说几句话，其他人，他看不惯，看不上。最初，去王财来的店里喝酒，还有人叫一起去，他也去过一次，见王财来那厌恶的眼神，见一帮人只顾着喊喊闹闹说谁家女人奶子大谁家女人屁股圆和谁家女人滚过野地，对王财来的厌恶不理不睬，突然感到灰心，又有点失落。此后便不愿和这一帮人出去，也不怎么搭理他们。陈本事似乎有点不一样，喝酒也去，也大喊大叫，不过看起来要有些分寸，一双眼老是往这个那个脸上瞟，觉得哪儿有些不对劲，马上停下来，也能让大家都停下来。他还老爱找他说东道西，听着都是闲言碎语，细想起来似乎有些道理，叫人觉得他比其他人活得明白，是个有脑子的人。

比如，陈本事对他说："四村村邻都说，我们巡洋社，就是一群赖吃混喝的。赖吃混喝又怎么样？各人各有各的活法，　辈子就那么几十年，苦了一辈子到头来两脚一蹬百事不管，乐了一辈子到头来也两脚一蹬百事不管，那还想着让自己一辈子受苦受累，不是个大傻瓜吗？要说你苦一辈子给儿孙挣下一份家业，让儿孙从此过上人上人的日子，那也算有些意思。你看看，我们河洋四村，那些一辈子只懂埋头干活一餐白米饭舍不得吃一双烂草鞋都舍不得穿的人，他们给儿孙攒下什么家业了吗？什么叫体面？吃得穿得比别人好就是体面，饿得一张脸黄不拉叽，穿得像乞丐一般，那叫什么体面？"

陈本事又贴着他的耳根说："要说巡洋社一帮伙计，也就你家境最好。有钱有粮还不行，你还得有势，有势就得有人。洋高大东家够有钱了吧？他还是输给了王社长，为什么？不就是因为王社长有巡洋社吗？你参加巡洋社对了，这帮弟兄，可以替王社长卖命，也可以替你卖命，这又不矛盾，两边都可以用力嘛。有钱能使鬼推磨，你只要平时多给大家一些实惠，你的事就是大家的事，你要大家做什么大家就做什么，谁还敢惹你，谁还不怕你？什么叫有势？叫人怕，叫人在你面前自低三分头，这就叫势。任义行老绷着一张黑脸，百呼不应的样子，但要钱，你给他钱，他就给你好脸色。巡洋社这帮人哪来钱孝敬他？所以就整你，训练时少不得无缘无故就踹你一脚甩你一个耳光。"

雷忠可找到陈本事，说："你帮我把任教头约出来，我在海堤外等着。"直到傍晚，才看到任义行从筒子楼走出来，上了海堤，看到雷忠可在堤外侧，快步走过来，说："找我有事？"

"我想救出陈阿爸，多少钱，你说个数。"雷忠可举了举手中的布包。任义行的小眼珠一转，说："没两百个银圆做不了。王天平那头肯定说不通，我得找龚总爷的路子，龚总爷那头，至少也得这个数。"

"行。"雷忠可把布包推给任义行，说，"这里面是一百，余下一百，等救了人再给。"

"也没法太急，反而把事搞砸了，还要找个好时机。你回去等着，不超过三天，我一定给你摆平了。"任义行拍着雷忠可的胳膊，口气充满了自信。

回到洋里，一跨进门，一下子觉得很疲累，见姐姐提着篮子要出门，知道是去保安队给陈阿爸送饭，叫了一声"姐姐"，又对水英妈妈说任教头答应帮忙，没问题。然后上二楼自己的房间，一躺下便睡着了，下半夜醒过来一次，一倒头又睡得昏天黑地。第二天一大早，便听水英妈妈在找姐姐，又过了一会儿，便听见有人喊："翠云跳青牛潭了。"

前一天傍晚翠云去保安队送饭，看到阿爸全身一条条血痕，一大块一大块青肿，连爬起来的气力都没有了，连吞咽食物都觉得困难了，她心都碎了，抱着叫"阿爸"，叫一声眼泪便往下掉，心口有万般针头往里扎。其他几个被抓的村邻被关在拘押室,只有陈阿赔被单独关在审讯室,保安队其他人都随何五到巡洋社去喝酒,只留下一个瘦得像根竹竿似的队丁看家,见翠云来送饭,一副懒得理睬的神情,努努嘴,说:"二楼,后排角落那间,审讯室。"直到天黑下来,竹竿才一边骂骂咧咧发着牢骚,一边到厨房弄些剩饭剩菜胡乱填饱了肚皮,才想起先前来送饭的阿妹还没下楼,正准备吆喝一句,看见队长何五返回来,嘴里骂着王天平,猜到两人喝酒时闹起来,不敢多嘴。何五一摇一晃上楼梯,正巧就遇上翠云从楼梯口下来,眯着小眼看了一眼,便像一只饿狗扑向肉骨头一样扑向翠云。

洋里陈阿赔的女儿翠云跳青牛潭了。第二天上午,这消息一下子就传遍四村。一大早,便有人看到翠云爬上青牛岭,那神态和动作都有些异样,有些呆傻,有些迟钝,目光是直的,身子是僵硬的,脚底下有个坑或者踢到一粒石子,似乎也没什么反应,整一个失心疯。"怎么会想到她要去跳青牛潭呢?要是知道怎么也要拉她一把,劝她一番。"村邻们说。他们不知道,翠云昨晚从筒子楼回来,她的心就已经死了,想到还被关在筒子楼全身被打得处处伤痕的阿爸,想到一天到晚在家垂眼泪的阿妈,一波一波带着尖刀利齿的血浪冲向心头,翻涌着,绞割着,一次次把她疼晕过去,又一次次叫她在疼痛中醒过来。她不能死啊,她死了阿爸阿妈怎么办,她死了弟弟会怎么样?她几乎可以肯定,弟弟一定会找何五拼命,他怎么拼得过何五?那不是去送死吗?她原以为,自己怎么可能和弟弟成为夫妻?他们是姐弟,怎么可能当夫妻?当弟弟说要娶她,她那么不安,甚至还有些生气。她和弟弟赌气,她不理弟弟,但是她的心里似乎一直藏着另外一个听不到的声音,牵引着要她向弟弟走得更近一些更亲密一些,她的目光无时不在弟弟身上。因为我是姐姐,他是我的弟弟,她对自己说。但是现在,她觉得或许不是,她其实是愿意嫁给弟弟的,是的,仍然一家人,多好!她想起那天早上弟弟紧紧抱住自己的情景,弟弟的身子在发抖,体温那么热,像烧红的炭,她还以为弟弟是病了发烧了,不是,那热是从他的心里散发出来的,是可以把人溶化的热。但是她的身子脏了,她的这一辈子被毁了。她一想起何五那丑陋的大嘴丑陋的大鼻子,想起被何五紧紧箍住的身体,想起……她恨不得把自己的身子给撕烂了,恨不得面前就是青牛潭,一头扑进去。天光从窗户的缝隙里钻进来,她的脑子里却一片混沌。她已经没有了思想，也看不到任何事物任何人，有一只无形的手牵着她一步一步走出门，一步一步走下村口坎坡，一步一步踏过金水潭的碇步，一步一步爬上青牛岭。她甚至没丝毫的意识，甚至没有想到应该要把双臂张开，便向崖壁倾倒了下去。

一大早，水英妈妈找翠云给陈阿赔送早饭，才发现翠云不见了。有人说，看见她一大早爬上青牛岭，精神好像很不对。昨晚回来，阿妈就觉得有些不对劲，几天来，因为男人被抓，她老是神情恍惚，脑子里塞着一团乱麻，再也装不下别的东西。但是翠云不见了，她打了一个激灵，一种可怕的预感掠过脑子，她慌了。当雷忠可从青牛潭里把翠云僵硬的尸体抱上来，横放在一块岩石上，人们看到她在向尸体扑过去时腿一软，眼皮向上翻了一下，便像一团泥似的瘫了下去。她昏迷过去了，一边的人七手八脚摁住人中穴摇晃着身子把她弄醒过来。她的眼神是直的，她的脸上挂着痴痴迷迷的表情，她好像不认识了身边的这些人，这些在一个村子里生活了十多年的村邻，她唠叨着大家听不明白的话，一会儿又跳着脚恨恨地骂人。她骂的是谁，谁也听不明白，大家知道她疯了。这个可怜的人，男人还被关在保安队的牢房里，唯一的女儿不知什么原因又跳了青牛潭。是的，到现在，人们还不知道翠云为什么跳潭，直到午后，四村才开始传言，说翠云昨天晚上去保安队送饭时被何五糟蹋了。这天杀的何五，他一定不得好死，人们心里恨着，嘴里诅咒着。

要不是被村邻们拉着，雷忠可当场就要去保安队找何五拼命。他的眼里布满了血，他的头发被自己揪得乱七八糟，他摔坏了自己家里所有的碗，还摔坏阿伯去年刚打制的那个碗柜。他一会儿去杂物间里扛出锄头，一会儿又扔下锄头去拿砍刀。但是村邻们紧紧地守着他，不让他出门。他们说："你这样去拼命等于去送死，要拼命也要找个机会，天会杀了何五，天不杀何五，人都看不下去。"雷忠可终于消停下来，他趴在地上，用头撞着地面，惊天动地哭号着，"啊——"就一个词，一个单音，却像暴雨铺天盖地而来，像洪水汹涌澎湃而来，淹没了在场的村邻们，淹没了整个洋里。他哭累了，就那样蜷缩在地上，睡着了。还有三两个村邻守着，有两个女人在帮忙烧火做饭。翠云的尸体摆在雷家祖屋的院埕里，村里几位主事的人已经安排人去挖坟，明天就要把人埋了。疯掉的水英仍在一边自言自语，一会儿唠唠叨叨，一会儿发狠诅咒。天黑了，几团煤油灯的光不清不楚地晃着，从村口飘来三条身影，到了面前，人们才看清，前头一个是明海，跟在后面的是蓝延兴和陈绍元。

雷忠可睁开眼看到坐在屋里的蓝延兴和陈绍元，脑子里先是一片空白，而后突然跳起来，从灶台捞起一把锅铲奔向陈绍元。明海和蓝延兴连忙抢上前阻挡，一边的陈绍元却闷闷地喝了一句："你们让他过来，如果挨他一下可以化解他的怨恨，值。"一句话还没说完，雷忠可手中的锅铲已经劈了下来，一股殷红的血从陈绍元的头顶沿着额头喷射而出。这一击用了十二分的力气，陈绍元身子晃了晃，伸出一只手撑在灶台上，坚持着不让自己倒下去。

"冤有头债有主，族公是我失手打死的，你要我偿命都可以。"陈绍元的声音很缓慢，"我是失手，王天平把你养父抓起来毒刑拷打不是失手，何五糟蹋了翠云不是失手，短寿儿你看清楚了，谁是眼下最该死的人。"

雷忠可愣了愣，目光一时有些恍惚，好一阵子才缓过神来，说："何五，我一定要亲手杀了他。王天平，跟我没关系。"

"你怎么去杀何五？保安队的筒子楼你进得去？他手下那几个背着枪的爪牙你一个人对付得了？你难道看不出何五和王天平是一个草窝里的两条毒蛇？抓你陈阿爸、抓四村村邻，难道不是王天平干的？你难道还没看出这一切都是王天平一手造成的？短寿儿你不能再这么糊涂了。"明海忍不住了。

"你们说吧，只要能杀了何五。"雷忠可的态度终于软了。

"先把翠云埋了，把你水英阿妈照顾好。凭赤手空拳，杀不了何五，人家用火枪，你用砍刀斧头，还没挨近人家，就已经吃了枪子儿，你还报什么仇？你至少要有杆枪。巡洋社的枪放哪儿，你应该知道。"蓝延兴拉着雷忠可的一只胳膊一道坐下来，接着说，"何五听说你要找他拼命，这些天防备很小心，短枪不离身，还命令手下不准你到筒子楼送饭，出门都带着两三个兵，你怎么靠近他怎么了结他？"

夜里，雷忠可到洋左，走到王家洋楼边，看到保安队的皮子、青痣和王道上、陈本事坐在门前的石阶上说笑，猜到何五在屋里。他又摸到洋楼后门，贴在窗缝往里一瞧，果然看到何五正和王天平面对面坐着攀谈。先前，蓝延兴对他说，报仇的事要从长计议，现在要紧的是把巡洋社的四支枪弄出来，不用太久，我们就会组织一场大运动，那个场合，何五王天平一定要出现，那时就是你杀何五的最好机会。但是这一瞬间，他忘了蓝延兴苦口婆心的劝说，脑子里蹦出一个强烈的念头：今晚，何五一定要死。

王道上和陈本事在门口，社丁办公室窗户居然没关，雷忠可翻进窗户，摸到墙角，那里有一个大柜，几杆火枪就搁在木柜里。真是老天有意帮忙，柜门居然没上锁，他轻而易举就摸到了自己常用的那杆火枪。

月亮升到半空时，何五才从楼里走出来。洋左南村口往洋口方向，有一处山嘴，拐过山嘴，再往前走两里路，便到了一处叫梅花岔的山口，这儿便是河洋与米洋的交界。从梅花岔口往西走，两里路到米洋镇，往东南走，不远就到了洋口。要这样走，就绕了，河洋四村串村走亲戚，抄近路，要不走塘沽，要不走田塍。雷忠可躲在山嘴边的一块石头后面，月亮又大又亮，看得清楚，他趴在那儿，看着何五和皮子、青痣走出村口，拐过山嘴，踏下田塍，枪口一直对准了何五，随着他背影移动。必须一枪就中，他在心里对自己说，开始还有些紧张，心跳得厉害，但是很快，精神便全部集中到枪口，集中到枪口紧跟着的那个活物。"砰！"枪响了，打中了，何五的身子晃了好几晃，倒了下去。

枪声把小洋楼里的人全引了出来，便看见皮子和青痣连滚带爬跑回来，惊魂未定般叫喊："队长被杀了，队长被杀了。"王天平感到一股冷气往身体里灌，分明感到身边有黑洞洞的枪口正对着自己。他喝令其他几个人进屋，把门关紧，说："今晚都打起十分的精神，手里的枪不能放下。"

枪响之后，雷忠可怔怔地站在原地，刚才的执着、专注被不安和恐慌所替代。那"砰"的一声枪响，还有一颗看不见的子弹，冲进他的脑海，卷起一股黑色的狂风，搅得心里脑里一片混沌。我杀人了，杀人了。他慌里慌张地跑下山嘴，跨过路口上了田塍，躲过脚下的何五，就向洋口方向跑。直到他的手摸到筒子楼冰冷坚硬的铁门，才清醒过来，知道进不了保安队，带不走陈阿爸，才转身赶回洋里，对疯疯傻傻的水英妈妈说："我给姐姐报仇了，我把何五给杀了。""我把何五杀了，我把何五杀了。"水英阿妈在嘴里念叨了两遍，眼睛突然睁得老大，一边拼命把他往门外推，一边叫着:"走,快走,到北山里躲起来。"

"短寿儿快逃,逃得远远的,去北山里,别再回来,王天平不会放过你。"三个女人陪水英妈妈为翠云守夜,她们也推着他,要他赶快跑去北山里。他跑下合婚岩时,听到她们说:"母子连心,就算疯了,儿子的命也还挂在她心上。阿赔和水英,是真把短寿儿当亲儿子呀!"

第二天,王天平厉声命令王道上集合巡洋社,又带着队伍赶到保安队,把五个队丁叫过来,说:"你们的队长被人杀了,国不可一日无君,家不可一日无主,现在我就是你们的新队长,你们要听我的指挥,跟着我去抓杀害何队长的凶手。"

"把陈阿赔拉出来,带上。"王天平又吆喝了一声。

陈阿赔被两个队丁架着走出来。被任义行整整折磨了一天一夜,他的身上已经找不到一寸完整肌肤,布满了密集杂乱的黑褐色鞭痕。两天了,他还没吃过一口饭,也没饮过一口水。他翻着一双毫无生气的眼望了望王天平,便无力地垂下眼皮,仿佛那上头垂挂着千斤的重量。他像一摊烂泥般被扔在院埕时,任由保安队丁拳打脚踢,已无力回答他们的任何逼问。"人都这样了,还打!"村邻们看不过去,虽说是外头流浪到洋里,毕竟做了十几年村邻,眼睁睁看着被人打死,谁都受不了。就在村邻们激愤地叫着骂着时,王天平狠狠地断喝了一声:"都给我闭嘴,你们想干吗?想动手吗?来呀,今天我倒要看,到底是你们狠,还是我王天平狠。你们胆子大到包天了,连保安队队长都敢杀,无法无天了你们。"他又抽出一只手往陈阿赔那一指,说,"胆敢和北山里的共产党往来,就是这下场。"

陈阿赔终于没挨过这一顿打,皮了上前用手指探了探鼻息,转头向王天平看了一眼:"没气了。"已经疯掉的水英一直坐在一边痴痴地笑,这时突然从地上捡起一块小石头扔向王天平,正砸中王天平的鼻梁。王天平往后退了一步,抢过来抬起脚就往水英头上踢去。水英摔到一边,爬起来又对着王天平傻傻地笑。这个疯女人!王天平悻悻地抓了一下自己的鼻子,回头叫:"走,跑得了一时跑不了一世,迟早要让我抓到人。"

村邻们疏忽了。第二天人们埋葬陈阿赔和翠云时,水英还在,可就在那天晚上,水英不见了。她一个疯女人,会去哪儿呢?这以后的日子又该怎么过？一想起陈阿赔一家，大家就忍不住流泪。

　　直到一个月后，雷忠可才从蓝延兴的嘴里得知陈阿爸被打死，水英阿妈下落不明的消息。"天杀的王天平，我一定要亲手杀了你。"跪在双坡谷口的砣臼岩上，他对着河洋方向发出悲怆的哭号。

第 九 章

县保安大队第一中队中队长平志成带领一百来号人马在米洋与龚山利民团会合,而后一路呼呼喝喝奔向河洋。王天平早领着保安队、巡洋社在路口迎接,一番寒暄过后便把平志成和龚山利请进保安队的桶子楼,两支人马百五六十号人,在楼前的操练场就地休息。村邻们还不知道出了什么事,疑惑怎么一下子就开进来这么庞大的一支部队,一个个心里惴惴不安,互相打听着嘀咕着猜测着。有人说,大概和何五被洋里的短寿儿杀死这事有关吧。可抓一个短寿儿,要派来这么多人吗?看这架势,像是要打仗呢。

北山区委已经预想到,何五作为保安大队驻河洋分队分队长,他的被杀一定会激怒县政府和保安大队,进而派兵开进河洋实施打击报复,四村难免一场劫难。王天平也已经摸清了农友会的情况,四村农友会会员和他们的家人处境危险,也意味着河洋革命的基础面临被完全摧毁的命运。

"必须立即把四村农友会会员连同他们的家属转移到北山里,必须赶在县保安大队出动之前发动河洋暴动,迅速控制保安队、巡洋社和王天平,把握先机,控制住进入河洋的各个路口。"蓝延兴停顿了一会儿,接着说,"县保安大队想进河洋,无非两条路,一条是陆路,从米洋进入河洋,必经梅花岔口,守住梅花岔口,就能挡住敌人的进攻。一条是水路,乘船到洋口,只要安排一批人守住河洋海堤,就可以把敌人困在埠头边下不了船。问题是,我们缺武器,我们现在只有三杆火枪,其余的就是鸟铳和标枪、大刀,保安大队的武器要比我们好得多。"

"枪的事我来想办法,我知道目前中心县委有一支赤卫队,有三十号人,十几杆枪,打过几次硬仗。如果需要,我向中心县委申请,连人带枪拉过来参加河洋暴动。"对蓝延兴的安排,平南中心县委特派员彭庆元表示同意。他吸了一口纸烟,又说:"北山里的革命形势大好,目前已经有十多个村子分了青苗分了土地，村邻们对我们真心拥护，尤其是畲族村邻们，之前受的压迫剥削更严重，生活最苦，革命愿望最迫切，参加革命的热情最高。眼下红带队也已发展到大几十号人，可以和王天平的巡洋社保安队打一场。除了逼他们就范，还有一个任务，就是要从他们手里抢几杆枪回来。革命武装也需要新武器。"

对于彭庆元的意见，蓝延兴基本赞成，不过他提醒彭庆元注意，河洋与米洋仅数里之隔，米洋镇龚山利的保境安民团是一支战斗力不弱的民团，和王天平的巡洋社保安队不可同日而语。当初县保安大队之所以撤了驻米洋保安中队，一方面是龚山利重金贿赂了县保安大队大队长吴觉富，另一方面也是因为龚山利的民团兵强枪足。王天平和龚山利已经建立了准同盟的关系，王天平受攻击，龚山利一定会派人赶来支援。

彭庆元认为，这里有个先后的问题，即使龚山利的队伍赶到，我们已经控制了保安队和巡洋社，控制了王天平，龚山利已经做不了什么。而且，四村村邻已经被发动起来，这个力量更不是龚山利的那三四十个团丁所能对付得了的。

蓝延兴没有再说什么。但是他还是希望，整个行动分两个阶段来进行。第一个阶段是偷袭，力争尽快控制住王天平，缴了巡洋社和保安队的械；第二阶段再迅速组织四村村邻齐集保安队或巡洋社，逼王天平当场立字据，承诺免捐减租。这样就可以最大程度缩短战斗过程，甚至完全避免武装冲突，不给龚山利留下支援时间。他没有把自己的想法说出来，对于他来说，任务明确了，接下来就是自己和陈绍元怎么实施的问题。

但是动作还是迟了一步。一向行动迟缓的县保安大队这次来得让人想不到的快。按王天平的报告，北山里共产党的红带队蹿到河洋，偷袭了保安队，杀了队长何五。县长周鼎新和保安大队大队长吴觉富坐不住了。必须及时剿灭共产党，不能让他们形成气候。周鼎新把任务交给吴觉富。吴觉富叫来副官平志成，说："现在你就是第一中队长，给你一个中队，把北山里给我铲平了。"

当晚，龚山利在米洋聚凤楼备下酒席，为平志成接风。平志成醉得不知南北，一躺下便睡成一摊烂泥，第二天醒来，才发现自己昨晚睡在聚凤楼，没回河洋。恰好龚山利推门进来，说："平队长，醒过来啦。"平志成甩了甩还有些疼痛的脑袋，说："这酒喝的，误正事了。"

"哪里就误事？"龚山利笑笑说，"这次阵势搞得这么大，是为哪般事啊？我到现在还有些糊涂呢。"

"何五被杀了，说是被共产党杀的，周县长和吴大很火。我也不知道到底是怎么一回事，王天平报告说，北山里的共产党蹿到河洋，在河洋闹得很凶，撺掇村邻抗租抗捐，冲击保安队和巡洋社，还杀了保安队长何五。北山里闹共产党，早就听说了，怎么就跑到河洋来闹事，何五到底是被谁杀的？王天平和吴大说是北山里的共产党，我在场，看他表情，感觉有些不可信。这个人我接触过几次，是个滑头，他这是想干什么？米洋和河洋这么近，你又是一个百事通，你说说这到底是怎么一回事。"

"河洋四村村邻冲击闹抗租抗捐这事是有的，都好几个月了，说是背后有北山里的共产党在鼓动，还说共产党在河洋四村物色了一些人，成立了一个秘密农会。不过也没闹出什么名堂。抗租抗捐的事，因为死了个把人，也就不了了之。事后，王天平和何五抓了一大批人，其中一个叫陈阿赔，这个人据说是北山里共产党的探子……"龚山利简要地把河洋这几个月发生的事向平志成作了说明。他又补充说："我听说杀死何五队长的，是洋里雷族公的独生子短寿儿，早跑了，跑到北山里去了。去哪里抓他？难道要去北山里？"

"北山里是怎么一回事？那里的共产党成气候啦？按你这样说，我这趟拉着大队伍来却没什么事可干了。要是可行，就跑趟北山里，打他几枪，杀他几个，也未必不行。"

"平队长你想得简单了，北山里共产党已经到了什么气候我不清楚，但山旮旯里到处是密林深沟，共产党的窝在哪儿谁知道？况且那是什么路？翻山越岭的，这儿一片林子那儿又是一个溪涧，没个人带路想走出来都难。就算共产党不成气候，只要几杆鸟铳，躲暗处给你来几枪，伤你一两个人，等你回过神来，他却又转到别处去，又给你来几枪，再伤你一两个，又跑没了，你对他是一点办法也没有。这山山岭岭沟沟坎坎，他们就像跑大街，可你懂得往哪儿跑，又怎么跑？整一个睁眼瞎，任凭他敲打你却只能干发火。匪没剿成，还损兵折将，这样买卖，平队长算算，吃亏不吃亏？"

平志成盯着龚山利看了良久，却一言不发。龚山利懂他的意思，就是要他出个主意，却又不主动说明，好像替长官出主意是龚山利应该做的事，他平志成才不屑出口相求。也是，人家毕竟是县保安大队的中队长，而且还是吴大的副官、心腹，他龚山利不但得罪不起，还得把他伺候好。

"依我看——"龚山利给平志成出主意，"依我看，平队长也不必去打北山里共产党的主意，你就在河洋闹他几天，把声势做足就行。短寿儿一时是捉不到的。陈阿赔不是已经死了吗？就把他认作杀害何队长的凶手，被平队长你给就地正法了。没摸清楚情况，北山里是不敢进去的，王天平不是抓了几个人还关在保安队吗？那就是共产党了，拎到城里就可以向周县长和吴大复命。凶手正法了，共产党抓到了，平队长这趟清剿行动就算大功告成了。"

平志成别过脸不看龚山利，脸上看不出任何表情，过了一会儿，才说了一句："走，回河洋再说。"

下午，平志成命令把兵丁团丁分成四个组，同时开进四村，搜查抓捕可疑分子，洋高洋左两个组至少抓十个，洋口五个，洋里八个。四村中洋里户数人数最少，抓的人怎么比洋口还多？因为何五是洋里人杀的，洋里的陈阿赔是北山里共产党的探子，他住的雷家祠堂披厦是北山里共产党的联络站。这说明什么问题？说明洋里人中共产党的毒最深，洋里人个个都有勾结共产党的嫌疑。洋里这一组的领队姓丁，三十出头，瘦长脸，三角眼，理个中分头，说话有点口吃，是保安大队一中队的一个小队长，兵丁们表面上恭恭敬敬叫丁头，私下里却叫丁结巴。远远看着一大队人马往村里来，许多村邻躲到后山的林子里，偷偷窥探着村里的动静。一些人自以为和自己没关系，不走，把门关着，却又不放心，一颗心七上八下。春田公和其他几个老人也不走，腿脚不方便，再说，有他们老人什么事？留下来，替大家守着村子，有什么事，或许还可以说上几句话。一群兵丁一进村口，领路的陈本事指着雷氏祠堂说："这就是雷氏祠堂，边上的这个披厦，就是陈阿赔一家人住的草厦。北山里的两个人，一个叫蓝延兴，一个叫陈绍元,每次来都在这儿落脚,还在这儿组织农友会开会。"披厦的门用几块长短宽窄厚薄不一的木板钉成,钉得很是严密,表面黄一块灰一块凹一块凸一块,却看不到孔隙,倒是两边的门柱,是两根杂木,长着木瘤,因为这木瘤顶着,边上便留下两三处裂缝。用铁丝扭结成一个带扣眼的,铁丝的一头固定在门板上,带扣眼的一头搭在门柱上一块小小的木楔子上,插上一片木片,这就是锁了。其实把插片拔了,门就开了,丁结巴却叫:"撞开门。"便有两三人跑到前头去,用枪托砸用脚踢,连门带柱撞倒在地,一干人踏着门板闯进屋里。自从雷族公去世,陈阿赔一家就不在披厦住,但每天都要过来扫一扫,擦一擦,所以虽然简陋,却还整洁,不零乱。屋里一下子便闯进去五六个,手掀脚踹枪挑地把那些锅碗瓢盆桌椅箱柜乱翻乱抛乱砸乱撞,只一会儿工夫,便满地狼藉,找不到一样齐整完好的东西。"连底儿都翻了,一个铜片也没有,日子过成这个样子,还闹什么闹!"一个队丁发着牢骚。另一个接了过去,说:"一把火点了算了。"总算有一个还明白点事理,说:"这披厦连着祠堂,一烧不是把人家祖宗都烧了吗?使不得,要遭报应的。"不烧?心里这气恼憋不住,不烧就拆,拆它个稀巴烂。这披厦,也就是一面大草荐斜靠在祠堂边墙上,搭成这么一个三角的空间,容陈阿赔一家居住。几个队丁同时用双手撑住草荐齐齐吆喝一声,用力往外顶,嘴里喊着"一二三"就把草荐给顶翻了。那边丁结巴在喊:"力气太足没处用了不是?没油水还花这冤枉劲。下一家。"下一家是哪一家?门都关着,就几个老人坐在院子里,冷着脸看着他们。"村里人都到哪儿去?把他们都叫出来。"丁结巴对着老人们叫,声音又尖又细。"这是县保安大队的丁队长,把村里人都叫出来!"一边的陈本事重复了一句。老人们还是爱理不理的样子,只冷冷地看着他们。过一会儿,其中一个慢条斯理地说:"都到地里山上干活去了,哪来闲工夫大白天待在家里?"丁结巴却火了,先前脸抬得老高,斜眼看人,这下把脸放低,一双短而粗黑的眉竖起来,三角眼显得更明显:"躲——躲——躲——起来?想——想——想——得美,给我——一家一家——搜——搜——搜过去!"当兵的接到命令,三四个一伙冲向这家那家,又捶又砸又踹又撞,把门把窗都捣坏了捣开了,蹿进屋里翻个底朝天,就想着从哪里翻出几个银圆铜板。这一拨,冲进雷阿咳的大儿子牛牯家。阿咳家三男孩，都没说上媳妇，牛牯最大，都二十八岁了，前年用唯一的阿妹从北山里给牛牯换了个十四岁的媳妇，过了年便把他小两口分了出去。老厝就一间，留给牛牯，自己和另两个儿子找个地方扎了个茅草厝安身。这牛牯，不是他本名，都说他和他阿爸一样，就像一头牛，除了埋头干活，就没有别的本事。这么拼死命地干活，却还是穷，穷得叮当响。三个兵撞开他家的门，牛牯一急，莽莽撞撞就冲上前阻拦，被一枪拖砸晕过去。女人才十六岁，哪见过这样的场面？吓傻了，抱着臂缩在灶膛前，像谁把冰水往她身上灌，把她给冷得全身发抖。那领头的队丁，一脸坏笑望着女人，回头盼咐另两个："你们把这莽汉捆了送到丁结巴那儿去交差，我后脚就来。"等那俩一出门，便向女人扑过来。

丁结巴带着一班人踏进雷族公那三溜新厝门厅，分两拨撞开左右边门，一会儿耳朵里便塞满了物件碰撞、破碎、掼倒、爆裂的杂乱又刺耳的声响。一个队丁从二楼的暗柜里掏出一个褚红漆的小木箱，费了好大劲才砸开那把穿鼻式小铜锁，"哗啦啦"倒出一堆袁大头，还有几样银器，手镯脚镯项链发钗什么的，欢喜地揪着自己的耳朵。还不知该怎样带走，其他几个人听见动静，像苍蝇一样飞扑过来，伸手又抓又捞，急得最先找到小木箱的那个队丁忘了抓钱，只顾拍打同伴们的手，用身子用屁股要撞开他们，一边又哭又骂，叫着："这是我找到的，是我的，你们这些强盗，你们这些强盗。"另几个，又找到几件还有几分新的衣裳、几匹没来得及交给裁缝制作新衣的布料，胡乱卷一卷，塞进上衣里。三溜两层共十二间房，杂乱不堪，找不到一个落脚处，管他呢，踩踏过去就是了。"都搜了？出米，一把火烧了。"丁结巴下了命令。一会儿便火光冲天，那费了雷族公大半辈子积蓄的三溜新厝成了一片火海。院子里的几个老人颤巍巍地走过来，上气不接下气地叫着："你们这是造孽啊，你们就是一帮强盗啊。"还没走近，前头那位便被一个队丁一枪托砸过来，摔倒了。

好不容易才凑足了八个，绑了，押着往洋口去。身后，女人、孩子呼天抢地哭成一片。有女人抢上来，揪着丁结巴的衣襟"啪"一声跪下来不停地磕头求情，却被甩开来。牛牯的两臂被捆得发疼，扭了几扭，便被身边的队丁重重敲了一下脑袋。这牛牯牛脾气一上来，抬起脚就往对方下身端，把那队丁踹得"哎哟"一声摔到路边的水沟里，还不解恨，开口大骂。这下惹祸了，五六个队丁齐集过来，枪头枪托拳头腿脚齐上阵，对着牛牯就是一阵猛打。直到丁结巴喝了一声，才停下来，那牛牯早已被打得浑身青一块紫一块，好几处还挂红见血了。

洋高洋左洋口也被搅得鸡飞狗跳，哭天唤地。洋高千尺街的那些小店，除了高大华的青草堂和高记茶行，其他的都被洗劫一空，连一家剃头店的两把剃头刀，也不知被哪个给顺手捞走了。洋左的阿秀，一个还没出阁的阿妹，被三个队丁轮番糟蹋了。洋高潘二表哥的媳妇也被扯掉了裤子，还好潘二表哥来得及时，挥着斧头冲进来，把正想干好事的那个给吓跑了。但潘二表哥终于没逃过这一劫，被认作嫌疑人捆起来送进保安队的筒子楼。四村被抓了三十八个，加上原来的五个，四十多个挤在筒子楼一楼两间小小的拘押室里，哭的叫的骂的喊的，闹成一团。傍晚，从保安队传来信息，说，要想捞人，一个人准备三十块大洋。除了一两户，其他人就是把被翻得乱七八糟的屋子再翻个底朝天，也找不出几个铜板。哭也好骂也好，都解决不了问题。各村几家大户也多多少少遭了损失，机灵点的，见兵丁往自家门口来，老早就准备好了一些银圆送上去，躲过一时是一时。也有不识相的，想到也是靠自己不惜命地劳作加省吃俭用积攒了一些家产，舍不得白白送便宜给人，经过这一场祸害，家里存下的一些日常开支的银圆铜板、一些拿着方便又值几个钱的东西差不多都被搜走。一边是求借无门，一边是急着等钱去赎人，实在没办法可想，一大帮人齐齐集中到洋高高家大厝，请求大东家出面。吵吵嚷嚷中等了好长时间，高大华才从厝里走出来，站在大厅门口，对着大伙儿嚷了一声："事情还不是你们闹出来的？要不是瞎听别人的调唆，掺和闹事，哪会惹出今天这一场祸来？都回去，我再想想办法。"

高大华叫几个小辈到四村去请各村头人和另几家大户晚上来家里商谈。原先不想叫王天平，回头又想了想，觉得还是把他也请来。所谓解铃还须系铃人，县里的保安队是王天平请来的，现在要想办法把他们送走，还得王天平出面。况且，他还没弄清楚王天平把保安队弄到河洋来的用意。他自以为对王天平是了解的，当初河洋四村村邻冲击巡洋社冲击保安队，米洋镇公所当然听说了，问起，王天平拍着胸脯说没什么事，有他王天平和巡洋社在，闹不起来。镇公所也风闻有共产党在河洋活动，王天平却轻描淡写地说："不过就是路过，倒是想在河洋闹事，闹得起来吗？巡洋社眼睛盯着呢，他们一有动静，立马就让他们回不了北山里。"这些话他都听说了，王天平不过是不想让米洋镇龚山利的保境安民团插手河洋四村的事，不过是为了表明自己有能耐，能把河洋四村管得好。那么这次，王天平为什么直接跑到县里去，把县保安大队请来？何五是驻地保安队队长，他被杀，这确实是件大事，县政府和保安大队不可能不管。按王天平一贯的做法，他应该尽可能把大事化小，怎么不经过米洋镇直接把事情捅到县里去？难道是因为不好向镇长交代吗？他是一次次向镇公所表示有自己在河洋就不会有事，现在河洋发生了这么大的事，他确实不太好交代。以他那个装满坏水的脑袋，想找出个把大事化小的办法来不是没可能，比如制造个何五喝多酒失足落水的假象，再比如说何五到山上去打鸟遭了北山里共产党的暗枪，都可以把自己撇得一干二净。米洋镇公所的那些人，本来就乐得多一事不如少一事，就算听说何五是被村里人杀的，只要有一个可以不让他们费心思费体力的理由就成。何五是自己不小心丢了命，县政府和保安大队能怎么管？要说是遭了北山里共产党的暗枪，想管也没地方下手。王天平把保安大队请到河洋来打的是什么主意？听说他在审问陈阿赔时想找我高大华和北山里共产党有来往的证据，这是想算计我吗？虽说有意见，至于把人往死地里摁吗？想到这儿，高大华不寒而栗。

天全黑下来时，各村的头人和另几个大户陆续走进高家大厝，有两个人没来。一个是洋里的雷忠成，洋里雷族公去世后，有什么事洋里村邻们就推雷忠成出面，可雷忠成白天也被抓了，这时还关在筒子楼里。另一个没来的是王天平，去请的人回来说，王天平说他晚上要在巡洋社处理事，没时间，有什么急事，可以到巡洋社找他。高大华明白了，这王天平现在的架子大，不是他高大华能请得动的。

"今天晚上请大家来，是想和大家商量商量。四村现在是个什么状况大家都看得一清二楚。要是再这样折腾两天三天，不把整个河洋给剥一层皮，我看也被糟蹋得差不多了。"

"还两天三天，再要这样闹一天，我看四村就成了一堆破烂。"有人愤愤不平地说。

"所以把大家叫到一处来，一起想个办法，尽快把保安队这尊菩萨送走。我的想法是还用老办法，花钱消灾，大家凑些钱，给他送去，求他们抬脚走人。"

一说到出钱，便有人不痛快，说："人是王天平弄来的，他怎么没来？他屙下臭屎，凭什么叫我们替他擦屁股？"

不情愿归不情愿，最后还是同意了高大华的意见。却又争了好长时间，总算确认了各人按各自能力出多少，约定第二天送到高大华手里，由高大华和洋口的陈绍荣、洋左的王承标给平志成送去。总共是一千六百个银圆，其中一千一百八十算是替被捕村邻交的赎金，当然要和他们的家人说清楚，并要他们写下借据，叫人见证；另外四百二十，是在座各人凑的给平志成的孝敬金。高大华当着大家的面把一千六百个银圆分成两份，一份一千一百八十，一份四百二十，然后领着陈绍荣、王承标去保安队，面见平志成，说："这一千一百八十个银圆，是村邻们凑的，实在凑不够，拿不出更多，请平队长你多多担待。你就高抬贵手让他们回家吧，都是老实巴交的做田人，要他们和北山里共产党勾结，你借他们一百个胆都不敢。还有这四百二十的一份，是我们几个的一些小意思，辛苦了平队长这一趟，大家感到过意不去，也是聊表一些心意。明天中午，本人在米洋聚风楼定了一桌，一是表达感谢，二是表示欢送的意思，请平队长你务必赏光。"

平志成似笑非笑地看着高大华，说："大东家这是在赶我们走呀。不过事情也办完了，该走时我们自然是要走的。牢里的那些人，待明天再审一遍，没什么事自然会放他们回去，几位就不用费心。有些事，还要和巡洋社王天平王社长商量商量。"

平志成话锋突然一转，说："有一句话想问问大东家，不知当问不当问。"

"平队长客气了，有什么请尽管指教，一定知无不言。"

"听说大东家一向对保安大队不太友好，特别是对保安大队负责收缴鸦片捐——哦，不，是禁烟捐很不支持。又听说，北山里共产党好多次来你家开的青草堂办药材,是不是有这些事啊?"

高大华吃了一惊,这王天平真的要向自己下狠手呀,不是他在背后扇阴风,平志成哪里会问起这些话?他连忙向平志成深深地鞠了一个躬,说:"平队长这是听了哪个小人的话?这可是要叫人掉脑袋的,谁这么狠毒,要陷害我高大华一家子?天地良心,我对保安大队是敬仰有加,前几年吴大队长到米洋河洋,我还和大队长坐在一张桌子上喝过酒叙过旧,哪里对保安大队会有意见?说到鸦片捐,不,禁烟捐,巡洋社王天平王社长和保安队何队长是直接向保安团承包了任务数,不巧遇上去年河洋刮大台风受灾惨重,到了秋冬今春都闹饥荒了。去年的捐是四村头人和保安队巡洋社垫付的。遇到大灾年头,大伙儿包括王社长何队长一起坐下来,经过商谈,一致同意推迟一年向村邻们收回垫付的钱款,这便意味着今年一次要缴两年的份额。一时间缴不上来,就这么拖着欠着,这也是惯例。往年收赋缴捐,不也总是有拖拖欠欠的吗?主要还是王社长和何队长心急,用的手段重了些,村邻们的反应便有些强烈。要说我说了什么,也就是那次四村头人坐在一起商量缴捐的事时,说了一句,台风灾情这么大,县里估计会出减免田赋捐税的惠民政策,或许就可以减免一些,还是先问问。也就说了这一句,哪能就说成不支持鸦片捐,对保安大队不友好呢?"

"要说有北山里共产党来青草堂办药材——"说了这么一大段话,高大华觉得有些气喘。平志成却还是似笑非笑地看着,等着他继续说下去。高大华缓了口气,接着说:"北山里各村山民平时都来洋高千尺街赶集,有时也会到青草堂来找医生抓药,你说我怎么能认出他是不是共产党呢?开药店卖药,想到的只是有人生病了,哪里会去想生病的人会是谁?那个谁明知是共产党来我家药店买药,不叫巡洋社保安队来抓人,他是什么意思?他怎么就能一眼看出买药的人是共产党?谁给平队长说了这些话,我还真想和他当面对质,看看扯上北山里共产党的人是他还是我。"

平志成哈哈笑了几声,说:"大东家实在是太会说话了,你的公子高宏宇和我没少在一起喝酒玩耍,认真起来我应该叫你一声伯父,不过也是因为公务在身,有些礼节不周到的地方,还请你见谅。河洋的事就这样了,明天我们就回城向周县长、吴大队长复命。有劳几位,明天中午见。"

平志成却没有把四村被捕的村邻都放了，留下五个，其中就有洋里的牛牯。几天后，从城里传来消息，这被抓到城里的五个村邻，被当作共产党和勾结共产党的嫌疑犯拉到东门外给毙了。又过了几天，王天平进了一趟县城，从县保安大队领回一张任命书，他现在多了个身份——福宁县保安大队驻河洋保安分队代理分队长。

第二年春天，金水屿临水宫边上的两棵桃花开得正盛的时候，高宏宇带着毕梅回到河洋。他们是回来拜堂成亲的。喜事过去很长时间了，河洋四村还在谈论着这场婚礼的盛况。那排场，比得上皇帝娶娘娘了，说是光大猪就杀了二十头，酒席办了五十桌，河洋四村各家各户都收到了高大华的请柬，米洋镇上的一些体面人物，县里的那些有钱的当官的来了一拨又一拨。据说，河洋四村村邻的人情，高大华全都给免了，一个子儿都没收。那真叫撒钱啊！

第 十 章

割了秋稻,就该挖番薯了。男人们把一担一担的番薯从山坡上谷地里挑回来,冲洗过,沥干,在地上堆了一堆又一堆。女人们用擦板将洗过的番薯擦成薯丝,摊在竹匾上晾干,这就是番薯米,一年四季每日三餐的主粮。雷忠可跨进双坡谷东坡吴厝的场院时,女人们在院埕里坐成一列,身边各一堆洗过的番薯,双腿夹着一只箩筐,擦板压在膝盖上,一头顶着腰,另一头顶着箩筐,一边说笑,一边擦番薯米。雷忠可快快扫了一眼,犹豫地停下脚步。他不知道该不该再往前走,该不该走进院埕。杀了何五后,他连夜赶到天门湾,天门湾族公雷上阵对他说:"天门湾离河洋近,又归河洋管,虽说王天平从没来过,可巡洋社保安队的一帮爪牙,每年总要来一次两次催捐催税。你在这儿不安全,还是去双坡谷,双坡谷离河洋远,一条溪分两省,两省都不管。东坡吴厝的吴步青,是你的表叔,你阿伯在时,两家一直都有来往,你可以去找他,先住一段时间。我这边看着河洋,风声过了,再通知你回来。"那就去双坡谷。当他一脚跨进东坡溪坪,看到和一帮女人坐在溪坪上擦番薯米的吴月英时,仿佛有一道亮光在眼前闪了一闪,又在心里闪了一闪,有一粒悬浮在心头的不轻不重的石头,或是一股浓得化不开的灰色气团落了下来。

从这边数过去,月英是第四个,她面无表情地望了他一眼,又低下头去,专注地擦着番薯米。天上的云被剪碎被撕扯成一块块一片片一条条,蓝天从云缝里挤出来,阳光从云缝里透射出来,照在吴月英的右脸上,这张曾经丰满的白白净净的脸蛋变瘦了变黄了。她当然看到了雷忠可,一团无端的怨恨从胸口往上升腾。她又瞟了一眼雷忠可,就这一瞟之间,高宏宇的面孔、身影就像躲在近处,一下子蹿了出来,满满地塞住她的脑海,另一个想法像一脉细流从隐蔽处的泉眼淌出来。她放下擦板,站起来就要向雷忠可走来。她才走出一步,又犹豫了,村里人都知道的,姑姑爱华曾把她说给洋里雷家表伯的独生子，就是面前的这个人。

紧挨着吴月英的女人远远向雷忠可打了个招呼，一边放下手里的活往这边走来："洋里表侄，今天来做客呀？"

雷忠可一时没认出她是谁，过一会儿，才想起她是月英的阿妈，吴家表婶。他拘谨地唤了声表婶，便不知道接下来该说什么。吴家表婶已经走到他面前，说："来来，到家里去。你表叔在虎头坪挖番薯，一会儿就回来。先坐坐，喝杯水。你这是从洋里来的，还是去什么地方经过这儿？哎，这都怎么一回事，你阿伯，那么好的一个人，见个生人脸上也要堆十分笑，没来由就飞来一个横祸，不留一句话就走了。为你阿伯送丧，你表叔那天没空，是我去的。哎，哎哎……"吴家表婶絮絮叨叨中就把雷忠可让进厝里。吴步青挑番薯回村子两三趟，却不肯放下活进厝招呼一声客人。院埕上的女人笑嘻嘻地跟他说："你女婿来了，还不回去看看？"却把吴月英惹恼了，一下子掀了擦板，说："谁是谁的女婿？你要是看上了赶紧往家里领。"嘴里这么说，心里却在闹火，骂雷忠可不识相，却又没想清楚这个人怎么就不识相了。她噔噔噔地往厝里来，想着给不识相的雷忠可一个冷眼，几声呵斥，临到门口，却转过身，返回院埕，又沿着溪岸往谷口走去。双坡谷谷口有一块大岩石，其实是两块，上下叠在一起，上面一块大，像个倒过来的秤砣，下一块要小许多，样子像舂糍粑用的石臼。秤砣就顶在石臼正中的凹处，上大下小，又是倒过来的秤砣，看起来很不牢靠，似乎用手一推，甚至一股大些的风一吹就把它推倒了吹倒了。双坡谷村邻叫它砣臼岩。砣臼岩的下方是一面崖壁，双坡溪水从砣臼岩左侧绕过去，跃下崖壁，崖壁上便挂上一匹白晃晃的瀑布，少说也有大几十丈高，称作飞龙漈。因瀑布的冲击，崖壁下方形成个深水潭，叫龙潭。吴月英记得二月二高宏宇来双坡谷做客，带她来过砣臼岩。她说了一句："瀑布要站在下方往上看才特别壮观。"高宏宇毫不犹豫地就拉住她的手，说："我们去崖下看看。"他们沿着崖壁右侧的一条陡峭、窄小、湿滑的草径走下崖壁时，高宏宇脚底一打滑，差点儿就滚下坡去。

吴月英站在砣臼岩上，痴痴地望着蛇一样隐没在草丛中的那条山径。山径伸到龙潭边，绕过潭前的小溪一小段，拐过又一重山的山脚，便看不见了。她知道，前头还有一个分岔口，分出两条路。一条往东北，一直走到海港边的徐家渡，坐渡船横过海港就到了石浦镇；另一条往西南，又绕过许多重山岭到达洋里后山的青牛岗，最长的那道山岭叫青岙岭，从青岙岭中段分出一条小草径，又绕了几个弯，就到了三叠岩。在三叠岩过完三月三的第二天早上，吴月英、蓝阿菊送高宏宇、雷忠可回河洋，走到青岙岭路口，吴月英不走了，拉着高宏宇的手不走。阿菊退到十来步远的地方站着，雷忠可已经走下路口，拐上了去河洋的山岭，见高宏宇没跟上来，就在那儿等着。吴月英低着头，心不在焉地用脚尖踢着地面的小石子，一会儿又抬了抬头，幽幽地望了高宏宇一眼。她的目光与高宏宇的目光撞在一起了，她听见高宏宇缓缓地说出几个字："我要娶你。"她的心不停地颤动，百般不情愿地松开手，百般不情愿地看着高宏宇踏下路口，看着他又转头望过来，大声叫一声："月英，我要娶你。"

好几个月了，大半年了，怎么就没一点儿消息？难道能说忘就忘了吗？吴月英隐隐有一种不好的预感，他也许真的就把自己、把双坡谷、把北山里和北山里的那些节日、那些歌会都忘了。她却又不肯相信。问问他，问问洋里的这个短寿儿。

午饭后，见雷忠可走出厝屋，她跟了上来，轻轻叫一声："你跟我去砣臼岩。"两人一前一后走到砣臼岩，站住，隔着四五步远。吴月英转过身来，不甘心又带着怨恨地盯着雷忠可，说："你告诉我，他到底怎么啦？说是到城里，怎么会一去这么久，而且连一点消息都不传回来？"雷忠可愣了愣，他没想到月英会问这个问题，他其实根本就没想着她会问自己什么，他只是觉得奇怪，隔了几个月不见，月英像是不认识自己一般，冷淡，甚至有些提防，有些敌意。她这一问，他似乎模模糊糊地明白了一些，这冷淡这提防和敌意是因为什么。

"宏宇哥进县城有八九个月了，记得是三月三过后走的。这几个月都没回来，倒是听到了一些他的消息。"

雷忠可声音有些低，又说得一停一顿，像是还没想好该不该说一样。吴月英却急了，目光紧张地盯着他看，透着希望，也透露出内心的不安。

"什么消息？你说说是什么消息。他怎么啦？出什么事了？"

雷忠可却不说了，不是他不说，是他真不知道该怎么说。他隐隐觉得不能把已经上升到喉头的那些话直白地说出来，不然一定会出事。会出什么事,他还来不及想。就在这一瞬间,他明白了,一个人喜欢一个人,是喜欢在心里,是心里时时刻刻想着念着一个人,是为他揪心为他着急,是不见面就吃不好睡不好。他想起姐姐翠云,他竟然这么多天没想到姐姐,也没想到其他人,包括他的亲阿爸,他叫阿伯的那个总像老母鸡一样把自己收敛到翅膀下的人,还有陈阿爸和水英妈妈。现在他想起了他们,一想起来,心里就一阵一阵痉挛地发疼。那都是他的至亲的人啊。吴月英一连串急促的发问把他发疼的心拉到眼前来,他轻率地把压在喉头的话吐了出来:"宏宇哥在城里谋到差事了,听说是在县政府,而且听说他找了个有钱的城里阿妹,过了年就要回河洋成亲。"

话一出口,他就后悔了。他看见月英身子晃了晃,呆呆地看着他好一会儿,然后转过身,走几步,在石崖边停住。他慌了,想着该不该上前拉住,便见月英又转过身来,向自己走过来,又从自己身边走过去,往回村子的方向走去,好像身边就没有他这个人一样。

十一月十八,又是河洋洋高千尺街每月逢八赶集的日子。吴家表婶和邻里的两家女人约好了,今天去河洋。天还蒙蒙亮,十步之外的物件看得模模糊糊,她挎着篮子跨出门槛,月英便从后头跟出来,轻轻地说:"阿妈,我和你一起去吧。"女儿的那双眼像霜打的落叶,没一点儿光泽,当妈的看着就心疼了,说:"月英啊,你这是要把自己糟蹋成什么样子呀?都这么久了,怎么就放不下呢?""阿妈你想哪儿了?我只是想出去走走,这么久没出过山,人憋着难受。""哎——哎哎,"表婶叹着气,说,"去就去吧,今天家里没什么急事,把月兰也叫上,两姐妹做个伴。"

要说月英还真没细想是为了什么去河洋,有一段时间,她把自己的脑子全放空,什么想法也没有。早晚的太阳红艳艳的,一进入她的眼里,却变成了灰白灰白的;双坡溪哗哗地流,砣臼岩的瀑布轰轰地响,却没钻进她的耳朵,像是脑后吹过一缕风。她忘了自己该做什么事,要不是阿爸阿妈有时是妹妹月兰叫唤一声,她就呆呆地坐在一边,呆呆地站在一边。只有雷忠可出现在眼前时,她才觉得身体里的某个地方动了一下,抬起眼迷惑地看了他一眼,像是在确认这个人是自己的某个熟人某个亲戚某个朋友。有时整夜整夜睡不着,有时又昏睡不肯醒来,有时因为一个转身因为谁的一声咳嗽因为窗外一样重物落地的声响，就醒了，醒了就再也没了睡意。好在都习惯了，只是半夜无端醒来，脑子特别清醒，特别会胡思乱想。高宏宇的音容越来越不真实了，飘得越来越远了，像某个死去的亲人，慢慢地淡出记忆。总要有一个了结，这声音像是从漫无边际的黑夜里远远地传过来，又像是从体内某个不可知的深处冒出来。

千亩河洋裸露着灰暗的布满皱褶的肌肤，空旷，苍凉，披着轻薄的青岚，寂寞地摊在天底下。田野里稀稀落落散着几个黑影，那是在为冬种而忙的村邻，看那动作，却是不紧不慢心不在焉的样子。千尺街也冷清，说是逢八赶集的日子，人却少，零零散散，街两边的商铺好多家都没开门，摆摊的小贩也不多。三两个女人或蹲或站围在某个摊位前，正和摊主讨价还价，听着又像不当真，只是走个场，来回交换几句，妥了，便过称，付钱，找钱，谈不拢，就拖着步子走向另一家。洋高千尺街的集市，每月逢八的三天是大集，其他日子是小集。吴月英的印象里，往常就是小集的日子也比今天这大集热闹；大集就更不用说了，望过去尽是人头，男人女人老人小孩，黄脸白脸红脸黑脸，叫着骂着笑着恼着，口臭味汗臭味鱼腥味肉腥味，一锅大杂碎一般，酸甜苦辣辛一样都不缺。收成了秋稻，乡村的节奏就缓慢下来，秋种冬种，不需要起早贪黑紧赶慢赶，早一天迟一天有什么关系呢？闲着点，误不了农活。家家又新收了稻子，多多少少换了几个铜钱，也想着改善改善生活，添置一些用品，所以这时节本是千尺街一年比较热闹的一段日子。今年这么冷清，还是因为王天平，说是鸦片捐不缴了，可又新增了什么附加费，数额比起鸦片捐只多不少。保安队和巡洋社一帮爪牙现在是越来越威风了，你敢不缴，家里有什么就抢什么。洋高那个谁，谷子收了六担，田租去了三担，巡洋谷保安费又去了一担五，又粜了一担缴田赋，债主上门，好说歹说让宽限一些日子，没把剩下的五十斤谷子给追去。怕保安队巡洋队上门催捐催费，藏在祖厝大厅正墙上方搁祖宗神位牌的暗龛里，也给保安队巡洋社给搜出来，人还被踢了一脚，又留下话，说不够的部分限期送到桶子楼，别让再来第二次。想赖？没门，把门砸了，再把人揪到保安队里吃几顿手脚。实在拿不出不会去借吗？还不起那是你的事。日子没法过还得过，村邻们见了面，才说几句，没了心思，都在为缴费的事发愁。发愁有什么用？哭都没用，愁能愁出银圆来愁出谷子来？哭能哭出银圆来谷子来？四村一片死气沉沉，就是夜里传来几声狗叫，也有气无力。吴月英怀疑自己和河洋是不是隔了三年五年十年八年，怎么看怎么不一样，怎么闻怎么不一样。也就是感到有些不一样，她无心细想哪个就不一样了，怎么就不一样了。阿妈和阿姆阿婶走进一家杂货店，她被妹妹拉着在街面上漫走，没想着往哪儿看，只是无意间瞟了一眼又瞟一眼再瞟一眼院坎上的高家大厝。走过青草堂时，她听见柜台上抓药的小岐对门口坐诊的黄先生说："前些天宏宇哥订婚，怎么没见他和新嫂子回河洋？听说光聘金大东家就送了五百个银圆，够别人娶十个媳妇了。"

"又不是大婚，回不回来有什么要紧？你小子才多大，鸡子儿还没豌豆大，就想女人啦。"那黄先生五十来岁年纪，面容清瘦，安着一双三角眼，架着一副老花镜，嘴里说着话，眼却不往柜台上瞧，而是曲着脖子上翻着眼皮看着走过来的吴月英姐妹俩。都说他是远近十里八乡最好的先生，洋高大东家高大华把他请来坐堂问诊也有七八年了。闲着是件难受的事，还好有千尺街，可以看看街面上来往的人，听听吵吵闹闹的声音，可千尺街现在也冷清了，人也少了。

月兰的手被姐姐拉着，随着姐姐机械的脚步走到南坪湾，时不时忧伤地看姐姐一眼。南坪湾的港汊里浮着两只小舢板，稍远处还斜着一条竹筏子，靠着那片红树林孤单地随着水波一摇一晃。仿佛有一道暗影从月英的眼前掠过，仿佛有谁远远地说了一声："结束了，都过去了。"

累了一整天，往常这个时候早就鼾声大作的吴步青今晚却没有一丝儿睡意，靠在床头和吴家表婶说话。煤油灯是舍不得点太长时间的，耗油就是耗钱。黑咕隆咚里，听见吴步青不时唉声叹气。

"怎么成了这样？小偷小摸就了不得，怎么敢杀人呢？那是要打入死牢，是犯了死罪。再说，人都敢杀，还有什么事不敢干？"

"不是被逼的吗？一家子，全毁了，你说他能不恨？要我说，这后生有种，敢硬够狠，靠得住。"吴家表婶不同意男人的说法。

"那是胡来，是没脑子。你以为那是棵草是棵树任你说割就割说砍就砍？那是个人，还是保安队队长！你以为就任你杀任你剐吗？城里都派兵来了。躲，躲得过去吗？迟早要被逮住，要给人家偿命。"

"那你说，雷家表哥的命谁来偿？那个陈阿赔的命谁来偿，他那女儿的命谁来偿？他们就可以杀人不偿命，雷家表侄为了报仇杀了人就要偿命？"

"你脑子糊涂。他们是谁？他们是当兵的，是官府，有钱有势。你一个混账小子，两条胳膊一个脑袋干得过他们？要说雷表哥的死，也不是他们的错，是被——被其他人误杀的。那个陈阿赔就是个——太平日子不过，偏去做什么违法的事，丢了命，毁了一家子，要怪只能怪自己。"

"他那个女儿，叫什么来着，翠云，她犯了什么法？就因为是长年的女儿，是做田人的女儿，就可以随便被人欺负吗？要是你的女儿你的姐妹，你不气愤？他何五这样做不该死？"

"法是谁说的，是我们这样的人说的吗？要我说，这就叫命，谁叫你天生就是比人贱，贱命一条，老天要你死，你也只有认命。能有一口饭吃，能混个活命，就是老天爷开恩了。难得还有先人留下来一份产业，有田有地有山林，有几大溜的厝，柜里还有银圆，却一时脑子犯浑，为了出一口恶气，毁得一干二净。原想着月英嫁过去能有个好日子，这下，连家都没了，自己也成了一条没人要的流浪狗了。"

"我知道你为什么闹心了，你就是想着这门亲事吧？雷家表哥这一走，不是就没再提起了吗？你看这半年来把月英折腾成什么样子了？好端端的一个阿妹，硬是变得面黄肌瘦茶饭不思。都是你那妹子能耐大，什么事都要替你做主，这家是没我插话的份，可这是你的女儿，你也得有点自己的主意。一个男人，一家之主，凡事都听一个女人指手画脚，有意思吗？"

"爱华会害我们？"吴步青火了，声音也粗了起来，"她是亲姑姑，难道还会害自己的亲侄女？还不是为了她好。原先那是什么人家，嫁过去难道会吃亏？"

"好好好，就当我没说，这家，你和你妹子爱怎么折腾就怎么折腾去，我不管了。"女人一恼，翻过身，把一个曲着的背对着吴步青。

"我说得有差错？"女人一生气，吴步青便软了，用手去搬对方的肩膀，"爱华哪里会害自己的亲侄女？她对月英的那般疼你又不是不知道。当初想找洋里雷表哥这样的人家，也是担心她嫁错了人今后受累，你也是连说好的。现在怎么就全是她的错？谁知道后来会发生了这许多事故来。"

女人又转过身，说："我看也没什么，洋里雷表哥是走了，三溜新厝是被烧了，可那些田那些地那些山林是别人抢不走的。月英能嫁过去，当好家，只要辛苦几年，再起一溜两溜新厝不是难事。有不差的底，家业要兴起来也快。"

"你看你看，一会儿说不好一会儿又说好。你以为官府会放过他？有家都不能回，说不定今天明天就要掉了脑袋。月英还嫁过去，还起新厝，还兴家业？我是想，他犯下这么大的案子，现在跑到我们家来，迟早是要被发现的，到时可就麻烦大了。"

"咦？你的意思是让他走人？"

"也不是这个意思，我这不是和你商量嘛。"

"你就是这个意思，还要我去找他把话挑明白了是吧？"

"有些话，男人不好说，女人出面就顺多了。"

"能这样做人吗，吴步青？人家来逃难，你把人家赶走，这话说得出口吗？说出口了，别人会怎么看我们这一家子？就是个陌生人，有难来找你，给碗饭给张床也是应该的，何况还是你的亲表侄。"

"一代亲，两代就称表，三代见面装作不知道，一代一代这样唱这样传。我和雷表哥是亲表兄弟，这不假，雷表哥在，那是表亲，他这一走，两家也就断了人情，你说我们还有什么义务替他儿孙担风险？小事小难能帮上我们自然要帮，可这是什么事？连带着一家人要丧命的大事，是我们帮得起的吗？"

"这不还没到那份上吗？"

"要是真到了那份上就来不及了。"

"你爱怎么说怎么做是你的事，我不掺和。"女人这次是真生气了，身子一翻，转过背来，再也不出声了。

月英迷迷糊糊睡了一会儿，被隔壁阿爸阿妈的争论声给吵醒了。是竹编外涂石灰的隔墙，隔壁的一点儿动静都听得一清二楚。阿爸阿妈原来睡楼下后间，那一间让给雷忠可了。这是吴家表婶的主意，一楼是黄土加白礜沙搅拌夯实的地面，最初当然颜色鲜亮，可这都过了多少年，早就变得铁色一样的黑，而且坑洼不平，摆个椅子还要挪好几次才放得稳。厝又紧挨着山坎，被挡了光线，一天到晚黑魆魆的。但一楼后间有张像样的床，不像楼上那两张，搁几块长木板横在两条长凳上就是床，它有自己的四脚，有梁有壁有蚊帐架，床楣和三面床壁上都画着花鸟人物。这是吴步青成亲时家里花了大价钱雇木匠师傅专门打造的，都用了几十年了。晚饭后，吴家表婶说："雷表侄就睡一楼后间吧。"吴月英白了雷忠可一眼，似乎这个人她不认识，似乎阿妈所指的那间屋子不属于这个家，客人也是别人家的客人，与自己毫不相干。可这个晚上，睡在隔壁的阿爸阿妈虽然压低着声音说话，但话语还是像钻进缝隙的风一般，丝丝缕缕地往她的脑子里钻。她听得迷迷糊糊，又迷迷糊糊地想起睡在楼下后间的雷忠可。那是谁？她和他是离得多么远的两个人，中间隔着一重一重的山，一重一重的山外面才是河洋。河洋却一下子就近了，像就在眼前，高宏宇也在，隔着看不见却又推不开的空气。他带着一个漂亮的城里阿妹回到河洋，回到洋高那座大厝，大厝四处张挂着红灯笼，贴着红对联，鞭炮在"噼噼啪啪"作响，腾起的白烟一团一团弥漫着整个大院……一个阿妹站在边上远远地看着，神情麻木，甚至有些呆傻，像是自己，又像是一个熟人。妹妹月兰翻了一个身，身下的木板"咯吱咯吱"地叫了几声，吴月英似乎回过神来，两只眼睛空洞洞地望着空洞洞的黑暗。隔壁的阿爸阿妈终于睡着了，发出时高时低的鼾声。楼下却传来几声咳嗽，像是在提醒她有一个人像影子一样纠缠在她左右。黑暗中仿佛有一双手向她伸过来，按住她，又把她拉起来。起床，下楼，开门，向院埕向谷口向砣臼岩走去。月光下的山野变成一个庞大的厅堂，处处张灯结彩，她凤冠霞帔，披着红盖头，不用人牵着领着，自己一步一步地飘飘忽忽地走向准备迎接新人拜堂成亲的大厅。她被谁紧紧拉住了，脚步怎么使劲往前，就是跨不出去。她的胳膊被弄疼了，疼痛感让她清醒了过来。她看清了眼前，不是婚堂，是山野，是砣臼岩，脚下是陡峭的深不见底的崖壁。她回过头，翻了一眼死死拉住她胳膊的雷忠可。

"不能跳，不能想不开。"她听到雷忠可急促的叫唤。

第十一章

北山区委决定将区委驻地从老鸦岩迁到双坡谷,并按平南中心县委的指示,着手在区委的基础上成立北山县委的准备。双坡谷是大村,经过小半年来的发动,两坡村邻的革命意愿已经被激发起来,还成立了贫农协会,把双坡谷作为革命新中心有很好的群众基础。而且,东西两坡村邻大多数是畲家人,北山里大几十个村子,大半是畲家人,畲家人喜欢亲上加亲,村村互相都是亲戚,在双坡谷点燃革命星火,可以迅速形成燎原之势。还有一个突出的优势是,双坡谷位置恰好在两省交界线上,除地主老财派人进山收租放债外,基本处于两省都不管的状态。东坡说是归石浦镇管,离石浦镇却远,中间还隔着一道海港,路难走,岭口多,只要守住几个重要路口山口,石浦镇方面即使派兵进攻,也并非易事。

区委新驻所的选择,大家还争论过一番。第一种意见是利用村尾的天神庙。每年除了过年、过二月二,平时庙里冷清得村里人都不敢往这边走,不得不从庙前经过,一颗心虚吊在半空中一般。白天还这般,晚上就更不用说了。但一年中至少有二月二和过年那几天要让给两坡村邻,其实还不只这几天,每月初一十五,都有一些村邻会跑到庙里来上香,一些人家请法师跳神禳灾求福,也要放到庙里来做法事,庙门前的石子路又是村邻们上北岭干活走亲戚的必经之路。所以不合适。新加入区委的吴步午和李阿漂都要求区委驻在自己的家里。吴步年住东坡九溜半。东坡吴厝五六十户人家,细分起来有八处,七八户十来户聚在一堆的算是比较大,有四处,一处是落在半岭的九溜半,一处是与九溜半相隔一条弯绕绕石头岭的岭右。九溜半一排厝一共十溜,左边九溜都是一前一后两间,最右的那一溜,因为后头刚好盘过那条石头岭,便只有前头一间,其实也就是半溜。另外堆得较多的两处,一处是四房,在山脚下的溪坪边;另一处窝在岭头的一个坳子里,叫岭岗头,有十来间草厝。这两处各住着十几二十户人家。山坡的角角落落还落着几处单间或两三间草厝。西坡李厝整体上差不多，要说有些小差别，一是村背后的山坡更陡一些，二是分散在更多处地方，少说也有十来处。其中一处孤单地落在北岭下的山坳里，叫岭坳里，就两间草厝，这是李阿漂的家。李阿漂父母去世早，又没给他留下一个兄弟姐妹，穷得只有两间草厝安身，当然也没哪个阿妹肯嫁过来，单身一个，一人吃饭全家不饿。平南中心县委特派员彭庆元征求了蓝延兴、陈绍元等人的意见，说："就这儿了。"

彭庆元让蓝延兴把区委一干人和贫农协会几个会长集中到岭坳里开会。他清了清嗓子，首先发言。通常情况下，区委开会，都是他第一个讲话。他个子矮小，黑瘦，留寸头，脸上架个黑框眼镜，上身是一件布扣对襟灰色小夹袄，手指间夹着纸烟，说话之前先用力吸两口，然后再清一清嗓子。或许是因为烟吸多了的缘故，声音有些干涩。

"形势发展得很不错，接下来的任务是扩大成果，在更多村子成立贫农协会，开展分土地分青苗运动。双坡谷连同周边这一带田亩山地林木，大多是石浦镇大财主范进堂的产业。我们就从双坡谷开始，再逐步向周边各村扩大。"彭庆元顿了顿，接着说，"我们分掉范进堂的产业，他们不会一声不吭，一定会反扑，会报复。他们有民团还有保安队，有人又有枪。我们不能没准备，所以要成立我们自己的武装。中心县委有个赤卫队，我提议，区委的革命武装队伍就叫红带队，绍元同志任队长，雷明兵任副队长。"

雷明兵是天门湾雷家后生，身手了得，一套畲家拳和一套畲家棍法源于祖传。天门湾雷氏和洋里雷氏同宗，祖上却留下规矩，拳法棍法留在天门湾，不得带到洋里，洋里宗亲要学，必须来天门湾从师学习，艺成不得带徒。也不知过了几代人，没几个人还有兴致学拳学棍，洋里就不用说了，就是天门湾也渐渐地只剩下几户人家还记得传习祖上传下来的拳法棍法。冯有光当年在老鸦岩，雷明兵便加入共产党。冯有光离开河洋国民学校进入北山里，目的地是彭家山。彭家山位于北山里的东北角，闽浙两省多个县在这里交叉穿梭，山深林密，地形复杂，早几年这一带就成立了多个党组织，后来经过整合，成立平福中心县委。冯有光的任务就是前往彭家山，与中心县委取得联系，把北山里革命往西南方向拓展。从河洋到彭家山要翻几座山头蹚几道溪涧,冯有光路过老鸦岩时病倒了,便留在老鸦岩,住在蓝延兴家里。老鸦岩总共十三户人家,七户姓蓝,五户姓钟,还有一户姓雷,是一个纯畲家村子。据说村里原来有一座木瓦结构的大厝,也不知建于哪个年代,破烂得不行,有一年刮台风,下了几阵暴雨,厝塌了,成了一片废墟。台风过后,村邻们用了一个月的时间,才搭起了十来间茅草厝,总算重新有了一个遮风挡雨烧火做饭睡觉休息的地方。北山里大小几十个村子,要说穷,就没有比得过老鸦岩,白米饭一年没办法吃上三次,一家五口人,找不到两条裤子,还不是新裤子,是那种到处挂洞飘布条子的破裤子。老鸦岩的畲家人也想变呀,可穷山恶水,靠什么变?就算这一片穷山恶水,只要有土有水有林子,也还有希望,但这些山地溪水树林子,都是后山坳潘家坪潘家的,打口井还得向潘家缴一笔租。蓝延兴算是村里最能干的人,一门心思想着怎么给村邻们寻个路子,可任你想破头,也没办法。他领着村邻们开了一大片荒山,打算种番薯,可潘家来人说,这荒山也是他们的。有什么依据?没依据,就凭这周边的山地是他们潘家的。蓝延兴真是火了,火了也没办法,人家说是他的你有什么办法?冯有光说:"这周边的林子,这周边的山地茶园山丘田,凭什么说是潘家的?你们祖祖辈辈就住在这儿,这是你们多少代人一代一代开出来的田园,他们离得这么远,为什么是他们的而不是你们的?都是你们在耕作,为什么收成都要给他们?"他鼓动蓝延兴带领村邻和潘家人经过几轮较量,还伤了几个人,对方终于不敢来收租了。蓝延兴对冯有光是真佩服,这个弱不禁风的书生有很多他从来没听过的想法,这些想法让人听了特别暖心,好像这些想法都是为他们这些穷得叮当响的人准备的,是专门为了改变他们苦日子而准备的。蓝延兴服冯有光,村里人也服冯有光,见了冯有光总是客客气气地叫冯先生,有一碗好吃的也一定要分一份给冯先生送过来。可惜这冯先生身体弱,没几个月,一场病就夺了他的性命。冯有光在老鸦岩小半年,除了老鸦岩,还有周边的十几个村,像天门湾、后垄坑、坎角等七八个村子都分了山主地主的田地和山林,在村邻里发展了七八个共产党员,成立了北山区党小组,不久又成立了北山区委。他在老鸦岩时,常有一些外乡人来老鸦岩走动。老鸦岩一年难见到一个生人,怎么冯先生一来生人就多了,人气就旺了呢?蓝延兴后来知道,这些客人有的是从福宁县城来的,有的则是从北山里东北区的彭家山来的,其中有一个叫彭庆元的教书先生。冯有光去世前曾交代蓝延兴到福宁县城找一个叫贺炜的人,说联系上他就联系上了上级组织,而就在蓝延兴和陈绍元准备去一趟福宁县城时,中心县委派彭庆元来到了老鸦岩。

灯光微弱,彭庆元的半边脸落在阴影里。他睃了一眼其他几位,接着说:"河洋那头也不能就这样丢下了。有人说,我们在河洋的行动失败了。失败了吗?我不这样看。如果就因为死了几个人,就是失败,这认识是片面的,革命就是你死我活的斗争,即使我们,也随时可能牺牲。如果说我们没达到直接的目的,这说法还比较客观。但我们达到了更重要的目的。我们在河洋成立了农友会,建立了一支骨干力量,在我们的发动之下,四村多数穷村邻认识到穷的根源在哪儿,也在不同程度上认识到只有反抗生活才有出路,他们是理解我们的,在感情上是站在我们这一边的,这为我们的后续行动取得胜利奠定了很重要的基础。将来我们的革命一定要走向平原走向城市,河洋就是我们一个重要的出口,一条通道。河洋历来被称作鱼米之乡,人口多,又与米洋镇近邻,如果能在这样的地方发动一场革命运动,对于扩大党的影响,是非常有利的。要发动暴动,就必须有我们的武装力量。"

彭庆元停了一会儿,大口喝了一口茶,说:"当务之急,我们要弄到几杆枪,弄到一些药。拳脚功夫固然需要,但单靠拳脚,单靠大刀标枪弓箭鸟铳,我们怎么打得过敌人的真枪实弹?"

蓝延兴和陈绍元决定第二天就去河洋。这一段时间因为山里事情多,和河洋的联系少了。负责探查河洋情况的李阿漂说,王天平对村民们的压迫变本加厉,听说一直想对农友会的二十来个村邻动手,之所以迟迟不出手,是因为农友会已经团结一大部分村邻,大家约定,只要王天平一有动作,对大家稍有不利,就敲锣为号,大家带上刀斧迅速集结,保安队巡洋社只十几号人,村邻一团结,他们就不敢胡来。蓝延兴和陈绍元这次去河洋的任务,是巩固、加强与四村农友会的联系,发展更多村邻参加农友会,为一旦出现有利时机再发动抗捐抗债抗租运动甚至武装暴动做准备,还有就是摸一摸河洋保安队或米洋镇龚山利民团的底,看看有没办法从他们手里弄到几杆枪。说到枪时，两人不约而同想到了雷忠可。

洋里短寿儿手中有一杆枪，听说他来双坡谷时空着两只手。他把枪藏在什么地方？难道杀了何五后就把枪扔了？

"应该不会扔掉。杀何五，黑夜里，二三十米远，一枪毙命，好枪法，如果能加入我们的队伍，最好了。正想着这两天找个时间再找他谈谈。"蓝延兴对陈绍元说。

"可他始终把我当作不共戴天的杀父仇人。"陈绍元停下脚步，随意向前方的山头望了一眼，摇了摇头，抬步跟上蓝延兴。

"此一时彼一时，他现在已经无家可归，这家被王天平给毁掉，我估摸着他心里对王天平的恨更强烈。而且身上还背着何五一条人命，不管是革命需要，还是还洋里雷表哥一个人情，替他把这棵独苗保护好，我们都一定要把他争取到我们的队伍里来，只要在我们的队伍里，我们才能关照得更周全。"

午后，吴步青挑着一担畚箕临出门，迟疑了一会儿，对雷忠可说："下午和我去风头鼻种地蛋？"雷忠可一时有些惊讶，欢欣地答应了一声，跑到角落里提起一对畚箕跟上去。两人原是各挑着一担搅拌了沟泥的粪肥去的，估算少了，不够用，吴步青念了一句："我回村里再挑一小担来。"雷忠可反应快，说："我回去吧，这边你离不开。"

雷忠可回九溜半，院埕里的一堆粪肥已所剩无几，他刚扒满了两只畚箕，便听到身后有人叫唤。回过头，就看到蓝延兴和陈绍元，看到陈绍元脸上那道醒目的疤痕。

"你陈阿爸被打死了，水英阿妈疯了，现在也不知流落在哪里，是死还是活。前几天，春田公为了护住你家的田地山林，又被王天平打死了。"

雷忠可一声不吭，他蹲着身子低着脑袋，用一根手指在地上画来画去。听蓝延兴说到王天平折磨陈阿爸折磨水英阿妈，一时竟有些恍惚，像是有一枚尖锐的钉子扎进心里，又有一块坚硬的石头堵在胸口。他抬起头，茫然地看着蓝延兴，说："王天平害了我一家，这仇我不会忘记，总有一天，我要和他算清这笔账。"说完，他站了起来，拍了拍屁股，也不看蓝延兴和陈绍元，扔下一句话便想转身走开，却被蓝延兴叫住。

"短寿儿，不，该叫你阿可了，你已经是个大人，凡事应该多想一层。

你敢杀何五,说明你不肯任人欺负,说明你有胆气。有胆气的人就应该做大事,你不能像现在这样,像个逃犯一样躲在别人家里,你要这样躲到什么时候?你要堂堂正正地走出来。你要找王天平算账,怎么找?你在河洋一露脸,王天平没准就发现了你,就逮住了你,就杀了你。就算你得了手,杀了王天平,你以后又该怎么过?你还得东躲西藏。难道就这样躲躲藏藏地过一辈子吗?你应该知道我们是什么人,你有没有想过,你可以和我们在一起,和我们一起做大事?"

雷忠可冷冷地看着蓝延兴,说:"你们不就是鼓动村邻们和地主财主们作对,抢了他们的田地山林分掉吗?不就是造反吗?"

"对王天平、对石浦镇的范进堂来说我们是造反,对村邻们来说,我们是帮他们讨回活命的依靠。我们为什么要造反?我们为谁造反?你看到我们是为了我们自己吗?我们是为了一个村的村邻,为了许许多多村的村邻,为了天底下的穷苦人造反。我们就是想让河洋的村邻们,双坡谷的村邻们,让许许多多的村邻们,让天下的老百姓都能过上有饭吃有衣穿的日子。你说,我们的彭特派员,他是什么人你知道吗?他是彭家山最大财主家的少爷,是在省城读过书的人,他家的田产地产不比范进堂的少,这么好的日子不过,跑来革命——对,对我们来说,对天下的穷苦人来说,我们不是造反,我们是革命。他为了什么?就是为了要把这个老百姓活得艰难活得像牛羊猪狗的社会的命给革了。彭特派员你也许不熟,再说一个,在河洋学堂当过先生的冯有光冯先生。你见过吧?你知道他是米洋冯记油坊掌柜的儿子吧?也是好家底,而且也在大地方读过书。他为什么跑到北山里来?就是为了革命,甚至连自己的生命都交给了革命。他们没见过世面?他们不会用脑子想?他们不爱惜自己的命?阿可,你要知道,我们做的是大事,是非常有意义的事,不是瞎胡闹。你不能光顾着你自己报仇出气,你还要给村邻们给更多的人出气,你应该加入我们。"

自始至终,雷忠可都没瞅过陈绍元一眼。这时,他的目光扫了过来,狠狠地扫了陈绍元一眼,然后一转身,挑着一担箩筐便往坡顶方向爬去,把蓝延兴和陈绍元两人撂在院子里。

石浦镇大财主大善人范进堂在双坡谷一带的二十多亩溪谷田和六十多

亩山坡田、三百来亩番薯园、一百多亩茶园以及三重山的林子，按人口比例和优劣搭配原则均衡地分配给双坡谷东坡西坡和周边几个村子无地少地的村邻。"这些田这些地这些林子从此就是我的了？"双坡谷的村邻们起先是真不敢相信，怀疑是做梦，怀疑是有人在开他们的玩笑，更有人怀疑这是一个骗局，担心上当。天上果真会掉馅饼吗？就算这是真的，范大财主会善罢甘休？他是谁？脚跟跺一跺，不用说石浦镇要地动山摇，就是整个平南县怕也要晃一晃。还是不要吧，不贪一时便宜，换得一辈安生。却又想，按区委的说法，这山深林密翻山过涧，只要大家早防备，齐心协力，石浦镇未必就打得进来。不是有好多个村子都把地主老财的田地山林给分了嘛，也没见官府就派兵了，地主老财们也终于没办法。不用怀疑了，也不用担心了，双坡谷东坡西坡两个村子一百三十几户人家，大家都说不怕，你怕什么？

　　吴步青就不相信天上会掉馅饼。靠两代人几十年埋头黄土狠挖狠刨，他家才有了两亩山丘田，三亩四分茶园。那两亩山丘田，分布在四五处，这一处十来丘，那一处四五丘，都在半山坡上，走一趟，要翻两三道山岭，一个时节的农活，犁田耙田插秧追肥捞草收割，一轮下来少说也得七八天，那稻子还是长得稀疏，稻穗还是瘪瘪的没几颗滚圆饱满。谷口不是有一片挺大的稻田吗？沿着溪谷成长条形，少说也有二十来亩吧，平坦坦的一片，但那不是东坡谁家的，也不是西坡谁家的，是石浦镇大财主范进堂的。双坡上不是还有绿油油的林子吗？不是还有一丘一丘的绿油油的茶园吗？那也不是东坡西坡哪一户人家的，还是石浦镇大财主范进堂的。双坡谷人说到产业，就说，北山里有多少的山地田林是范家的，石浦镇有多少的商铺宅子是范家的，范进堂啊，那是个远近有名的大财主。吴步青不念想那些好田好地，别人的就是别人的，属于自己的就这两亩三丘田，三亩四分的茶园，尽管一家人的日子过得还是窘迫，在两坡百三十户村邻中，比起那些吃了上一顿没下一顿的人家，他是知足的。

　　东坡吴步年、西坡李阿漂在两坡一户一户叫着阿公阿婆阿伯阿姆阿叔阿婶阿哥阿嫂阿弟阿妹到溪坪去，说是开大会讨论大事。问什么是开大会，就是全村人聚在一起说事。问什么事，就说是好事，去了就知道了，一句两句说不清。天正下着雨，吴步青坐在门槛上修补一担箩筐，应该是昨天磕了，筐底破了个洞。他抬起头不冷不热地瞟了一眼吴步年，嗯了一声，又低下头继续忙自己的事。他不去溪坪，穿上蓑衣挑着刚修补的箩筐就到山里去了。他才闲不住，下雨天怎么啦？照样可以去挖树根，半天就是一担，挑回来劈成片，吹几天北风，春节前后挑到石浦镇上去卖，也能挣几个油盐钱。

爬到岭头时，他还是回头向溪坪望了望，又向九溜半望了望。他看到坡谷的溪坪上已经聚了不少两坡村邻，大家七嘴八舌地议论、叫嚷，场面一派闹哄哄。溪坪上事先就摆了两张桌子，村邻们排着队逐个走到桌前，在一个大簿子上摁拇指印。他知道，摁下拇指印，就表示分到一份产业。可是那真的就是你的吗？范大财主会吞下这口气吗？等到哪一天他回来了，吃了他的山林土地吐出来就行了吗？他是那么好说话的人吗？你们这些人啊。

他看到了雷忠可从厝里走了出来，向坡谷的溪坪瞅了好一会儿，似乎对溪坪的喧闹并不在意，径直下了坡岭往砣臼岩方向走去。叫他娶了月英？要他留在双坡谷做上门女婿？他想起昨天阿妹爱华提出的这个主意。爱华嫁到西坡李家，娘家本来就亲，又遇到他这个从小就听阿妹发号施令的哥哥，一天两头都要往哥嫂家跑，有一碗好吃的也要送到东坡九溜半来。他从山上回来，爱华见到他，便说："哥，刚才和阿嫂正商量着，你恰好回来，有个事，想和你说说。"

"你说。"他却不往这边看，卸下肩下的箩筐，把新挖的树头一个一个摆放好。

"洋里又有人被打死了。这回死的是春田公。"

"哦——"吴步青觉得有些惊讶，爱华要和自己商量这个事吗？他们家和春田公又不是亲戚，春田公死不死有什么好说的。但他马上想到短寿儿，想起洋里的雷表哥，洋里是有一门亲戚，眼下这门亲戚却像一条紧紧纠结着树干的藤蔓，要砍断它，必然要伤到树干。

爱华表嫂前一天去洋高千尺街赶集，回家时经过洋里串门，村邻们问她短寿儿在不在北山里，见过没有，接着就说到春田公的死。

雷忠可杀了何五逃到北山里，他家的那些田产地产山林该怎么办，村邻们讨论了好多次，一直没达成一致意见。春田公的意思是，这一家等于就销户了，留下的这些产业总不能任由它荒废了，不耕不种，任你多好的田多好的地，不用两三年就荒了，都是自家人，一笔写不出两个雷字，族公走了，短寿儿也没了影子，不如就把这些田地山林给分了，该怎么分，大家讨论个方法。但是雷明海不同意，说："短寿儿虽说一时逃难在外，但总有一天要回家，要回到村里来，这田这地这林子是他的，人在，就不能说是无主的财产。就像春田公说的，都是自家人，自家人夺自家人的财产，这话传出去，让洋高洋左洋口的村邻们怎么看我们？"讨论了几个晚上，终于没有结果，王天平却领着保安队巡洋社进村，对村邻们说："今天是来告诉大家，保安队巡洋社把雷族公家的田产地产山林没收了。"村邻们当然不肯，他们和王天平理论，可王天平能给你讲理吗？春田公也就说了几句："这一家子的人死的死逃的逃，还不都是你王天平害的？一个洋连着四村，不说沾亲带故，也是低头不见抬头见，你把事做得这么绝，你还是人吗？"王天平还没发话，跟屁的保安队一个队丁一枪托就砸到春田公的额头上。春田公那是什么身子？这一砸，人晕过去了，就再也没醒过来。

"要我说——"爱华表嫂拨拉了一下灶膛，把火拨得更旺一些，"要我说，现在洋里表侄无家可归正好，我们家就两个阿妹，总要留一个在家招女婿。山里女儿嫁个好人家都不容易，要是招，怕不是老单身，就是好吃懒做，要不就是哪儿落下点毛病。现在洋里表侄一人，原先两家又提过亲，把他留下来最好不过了。"

吴家表婶愣了愣，瞄了男人一眼，说："你哥怕得要死，洋里表侄杀了人，怕被连累了。原先想他家底好，又是自家人，还是表亲，月英嫁过去不受苦。现在他的家业不剩一分，你哥才不会肯。"

爱华坐在门槛上，面前摊着一个簸箕，簸箕里是黄豆，去年的东西，没存放好，生虫子了，要把那些虫子虫卵挑拣出来。听阿嫂这么一说，抬起头，又转过身来对吴步青说："河洋四村，都说洋里表侄杀得好，杀了何五是替天行道，都说他有种。再说，又怕什么？北山里现在是共产党的天下，那么多的地主老财的田地山林被分到各家各户头上，连石浦镇的范进堂，那么有势力的人，也奈何不了共产党。洋里表侄没了家业，无家可归，更安心在双坡谷过生活。再说了,除了石浦镇的范大财主派人进山收租放债,几次看到米洋河洋那头谁来双坡谷?每年二月二倒是来过人,那都是亲戚。山高路远,王天平也不指望来双坡谷能抓到人,日子一久,也就忘了。"

吴步青一时有些发蒙,手里停了下来,抬起头看着爱华,说:"月英呢?月英愿意吗?我看她对洋里表侄冷淡,像是结仇了一般。"

"儿女嫁娶大事,由不得他们做主,他们才走过多少山路喝过多少井水,能懂得什么是好什么是坏?我们当大人的要为他们当这个家做这个主。现在也许他们不高兴,闹别扭,时间长了,他们就明白我们是为了他们好。我什么时候劝劝月英,她有心病,不挖了病根,以后怎么办?"

恰好月英从厝外进来,听见姑姑和阿妈阿爸的谈话,恼着脸不叫一声姑姑,也不说话。爱华表嫂看到她,不管她高兴不高兴,开口就说:"月英,看一个人,你不能就看着那张脸,看着他一个,你还得看他一家。你不能只看着眼前,你还得看他的以前,看他的今后。你要把自己的事想清楚了,我们是不输谁,但人和人就是有不一样,就是有个高有个低,有个重有个轻,就好比两只脚,一边高一边低一边重一边轻,你就走不稳,就可能摔倒。你要嫁到洋下去,要嫁个好人家,当然好,但洋下也不只就那一家,好人家也不只就那一家。洋里表侄不好吗?你们两个都十七岁,年龄相当,而且两家还本就是亲戚。洋里雷表伯家出了这许多事,他现在独自一个人偏偏就来到双坡谷,来我们家,要我说,这是你们两个命里带来的缘分,是老天计算好了的一桩姻缘。"

月英木木地瞟了爱华表嫂一眼,等了老半天,才说了一句:"家里差我这一口饭吗?不行,我自己到哪儿扎顶草厝,一个人过。"

范进堂叫人进山了,离年底就剩一个多月,该叫人来收租收债。来了两个,一个是管家福哥,胖胖的,满脸堆着肉,每块肉里都挤着笑,一脸的福相;另一个是臭哥,范家护院队队长,一张黑脸精瘦精瘦,又总是绷着,臭得让人反胃,怎么也开心不起来。

"有这样做的吗?"福哥的胖脸不笑了,"这叫什么?这是抢劫是强盗。"

"你们这是找死，敢动到范家头上来。"臭哥的脸更黑了。

"跟你们说吧，这些田地林子从此就不姓范了！也本来就不应该是你们范家的。这荒山荒坡是村邻们开的，这水稻番薯是村邻们种的，这满山的茶满山的树是村邻们栽的。村邻们世世代代住在双坡谷，没有一寸地不是他们开垦的，没有一棵庄稼一棵树不是他们栽的种的。本是他们一手刨出来，是一村子人安家立命的依靠。你们做了什么？趁人要钱救急救命，逼人家卖田卖地卖儿卖女，让村邻们没了活路。这才是抢劫，这才是杀人不眨眼吃人不吐骨头的强盗。你们俩也就是两狗腿，别在这儿摆威风，回去告诉你们的主子范进堂，少做伤天害理的坏事。乘人之危打劫来的借着权势强占的算尽机关诈来的，该还给人家的早些还给人家。"蓝延兴站在东坡上，居高临下看着站在下方的福哥、臭哥，眼里像钻出两颗铁钉。陈绍元站在他身边，背上挂着一杆枪，冷眼看着福哥、臭哥。他的眉骨偏高，眉毛又浓，看起来两只眼窝很深，透着冷光。

三天五天十天一个月，没见到范进堂再派人来双坡谷，没看到石浦镇的保安中队中队长樊二爷领着他的那些队丁来双坡谷，东坡西坡的村邻们渐渐地安心了。分到自家的山丘田、溪谷田一个多月前就收割了，又晒干了，看着黄澄澄的谷子藏到笸箩里装到麻袋里，想着这些谷子真的就变成了自己的，再也不用计算着至迟在过大年前一定要挑到送到石浦镇去，尽管还有些不安，还有些怀疑是不是在做梦，却还是满心欢喜。要问这些谷子干吗不装进仓库里，双坡谷百来户人家，本就没几家家里设了仓库。设仓库做什么？收获的谷子番薯丝放不了几天就要送给范财主，哪还有多余的容你储藏到仓库里？

从石浦镇打听消息的人回来说，石浦镇这一段日子，人们议论纷纷，像沸开的一锅水，街头巷尾传说着共产党来了，范大财主在双坡谷的田地山林也被抢了。范进堂这些天又叫又嚷，三天两头跑镇公所，跑保安队，镇上那些财主商家也跟着叫嚣，要镇公所向上请兵、要保安队派兵开进双坡谷开进北山里。保安中队的樊二爷，大名叫樊朝发，都说石浦镇第一个人物是范进堂范大财主，这樊队长怎么说也是第二个人物，所以都叫樊二爷，或干脆就叫樊二。保安中队有三十来杆枪，加上范家的那一支兼顾看家护院和收租收债的护院队，就是五十几号人。樊二也相信，有这个力量，对付北山里的共产党没什么问题。但这是你范进堂的事，关我保安队关我樊二爷什么事？不出点血，我的弟兄们凭什么给你卖命？

"双坡谷那是什么地形？一夫当关万夫莫开。共产党只要在谷口架上一顶机关枪，我们就是人再多，也是白送命。我们只能等待时机。"石浦镇保安中队长樊朝发对范进堂说。

"就那帮穷鬼，哪来机关枪？"范进堂一脸愠怒。

第十二章

刚走进双坡谷,看到在溪坪上擦番薯米的月英,听到吴家表婶的热情问候,雷忠可觉得自己就像一个迷路者在茫茫苍苍的山林中跋涉时,终于看到前方出现了一豆灯火,一座简陋的草寮,他以为总算找到了一个落脚的地方,一个可以为他带来一丝温暖的地方。但是很快他就感受到一种不一样的冷。在这个家,他是个不受欢迎的。吴家表婶是客气,客气里还有几分热情,小表妹月兰虽然似乎有些刻意要和自己保持一些距离,厝里厝外对上脸,也还要腼腆地叫一声表哥。让人受不住的是表叔和月英。表叔的眼似乎就不曾落到自己的身上,然而他能感觉到那特别的目光,从角落里扫过来,阴凉甚至带着恼怒。月英的目光也不曾看过来,偶尔对上眼,仿佛自己不过是一个物件,她用不着的物件。有几次,他尝试着和她说几句话。"月英。"他轻轻唤一声。月英转过头来,面无表情地看着他,等着他接着往下说。

"月英表妹——"他又停了下来,过了有一会儿,才想到有话要说似的,"也就是别人的传言,不知是真是假,还没成亲就不算真。"

他这话说得有些没头没脑,但吴月英听明白了。

"和你有关系吗?"吴月英突然就生气了,"我们的事,用得着你来插嘴吗?"

雷忠可心一急,话反而说得顺溜了:"说亲的事,不能怪我,我也是反对的。本来也就说说而已,又没当真。现在我阿伯都去世了,这事就当从来没有发生过。"

"那你来双坡谷来我家干什么?你这不是让我更招闲话吗?"

"前些日子在河洋发生了一些事,你应该听说了,我是想来双坡谷躲一小段时间。我没想到你们这么不喜欢,这一两天我正想着,再找个地方去。"

雷忠可这么一说，月英觉得自己有些过分，语气便软了下来，说："住就住了，谁让你再找别的地方。"说完便转身进厝，扔下嘴唇翕动着还想说话的雷忠可，好像和他再多待一会儿是多么不可忍受的事。

双坡谷的夜是静寂的，静寂得能让人把自己的前世今生掏出来放在脑子里过一遍。今后会怎样，往哪儿去，雷忠可觉得自己必须把这些问题想清楚，找出答案来。但是一个又一个假设被否决了。只要王天平还在，河洋他是回不去了；双坡谷终究不是自己的家，终究不长久；远走他乡吗？去哪儿？一走出河洋一走出北山里就找不到一家亲戚一个熟人，哪里又有自己的立足之地？宏宇哥在县城，或许可以去找他，可人家现在当官了，连月英都不理，会理自己吗？再说，自己杀了何五，惊动了县政府和保安大队，说不定正等着抓自己呢。还有，那个陈绍元，杀死了阿伯的陈绍元，他正在双坡谷，阿伯的死，这个仇还没报，自己怎么能走？胡思乱想中仿佛有一两次睡着了，又仿佛一整夜一直就睁着眼。

他又想起双坡谷的村邻们聚集在坡谷溪坪上分配范进堂土地山林的场景。吴步年表叔刚才一家一户叫过去，叫大家到溪坪上开大会，这时又从坡谷里上来。还以为他把什么忘在家，回头来取，他却走到跟前，对他说："洋里雷表侄，蓝书记，哦，不，是蓝延兴表叔特意交代，让你也去听一听。"雷忠可似乎没听到他说什么，只是为了表示礼貌，勉强笑了笑。溪坪上很快就挤满了人，你呼我叫，很热闹，他却没兴趣多看一眼。正想着往谷口的砣臼岩去，或者去岭头的山口。一连几天，他不知不觉就走到了谷口或山口，漫无目的地东望望西看看。坡谷溪坪与九溜半有些距离，吵闹声从坡面上传来，有些轻飘。他看到陈绍元站在坡腰处的一块高坎上，特别引人注意。他冲动地走下坡岭，直往砣臼岩而去，他这是要去取枪，杀了陈绍元。仿佛有一个声音在耳边嗡嗡作响：你不可这么做，这是在双坡谷，你现在住在吴家表叔家，他有一家子人，你不能害了他们。他终于空着手回到九溜半，远远俯看着坡谷里的热闹，脑海里却飘浮着七月半四村村邻涌向洋左王天平小洋楼的闹哄哄场景。他仿佛听到了一声尖锐的枪声，接着是阿伯扑倒在地，大家手忙脚乱地把阿伯抬回洋里，蓝延兴和陈绍元出现在祠堂里，他一把捞起锅铲砍向陈绍元，陈绍元的脸上挂着一条鲜红的血道，伤口结痂，痂脱落，变成一道隆起的白色疤痕。那天，蓝延兴站在东坡半腰处的高坎上呵斥范进堂的管家福哥和护院头臭哥时，陈绍元就在他的身边。他又一次冲动地想去砣臼岩取枪，想象着一枪命中陈绍元，想象着陈绍元"噗"的一声从高坎上一头栽下来。陈绍元脸上的那道疤痕使他犹豫了，心里似乎有个声音对他说，该做的你已经做了，该还的那个人已经还了。这样就算还了吗？不算，不能算。他心神不宁地张望着坡下的蓝延兴和陈绍元，听蓝延兴斥责福哥臭哥。抢了人家财产还强词夺理，还理直气壮。转个念头再想想，他又觉得蓝延兴说得似乎有些道理，双坡谷的村邻他还不熟悉，河洋四村四五百户人家，他也不是都能叫出一家一户的称呼来，但是因欠了债卖田卖地卖女人卖孩子的事，长辈人每每总要传说议论一段时间。他偶尔会想到那些故事，他不理解他们都那么勤劳节俭为什么还会穷，为什么有贫富之别，为什么穷就非得卖田卖地卖房子卖女人卖孩子。现在，他觉得有些明白了。他明白了吗？似乎是，又似乎不是。

站在院埕里往西坡张望，目光不自觉地就飘到西坡岭坳底李阿漂的那两间草厝。看着蓝延兴陈绍元在两间草厝进进出出，他想起洋里祠堂的披厦。河洋四村，七月半四村村邻涌向洋左王天平家，闹哄哄的口号，一声枪响，阿伯扑倒在地，暗夜里谁拖走了陈阿爸，姐姐翠云像一只燕子一样飞向青牛潭……这些画面在他的脑海里又一次你争我抢地浮出来。

蓝延兴和陈绍元又出现在视线里。他们从西坡岭坳里的李阿漂表哥家出来，往谷口方向走去，雷忠可猜测他们这是要出村，或是去石浦镇，或是去河洋。他不远不近在后头跟了一段，而后抄小路抢到砣臼岩左侧山湾子里，找到藏枪的坟洞。进双坡谷之前，他本能地觉得带着枪进村不合适，找了多个地方后，他把枪藏在离谷口不远的一处废弃的坟洞里。他取了枪跑到砣臼岩，借着岩石的遮挡，举起枪向陈绍元瞄准。蓝延兴和陈绍元刚下砣臼岩，正走在崖坡的草径上，这个距离，他有把握一发命中。但是，手指压在扳机上，却下不了用力一扣的决心，陈绍元脸上的那道疤痕又浮了出来，像一条蛇，紧紧地箍住他的手。举枪瞄准，又放下，又举枪瞄准，又放下，反复着这样的动作，让人越来越烦躁，越来越藐视自己。他终于选择了放弃，用右手狠狠捶了一下自己的头，懊恼地看着蓝延兴和陈绍元走下崖坡，穿过龙潭口，拐进叫龙鼻湾的山谷。那是去河洋的方向。

站在院埕里，他的目光不由自主地便转向西坡岭坳里。不时有人走下坡岭，过了溪桥，朝岭坳里走去。他知道，他们这是要去李阿漂家，那两间草厝里藏着秘密，藏着一种特别的声音，这声音来自一个与双坡谷与河洋四村完全不同的世界，让人敬畏，让人有些猜疑又有所期盼。

临近年关，天气一下子就冷了下来，又一天比一天冷，还飘着小雨。这烂冻的天气，不下一场雪怕是晴不了。人们蜷缩着手脚吸溜着鼻子叫着冷。果然，腊八过后，初十夜，先是听见厝顶传来"咔嚓咔嚓"下雪米的声音，早上一起床，打开门窗向外一看，雨停了，雪花漫天飞舞，地上已铺了薄薄的一层，树杈间夹着一团一挂，山坡凹陷的地方堆着一叠一簇，雪一时半会儿还停不下来，于是又返回去，重新窝进被窝里。被窝里也冷，冷得发抖，可也总比在厝外干冻着要强。

雷忠可没觉得有多冷，就是一件单衣，他也抗得住冷，表婶却从哪儿翻出一件到处开花的破棉袄，执意要他穿上，说："不嫌破旧，保暖要紧。"哪能嫌破旧呢？有几个村邻身上不是破破烂烂的？那就穿上，再推，就不合适了，表婶还以为自己真就挑肥拣瘦了。身子还真暖和了不少。但另一种冷看在眼里，钻进心里，让他很是不安。那是从月英的眼里透出来的冷，积压在表情之下的冷，从骨子里冒出来的冷，他想化解却又不知怎样化解的冷。他能感觉到表叔对自己的态度正在悄悄发生变化。吃饭了——说这话时眼虽没往他身上看，但他明白这是在招呼自己。要不今天和我一起到山里去干些活——眼睛还是没往他这边瞧，他知道这是在问自己。但是月英——她总算看过来了，可是，那目光里有他的影子吗？

不，他要和她说话，他真的有话要说。月英不再避他的眼光，对看着，像是等着他说。他却躲闪着，说，"月英，要不我找个时间去找一找他"，或者是，"月英，那边不是还没……吗"。"找谁？什么还没？"月英紧跟着问了一句。月英还在等，等他接着往下说，他却不知道该说什么了。他是想过找个时间去趟县城，去找高宏宇。从石浦镇走，坐船，要经过洋口埠头，保安队每只船都要搜查，都想着敲一竹竿，这条路不行；最好走陆路，偷偷过河洋、米洋，翻过麻雀岭覆钟岭，穿过大坪林，到县城，差不多要一天，这是一条古官道，他没走过，但听人说过。不怕路远，身上没钱也不怕，不就是饿一天肚子嘛，他几乎下了决心要动身了。可就算找到了宏宇哥，他能听自己的吗？他能把那头的一门好亲事扔了，到双坡谷找月英把月英娶回家吗？答案明摆在那儿。到时他又该怎么面对，又该怎么和月英说？

雪花还在飘，各家各户的门都紧闭着。隔壁的步坤表伯家的门开了，表姆缩着脖子出来，问候了一声，从院子里的一堆柴垛上抽出一小捆，回头又笑一笑，赶紧返回厝里。身后的门又"咯吱"了一声，便听见吴步青说："下雪天，还这么早就起来，天这么冷，还是回床上抱被窝去吧。"不等雷忠可回答，他已经提着斧头出来，把院埕上堆着的一垛树头搬到厝前，挪过一只矮凳坐下，挥着斧子劈树头。这个冬天，捡着下雨天或是早晚的那些空隙，又挖了这一大垛树头。在院埕晾过晒过，劈成柴片，挑到石浦镇叫卖，平时一担能卖十五六个铜片，这大过年的，要多卖几个钱，一担二十个铜片。靠门边的板墙上已码了高高的一垛，估摸着至少也能装上三担，院埕里的树头还有不少，再劈它三担没问题。

"明后天，雪一过，就挑到石浦镇去卖。"吴步青说。

"我和你一起去吧，这么多担，一天一担，卖完要大几天。"雷忠可说。

大雪整整下了一天一夜。第二天一推窗，云开雪霁，院埕里积了厚厚一层雪，脚踩上去，一下子就没到了脚踝。都说雪正融化着比下雪时还冷还冻，但孩子们才不管，脸蛋、鼻头冻得通红，小手冻得肿胀、皲裂，却忘了冻，忘了疼，只管在院子里欢闹，扔雪团打雪仗，在白皓皓的雪面上踏出斑驳肮脏的黑洞。几个调皮捣蛋鬼看到草厝顶上的积雪更厚更干净，抡着竹枝树干又捅又撩，惹得那些人家气得大骂，挥着扫帚追赶。雪后的天空特别湛蓝，阳光特别清亮，吴步青和雷忠可各挑着一担柴片出了院埕，吴家表婶在身后追过来，说："还是隔一天两天再去，这刚下过雪，地面滑得厉害，砣臼岩崖坡上那段路，难走得很。"吴步青恼了她一眼，说："有那闲工夫等吗？一辈子在山里爬上爬下，就那一小段岭，还怕崴了你的脚闪了你的腰？金枝玉叶呀。"但下砣臼岩时，他还是滑了一跤，要不是身后的雷忠可伸手快，一把抓住他肩上的扁担，说不定这一滑就让他滚下崖坡去。两人到了港边那个叫徐家渡的村子，坐了渡船到石浦镇，日头可就差不多要晒到菜市街了。石浦镇菜市街，夹在长长的两列木墙黑瓦厝间，一个人打横挑着一担箩筐，就把路面给堵住了，前头后头的人就要骂："这是怎么走路的，胡蟹啊！"胡蟹就是河蟹。这一带，人们见的螃蟹多了，海里的至少有五种，溪里河里的也有两种还是三种，都有各自的名称，区别得一清二楚。这胡蟹是淡水蟹种中的大王，个大身壮，两螯像两把钳子，还长着浓密的细毛，一看就是霸道的主。石浦镇菜市街，这么窄的一条青石街，那时却是全镇理所当然的中心。每天，尤其是上午闹市时，想从街头挤到街尾，没做些小动作没惹来几顿叫骂没挤出一身臭汗没在衣服上留下这样那样的手印污渍，不是怪就是神。这鸡鸭鱼肉菜、柴米油盐醋，家家户户哪一天都不能省下，挤人叫人骂人摸人的快乐，包子面条粉条肉片鱼丸的香味，有没闲工夫袋子里有没几个铜板都想来凑个热闹。

挤到这份上，还有什么地方容吴步青们搁下柴担叫卖？有的，菜市街一头直通海港边的埠头，另一头跨过四道横街，差一段就碰到镇子背靠的三岗山。之所以留下这一段，是因为一丛面积说大不大说小不小的石林，刀削斧劈一般，挡在菜市街和三岗山之间。那么尖棱利角粗粝凹凸的一丛石头，身子不小心擦过就要留下刮痕伤口沁出血丝，硬是被人从中踩踏出一条小径，通到山脚下一处宽阔的山湾。十里八村的村邻挑着提着自家砍的割的柴草、地里种的蔬菜、圈里养的鸡鸭、山里采的野蘑菇、海里捞的小鱼小虾来石浦镇，就集中到这儿叫卖。这地儿也有个名，就叫石后坪，原先是一块无主的地，不需要向谁缴钱，前两年范进堂新聘的护院队队长臭哥叫人把那些坑坑洼洼的地方填了填，补了些新土，清除了边上的杂草，便每天带着两三个队丁来走一走，要收场租。开始村邻们不肯。不肯？那就赏你一顿拳脚。还有不肯的？也赏他一顿。现在还有谁不肯？没有了，很好，那就给场租。十抽三，一担柴片卖二十个铜板，场租是六个。吴步青和雷忠可一跨进石后坪，便看见臭哥和两三个队丁已经在那儿一家一家地收场租。臭哥的眼睛往这边瞟了一眼，转回去，又像是发现了什么不对，又转过来，盯着吴步青看，一边向两个手下招一招手，径直向他们走来。那两个队丁，一个脸上长着一大片红胎记，矮胖，像极了冬瓜的样子，另一个尖嘴猴腮，身体却高大壮硕，显得很不般配。他们连叫带骂地逼一位提着一篮鸡蛋叫卖的阿婆缴了场租，便紧追着跟过来。

"臭哥，柴还没卖出去呢，等有客来，卖了，我给你送过去。"吴步青屈了屈腰，脸上挤出笑，对臭哥说。

"双坡谷的？"臭哥仍紧盯着吴步青，偶尔移过目光向雷忠可睃一眼。

"嗯，是呢，臭哥……"

"哼，双坡谷，好啊，今天总算让我撞着一个了。"

臭哥就像在黑暗中蛰伏了许久才终于等到老鼠出洞的一只猫，兴奋地瞪着眼就要扑过来。吴步青被吓着了，抖筛着身子，话也说得七零八落："臭哥臭哥，不关我的事，我可是一分地一棵苗都没分到。臭哥，真不关我的事。"

"不关你的事？你不是双坡谷的？你们这般山里人，吃苦受累没得靠，居然想到抢。抢你也要找个对象，范老爷的财产也是你们能抢的？真是笑话，要是抢回来的东西就是你的，那还要官府和老爷们干什么，要我们干什么？这些日子，一想到双坡谷就憋气，就想逮住谁捶他一拳踹他一腿。你倒是替我想周到了，送到面前来了。弟兄们，替我喂他一顿。"

"臭哥臭哥，真不关我事……"吴步青还在哀求。红胎记已经拔出一张柴片劈头盖脸地向他砸过来。一边的雷忠可眼疾手快，抽出扁担往前一插一拨，就把那只手臂给挑开，随即喝了一声："想干什么？无缘无故凭什么打人？"

"哦？这里还有一个，要在石浦镇充好汉。"红胎记一边说一边抓着柴片侧转过身便向雷忠可劈过来，嘴里喊，"叫你充好汉。"雷忠可横举扁担挡了一下，又瞄了一眼吴步青，看到尖嘴猴腮已经抢过吴步青的扁担，反手一横甩，正打在吴步青的膝盖上。吴步青膝头一屈便跪了下来，尖嘴猴腮又竖拿扁担直往吴步青的额头砸下去。雷忠可一急，手中的扁担往左用力一拍，逼着红胎记左退一步，又迅即往右拍向尖嘴猴腮，逼他撒手回防，解了吴步青的劈顶之灾。这下把红胎记和尖嘴猴腮给惹火了，两人一个挥扁担一个两手舞柴片同时扑向雷忠可。雷忠可被激怒了，他往后跳两步，避过对方的攻势，还没等对方发起第二波进攻，一条扁担已如风刮火燎一般分别重重甩向两人的左腮右腮，把他们甩得晕头转向，又掉转扁担往低处左一扫右一扫，分别击中两人的右腿左腿，叫他们疼得倒在地上叫。那边吴步青还跪着向臭哥求情，被臭哥挥起一腿踹中下颌，仰面向后倒，脑后磕着一处石头的尖棱，只感觉一阵钻心的疼痛，整个人便瘫软了下去。

臭哥还不停手，抢一步，抬起脚就要往吴步青的胸口踩，却见一道黑影向自己脑袋甩过来，才连忙收回脚后退一步，脚收得仓促，躲避动作迟了一拍，脑袋被雷忠可挥过来的扁担砍个正着，一个趔趄，栽向一边。雷忠可正要弯腰去扶吴步青，红胎记和尖嘴猴腮却爬起来，又挥着扁担和柴片向他扑过来。心里记着吴步青的伤情，这边又被赖缠着，雷忠可暴跳了起来，运足十二分臂力挥着扁担扫向红胎记再竖劈尖嘴猴腮，把两个打翻在地上不敢再抬头。吴步青无力地睁着眼望过来，呻吟了一声，手动了动，雷忠可急忙抢过去，蹲下来，一边手还拿着扁担，另一边手托着吴步青的肩膀，急迫地问："表叔你怎么啦，表叔你怎么啦？"便看到他后脑撞出一个大窟窿，血正汩汩地往外冒，头发、肩膀、后背都被血洇透了，地上也已经积了一小摊。臭哥已经醒来，正发狠着想再扑过来，脚一蹬想爬起来，脖子抽筋了一般，又牵住脑袋里一根经脉，再一阵晕眩，看红胎记和尖嘴猴腮，各抱着自己的头在打滚，好不容易提起气大骂一声。那两个总算爬了起来，捂着头挪过来，哭丧着脸说："头，这小子手下硬，功夫了得，我们仨还打不过他。"臭哥痛苦地张了张嘴，说："把我扶起来，先回去。"又咬着牙，恶狠狠看着雷忠可，说："让你先得意着，等下看你怎么死。"

三人一走，石后坪上卖柴卖菜卖鸡鸭卖蘑菇卖鱼虾的人们，才不管是哪个村的，也不管熟不熟，全都围上来，叫着解气的，称赞雷忠可厉害的好样的，大骂臭哥，问着吴步青伤情的，替雷忠可担心的。闹哄哄一阵后便听见一个苍老的声音说："阿弟还是扶你表叔尽快跟我走吧，那些恶棍不一会儿可能就回来。我知道你们是双坡谷村邻，我就是撑船摆渡的船公，来这儿想挑着便宜的买些回家，遇上了。我撑船把你们送过海港去，要快，再拖拉一会儿就来不及了。"大家都说"对对"，便催雷忠可背着吴步青快走。臭哥的脖子伤得厉害，只好先到永康堂药店找老中医放了几针又贴了个膏药，回头再组织范家一帮队丁赶到石后坪，雷忠可和吴步青已经坐渡船到了海港对岸的徐家渡。

伤太重，血流得太多，雷忠可把吴步青背回双坡谷时，人已经不行了。吴家表姊、月兰不知道发生了什么事，只是围着奄奄一息的吴步青痛哭。月英看着阿爸变成这个样子，心里痛，脑子里却还清醒，一边哭，一边连连问雷忠可，这是怎么回事，到底发生了什么。爬山过涧把人背回来，雷忠可已经累得瘫在地上不会动弹。吴步青的嘴唇动了动，眼也略略睁开一条缝，无力地看看女人、月兰，又看看雷忠可、月英，吐出游丝般的一句话："成亲，阿可，月英，成亲……"说完这句话，便断了气。

两坡各家各户大人都赶到九溜半来，看望永别的村邻，安慰他的家人，问询着事情的因果，猜疑着背后的故事。吴家几个头人来了，为丧主家拿主意，商量丧事的筹办事项。当天晚上，吴步青和雷忠可在石浦镇的遭遇，双坡谷和周边各个村子的村邻都知道了。雷忠可太累了，说得太简单，说到第三次，他就再也不开口。但是北山区委在石浦镇有眼线，了解了事情的详细经过。当蓝延兴爬上九溜半，和大家说起雷忠可英勇的一幕时，从村邻们的目光中可以看出，他们是不太相信的。

但月英相信了，她听到阿爸临死前的那一句话，雷忠可又在简略地向她说了过程后，咬着牙说："我一定要亲手杀了臭哥这个混蛋。"

早一个月前，两坡村邻们就预想着过年的事。有田有地的感觉就是不一样，家里存着十袋八袋谷子的感觉就是不一样，不用想着还债的感觉就是不一样，虽说还有些疑虑，有些患得患失，但想到这田地山林这十袋八袋的谷子实实在在地归了自己，就止不住快乐起来。这几袋谷子，要留一些吗？应该的，让一家老人孩子好好吃几顿白米饭，再舂一臼两臼糍粑，磨几块汤圆粉，酿一个好酒；剩下的，粜了，换几个现钱。女人孩子有几年没扯新衣裳了，今年要添一件两件。那些碗碟，找不到一个不裂口的，该买几个新的，锄头砍刀都卷刃子，也该换新的，席子都烂了，棉被里子的棉絮成泥块了，要叫师傅编张新的席子打床新的棉被。还有年货，正月里走亲戚的礼品，二月二请客的开销……这么 算下来，缺太多。有点惆怅，像是不知足，回头一想，往年是怎么过的年？居然也一年一年过来了，都说年难过年年过，真是有道理，再说，往年哪能让你想这么多？这么一想，释然了，欢喜重新回来了。

但是村邻们的好心情因为东坡九溜半吴步青的死蒙上了暗影。那是大片大片的产业，范大财主肯就这样白白地送给人？说不定什么时候他就来了。他来了会是个什么结果？大不了把田地山林还给他。还给他就可以了吗？他这几个月一定憋足了气，肯这样轻易就放过大家？况且，还有今年没缴的田租地租山租，还没还的欠债，他会怎么算？滚一番？滚两番？剥皮了也还不起啊。但是，区委说——两坡的村邻们不叫共产党了，叫区委——不怕，兵来将挡，水来土掩，凭他范进堂那几个看家护院，凭石浦镇樊二，叫他们有来无回。骗人吧，给自己打气吧，樊二爷的保安队有三十来号人二十来杆枪，臭哥手下也有一二十个爪牙七八杆枪，况且背后有官府当靠山，平南县城里驻着一个团的正规军。就凭赤卫队拿割草刀、扛斧头、舞木杆子的几十个人，和他们打？不靠谱。双坡谷怕是免不了一场大劫。担惊受怕，就没了心思去想怎么过年，没心思年也要过，年货多多少少也要储备一些，出山赶集还得去，石浦镇不能去，去河洋洋高千尺街，或者就去米洋。

大年二十开始，出谷的山路上便热闹了起来，女人们邀三叫五地结伴去河洋米洋赶集，又在岔路口遇到邻近村子的村邻，平常都要走村串门，这时格外亲热，一路说说笑笑，惹得路边草丛里的山鸡野兔慌里慌张地躲藏起来。大过年的，烦恼该忘就忘了。隔壁步坤阿姆来唤吴家表婶，先长长哎了一声，才说："阿婶，人死了不能复生，过去就过去了，活的人还要过日子，眼看着就到了年二九，还是一起去赶一趟街，买些东西，过了年，其他的事明年再打算。"吴家表婶却"哇"了一声就哭开了，一把鼻涕一把泪地边哭边诉："可怜我男人，一年三百六十天，刮风下雨都不肯歇一天，伤痛生病不肯叫一声，没吃过一碗好的，没穿过一件新的，没拿过别人一根线头，没跟人红过一次脸，吃一辈子的苦，不巴望什么好日子，就想着一家人能有一口米糠填肚，有一片麻布裹身子，有一口气活下来。我们招谁惹谁了？冤有头债有主，谁抢的你找谁，我们没分到一分地一棵草，凭什么就该是我们替人背黑锅？天理在哪？王法在哪？这一家子，他这撒手一扔，扔给谁？我一个女人家，带两个女儿，这日子怎么过呀？我们有冤屈啊，谁给我们申冤做主？皇天啊，你睁开眼看看吧，你叫我们怎么活呀！"

"唉！"步坤表姆陪着流泪。月兰靠在门边，泪眼汪汪的，月英呆坐在院子里，神情恍惚地望着谷口，又望望对坡李阿漂表哥的两间草厝。雷忠可蹲在门槛边，用手重重地拧自己的腿。爱华表嫂来了，抚着吴家表婶的肩，眼却瞅着月英和雷忠可，说："月英，阿可，从今往后，这个家就要靠你们支起来。一家人的生计，过去有我阿哥在，你们不用操心，刮风下雨有人挡在前头，磕了碰了有人牵你一手拉你一把。现在我阿哥走了，厝的大梁塌了，你们要帮你阿妈撑住。你们俩也都十七岁了，过了年就是十八岁，阿可你回不了河洋，月英你也嫁不到河洋去，阴差阳错你们还是走到了一个厝檐下，同在一口锅里吃饭，天注定你们就是要成为一对，这也是你阿爸我阿哥的意思。我想过了春，你们就把事办了，这个家就又有了一个顶梁的男人，就回到一个正常的家。"

月英像是没听到姑姑在说什么，目光还迷离地望着对坡，隔着一重一重的山望向山外。有一只黄蜂绕着码在门墙边的柴垛飞，嗡嗡地叫，像在寻找什么，又因为寻找不到而发恨。雷忠可像是被黄蜂给蜇了一针，猛地一跳，挺了起来，也不看谁，愤愤地自顾自地说："要是饿死冻死病死，怪我们自己没本事，要是欠债还不了，要是杀了谁家的人，以命抵债以命偿命我们也没话说。任你拳头多大势力多硬，无来由打死人，天地不容。"雷忠可哼哼着向院子向砣臼岩方向走去。身后爱华表嫂在叫："阿可，你不能蛮着来。阿可，你回来。"

到了砣臼岩，雷忠可清醒了。他从藏枪的坟洞里取出那杆火枪，坐了下来，细细思考应该怎么做。杀死臭哥？他身体颤抖一下，便想起月夜杀死何五的情景。但是，表叔的死向谁申冤，还有陈阿爸的死向谁申冤，还有……他的思绪变得纷乱，纷乱中似乎听到有谁在说，你想有尊严地活下去，只有靠你自己。这声音渐渐从纷乱中分离出来，变得清晰起来。"杀了臭哥！"他念了一句，觉得自己明白了。明着走进石浦镇是不行的，双坡谷畲家一个后生仔一个打翻臭哥三个的事早就传遍了整个镇子，吃了亏丢了脸的臭哥放话说，要是再看见，非生吞活剥了这小子不可。他那一二十个手下成天在镇子里晃，没事还要把这个那个揪来耍一番，摔一耳光捶一拳，要是明目张胆地走进镇子，怕是马上就被会一堆人围住了。就算进了石后坪，找到臭哥，双拳难敌四掌，何况那是十几个，说不定还会引来樊二的保安队。他得想个隐蔽的办法，石后坪背靠着山，山上林木茂密，藏在山鼻那地方，只要臭哥距离走近一些，一枪命中还是很有把握的。然后一转身就钻进林子，往山里跑，这是退路。问题是怎样进石浦镇。徐家渡坐船到石浦镇埠头，不成，连埠头都上不了。徐家渡往北有个小柴尾村，那里也有个渡头，搭渡船到对面的古楼村，走山路绕到石后坪后山，就这条路了。

雷忠可第三天一大早出山，从小柴尾村搭渡船到古楼村，从古楼村后门山绕到石后坪后山的林子。有两次，臭哥走来，距离很近，只要一拉扳机，他就死定了。雷忠可却迟疑了一阵又一阵，看着臭哥走远了，仍然没下定决心开枪。他懊恼，自恨，想起表叔吴步青死前那凄怆的表情，决定这一次一定要开枪，一定要打死臭哥。但是臭哥再也没往这边走，一直远远地坐在隔开菜市街和石后坪的那丛石林那儿，这么远的距离他觉得自己没把握能打中。又等了大半个时辰，就想等着臭哥走近一些，臭哥却转身要往菜市街去。雷忠可突然觉得特别不甘心，三步并作两步跳下山坎，奔着就往臭哥去，看看差不多，对着那背后就是一枪。

臭哥的几个手下大惊大叫，趴在地上"砰砰砰"开枪射击，一会儿就把其他队丁和樊二的保安中队全引来。石浦镇就那几个街口，一堵，跑不了了。雷忠可见自己已经陷入包围，把枪往一户人家厝后的草垛里一塞，从藏身处走出来，心里想，跑不了就跑不了，臭哥这条狗杀了，表叔的仇报了，也算给表婶和月英姐妹一个交代。不外乎就一条命，杀了何五替姐姐报了仇，杀了臭哥替吴家表叔报了仇，不亏本。只是陈阿爸的仇还没报，王天平还活着。

一年后，雷忠可有一次和陈绍元开玩笑，说："我那枪里原来只剩下三颗子弹，一颗给何五，一颗是王天平的，第三颗原来是准备给你的，结果给臭哥了——哈哈——剩下留给王天平的一颗，要作废了。"

陈绍元提出应该出手营救雷忠可时，彭庆元表示反对。彭庆元认为，石浦镇新近成立了护镇联队，在范进堂护院队基础上添人添枪，据说已经有四五十号人，二三十杆枪，加上樊二的保安中队，实力不可轻视，正叫嚣着要打双坡谷。"虽说我们不怕，但眼下以我们的家底，凭险据守还要时刻保持警惕，小心再小心，不让敌人有可乘之机。去石浦镇救人，难度之大可想而知，甚至可能造成人员伤亡，还可能产生的一个后果，是刺激他们进犯双坡谷。为了一个对革命有抵触情绪的后生仔，这样的冒险不值得。"陈绍元一急，霍地站起来，说："你们不愿意，那就我自个儿去。"一边的蓝延兴连忙止住他，回头对大家说："对一个人一个问题的分析，我们要从多方去看。洋里雷族公，我们向他借过银圆，他对革命有过贡献，而且他是因我们的误伤而死，雷忠可是他的儿子，独生子。革命不是为了报答个人的恩情，不是做买卖。雷忠可在石浦镇一人打翻三个，而且是专为地主老财看家护院的打手，经过训练，都有些身手。雷忠可单手只拳，面对他们一点儿也不怵，还把他们打趴下，爬不起来。就这事，雷忠可不仅在双坡谷，就是在周边各村和石浦镇，眼下都是一个传说，一个英雄。如果我们成功实施营救，至少有两个好处。一是让双坡谷和邻近各村的村邻们看到我们是能保护他们的，甚至愿意不惜牺牲自己来保护他们，这对于我们争取更多的支持非常重要；二是雷忠可对革命不是抵触，而是因为心里还有些别扭，凭我与他的几次接触，我觉得他最后一定会走到我们当中来，成为我们的同志。他的手脚功夫和枪法都很不错，是我们需要的人。"

蓝延兴接着说："特派员的顾虑不是没有道理，我们当然不能和敌人正面较量，营救行动要趁敌不备速战速决。从目前掌握的情况看，樊二和范进堂还不怎么把我们太放在心上。他们之所以这么长时间没什么动作，一是因为他们之间钩心斗角，面和心不和，二是对我们的情况不明，不敢贸然行动。他们对我们不以为然，就想不到我们敢去石浦镇救人，也不会多加防范，这就是我们的机会。当然，救人之后，肯定会激怒他们，甚至兴兵动众进犯双坡谷。与石浦镇的这一仗，我们迟早要打。这次九溜半吴步青在石浦镇被范进堂的打手重伤致死，村邻们的心里已留下阴影，担心范进堂对田地山林被我们没收不甘罢休，又怀疑我们有没有力量对付。我们必须要打一场胜仗，才能稳定人心。凭双坡谷的地势和我们凭险坐守的优势，只要我们提前做好准备，部署周密，完全有可能打赢这一仗。"

"你说的有道理。行，我们就实施营救行动，但一定要想个周全的方案，确保不造成牺牲，确保事后能对付得了敌人的疯狂反扑。"彭庆元说。

营救方案是在几次探讨争论中完成的。主要是以下几个步骤。首先，让在石浦镇打探消息的地下交通员摸清底细，包括关押地点、看护情况、目前状况。其次是参与人员，陈绍元负责现场指挥，领着雷明兵和另外三个红带队队员潜入石浦镇，伺机行动，蓝延兴和另外两个负责接应，人员不宜过多,要避免和敌人发生正面战斗。再次是行动时机和线路。范家是恨不得立马就杀人,不过听说石浦镇镇公所和保安队都已经介入,把雷忠可认定为北山里共产党的人,要审要查,甚至可能送到平南县,这反而为开展营救创造了时间。但也不能慢了,今晚就行动,把陈绍元几个从小柴尾村乘渡船送到古楼村,绕山路潜入石浦镇,先找个地方隐藏下来,做好准备,明天夜里实施营救。为了保证撤退得快,回来从石浦镇埠头走,事先要备好一只船在埠头边接应,这个由蓝延兴负责。

营救行动十分顺利。人还在范家,镇公所和保安队的意思是要关在保安队的牢房,但范进堂不肯。双坡谷分了他的田地山林,断了他的田租地租,还杀了他的护院队长,保安队不肯出面,他窝着一肚子气,现在抓到一个人,别人想夺了去请功,他才不干。再说,他还准备第二天押着那个可恶的畲家后生到街面上游一圈,让全镇的人看看,长长范家的威风。他范进堂甚至保安队的樊二都太自以为是了,没想到北山里还有人敢来石浦镇救人。第二天后半夜,事先把消息、路线打探得一清二楚的地下交通员领着陈绍元雷明兵几个从范家大厝的后院高墙翻进来时,他们几乎没受到干扰。范家大厝面门不大,看着就是一溜厝,正门临着菜市街,比起两旁边的厝,因为门槛被抬高了三级,整个厝身也被抬高了,门边还蹲着两座石狮,看着就有些霸气。两扇厚木门漆着猪肝红,跨进大门依次是过厅、天井、客堂、后堂,跨进后堂,空间一下子变得开阔,面前又是一个天井,比先前的一个天井宽得多,两边各五间厢屋,正门是一座两层高的主厝,主厝的正中是祖宗厅,也是会见重要客人或家族重要集会的场所。再后一进,是内室,又隔着一道水沟,靠着后墙建了一排单层五间木墙瓦厝,分别是厨房间、柴草间、杂物间和用人的居室。雷忠可就被关在柴草间里,原先安排了两个护院看守,大年前那几天,天气特冷,两护院熬不住,回前间的厢房去睡了。陈绍元几个进入柴草间时,惊动了隔壁的用人,只问了声谁,便被雷明兵用刀搁在肩膀上,说:"没你的事,睡你的。"吓得他差点儿尿了。雷忠可伤得很重,黑暗中没办法察看伤势,也没时间察看伤势,见人是瘫软着,连说话都没了力气。两人架起他走在前头,推出后墙,由墙外接应的同志接着,这边断后的陈绍元才紧跟着翻墙出去。这时便听见那用人大叫"有贼呀快捉贼呀"。等到范家组织人手擎着火把灯笼提着枪赶到时，陈绍元领着一帮人架着雷忠可已经上了船，蓝延兴叫船公快快解了缆绳开船。到了港中央见到埠头边灯火乱晃，叫喊声乱成一片，还响了几枪。"开枪吧，你们这群饭桶这群笨狗。"雷明兵快乐地对着对岸叫。

"才隔了一天，前后也才两天，怎么就打成这样？范进堂还善人呢。"看着雷忠可的伤势，围过来的村邻们叫着骂着。几天后，雷忠可缓过神，照料着他的月英问，才隔了一天，这么就伤成这样？他笑笑，说："范进堂真凶，叫着要把我打死，而且还一把操起灶膛前烧得烫人的铁夹钳砸来。还好我把头歪了歪，不然脑门就开花了，范进堂自个儿倒扭了胳膊。"他又笑笑，接着说，"他家那群爪牙，拳呀掌呀腿呀肘呀轮着来，又捞起棍棒柴片铁夹钳甚至还有一个抓着一块石头就抛过来。我想着估计不用拉到后山林子去枪毙，这么糟蹋两天，差不多就要去见阎王了。"月英看着心疼，拧了布条轻轻地擦着那些伤痕，嘴里喃喃着："你怎么就这么傻，双拳难敌四掌，那就是一个狗窝一大群疯狗，你这不是把自己当作一块肉抛进去吗？"雷忠可看到月英的眼眶里浮着泪花，看着这张又黄又瘦的脸，想着今年二月二、三月三看到的那张脸，他突然想哭。这张脸黄了瘦了，而且，看着干涩，甚至还有些皱。来双坡谷有两个多月了，他还是第一次这么近距离地对着这张脸。面对月英，他总是匆匆地望一望便连忙把目光移开，只是觉得她有些憔悴有些灰暗。但这一次，他看得真切看得心里发酸。一股强壮的气流从心底冲上来，脑子里油然生出一个猛烈的念头，要保护好这个阿妹，保护好这个家，要让她们再也不受伤害。

第 十 三 章

　　正月里，东坡吴氏、西坡李氏的头人就开始商量二月二过节的事。今年二月二要怎么过，场面要大要小？头人们今天唤一声到这一家，明天唤一声到那一家，让女人炒个豆再炒个鲜菜，大方点的人家还炒个蛋花，又温一壶酒，边喝边攀谈。区委的蓝延兴表叔是自个儿来的，按理说是该叫蓝书记，可表叔表伯表哥表弟叫顺了，改不了口。"就叫表，多亲切！"蓝延兴对大家说。按他的意思，今年二月二要过得更热闹些，现在村邻们是田地山林的主人，不再受地主老财的欺压剥削，这是古往今来头一遭，要好好借二月二来庆祝庆祝，也让来做客会亲的各地村邻看看。

　　那就好好办一场。其实需要头人们筹划的就两件事，一是做戏，二是迎神。办酒席请客，那是村邻们自家的事。盘歌，那也是自发成群成组捉双揪对你唱我和你来我往的事，就算哪一年没人出头筹办二月二，到了这一天，各家各户还是要遍请亲戚来家住一晚两晚喝一天两天的酒，吃完了喝完了主人客人相携相拥着就跑到溪坪谷口坡顶岭头茶园林地去盘歌，年轻人自个儿早就备了柴火选了地方晚上相聚着闹火头旺。到了时辰，各家各户便上村尾的千里眼菩萨庙燃烛敬香放鞭炮，祈求菩萨庇护一年平安。头人们出面组织，就表明今年要做戏，请哪里的戏班，是米洋亭下的云阳班还是石浦镇的兴富班，唱三天三夜还是五天五夜，总共要多少开销，人丁该摊多少，每人要多出多少，当头人的总是要多出，又要多出多少。这些算清了，接着就是迎神的事，抬神的轿夫是谁，红黄蓝绿各色旗子各多少面，扛旗子需要多少个小孩，菩萨只在两坡各家巡一轮或者还要到邻近村子巡一巡……一干事盘算周全，就到了二月初一。各家的客人陆续来了。先是哪里就飞出三两段盘歌，不断有新的声音添进来。不过两个时辰，男声女声，粗哑的尖细的圆润的干涩的往上飘的往下沉的，在坡顶上飘荡在坡谷里穿织。戏班子也到了，请的是云阳班。

戏当晚开演。今年演的是穆桂英挂帅，说的是北宋仁宗年间杨家将的故事，武戏，好看。戏收场，已经是二更天，平常日子这时候坡谷里早就漆黑一片，万籁俱寂，今晚不，两坡灯光星星点点，像深秋的橘子园，枝头上挨挨挤挤着橙红的橘子。一些人家又摆了小碟小碗，叫客人、邻居再喝一杯两杯，一边又说又笑，落在夜里声音特别分明。年轻人更不肯早睡，相邀着到坡顶一处平坦的坳子里对歌闹火头旺。早春季节，后半夜很是清冷，坡谷里最后的几朵灯光也终于熄灭，黑暗一层一层地铺过来，把双坡溪连同两岸坡面、坡谷里的人家严实地盖住，坡顶那儿的一团火却不肯熄，旺旺地烧着，唱歌踏舞还不结束，唱一阵跳一阵，又嘻嘻哈哈笑一阵，呼呼喝喝喊一阵。

更热闹的是第二天，二月初二，人更多。还没到晌午，这儿那儿的山歌像一簇簇绽放的花丛，像一口口热气蒸腾的大锅，像一串串响个不停的爆竹。远近各村——山里的那些村子就不用说了，还有山下海港边的徐家渡小柴尾村土角村小坳村对岸的古楼村满仓村港叉子村甚至石浦镇，村邻们三五成群，不管是畲家人还是汉族人，都爱赶来双坡谷看戏听盘歌。

一拨一拨的人爬上砣臼岩崖坡岭，其中混着石浦镇保安中队、范进堂护镇联队的几名队丁，穿着与其他人没什么差别，看那神情，似乎有些鬼鬼祟祟。他们是打前站的一拨，按照石浦镇镇长梁廷友、保安队长樊二和范进堂的谋划，天黑了把大部队开进山。他们说的大部队，就是石浦镇保安中队和护镇联队的全部人马。

"借双坡谷过二月二，来一次偷袭，一举端了共产党的窝。"樊二得意地说。

谷口原先是安排了红带队队员站哨的，那边锣鼓钹木鱼二胡一响，戏开场了，心里便痒痒的，等到那边传来一声长长的唱腔"咿——"，心已经飞到戏场去。接下来听那唱词，剧情越来越精彩，听台下的叫好声哄笑声，场面越来越热火，真的受不了，心里便盘算，这黑灯瞎火的，该来的人都来了，还会有什么人这时才进山？自个儿先解放了自己，一头便往谷里奔去。也就前后相差一会儿，有几盏忽明忽灭的灯光从东边的山嘴拐进来，跨过龙潭口，往崖坡岭上来，上了砣臼岩，听到前头一声猫头鹰的叫声，知道是自己人，来接应的。走在前边的一个便低低命令灭了灯，由接应的那位领着，不走沿溪的堤坝路，走山梁的草径，摸到东坡东侧的山臂。已经可以把溪坪那边的情形看得很清楚了。领头的是保安中队的野猫子。野猫子是熟人给他取的绰号，一是说他爱吃腥，不是说他爱吃鱼，而是说他爱沾女人，二是说他特别机灵。他讨好樊二爷的功夫，就像他自己说的，不是吹牛，他就是钻进樊二爷肚子里的孙悟空，不用说五脏六腑，就是里头生了几条虫子，他也一清二楚。"这么说樊二爷就是牛魔王的老婆铁扇公主，是黑风山的黑风怪和陷空洞的老鼠精。"有人看不得他受樊二爷的宠，从哪里问了《西游记》里的这些故事，编排着这些话在樊二爷面前说。那樊二却不恼，嘻嘻地说："那是鬼灵精怪，还真像是一只猴子。"野猫子把五十来号人分成三拨，一拨人再往下走一段，靠近溪坪后潜伏下来。他自己领着其他人绕过九溜半，又往下走一段，然后挥挥手分出七八个继续往下走到溪边蹚过溪摸到西坡包围了李阿漂的草厝。自己则领着其他人原地趴下来，这里离溪坪已经很近。他的算盘是，共产党的北山区委就那两间草厝，溪坪在做戏，估计草厝里没人，有，也只可能一两个，不多，派七八个人去对付绰绰有余。再把剩下的分成两拨，埋伏在左右两边高处，目的是针对溪坪。人这么多，一受惊吓，必然四处乱窜，杂在其中的共产党乘乱遁逃，乃至反攻过来，就麻烦了。先占据有利地势，居高临下，左右一吆喝再下马威地开几枪警示，勒令他们在原地不动，再逐个揪出共产党，岂不手到擒来？他的如意算盘打得不错，却没想到西坡围攻北山区委的那一拨出了一些差错。这两间草厝，此时就蓝延兴一人在，正伏在油灯下看一张图，听到外头杂乱的脚步声，警觉地叫了一声："谁？"没人回答，心里一咯噔，猜到有情况，连忙跑到里间捞出一杆鸟铳，便听见"啪"的一声，门被踹开，几个穿着黑衣的家伙冲了进来。最先进门的两个人举着火枪瞄准着他，便知道不是石浦镇保安队就是范进堂的护镇联队。蓝延兴不慌，还大喝一声："什么人，夜里摸到人家家里，想干什么！"那几个却不言语，冲上来就要揪人。就在这时，蓝延兴迅速举起鸟铳向来人放了一枪！沉浸在戏里的村邻们没反应过来，陈绍元却听到了，分辨出声音来自区委，心里一颤，提起枪就往那儿跑。紧接着又传来"砰砰"两声，仿佛还听到蓝延兴的一声呼喊。陈绍元心头又一阵紧缩一阵痉挛，发生了什么事，他不敢想。这后两声枪响，不少村邻都听到了。很多人正怀疑出了什么事，坡上突然又是几声枪响，左边右边亮出两盏汽灯，各站出来二十来个人，举着枪对着溪坪。野猫子走到前面来，对着溪坪喊："听着，都站在原地，不准乱动，枪不长眼，谁乱动，就打死谁。"

埋伏在坎坡上的保安队和护镇联队还没完全做好准备。按照野猫子的计划，他还要派出两组人马从两边绕到溪岸，封住路口，防止溪坪上的人群受惊后左逃右窜，然后等西坡那一拨完成任务回头堵在溪坪对岸，这样这几百号人就成了瓮中之鳖。但是西坡围剿北山区委的那一组出纰漏了，蓝延兴开枪，不一定想杀死一个两个敌人，那一瞬间，他的脑子飞速旋转着，敌人绝对不只就这七八个，其他人应该在别的地方，在溪坪戏场那儿？外头没传来一丁点儿异常动静，看来他们还藏在什么地方，由此可以推测敌人这次是精心算计好了。双坡谷危险了，北山区委危险了。开枪，打死一个算一个，算是替自己拉一个垫背，更重要的是要提醒陈绍元他们。鸟铳用的子弹是铁砂，要是远，散出去，射击面大，杀伤力却小，现在这是近距离，对准一个，干掉了，飞散的铁砂散开，钻进旁边两个队丁的身子，把他们痛得大叫。这时就听见"砰砰"两声，敌人的两支火枪同时开火。蓝延兴大喊了一声，瞪了眼向后倒地，眼里充满了遗憾和担忧。这边枪声连续响了三声，野猫子不得不提前现身，分派出去的另两组还在往坡下爬，黑漆漆的，又是山坎土径，夹着杂草树桩，只能爬下去。陈绍元刚向西坡岭坳里的方向跑了几步，听到坡坎上的枪声叫声，冷却了一下脑子，停下来，想着应该先把灯灭了，再组织村邻们快速冲进山脚的四房。东坡吴家几十户人家，分礼、义、仁、信四房，信这一房住在坡底，靠着山脚，面前就是溪坪，全村最宽阔的一个地方，一排大厝，共十一间，住着十五户人家。也不知从哪时开始，这四房一词便不专指是宗族第几房，又被当作四房住的这个地方的名称，也指那座大厝。陈绍元想，在溪坪上无遮无挡，一开枪，伤亡大，如果退到四房里，就可以避开敌人的子弹。退到四房后该怎么办，他还没来得及想，雷明兵领着三五个红带队队员从人群里偷偷钻过来，紧张地看着他，说："出事了，怎么办？"陈绍元看一眼悬挂在戏台两侧的汽灯，又看着坡坎上亮着的两盏汽灯，说："去一个，把戏台那两盏汽灯给灭了；明兵，坡坎上那两盏一盏归你一盏归我，打掉它们。"枪声过后，溪谷里一下子黑咕隆咚的，陈绍元大喊一声："大家快跑进四房。"

现场哭爸叫妈乱成一团，一慌就乱窜，无头苍蝇一般，西坡的村邻只想着往桥上挤，想着快点跑回家。坎坡上这时枪声大作，子弹从左右两边像流星般向溪坪飞来，一边伴着兴奋的叫嚷声。"皇天啊——"有人中枪了，接着又是一声"皇天啊——"，又一个中枪了。这时才听到陈绍元和雷明兵在喊"快跑进四房，快跑进大厝里"，这才蜂拥着冲向四房。

溪坪左右两侧山脚这时也响起杂乱的枪声和保安队、护镇联队的叫嚣声，坡里燃起一团大火，那是区委所在的李阿漂家的两间草厝，有一队人马正从那儿往这边赶。"我们被包围了。"陈绍元对雷明兵说。他们俩还有几个队员正躲在戏台下，溪坪上的人都已退进四房，哭的叫的闹成一片，软了腿脚来不及跑的七八个戏班师傅瑟瑟发抖地趴在戏台上。

"蓝书记怕是遭了毒手，我们现在只能想办法突围出去。"陈绍元说，"我观察了一下，岭右那儿枪声稀一些，叫喊声也弱一些，我们把人集中起来，往那儿冲，动作要快，不能让他们会合在一处，先冲出去再打算。"

雷明兵叫一声，从四房里又跑出来十来个红带队员，跟随着陈绍元和雷明兵抢到坡岭脚，却不走坡岭，而是翻越着一级一级土坎，避开从坡岭下来的敌人，一会儿就爬到了坡顶。回头往坡谷里一看，这时已燃起好几簇火把，混杂着村邻们的哭叫和敌人的吆喝、子弹的呼啸，像遭了袭击的蜂窝一般乱成一团。

村邻们怎么办，敌人会对他们怎么样？陈绍元想了想，说："不行，不能就这样走了，我们得想办法把敌人引到这坡顶来。到了坡顶，就不怕他们，地形我们熟，其他人找隐蔽的地方躲起来，找机会消灭敌人，一个是一个。明兵，我们俩下到坎坡上，给他们放几枪，撂倒他一两个。"

两人夜猫子似的一跳一蹿地奔到靠近溪坪的坎坡处，伏下来，瞄准一个，"砰"一枪，再瞄准一个，又"砰"一枪。保安队护镇联队队丁一下子就乱了阵脚。野猫子大喊："在坎坡上，包抄过去。"一帮人手忙脚乱地往刚才枪响的方向胡乱放枪，爬坡岭的翻土坎的从不同方向围过来。陈绍元和雷明兵却已经爬到了九溜半，回头对爬到前头的几个敌人又放了两枪，把追赶的敌人引到坡顶来。一排草厝黑乎乎地落在坡顶一侧的坳子里，几家男女老少晚饭后就到谷底的溪坪上看戏，这时都躲在四房那儿呢，野猫子却以为先前放冷枪的共产党一定躲在厝里。伏在一边喊了一阵，见没动静，便让人扔过去一团火把，把那一排草厝点燃了，火光冲天，把四周的林子都照得明亮。"人都跑了！"伏在地上的队丁们刚爬起来，迎面便飞来几支棱镖几杆标枪，伤了三个人，于是一边胡乱地放枪一边追进林子里。不一会儿便接连传出几声惨叫。直到这时，野猫子才醒悟过来，喊道："这山林里，我们要吃亏。大家都撤到坡谷里去，找那些村里人算账，把共产党窝在村子里，找不着共产党，就找他们要人。"

等他们抢着跑到谷底下的溪坪边，四房里人差不多都散了，村邻们抢着这个间隙奔回家，把门关死，不敢点灯，手里握着菜刀砍刀斧头扁担，又急又怕地守在门后。

"散了？一家一户地搜！本胜你带一队去西坡，大头菜你领一队到那儿，猪哥这儿就交给你们几个……"不一会儿坡谷里乱成一片，叫喊喝骂哭天抢地门被砸开东西被摔碎鸡鸣狗吠，不时还响着零零落落的枪声。野猫子领着一队奔九溜半和岭右这边来。

家家都黑灯瞎火，那儿却有一间却还透出煤油灯的亮光。"咦！"野猫子觉得有些惊讶，带着两个队丁上前一脚踹开门。

吴月英和阿妈、妹妹先前上楼了，想到应该找个什么东西把门顶死，便下楼来，正撞着闯进来的野猫子。那野猫子贼眼一转，奸笑一声，挥挥手叫跟在后头的两个队丁退到外头去，一边伸手抓向月英的胳膊，嬉笑地说："阿妹，你这是在等我吧？"月英"啊"地叫了一声，从灶台上捞个木瓢子砸过来，野猫子侧身躲过，顺势把月英的手一拉，搂到怀里，脚一勾，把人放倒压在地上，一边腾出一只手一把扯下月英的裤子。

雷忠可从里间冲出来，抢上去一把揪住野猫子的衣领提起来，奔着面门就是一拳。野猫子眼冒金星，只觉得鼻梁被砸断了，还没闹清楚怎么一回事，又被拖起来，又是一拳捶过来。这下看清了，是一张绷得通红的脸，两只烧着烈火的眼睛，他用手肘挡了一下，大叫一声"什么人"，就迎来了第三拳。雷忠可正打得兴起，突然感觉到有一支枪抵在背上，喝令他住手。用枪抵着后背的是守在门外的保安队丁。他缓缓直起身，见月英还坐在地上睁大眼睛看着他，正想着怎么摆脱顶在背后的枪，野猫子却已经爬起来，一拳头就往他的脑门上砸过来。雷忠可挨了一下，趁势一屈身用屁股撞向身后,展开双臂扑向野猫子。那野猫子却也身手利索,后退一步躲过,再往前一扑,一边呼喝着两个手下扑上来,三个人把雷忠可死死压在地上。

月英这时醒过神来,一手抓着裤头一手从地上摸到一块石头,抢过来砸向压在最上头那个队丁的脑袋。对方惨叫了一声,翻转过身拉枪就要向月英开火。吴家表姊和月兰被吓坏了,趴在楼梯口傻傻地看。正在这时,又一个人影闯进门,用身子撞开月英,只听"砰"一声,子弹打在他左胸上。他晃了晃,却没倒下,反往前跟跄一步,握住那队丁的枪管,一边抬脚踹过去。

闯进来的人是陈绍元,他抢过枪,又回转身一脚再一脚踢翻压在野猫子和雷忠可身上的保安队丁,用枪顶着野猫子的头,喝道:"给我滚起来。"

野猫子不紧不慢地站起来,趁陈绍元的注意力移到雷忠可身上,一个箭步冲出门口,一边大声叫唤其他人赶来救援。陈绍元抚着左胸,看了一眼两个抱着脑袋蜷缩在灶膛边的保安队丁,对雷忠可说:"刚才那个是头,要把他干掉。"雷忠可已经夺过一支枪奔出门,一边向院坎跑,一边瞄准着野猫子。夜黑透了,偏偏从另一溜厝跑出来一个队丁,手里举着一支火把,讨好地一边叫着"这黑乎乎的要当心",一边跟在野猫子后头跑。雷忠可正为天黑懊恼,这下好了,目标够清楚了,他不跑了,专注着瞄准,然后一勾扳机!跑到坡岭上的野猫子身子一扑,顺着坡岭滚了下去。那队丁吓得魂飞魄散,扔掉火把,也不顾脚下是坎坡有高有低,连摔带滚跳到坡脚溪坪上,大叫:"队长死了!队长被打死了……"只一会儿,正在砸物砸人抢钱财奸女人的队丁们从黑暗中惊惶失措地蹿出来,互相打听着野猫子被杀的事,急切地讨论着该怎么办。正心慌意乱又不知该听谁的,有人爬上一处坎坡叫:"弟兄们不要慌不要乱,我是本胜,队长有没死不清楚,现在先听我指挥……"声音还没落地,半坡处又响起一道枪声,那个叫本胜的"咕咚"一声就从坎坡上栽了下来。这下场上全乱了,也不知谁第一个转身往溪桥往谷口方向跑,其他人像是一时间才醒悟了过来,你撞我我挤你地抢过溪桥往谷口闯,对岸十几二十来个一看,争先还怕还不及呢,哪里还敢落在别人后头?一时间,队丁们都跑光了。

天亮了,乱了一整个晚上的双坡谷终于安静了下来。悲戚的哭泣,无奈的咒骂,虚弱的哀叹,在灰蒙蒙的晨光中显得尤其清晰。雷忠可和吴月英扶着面色苍白的陈绍元走到院子里时，雷明兵领着李阿漂和吴步年快步走过来，一看陈绍元洇透着血迹的胸前，慌了，急切问询伤势。陈绍元艰难地抬起右手向他们摇了摇，说："叫一个人去彭家山报个信，其他人到各家各户把受破坏的情况了解清楚，死了几个，伤了几个，厝被烧了几溜。接下来该怎么办，等特派员来了再商量。"

蓝延兴牺牲了，陈绍元重伤，还有五名红带队员和八个村邻被杀害。区委被烧毁，村邻的草厝被烧了十三间。石浦镇樊二的保安中队和范进堂的护镇联队也没占到便宜，丢下八条尸首和十几杆枪，丧命的八个人当中包括队长野猫子和副队长本胜。损失虽然很大，但成功地把敌人打跑了，保卫了新生的区委。

第二天上午，彭庆元从彭家山赶来，先走到西坡岭坳里，两间草厝已经成了一堆灰烬，人们从灰烬里挖出一具烧焦的遗体。彭庆元默然地站在遗体前，凝神望着好久，才轻轻地说："埋了吧，还有牺牲的几个队员，都埋在一起，坟头上做个标识，等到革命成功，我们再来祭奠他们。"

陈绍元伤太重，吴月英说："就在我家躺着，等伤势轻一些，移不移再说。"叫了西坡的李德根老表爷，老表爷说："我就那几样草药，平常也就治个上火感冒，拉稀发烧，这是枪伤，我治不了。"这样躺着，其实就是等死。大家都急，急也没办法，一个个愁得脸上像要掉下乌云来。雷明兵说："子弹没取出来，肯定是不行的。"彭庆元走进厝里，陈绍元只虚弱地翻了一下眼白，似乎想说一句话，却终于无力说出。彭庆元抚住陈绍元的肩膀，说："绍元，你们好样的，现在你什么都不要说，你这伤必须马上治，这里没条件，只能送你去彭家山的红军医院。这到彭家山，就是跑，也要小半天路程，你一定要顶住，我们就在双坡谷等你回来。"回头叫雷明兵："你去找几个队员，扎个担架，带几个人送绍元去彭家山。"

很快就扎好一个担架，几个人毛手毛脚地就要把陈绍元往担架上放。吴月英一看，叫了一声"等会儿"，回楼上搂着一床棉被下来，铺在担架上。临走，彭庆元对陈绍元说："你放心，一定把伤治好了才回来，你回来之前，我就待在双坡谷。区委做了调整，延兴牺牲了，你任书记，现在这书记我代理，红带队队长由明兵担任。明兵，你送绍元到彭家山后，就带着队员们回来,那边有医生有护士,照顾得比我们好。"

两天后,彭庆元指挥大家在西坡岭坳里区委原址又搭起了两间新草厝,说:"野火烧不尽,春风吹又生,我们要让敌人知道,革命是摧不垮的,是一定要胜利的。"他临时组织召开会议,说:"这一仗,在猝不及防和众寡悬殊、武器远比敌人落后的情况下,区委和绍元、明兵等同志临危不惧不慌不乱,组织红带队和两坡群众灵活应对,击溃敌人,保护了新生的区委,取得双坡谷保卫战的胜利,这非常了不起,我为你们感到自豪。蓝延兴书记牺牲了,还有五位队员和八位村邻也牺牲了,我们怀念牺牲的战友,最好的方式不是哭泣,更不是一蹶不振,而是继承他们的遗志继续战斗。

"这两天,我看到村邻们更愿相信我们了,我们在极为不利的条件下和敌人打了一仗,让村邻们看到了我们的力量。我认为,我们要借这个东风,在各村中大力发展红带队队员,建立各村红带队,在此基础上建立区委游击队,在半个月内争取把游击队扩展到一百人以上,集中训练。这一仗我们还从敌人手里夺取了十五杆火枪,这也是个可喜的胜利成果。还有,现在我给大家介绍一个新同志,雷忠可!古人说,擒贼先擒王,樊二这次派来的行动队队长叫野猫子,副队长叫本胜,都被阿可干掉了。没他那两枪,这次战斗的结果不敢想象。"

二月二当晚,当陈绍元挺身而出挡住射向月英的那一枪,那一瞬间,雷忠可既急迫,却又感到一阵不一样的轻松。他知道,他应该而且必须加入蓝延兴和陈绍元他们,成为他们中的一员。击毙野猫子,又击毙了一个,他返回厝里,对陈绍元说:"我要加入你们。"

第 十 四 章

1934年，民国二十三年，农历四月十二，中共北山县委、北山县苏维埃政府成立大会在一溪分两省的双坡谷同场举行。东坡吴厝西坡李厝的村邻还有其他各村赶来的代表敲锣打鼓又歌又唱，庆祝县委、县苏成立。

短短三年间，区委在北山里五十多个村子发动了村邻开展分土地分青苗分浮财斗争，不仅山里的畲族汉族聚居混居的大小村子，就连山下海港边的徐家渡、土角、小坞、北汊、堂澳子各个村，以及邻近河洋的天门湾、林脚坪、青呑山、吴家洋等七八个村子，都掀起了轰轰烈烈的土地革命，形成了覆盖北山里绝大部分区域的革命根据地，完成了中心县委要求把北山里东北片与西南片革命根据地连成一个整体的任务。

中心县委决定，撤销北山区委，成立北山县委，原北山区委书记陈绍元任县委书记，原区委委员、红带队队长雷明兵任县苏维埃政府主席。同时将根据地划分为四个区，分别成立东区、西区、南区、北区四个区委和四个区苏维埃政府，归属北山县委和县苏维埃政府领导，县、区苏维埃政府还成立了妇女团、儿童团。在区委游击队的基础上成立县委游击大队，各区成立赤卫队。雷忠可任游击大队大队长，兼任县苏维埃政府军事委员、肃反委员。吴月英担任县苏维埃政府妇女委员。

游击队队员天天嚷着要到哪儿去弄几杆枪。雷忠可也在盘算，去哪儿找谁要？只能是石浦镇樊二爷，听说他的保安队新近又添了二十杆火枪和一箱子弹，还搁在保安队的仓库里。可怎么拿？靠强抢？那叫送命。还得想个办法，办法在哪儿？雷忠可想到了樊二的活宝儿子樊脑儿。

脑儿自然是小名，他的大名怕是没几个人能叫得出来。怎么就叫这么个怪名字呢？就因为他的脑袋小，不是一般的小，而是特别的小。多小？见过的人说，不比一个七八岁的孩子脑袋大，身子又不小，所以就特别别扭特别怪，好像那脑袋压根儿就不是他的。不单长得怪，樊脑儿的另一个怪更叫人头疼。要说这人，烟瘾酒瘾赌瘾嫖瘾什么瘾不好犯，却偏偏犯了翻墙的瘾。河洋北山里石浦镇一带，贼有两个叫法，一个就叫贼子，一个叫翻墙的，这两个叫法其实还是有些区别。贼子是盗贼的统称，管你是街上行扒的三只手，还是夜里翻墙入室的梁上君子，或者拦路抢劫的土匪强盗，都可以叫贼子；翻墙的呢，专指第二类，指的是夜里翻墙入室作案的人。白天的樊脑儿你怎么看都不像是个贼，他也不爱上街晃荡，老在家窝着，有时实在没办法要出门，把个小脑袋缩着东张西望，那样子和乌龟没什么两样。等到夜深人静，他可就来精神了，一袭黑衣裹紧了，腰里别一把匕首，悄无声息溜出院子，神出鬼没就摸进某个大户人家，手碰到什么就拿什么，银圆铜钱衣裤鞋帽瓶子罐子，不管值钱不值钱，只要拿得动。他不找那些穷户，不像是嫌穷人家偷不到好东西，你说他连瓦罐都拿，哪里又在乎东西好不好？没理由，他就专找大户。案子做得多，难免被逮住一次两次五次十次。可那是谁？樊二爷的公子，打不是骂不是把人绑了送上门更不行，实在叫人头疼。"放了放了！这活宝！唉！"被偷的只能唉声叹气自认倒霉。心里总是不痛快，在樊二爷面前便难免含沙射影诉儿句苦。那樊二爷刚才还有说有笑，一下子就翻了脸，生气地说："你说什么？你这是说谁呢？想毁我的名声？"他一发火，谁还敢再唠叨？据说有一次，樊二爷的小舅子成亲，一家人去喝喜酒，就那天晚上，樊脑儿翻到新人的洞房里，把新舅妈的一只绣花鞋给偷了，大家都以为是被老鼠拖走了。第二天要回石浦镇，临出门，姥姥客气，硬要把一包什么东西塞到樊脑儿怀里，樊脑儿缩着小脑袋躲闪，一不小心被姥姥扯住衣襟，一拉，怀里掉下来一只绣花鞋。樊二爷脸青了一阵，而后尴尬地笑笑，说："一只鞋罢了，我还以为是个金元宝呢。"

雷忠可带了两个队员潜入石浦镇，连续几个晚上在樊二家门口附近候着，就等着樊脑儿夜半出动。直到第五天夜里，才逮着人，藏在一个隐蔽处。第二天，雷忠可大摇大摆地走进樊家，在厅堂里大大方方地坐着，对樊二说："二爷，我呢，是北山里来的，听说二爷最近新添了一批火枪子弹，想向二爷借来用用。"樊二瞪着眼看着雷忠可好长一会儿，好像不相信自己的眼睛："凭什么呢？你这是给二爷我开什么玩笑？这可是要命的玩笑，开不起的。"雷忠可大笑三声，说："这里有一件衣服，请二爷仔细认一认。"樊二明白了，跳了起来，喊着："吃了豹子胆了你，敢动我儿子，你想怎么死，说说吧，我给你准备着。"雷忠可却不慌，摆摆手对樊二说："二爷别气坏了身子，几杆枪一箱子弹而已，犯得着吗？哪里能比得上贵公子一条命？二爷掂量掂量，要是我在这儿有什么差错，黄泉路上怕是要你家宝贝做伴了。要是我在这待久了，超过半个时辰，会有人给你送来一样东西，什么东西我不清楚，估计就是一只耳朵或者一根手指头吧，也有可能是一条臂膀一条腿什么的。二爷你看，这买卖还做得做不得？"樊二那个气呀，还得乖乖地按照雷忠可的吩咐，让人把枪把子弹装了船，连人一起送到徐家渡，才总算得到回话："你那小脑儿，这时候估计已经回到家了，你还是快点回家看看，是不是少了胳膊缺了腿。做买卖讲信用，要是哪儿少了些，什么时候你找我，要不我把自个儿送上门任你砍任你剁。"

这哪是借？这是虎口拔牙。这次把樊二给气坏了，上蹿下跳两个月，联络平南、福宁两县的保安大队和米洋、河洋、石浦镇的保安队加各个民团，大几百号人荷枪实弹从两个方向开进北山里，想一股脑儿把北山里各个村子铲平了。

这才有了双岭连环伏击战。

石浦镇樊二爷的保安中队、范进堂的护镇联队，前年去年两次"进剿"双坡谷。第一次，吸取了第一次夜袭的亏，仗着人多武器好，大白天霸气十足地开上山，还没上掌子岭，就被山上的滚石圆木竹箭加鸟铳火枪打得寸步难进，只好灰溜溜地逃下山去。第二次更惨，摸黑来，进了谷口，就在谷口那一段溪岸，冷不防就枪声大作，喊杀连天，死伤大几十人，丢下十几支枪，不得不撤退。这一次，樊二爷的计划是，联合福宁县保安大队、米洋龚山利的保境安民团、河洋王天平的巡洋社保安队，两侧进攻，两头夹击，他们就那么多人那么多武器，顾得了东边顾不了西边，只要突破一侧，就一定叫他们死无葬身之地。

情报很快就传到了双坡谷。县委开会讨论对策，游击大队大队长雷忠可说:"不怕,我们就在青岙岭和长掌子岭打他两场伏击战,就叫双岭连环伏击战。"

双岭指的是两条岭,一条是青岙岭,一条是长掌子岭。出双坡谷谷口,下陀臼岩崖坡,沿龙潭涧南行,拐过三个山口,这里分出几条山岭,其中两条要宽一些,可以容两人并肩通行,有一些路段还砌了石磴。这两条,一条通往河洋,蜿蜒着穿林越谷,途中经过一个较大的村子,叫青岙,这一整段山岭便叫青岙岭;另一条通往石浦镇,也是一路盘山绕谷往海港边延伸,因为岭的中段有一块突起的岩石,像一只竖立的手掌,这长长的一段山岭就有了名称,叫长掌子岭。

探清敌人的兵力、进攻路线,雷忠可心里已经有了底。不过他还不敢掉以轻心,带着几个人细致考察了敌人的进攻路线和周边两里范围内的情况,作战的思路便在脑子里成形了。在县委召开的反"围剿"会议上,谈起御敌之策,他意气风发,一副胸有成竹的样子。

"从河洋来的敌人会怎么走?青岙岭是必经之路。从石浦镇来的敌人会怎么走?长掌子岭是必经之路。青岙岭是进入北山里的门户,在这里设一道埋伏,把敌人狠狠揍一顿。目的两个,一是阻止敌人进入山前山后山腰山坡的那些村子祸害村邻们,二是把敌人逼入更子岭,从更子岭再绕到青岙岭坑里那一段,那段山岭靠着涧坡走,只要在坡顶给他们来个滚石阵,就足够让敌人好受了,这是第二道埋伏。不赶尽杀绝,放过他们,其实是为了把敌人赶到第三个伏击点——掌子岩。从石浦镇方向来的呢,也准备了三个伏击点等待他们。第一道在徐家山,徐家山就是徐家渡后门山,其中有一片茂密的林子,林子后头还有个通往山后的大石洞,在这里布置一队人马,候着敌人来时打他一梭子,迅速钻进山洞赶到山后再爬到双乳峰。敌人不走两个山头之间的这条山谷路,难道还会去爬豹子峰那条陡峭得几乎就是直上直下的坡岭?就算敌人爱爬豹子峰,我们赶过去时间也充足得很。我们就在双乳峰两山头候着敌人,让他们吃点苦头,目的还是把他们赶到第三个伏击点——掌子岩。现在,两边的敌人都在掌子岩底下会合了,那里有一块宽阔的平地,四边是陡坡,正是绝好设伏点。敌人正为队伍一下子强大了一倍而高兴呢,我们早在四周的坡坎里布下天罗地网,火枪滚石擂木齐上阵，还怕敌人不丢盔弃甲抱头鼠窜？如果敌人还敢往上爬，还有一道关口等着他们。哪儿？砣臼岩，那是什么地方？是为敌人准备的鬼门关。"

战斗过程与雷忠可的设想几乎吻合，敌人遭受了接二连三的伏击，被打得鬼哭狼嚎，丢下三四十具尸体，各自从青岙岭从长掌子岭夺路而逃。这场规模最大的"围剿"战争以失败告终，而北山里村邻们的革命热情则空前高涨。

北山里大几十个村子，男女老少齐上阵，满山遍野响着喊杀声。"真是痛快！"村邻们说起那一仗很是兴奋，唾沫飞溅，还手舞足蹈起来。

"大队长雷忠可，就是我们雷万兴。"也不知谁第一个这么叫，渐渐地就传开了，说是游击队有个雷万兴，神机妙算，用兵如神。村里有老人懂历史，说："雷万兴是畲族历史上的一个英雄，唐代人。据说他是唐代畲民起义的首领，带领畲家人反抗官府和大汉族地主的歧视和压迫，足智多谋，骁勇善战，起义持续多年，多次打败官兵的围剿，威震一方。然而终因众寡悬殊，被官兵镇压，雷万兴本人也最终被捕被杀。"三叠岩的三月三，也叫乌稔节、乌饭节。乌稔其实是树名，用它的叶子和米饭一起煮，这就是乌米饭。据说，雷万兴的起义军曾被官兵围困在大山里，处于内无粮草、外无援兵的困境，大家都饿得没办法了。雷万兴叫部队在大山里寻找食物，而此时正值冬天，天气寒冷，山林中的野果子都掉光了，只有乌稔树的果实还在枝条上没有掉落。这种树在大山里很多，大家把乌稔树的果子采回来后给雷万兴吃。雷万兴吃后觉得味道非常好，又香又甜，便下令大量采集乌稔果，给义军充饥，这样维持了几天，等到了支援部队，终于解困了。第二年春，义军取得了一场重大的胜利。雷万兴特别高兴，这一天正是三月初三，他突然想起被官兵围困时采野果充饥的一幕。因为是春天，不是乌稔树结果的时节，他就命令义军采集乌稔树叶煮饭，结果饭吃起来特别香。后代人为纪念他，三月三这天，家家户户采集乌稔叶煮乌米饭请亲朋好友一同品尝。

北山县委、县苏叫人在溪坪搭起了一个戏台子，把两坡村邻还有其他村子派来的代表集中起来，举办了一场热火朝天的庆功会。节目是前些天就布置下去了，有人表演畲家人的看守本领打尺寸、打畲家拳、过火连环，有人拉二胡打嘭嘭鼓唱几段戏，有畲家阿妹阿哥现场挑战对山歌，有人现编现讲故事，说双岭连环伏击战，说雷万兴石浦镇借枪。庆功会都结束了，人们却不肯回家，聚在溪坪两岸盘山歌，直到月上中天，还不肯停歇下来。雷忠可站在戏台下听了几轮对歌，正准备转身爬上坡岭，却看见吴月英从溪岸边的人群里挤出来，欢快地走过来，说："我们去砣臼岩，有话和你说。"说这话时，眼神欢跃而羞怯，清亮的月光倾泻下来，她的脸上，仿佛飞出两朵红花。

第 十 五 章

连续十来天的梅雨总算稍息了，一轮白月笼着一层轻薄的雾气浮在深邃的夜空。站在砣臼岩上，雷忠可想起已经有好多天不曾来这里。不知道从什么时候开始，只要是晴天，只要有空闲，天黑后他总到砣臼岩坐些时辰。这仿佛成了习惯，要是缺了一天两天，手头又恰好没什么事可做，便感到有些失落、烦躁。河洋传来消息说，河洋设乡了，乡长是高宏宇。听到这个消息时，雷忠可脑海里跳出了一个念头：是该回趟河洋了。他突然感到特别孤单，阿伯、陈阿爸、水英阿妈、翠云姐姐像是约好了一般，一个一个从眼前晃过去，留下模糊不清的样子。他强烈地想伸手去抓，但是他知道，他的面前什么也没有，除了寂静的山野，朦胧的树影，飘忽的月光。飘忽的月光中慢慢地却浮出一个阿妹的脸，白净得像今晚的月亮，流泻着清凉而又蓄积着温热的光辉。

有月亮的夜晚，他曾多少次和月英一起来过砣臼岩，都因为什么而来，他从未想过这个问题。这难道是一个问题吗？但月英偏偏就问了。她问："你知道我们这三年来一起来砣臼岩有过几次吗？"问得他一头雾水，怀疑月英是不是头疼脑热说胡话了。月英问得认真，却似乎又不在意他的问答，只是自顾自地往下说。月英记住了每一次他们因为什么来到砣臼岩，每次在砣臼岩上说了哪些话。"记得吗？第一次，我一定是丢魂了，迷迷糊糊中好像有什么力量把我牵到这儿，要飞下崖壁，是你扯住了我，那一次要是没有你，这世界怕早就没有我这个人了。你说，三更半夜的，你为什么也不睡，你跟着我干什么，你是不是一直就盯着我？"这样的问话叫人怎么回答呢？他回答不了。回答不了也必须有表示，不出声地笑笑是不行的，虽然月光皎洁，脸上的笑纹也没法看得清楚。"你说，你是不是一直就盯着我？"月英在追问。"说不上来，"他说，"真的说不上来，我就觉得你有问题，怕你出事，心一直吊着，一双眼睛老想跟着你，不知不觉就瞅到你那儿了。""为什么那么怕我出事？我伤了死了关你什么事？要是心里没鬼，为什么一双眼睛老偷偷地往人家脸上身上瞧？"他还是回答不了。回答不了行吗？不行，月英不答应。"你是我未来的阿嫂呢，我怎么能不关心你？要是你出了什么事，我以后和宏宇哥怎么交代？"他原想开个玩笑，但这个玩笑把月英惹恼了，不仅是恼，而且是愤怒。月光敷在那张脸上，刚才还宛如一汪温和柔婉的浅水，现在结起一层薄冰，透出逼人的寒意。她狠狠地剜了他一眼，什么话也不说，转身便往村子里大踏步地奔去。

然而第二次，当他们又一次沐浴着纯净的月色来到砣臼岩时，月英已经忘记了上一次的不快，那些曾让他百般为难的问题又一次从她的嘴里蹦出来，让他又一次为难。"你说，最初我姑姑到你家提亲时，你是怎么想的？听说你不愿意，为什么？难道我长得很丑，难道我是个坏女人吗？"他不再是过去那个腼腆的、不太爱说话的、发怒时才会狠劲的孩子了，现在，他就算遇到一个素昧平生的人也可以找到话题聊个半天，可以在任何一种情况下站在台上和村邻们不歇气地把日头说上山又说下山，然而在月英的这些问题面前，他总是狼狈不堪。狼狈不堪而不能逃离，这简直就是在受罪了。一边是受罪，另一边，他又感到特别的甜蜜。

"月英"，他在心里叫了一声。很多事是需要特定的时候才会进入记忆的，它们当然发生过，人们却似乎没留下一点儿印象，像是根本就不曾发生过存在过一般。现在看来，它其实一直就藏在记忆里，不过就是在等一个适当的时机浮出来。他记得，从石浦镇范大财主范进堂的柴草厝里被救出来后，他一躺就是十天。伤太重了，他躺不住，想爬起来，但是一动全身就疼，往心窝里疼。月英正捧着一碗蛋汤来，把碗搁到一边，伸出手按住他，说："你要干什么？好好躺着，伤这么重，不好好养一段，以后落下暗疾怎么办？"按西坡李表爷的说法，元气都伤了，一定得想办法多进补，而且还要大补。人参鹿茸指望不上，只有鸡蛋，一天早晚各一个。月英本想去趟河洋洋高，高记青草堂或许能买到人参鹿茸，可那是名贵的东西，家里哪里拿得出铜钱来？他听月英和吴家阿婶商量，急起来，叫："你们别折腾这些东西，就是弄来了我也不吃。"这一叫，把胸口的伤扯疼了，月英幽幽地看了他一眼，说："由着你吧，身子能不能恢复到原来的状况，就看你的造化了。"他原先连蛋汤都不肯喝，惹得月英生了气，说："这又不要另外花钱，你省个什么，几个鸡蛋还吃得起。"也是年轻，身子骨好，躺了十天，能下地了，又过了十来天，可以到院埕里走走了，只是还很虚弱，步子有些飘浮。都是躺出来的毛病，要到外头去走走。到哪儿？去砣臼岩。一副病恹恹的样子，白天不好出门见人，还是晚上好。晚饭过后有一会儿了，天渐渐黑下来，他踱着步子走下坡岭时，听见后头月英叫了一声："你这是要去哪儿？"刚才洗过碗筷不是上楼了吗，怎么就跟了来呢？"没去哪儿，就是出来走走。"他心虚地回头看了看，犹豫着要不要继续往前走。月英却已经追过来，说："伤还没好利索，怎么就要出去走？"没等他回应，又说，"也好，老是躺着，是憋得难受，不过要出来，也该说一声，叫个人陪你。""不用了，哪里就需要人陪着？又不是七老八十，而且伤也好了差不多了。"月英却换了话题，说："去哪儿，砣臼岩？"月亮正从东山头升起来，看这七八分圆的月亮，想起今天是正月十二。月英却专注地注视着他，见他窘迫不安的样子，心里丝丝缕缕地飘着一些柔软而温热的气息。

"你以后有什么打算呢？要回到河洋去，还是就在双坡谷住下来？"

这个问题他想过，而且想过不止一次，没结果，所以也给不了月英答案。他似乎有所期待。期待什么，期待月英说出留下来的话？似乎是，似乎又不是。她要他留下来干什么？难道真要按吴家表叔表婶和爱华表姑说的，和月英成亲做一家人？不行，不可能的事，还有个高宏宇呢，虽说高宏宇都已经结婚了，可月英心里装着他，而且高宏宇曾经和自己相处得像兄弟一样。不能在双坡谷留下来，那能去什么地方？河洋一时是回不去的，王天平还活蹦乱跳呢。就算王天平得了暴病死了，杀死何五的事就可以一笔勾销吗？他真的感到有些茫然。他曾经以为，天地如此广阔，哪里就没一个七尺男儿的安身立命之地？但仔细认真地想一想，广阔的天地之间，他还真不知道自己可以去哪里。胸腔里一时涌起一股悲凉，他想到自己的阿伯，那个有些隔阂却又时时关爱着自己的亲阿爸；他想起姐姐翠云，想起和姐姐形影不离亲密无间的那些日子；他想起养父母陈阿爸水英妈妈，想起洋里雷家祠堂披厦里那个寒酸而温情的家。这一切都毁了。是谁毁了这一切？是自己吗，是王天平吗，是何五吗？他的脑子里像塞进了一团米糊，眼睛直直地盯着月英看。

"干吗这样看着人？"月英别过脸去看距离东山头有一竿子高的那轮白

月,"过去看着你老觉得不顺眼,经过这一段,知道你挺好。我是想,我阿爸走了,家里就三个女人,总要有个男人来顶梁,要不你就娶了月兰,那样我们就是一家人了。月兰今年也十五岁了,现在成亲是早了点,不过可以先定亲,明后年再成亲。其实放在今年也行,两村里还有周边村子,阿妹十四五岁成亲的也不少。"

这说的是什么,和月兰成亲?他傻了,愣愣地看着月英,脑子里一片空白。身下的瀑布一波一波地往崖下飞去,临近崖下的龙潭,声音骤然变得激烈起来,轰隆轰隆的,像一个接一个的闷雷被压在地底下似的。瀑布白得晃眼,水花飞溅,又无奈地跌落,飘散,消失。皎白的月亮这时蒙着一层薄阴,月英皎白的脸上也蒙着一层薄阴。他终于回过神来,疑惑地看着月英。

"月兰和你,都是我的阿妹。"他想了想,又补了一句,"都是我的亲阿妹。"

他又想起家里人之间的一次争执。家里?对,他不知不觉中早就把这个家当作自己的家了。

"让月兰和阿可成亲?月英你这是怎么想的?"爱华表姑很惊讶,又有些生气,"你是姐姐,要成亲也是你先来,你十七岁了,本就该成亲了,况且你和阿可的事原先就谈过,你阿爸临走前也交代了。你怎么想起让月兰和阿可成亲?难不成你还想等那个高什么的回心转意休了他的女人再娶你?"

"姑姑你胡说什么!"月英从来就不曾和姑姑红过脸,从来就是姑姑怎么说她怎么听着,有想法也不表示,但是这次她看起来是真有些恼了。"我没那么贱,我能想什么,我能怎么想?我为什么就一定要嫁人,我不嫁人不行吗?我有两只手两只脚,能干能跑,我不靠男人,我自己能养活自己。"

"英啊!"吴家表婶哭了,"别再说什么不成亲的话,天底下哪有一个阿妹不嫁人不成亲?不成亲那成了什么?姻缘天注定,谁这辈子和谁做夫妻,都是老天定好了的。不是我们的东西我们拿不来,你不能把自己捆死在一棵树上。阿可不好吗?阿可才是最适合你啊。英啊,阿妈知道你从小就心气高,想嫁到山外去,想嫁个好人家。可我们是山哈,我们世世代代在山里生山里长,只有这山里才让我们活得安稳踏实。你阿爸走了,阿妈就剩下你们两姐妹,阿妈这后半辈子就靠着你们啊。"

"阿妈——"月英眼圈一红,一只胳膊揽过阿妈的肩膀,"我一辈子守着阿妈,守在家里不行吗?再说,阿可是娶了月兰还是娶了我有什么不一样,还不是一家人?月兰迟早也是要嫁人的,嫁到别人家去,一家人就分了。我不嫁,阿可娶了月兰还在我们家,一家人永不分开多好。"

"不嫁不嫁,你是想当老妖婆吗?"爱华表姑气恼地嚷了一句,"要我说你就是死心眼,人要活的是一辈子,是几十年,不是一天两天,刀扎一次,没扎死,你就得站起来,血总有止住的时候,伤口总有结痂的时候,痂也总有脱掉的时候,日子还得过下去。听姑姑一句话,没有人一辈子不遇上一些沟沟坎坎,跳过了跨过了,事情也就过去了。"

"不说了,我就这个意思,成不成你们当长辈的做主。"月英爱怜地看了看阿妈,转身下楼,看见雷忠可肩上扛着一只空箩筐匆匆地出了门。他今天说是去岭头后的一块坡地上收拾大头菜,看来是回来了一会儿,刚才和阿妈姑姑在楼上说的话大概也都听见了。月英心里有些不痛快,以为他在偷听人家说话,正想质问一声,他却转过身来,说:"我和你说过的,月兰和你都是我的阿妹,亲阿妹。"

什么时候开始,月英看过来的眼神变了?有一段时间了,他感觉那目光不是看过来,不是撒过来,而是游过来流过来,却又在中途停住,保持着一份不远不近的距离。"都说你有本事,看不出啊。"月英靠着砣臼岩,月光斜斜照在脸上,那脸,白得晶亮晶亮的,似乎还是透明的,让人禁不住想伸手轻轻抚摩它,对着它呵一口气,看它是不是会溶化了。"也看不出你哪里就那么神了,也就两只胳膊两条腿,胳膊上也就架着一个葫芦脑袋嘛。"月英说着就"扑哧"一声笑了。这天是七月十二,白天很热,太阳把一大锅的沸水往谷里倒,坡谷里便蒸腾着热乎乎黏乎乎的湿气,这湿气直到夜里还不肯散去,就沉淀在坡谷里。这样的夜晚,砣臼岩是最好的去处,风不知是从侧面的山梁拐过来还是从崖下的海边吹上来,有时是一浪一浪地争抢着刮过来,有时是徐缓地不间断地拂过来,身边的林木或哗啦哗啦地叫,或窸窸窣窣地咬着耳朵说悄悄话;有时似乎感觉不到风的存在,清凉像是从体内向外渗出来,似乎连崖下的瀑布也不流动,听不到水流向下飞跃的声音，撞击崖下水潭的声音。双坡谷的村邻们没有来砣臼岩乘凉的习惯，他们在自家的院埕里，搁几张长凳短凳高凳矮凳，坐着一家人两家人三家人，一边摇着蒲扇，一边闲话山里山外的事家长里短的事天上人间的事田间地头的事。也有一些阿婆阿姆阿婶，轻轻地就哼起了山歌，有时是儿歌，有时是说天气的说农事的，有时是一辈一辈传下来的故事歌，有时却是情歌。畲家的山歌多情歌，情歌总是特别好听，一样的调子，听着就是让人入耳入心。旁边的人笑了，说"阿婆阿姆，怀春呀"，要不就是，"阿婆阿姆是想起年轻时的哪个相好了"。这样的玩笑免不了要惹起一番带笑的调侃、斗嘴、亲昵的拍拍打打。他也没想着来砣臼岩乘凉，也不知从什么时候开始，有月亮的晚上，而且恰好又闲着，不知不觉地，他便走到砣臼岩，对着谷口外的世界站着，站一会儿，挪几步，坐下来，从身边揪来一根草，放在嘴里嚼着，像是在想一些事，又像是什么也不想。他听到身后的脚步声，不用回头，就知道是谁来了。

他还是转过头来。

"闷得受不住了，今天实在是热，热得叫人都想剥了皮。你倒懂得享受，一个人跑到这儿来吹凉风。"月英轻快地跳过来，仰面深吸了一口气，转身靠着砣臼岩，似笑非笑地看着他。这一年多，两人在同一片瓦顶下生活，上山下田你挥锄头我播种，县委、县苏维埃政府开会、办活动你忙你的我忙我的，不忘用目光找一找对方，不忘插空问一声叫一声，看不出有什么别扭的地方。有时，同志们村邻们打趣，说："你们俩什么时候请大家喝杯酒啊？别到时结婚酒满月酒一起请，没有那么便宜的事。"谁开这样的玩笑，也就是对着斗几句嘴而已，没放在心上。可两人这么单独地待着，他还是觉得有些拘束，多少日子都没谁提到高宏宇这个名字了，这时却不知从什么地方就跑了出来。他的眼睛躲开了月英，嘴里含糊地哼哼着。

"没病吧你，猎哄槽呢，这样哼哼，什么意思，不喜欢我跟着来？"月英不高兴了。月英一不高兴，他便有些心慌，于是又哼哼了两声，这才想到该转移一下话头。

"今天初几，看这月亮，七八分圆的样子，至少初七八吧。"

"还初七八呢，你不知日夜时辰了吗？月亮都这么圆了，还初七八，今天十二了。"

"十二了？"他夸张地"哦"了一声，就听到月英轻轻地说："十二了，我的生日就是十二，五月十二，听阿妈说，我出生的时辰就是这个时候，那一天晚上的月亮也很白很亮。"

静默中，原先被忽略的水流声，清风拂过林子的声响，远处近处夜鸟的一两声沙哑的鸣叫，草丛里小虫的嘀咕，都显得格外清晰。

"阿可，你是不是觉得我有心病，或者是觉得我叫人讨厌？干吗老躲着我呢？"

"没有啊，没有没有，怎么会呢？"他胡乱地摇着手。他站起来，头仍然低着，向左跨了一步，又收回脚。四周的林子这时发出一阵"哗啦啦"的响动，风摇摆着树林，翻动着枝叶，水波荡漾般扑面而来。一直憋着的一股凝滞的气流突然释放了出来，他大幅度地扭动了一下脑袋和腰肢。

"月英，你相信命运吗？我听我阿爸说，小时候他找算命先生给我算过命，说我这个人是个很会折腾的人，这一辈子怕是不能顺顺利利地活到老，现在看来还真让他给说中了。我家原先的家底是不错，有田有地有林有厝，怎么说也算得上是个小地主，如果不生什么变故，这会儿应该还待在洋里过着不愁吃不愁穿百事不管逍遥自在的日子。再就是娶个媳妇生几个孩子，一天到晚操劳着他们的吃喝拉撒，计算着田里地里的收成，计算着从哪儿再占点便宜，计算着如何和亲戚村邻来往，说闲话喝闲酒插手管点闲事，偶尔遇到不顺心的事，发发牢骚和他人斗斗嘴皮，一辈子就过去了。顺倒是顺了，可到了躺在棺材里的那一天，回头一想，脑子怎么就这么空，空长了一个脑袋，好像从来就没用过一般。几十年，在世间走了一遭，像一个影子，在眼前飘了飘，没了。这两年跟着闹革命，开初时也是不明不白，就是觉得不该没声没息地待在边角待在暗影里，应该走到人群里来。和什么人来往？要是还是王天平何五，还是巡洋社保安队，大概我也不会想到走进哪个人群，还是在一边待着，看着。只是看着绍元书记他们一帮人好，在乎你，而且做事正派，待人和顺，不玩脸上一套心里一套，不玩算计人陷害人那套把戏。虽说对他们做的事看不大懂，似乎还有些不合理，可我看到了，村邻们确实从他们做的那些事里得到了好处，他们没说假话，确实是为村邻们着想。要说你我和他们有什么关系，我还想杀绍元书记呢，可他们仗义，不怕危险把我从牢里捞出来，绍元书记还差点丢了命。这样的人，值得交，值得和他们一起做事。现在我明白了，共产党就是要建立一个新的社会，一个没有人欺人人榨人的社会，一个人人靠着自己的勤劳节俭可以过上不愁吃穿的社会，一个人人都不必为了一口吃的为了活下去而低三下四地求人向人跪拜的社会。自己活好，也要让别人活好，让更多人活好，我想我现在做的就是这样的事。算命先生说我不长寿，活不过三十，三十就三十，有滋有味地活三十年，心里亮堂堂地活三十年，风风火火地活三十年，比睁着眼睡着一般活一百年，更值。"

"快堵上你的臭嘴，什么活不过三十，算命先生的江湖嘴，你也信！你想扔下我——我们一家人吗？我、月兰和阿妈，这辈子我们就绑在你身上了。"月英的脸绷了起来。

他看到月英的眼里有两点晶莹的光斑在闪动，他听到一个幽静的让人心跳的声音："阿可，我们成亲吧！"

但在他的心里，始终藏着高宏宇的影子。他总是把月英和高宏宇联系在一起，这让他感到痛苦，甚至有些绝望，因为他发现自己越来越离不开眼前这个阿妹了，他甚至一天没见到她的笑脸她的背影，一天没听到她说话唱歌的声音，心里便有些慌。

是该回一趟河洋了。他对自己说。

第 十 六 章

高宏宇离开河洋那一天是个阳光明媚的日子。客船驶离洋口埠头，在海面上划出一道明晃晃的水道，水花飞溅，跃上船头，有几滴落到脸上。他茫然地望着远方，青山如黛，轻笼着朦胧的烟岚，绵延的山体从中豁开一个大口，有几只海鸟在远处的水面上下翻飞。船穿过海口，沿着西侧的岸线行驶一个时辰，便到了岐角码头。高宏宇并没打算找个旅馆住下，他不清楚自己这次进城是为了什么，他不过就是想离开河洋到别处去走一走。到了城里，接下来又要往哪儿去呢？他很自然地想到倪海林，想到贺炜。这是他在县中读书时最要好的两个同学。他一直没弄明白的是，他们俩是那样不同，那样不投缘，一见面就抬杠争论，自己怎么就能和他们都相处得那么融洽？倪海林现在是县政府民政科副科长，据说他娶了一个家庭背景很不一般的女人，在老丈人运作下，县中毕业不久，就进县政府工作。贺炜县中毕业后被送到省城学西医，他那位开中药店的父亲是一个精明的商人，对西医西药的前景十分看好，儿子学成回来后，又花了很大一笔钱，在县城新南门开了一家西医诊所。在倪海林家住了一夜，又和贺炜在诊所休息室的小床上挤了一夜，高宏宇才想到应该找家旅馆；倪海林已经成家了，住在人家家里是不合适的，贺炜的诊所弥漫着强烈的药味，也让他难以忍受。在长升旅馆找了间背阳的客房住下，随便在街上吃过一碗泡面，又漫无目的地在防洪堤坝上走了一个来回，漫不经心地就走到贺炜的诊所门前。大街小巷灯火次第亮起，后府街的夜市已经开启。宽不过三米的街面，街中心被一排小吃摊占据着，每家一个柜式炉灶，几张小方桌、小圆桌，经营着肉片鱼片、面食粉条、酱鸭掌卤小肠、时令蔬菜海鲜等一干食品，也提供本地酿造的米酒、外地来的白烧。起初有些冷清，等高宏宇和贺炜把一条街走了一个来回，天已经完全黑下来，街面上一下子多了许多人。那些炉灶也繁忙了起来，炉火呼呼，油锅噼噼啪啪，碗碟乒乒乓乓，食客们说谈笑骂猜拳行令，嘈嘈杂杂一派喧闹，整条街弥漫着油烟、弥漫着各类食品混杂在一起的怪味。除了这些露天的饮食摊点，还有几家小酒馆，租了一个门面，外加二楼一个前间，隔成两三个小间。生意做得稍大一些的，把整溜厝都租下来。楼下前间格局没什么不同，一楼后间隔几个小间，每间可容纳三五人；二楼前间后间不再分隔成小包间，而是通间一张大桌子，可以容纳十个人团座。高宏宇和贺炜踅进一家酒馆，选了一个小间，刚坐下，倪海林也到了。楼下很快送上来几个小菜，一壶米酒，三个人边喝边聊，不自觉就说到婚姻的话题。高宏宇突然就有些冲动，想说说自己和月英的事，犹豫再三，出口时故事主人公成了另一个人，一个子虚乌有的朋友。

"不会就是你吧？"倪海林正低头撕扯一小块卤鸡翅，听高宏宇这么一说，上眼皮翻了翻，狐疑地看着他。然后扔掉那块鸡翅，从身上取出一条手帕，擦了擦嘴唇，说："各人的情况不一样，要真是其他人，他是怎么想的，他想怎么过这一辈子，我们不知道，所以也就无从判断他的做法对不对。不过要是你自己，这事就要另当别论。"

倪海林停了停，接着说："女人对于男人，要是仅仅供你睡觉，为你生儿育女，天下女人都没什么区别。你说一个做田的、一个做手工的、开小商店的、在码头搬运的，婚姻的最大理想，是女人孩子热炕头，所以只要是一个女人，就行了。我们怎么会一样呢？女人对于我们，还代表着我们的面子，或者竟还可以是我们的重要本钱之一。我们的女人，不说家庭背景好，能帮我们在个人前途上搭桥铺路，至少也应该长相过得去，有知识有气质，家教良好，能拿得出手。"

"你把女人当作一个东西啊。"一边的贺炜突然插话，还不容倪海林分辩，便自顾自地说下去，"宏宇你别听他那一套，那是旧官僚的思想、腐朽、落后、过时，把女人不当作人，当作自己的一样支配物，一样财产。倪海林是在官场里混久了，什么事儿都想着是不是有利于自己的官升得更快一些，官帽子更大一些。他女人，据说有一个很有本事的老爸，曾在省里某个重要衙门做事，现在虽然回到福宁养老，在省里还很有些根基。这是走裙带路线，我不觉得有多体面。"

"贺一拃你不损人你就活不下去啊。"倪海林很是恼火。贺炜小时候个子就比别的孩子矮，又瘦，小伙伴们淘气，说他也就一拃长，信口便送给他一个贺一拃的绰号。在县中读书时，贺炜喜欢上坐在前一排的毕梅，毕梅却刻薄，知道贺炜喜欢自己，老找贺炜比个子。她本就比贺炜要高一些，再把脚跟一踮，加上男人女人在高度上的视觉偏差，这高矮之间的比例便被放大了。毕梅还老爱伸出拇指和食指，装模作样地量着，又有些夸张地喊，"刚好一拃长"，引得同学们哈哈大笑。贺炜从此就恨上了毕梅，也恨上贺一拃这个绰号，却偏偏学会了毕梅的尖酸刻薄，听到谁叫贺一拃，或是见到看不顺眼的，从那张嘴里倒出来爆豆一般的话，净是调侃、奚落、挖苦，让你只想着快点儿逃走。高宏宇从来不叫贺一拃，倪海林以前也不叫贺一拃，也不知道从什么时候开始，贺炜对倪海林看不顺眼了，一遇见，就要和他掐劲斗嘴。

"对待同学朋友，有一点责任心好不好？"倪海林觉得自己有些失态，及时调整了一下自己的表情和语气，"都是同学，都是朋友，你也得替宏宇的前程想一想。他不可能一辈子就守着河洋那个小地方，更不可能像个做田人一样过着面朝黄土背朝天、女人孩子热炕头那样的日子，他终究是要到县城里来，或者要到更大的地方去创事业。你让他领着一个不识字不知礼节傻头傻脑的女人上台面，你是想看他的笑话，还是让他在众人面前抬不起头来才称心？找一个有背景的女人有什么失面子？爸妈有能耐的女人连嫁个男人的权利都没有吗？你承认她有这个权利，却又攻击娶了她的男人是为了投机为了揪住女人的裙带往上爬，这简直就是混账逻辑。"

"面子是什么东西？要是就指这张脸皮，人人都有，要是装腔作态，只能是你们这些所谓的上层人物才有。老百姓活命事要紧，一家人不饿死冻死，就是最大的面子。我们的老爷们，我们的上层社会精英们，由老百姓供吃供喝供用度，不顾老百姓想活命这个最大最重要的面子，倒一味想着自己如何更有风度更高人一等的个人面子。要我说，这叫不识相，这叫忘恩负义。不识相、忘恩负义很有面子吗？"

被贺炜这么胡搅蛮缠地抨击了一通，倪海林又气又恨，却一时不知找什么话来反击。他狠狠地喝了一杯酒，喉头涌起一股辛辣的酒气。高宏宇见两人快要吵起来了，连忙举杯用力和他们的杯子碰撞了一下，说："你们怎么回事这是，斗鸡啊？喝酒，不说了。"

尽管在学生时代高宏宇就已经习惯了贺炜和倪海林的斗嘴，这个夜晚两人的争吵还是让他感到很不痛快，甚至有些愤怒，有什么东西堵住了他的心口。三个人中他的酒量原来是最好的，这次，倪海林和贺炜看起来没什么，他却喝醉了。倪海林说是第二天有事，不敢喝太迟，先一步离开。他和贺炜又喝了一会儿，走出酒馆大门时眼前便有些迷乱，脚底有些不分高低，被贺炜搂着腰扶着送回长升旅馆，往床上一栽便睡了过去。

第二天是被一阵敲门声吵醒的，他惺忪着眼打开门，就看到县中时的女同学毕梅笑盈盈地站在门口。

也就几年时间，高宏宇发现，当年那个高高瘦瘦、说话有点尖酸刻薄的毕梅变得让人一下子反应不过来。眼前的毕梅，穿着一件粉红底子淡绿印花的旗袍，头发绾成一个不大不小的髻，一张脸丰满红润，含着微微的笑意，正袅袅娜娜地立在门前。

"太阳都快到中天了，还赖在床上啊。"毕梅那双含波带露的眼柔柔地望着高宏宇。高宏宇记得在县中读书时问过贺炜，毕梅瘦瘦瘪瘪，一张口就是刺就是刀，怎么就让你那么喜欢？"你没看她那双眼睛多水灵，我一看到那眼睛就醉了。"高宏宇的脑海里浮现出贺炜回答时的陶醉神情。

"嗯，你怎么来了？昨晚和海林、贺炜喝小酒，喝得有点多，睡过头了。"高宏宇很意外，心里有些慌乱，"进来坐坐……"

"不用了，你洗洗。早饭还没吃吧？我也是，待会儿到前门街头去吃碗吴记肉片，我请客。"毕梅说话时，眼角略略挑了一下，显得有些调皮，"吴记肉片还记得吧？当初在县中，同学们常去的。"

福宁人讲究吃讲究玩，城里人一张口说吃，一定能摆出三四十样小吃，有人还编了一段顺口溜来唱：吴记肉片后街面，亭头粉丝牛肉羹，县府蟹包溪巷粥，岐角果汤米线捞，桥头鸡杂长寿面，西山豆丸滚溜溜，老李扁肉加肉燕，谢家弄堂鱼片糕……高宏宇发现，才几年，曾经滚瓜烂熟的顺口溜已经记不全了。就像当年的同学，很多人已经长时间未在自己的回忆里出现过，包括眼前这个毕梅，班上仅有的六个女同学之一。他记得毕梅的家就是前门大街的毕家布庄。当年的毕梅爱开同学玩笑，嘴皮子不饶人，对自己却一直挺客气，似乎也愿意接近自己，却又总有些不自在的样子。

那时她喜欢我吗？高宏宇心里突然冒出一句疑问，又为自作多情感到不好意思。

吴记肉片店在前门街头。福宁人所说的前门，是指旧县衙南门，从高宏宇落榻的长升旅店到前门街头，拐过一个街口就到了。毕梅却提议往防洪堤坝走，说："你刚起床，不急着吃东西，走一走醒醒神，调整调整肠胃，再吃碗肉片，才能吃出滋味来。"两人绕过旅店后门往左拐过一条巷子，登上石阶踏上堤坝。这堤坝宽不过三米，长总有五六百米，内侧是土坡，后侧包了一层石墙，坝顶铺了青石板，倒是散步的好去处。

"这一别就是七八年了，你还是原来的样子。都说河洋是鱼米之乡，看来还真是能养人。"毕梅一笑，腮边就现出浅浅的酒窝。

"哪里还是原来的样子，自己都觉得老了。要是过去，喝那些酒，睡一觉，醒来是一点感觉也没有，怎么也不会像现在这样，睡到第二天还起不来。几年不见，你倒是让人刮目相看，越来越漂亮了。"开头还有些拘谨，走了一小段路，高宏宇便放松了下来。

"这么说喝得不算多，怎么就醒不来呢？是有心事吧？"

"能想什么？从县中出来这么多年，一事无成，看海林他们过得有模有样，回头看自己，真是惭愧。"

"倪海林是混出人样来了，我起先刚遇见他，不然也不知道你进城来。怎么也不来看看我？"

"不敢去找你呀，混得这么失败，一副灰头土脸的样子，哪敢在漂亮女生面前现眼？"高宏宇的目光在毕梅的脸上停留了一瞬，无端就想起吴月英那张白里透红的圆脸，心里一时感到有些失重。毕梅感觉到高宏宇有些走神，抿嘴轻轻笑了笑，说："看来心里有个人，能说说吗？"

高宏宇心头一跳，不自然地笑笑，说："哪会呢？在乡下待久了，睁眼看到的是山是田，闭上眼还是山是田，不像在城里，一睁眼就是满街的美女。这不，一大早就有一个大美人站在你眼前，在乡下哪里寻得到这样的好事？"

"美女送上门，你什么感觉？"毕梅狡黠地瞅着高宏宇看。高宏宇"嘿嘿"地笑笑，避开原先的话题，问："这些年怎样？有什么好事让我也分享分享。"脑子里却浮现出当年的一些细节。他记得有一次和贺炜、倪海林、毕梅还有另两个女生到城郊的清云寺游玩，毕梅似乎老喜欢往自己身边靠，能感觉到她时不时瞟过来的目光。贺炜却表现得有点不识相，总是瞅机会往两人中间挤，甚至装作不经意地一拉一扯，把原本还挺亲近的两人扯开一些距离，自己往里钻。毕梅有些恼，右手指着寺院大门右侧的一棵松柏，夸张地叫了一声："那些松蛋真可爱，男生们，谁帮个忙摘几个下来？"贺炜第一个冲上前，手却够不着，跳起来，还是没揪到，落下来时不小心脚底踩到一块小石子，摔了个仰八叉，惹得大家哈哈大笑。高宏宇上前，轻轻往上一跃，便摘到一个松蛋，递给毕梅，说："贺炜这一跤，可是为你摔的哦。"只一转眼，他看到毕梅的眼神从柔软变为坚硬，原本伸过一只手像是想要接松蛋，这时却甩了一下，转过身径自走开了。

"下午有时间吗，我们去清云寺走走？"他听见毕梅说。

转眼间三四个月就过去了。当河洋四村村邻会集到洋左王天平的洋楼前大声呼喊着要减免田租地租、不缴鸦片捐巡洋谷、不还高利贷时，高宏宇正坐在同学倪海林的办公室里喝茶闲聊。他们是在消磨时间，等着下班后再约一约周县长和几个科长，上乐天楼用餐。这些天，高宏宇没少往倪海林的办公室跑，两人坐下来聊的机会却不多，看得出来，倪海林似乎特别忙，不时进进出出，即使在办公室坐一会儿，也一直有人来找，说事的，请示的，传话的。高宏宇坐在一边，便有了如坐针毡的感觉，觉得自己这不是不识相吗？没看到人家是这么忙的吗？心底很有些不是滋味，为自己的无所事事而惭愧、伤感、郁闷，又有些嫉妒。既然对方这么忙，那就不打扰了，出县政府院子大门，一个人闷闷不乐地在街头漫步，不知不觉中就来到了贺炜的西医诊所。贺炜却不在，说是出诊去了。说话的是位护士，穿白大褂戴白帽子，刚扯下白口罩，露出那张清秀的脸，眼睛略有些小，却终始含着笑意。"贺医生出诊去了。"她说，那声音很是轻柔，让你想起有一缕微风轻轻地拂过一丛绿叶或是一池春水。高宏宇不自觉又想到吴月英。在县城里的这三四个月时间来，吴月英的那张闪着汗花的脸、穿着畲家凤凰装在山村里奔走的身影、穿林过涧的清越山歌、脸上身影里那山歌里对话里不肯掩饰的忧愁和快乐，常常在脑海里翻动。他没来由地感到有些怅然。

高宏宇几次要倪海林给自己引个路，见一见县长，倪海林只对他说，"你的事就是我的事，我一定力荐"。其实倪海林的升职一事正在节骨眼，这时候最怕的就是节外生枝。要是这个时候向县长引荐自己的同学、朋友，县长会怎么看？还没当上科长呢，就开始给自己招兵买马，培植自己的心腹爪牙啦。这是官场大忌，他倪海林怎么可以去踩这样的地雷，葬送自己的美好前程？现在，科长的任命状终于下来了，这几天，兴奋一直在倪海林体内累积着，仿佛一团火球，在五脏六腑里滚动，越滚体积越庞大，温度越炽热，几乎就要抑制不住，就要燃烧起来。但表面上，倪海林的表现和平常丝毫没有差别，要说有什么差别，就是做事似乎更一丝不苟，待人似乎更谦逊谨慎。有同事半是开玩笑半是揶揄地说："倪科长，太低调不是？以后还指望你多多关照哟，什么时候请客呀？"倪海林也只是笑笑，或者向对方摆摆手，说："你这是故意作践我吧？都是一个楼里的，谁照顾谁呀。"转头一想，请客这事还真不能拖太久，免得人家到时认为自己不情不愿。其他人也就算了，关键是县长和几个科长、保安大队吴大。什么时间好？八月十四日是休息日，就定八月十三日晚上吧，这个时间最合适，主人客人都可以喝得尽兴一些。

"我给你安排好了，十三日晚上，在乐天楼摆一桌，请周县长和政府各科科长，还有保安大队吴大队长，你看妥不妥？"倪海林对高宏宇说。

"十三日，不是七月半吗？我们河洋一带，七月半要祭祖，是个很重要的节日。前些天，我阿爸就托人传信，要我回家过节。"高宏宇不假思索地回答了之后，才觉得有些不对。

"不妥，我就取消了。"倪海林瞟了高宏宇一眼，说，"只想着十四日是休息日，十三日这时间好，大家可以尽兴些吃、尽兴些喝，倒没想到这一天是你们河洋人最看重的七月半。不妥就取消了，只是要等周县长有空，又肯答应一起吃个饭，找到这样的机会不容易。我也是约过多次，他都没答应，昨天看他心情好，赶紧去找他说，他很爽快地就答应了，也是时机找得准。另外我和其他几个科长还有保安大队吴大也都约了，大家都很肯赏脸。看来我明天得一个一个地找上门，向县长和各位科长、吴大道个歉，别让人家以为我倪海林品性不良，爱耍弄人。"

倪海林说了这一大番话，高宏宇便知道十三日的宴席无论如何是不能取消的。他不过也就是犹豫了一下，未必就认为一定要改换时间，比起自己谋职的大事，回河洋过七月半实在算不上一回事。

"定下就不改了，就定十三日。难得县长和几位头都齐了，海林，让你操心了。"

"跟我客气什么，你是我的好朋友，你的事我能不上心吗？到时就看你的表现。"倪海林笑得很是开心。

乐天楼当然是福宁县城最好的酒楼，花费也很是不菲，一桌子酒菜下来，再加点三五个陪酒女孩，少说也要五六十个银圆，折算成谷子要三十来担。这么一算，高宏宇便有些心疼，虽说出身好人家，但一次花这么多钱，而且是用在请客吃饭上，对他还是头一次。先前带来的钱已所剩无几，只能托人给阿爸寄话，说是七月半不能回家过节，定好了当天晚上请县长、保安大队吴大队长和县政府几个科长吃饭。高大华叫人给他送钱时顺便交代说，不要在乎钱，该花的钱绝不含糊，钱用对地方，再多也不算多。

倪海林原先准备了三个陪酒女孩，请示了周县长，周县长皱了一下眉，说："海林，今晚这宴席，是同人之间的一次聚会，又是为你的荣升庆喜，大家本就无所拘束，无须谁来助兴，我看这三个女子，就算了吧。"

直到宴席开场，高宏宇才知道，今晚这饭局，不是为他准备的引见酒，而是倪海林的荣升庆喜酒。高宏宇心里自然有些不痛快，不满地望了一眼坐在主位右侧的倪海林，对方的目光恰好看过来，那眼神似乎意味深长，但绝没有虚怯躲避的意思。

"大家共同举杯，欢迎周县长、吴大赏脸光临，与民同乐。"倪海林站起来，一脸灿烂的笑容。

"我建议这第一杯酒，大家举杯，庆贺海林荣升，今晚这饭局，主题不能跑偏了。"坐在主位上的周县长跟着就站起来。大家齐声附和着把杯子往前伸，碰了一圈，一仰脖就喝个底朝天。高宏宇感到有些尴尬，原以为自己应该是今天这场宴席的主角，至少也应该是一个重要的角色，没想到自己其实连个配角都算不上。正郁闷着，为要不要提前离席而犹豫，便听见周县长问倪海林："这位朋友看着眼生，海林你也不和大家介绍介绍？我们都是一个院子里的，抬头不见低头见，随意些没关系，可不能怠慢了客人。"

"这是高宏宇，我在县中的同学，河洋人。河洋乡老高大华大家知道吧？他就是高大华乡老的公子。当初我们班，就他学习最好，也最有才华，是班上女生的集体偶像。"说这最后一句话时，倪海林的表情有些嬉笑，不忘向高宏宇闪了一眼。

高宏宇感到有些羞窘，还有些慌乱，一时不知道该怎么应对，便听见保安大队的吴大大大咧咧地说："河洋高大华呀，见过一次面，下乡时在米洋聚风楼招待过我们。酒倒不太会喝，劝酒的本事一流。我也算是有几分量，那天硬是被他给灌醉了，醉得摸不着东西南北，拿着枪就顶着人家的脑袋，把人唬得差点儿破了胆，出了很大的丑。想报这个仇一直没机会，今天叫作父债子还，我就认住高公子了。来来来，小高公子，我们先走一个。"

举杯和吴大对碰，喝干，高宏宇已经调整好心态。他又给自己满满斟了一杯，说："今天荣幸参加海林的荣升庆喜，见到周县长、吴大队长和诸位科长，海林你看我是不是应该敬一圈？"

"当然应该啦，不过，这第一轮，应该我来敬，接下来，你上。"

几轮酒敬过后，气氛又显得有些沉闷。平常酒局，到了这阶段便该轻松热烈起来，但因为有县长和吴大在，大家都有些拘束。一个是顶头上司，公务上往来，眼里心里舌尖脚下都有条逾越不得的等级线，一方是发号，另一方是听命。人情方面自然也有往来，比如到家里看看生病的长辈，比如随个喜来参加酒席，比如像今天这样与民同乐，却也是公文式，似乎一方始终是施予者，另一方则只能是接受者。另一个呢，平时公务往来倒是不多，私人之间也没多少交情，也见识了对方在酒桌上的表现，呼三喝五，没心没肺，但那是扛枪带兵的，听说好多次喝高了居然就把枪拔出来，直接指着谁的脑子，与他喝酒，便难免有些提心吊胆。

这样一来，酒喝得便有些潦草，尽管倪海林一再向县长、吴大敬酒，又号召其他几个科长还有高宏宇向县长、吴大敬酒，气氛却总是不温不火。空气中仿佛堆着一层厚重的云霾，有无形的手去推一推，露出一些空隙，只不过瞬间那云团便又愈合了。坚持一会儿，等到周县长说一声："我看也差不多了，今天就到这吧。虽说明天是休息日，喝太多了也不行，伤身不说，临时有什么事，爬不起来，担心就误事了。"

送走了一帮客人，倪海林领高宏宇到后间付款。高宏宇抬眼向他看了一眼，有意迟疑了一会儿，倪海林便猜出他的意思，说："你以为我讹你，让你为我付账？我找个谁付账不行，为什么偏偏选择你？就因为你是我的朋友，你想在县政府谋个有前景的职业，就非找县长不可。过两天，我领个路，你到县长办公室坐一坐，今晚这场合不过就是认个面熟，要说的话，到他办公室去说，要不去他家也行。"

高宏宇是明白人，听倪海林这么一说，便知道对方固然耍了点心眼，不过还真没忘了交代他的事，对自己先前的想法感到惭愧，想着什么时候找个时间，再上倪海林家一趟，带上一两样像样的礼物，以示感谢，或者找个好一点的酒店，请他和他夫人坐一坐，当然毕梅也是要到场的。想想手头的钱用得差不多了，送礼请客的事也不必急于一时，等家里寄了些钱来再说吧。这一拖，便又过了一个月。

这一天，倪海林兴冲冲地赶到长升旅馆，径直推开门闯进客房时，毕梅的一双纤手还握在高宏宇的手中。两人面对面站着，含情脉脉地瞅着对方，听到门被推开的声音，慌忙松开手转过身来。

"高二少今年是给哪尊菩萨烧了高香，好运连连？这头是金榜题名，那头又要洞房花烛啦。保密工作做得很好嘛，什么时候搞到一起的？怎么样，没撞破你们的好事吧？"

倪海林的眼睛睁得有些夸张，却不等两人回答，便接着叫嚷："高二少今天一定要请客，而且一定要去乐天楼。"

"什么叫搞在一起？都是同学，这么多年不见，今天碰上了，多难得，话到你嘴里就变味了。"高宏宇还不知该怎么回复倪海林，一边的毕梅抢先开口了。

"毕奶奶的嘴还那么锐利，好好好，不是搞在一起，是一男生一女生在一个房间里关着门待在一起，行了吧？"

"衙门嘴就是衙门嘴，一出口，白的变黑，黑的变白，好话变坏话，坏话反着说。"

"你们这是灯下黑呢，高二少这几个月来没少和我在一起，你们俩都关在一个暗间里了，我连个味道都没嗅着。"

"你那狗鼻都被官场气给熏麻木了,哪有空去关心同学?"

"海林你有事?"见倪海林和毕梅嘻嘻哈哈地斗嘴,高宏宇有点恼了。

"你看你看,这是什么态度?真是见色忘友。有了美人,老朋友来,好像特不欢迎。"

"别扯嘴皮了,你这个大科长,都是我上门去晋见,哪敢让你屈尊到我这儿来?"

"还真有事,这事就是,要你请客。"

"请什么客?要请也是你请。同学相聚,混得好的,还不肯掏几个铜板出来安慰安慰我们这些混得灰头土脸的?"

"官运桃花运一下子全砸到你头上了还不满足?说正经的,今天来找你,还真有喜事,你那事搞定了。你说,该不该你请客?"

"是吗?说说,是个什么事?"高宏宇内心一阵发热,欣喜地盯着倪海林。

"就在我的科里,民政科,怎么样?不会不愿意和我做同事吧?"

"好好,有个事做就行。为这事,你这段跑前跑后,真要好好感谢你。就按你说的,今天我请客。"

"那以后你们俩就是上下级的关系了,在同学面前,我们的倪大科长可不能老摆着长官的架势哟。"一边的毕梅插了一句。

"公务是公务,私交是私交。毕奶奶请放心,你的高二少在我手下工作,哪敢给他委屈?要是真受了什么委屈,毕奶奶还能饶得过我?"因为心里欢喜,今天的倪海林显得特爱开玩笑。在县中读书时,同学们一闹,就叫高宏宇高二少,叫毕梅叫毕奶奶。高二少好理解,都知道高宏宇上头还有个可可,叫毕奶奶,却是贺炜的创造。"我的奶奶呀,又哪儿惹你不痛快了?"每逢毕梅捉弄贺炜,贺炜总要这么叫一句。

高宏宇不知不觉中就淡忘了河洋,那些人那些事偶尔在脑海里闪现,也只是浮光掠影,一阵风吹过了,便散了,消失了。阿爸在口信里说:"如果能挤出时间,就回趟河洋。原本想进城一趟,有件事好好和你说说,但是这一段时间烦心事多,又是入秋季节,一不小心居然着了凉,身体有些弱。"进城两年多,阿爸托人传信时,从来就没说过要他回河洋的话,一味地叫他好好做事，要好好和各类人来往，特别是县长们科长们和社会上的一些体面人物，一定要理好关系，结下交情，该用钱就大方地用，家里不差这些钱，别让人看扁了。但是这次，阿爸却要他回河洋一趟。老人家生病了？要是如他说的是偶感风寒，应该不是什么大病，没什么大病老人家是不会让他知道的，他既然说了，可能就不是小毛病了。但是老人家又说有什么事要商谈，那就一定是重要的事。会有什么事这么烦扰着他老人家呢？

河洋一定出了不小的事。高宏宇心脏一跳，河洋的天、河洋的田、河洋的山、洋口之外的海，那些面貌各异、表情神态各异、正在从事着不同事务的村邻们，那些不知是哪一年发生的情节模糊的故事，那些奔走的活物和静立不动的竹木庄稼，一下子全冲进脑海，纷扰着拥挤着纠缠着。刚进城的那段时间，他总是不由自主地想起河洋，那些老旧的新鲜的记忆你争我抢地挤到眼前来，让他感到烦躁、焦虑，以致疲惫不堪。偶尔，他的眼前会闪过吴月英那张圆满的、在月光下白得像瓷器一样的脸，汗渍渍的、在油灯下闪着光斑的笑，一身深黑衬着大团大团的红、散发着欢喜的衣裳，在双坡谷的溪岸、村口、院埕、林地像一只燕子一样穿梭奔走的身影，回味中有一丝甜蜜，然而很快便又有些酸有些苦。他记得自己曾对她说过"我要娶你"。这便是承诺了，承诺终究无法兑现。自己是个骗子吗？是个轻佻的、信口雌黄的人吗？失信于人，已经很可耻了，何况对方是一个女孩，一个对自己投入了真情的女孩。想到这些，他隐隐感到心里有些疼痛，但是很快，他便释然了。我们毕竟不是一类人，我们是无法走到一起的。他对自己说。

河洋对他是越来越遥远了，即使和毕梅成亲，他也只在河洋待了五天，每次过年回家，也最多不超过五天。"你的事业在城里，你的未来在城里。"阿爸对他说。但是眼下，河洋发生了什么大事，阿爸这么急着要自己回去一趟呢？

第 十 七 章

1934年，民国二十三年，河洋从米洋镇析离出来独立设乡。县国民政府委派民政科副科长、河洋人高宏宇任乡长。

河洋要从米洋分出独立设乡的消息早早就传开了。在河洋保安队队长兼巡洋社社长王天平看来，这乡长非自己莫属。你说，这河洋四村，不，不止四村，这三面山上的那些村子，往两侧海边延伸的那些村子，这些年不都是托我王天平的福才六畜清吉、丁口平安吗？不是我王天平，这个乡长又有谁能在河洋做得下去？尽管信心满满，但王天平还是到县里头做了些工作，上上下下都打点了。该收的都收了，而且都表了态，说，能帮上一定帮，或者说，只要能说一句，那一定就是你。那就坐家里等吧。可这一等就等出了问题，城里谁托人送信来，说："县长定下了，县政府民政科副科长高宏宇任乡长。"他甚至忘了发怒，只是不相信，不是都上过门打过招呼吗？而且这些年来，从县里头到米洋镇，还有谁没收过我王天平的东西？他不知道高大华为这事，先是把高宏宇从城里叫回来，后来又专程跑了两趟城里。高宏宇回来了，可对阿爸要他争的这个乡长不怎么上心，哼哼哈哈应付，一副不以为然的样子。高大华又进了一趟城，把高宏宇和毕梅一并叫来，态度坚决地表示，无论花多少，高家也一定要把这个乡长争到手。高大华第二趟进城，专程为了送钱，自己能出面的自己出面，自己不熟悉的或不好出面的，托亲家毕记布行毕大掌柜出面。王天平急躁躁地跑到城里问信时，县政府里的那些人突然便不认识他了，闪你一眼，没看到似的晃着就过去，上前问候一声，却一边走一边敷衍着："哦，是王队长啊，我这正要赶去开会呢，有事回头再聊。"去找吴大，警卫守在门口，说，大队长不在，去省城了。气窝在心上，恨不得就抡起拳头砸过去，要不砸一下自己也行，却发作不得。便看见民政科科长倪海林从门里走了出来，难得得很，主动打了招呼，又把他让到办公室，让座敬茶，说："上头要求新任乡长必须有两个硬条件，一条是要有知识，一条是年纪不超过三十五。"

王天平多方打听，才知高大华出手了。这几年，他几乎把高大华给忘了，以为那就是一只在家颐养天年的老病猫而已。高宏宇大婚，上门喝了喜酒，之后就再也没上过高家的门，倒是高大华到过保安队几次。一次是为高大品的事，也不知哪个贼，四村不是都没有好人家，偏偏就看上高大品家的一笼子鸡，乘着夜黑提走了。高大品骂了贼子短命鬼又骂巡洋社保安队只会喝尿吃屎，叫嚣着不交巡洋谷和保安费。不交？行，去几个人，把他绑到桶子楼来，打他几顿关他几天。高大华来了，知道高大品是高大华的本家兄弟。"那是你的本家兄弟，关我什么事？放人可以，把巡洋谷保安费交了，本来还要他交一笔洗口钱，把保安队巡洋社骂脏了。不过大东家出面，这个面子无论如何是要给的，洗口钱就不提了，另两样，不能免。""人先放？不成，要是还赖着，又要费劲跑第二趟。"高大品事后说："大东家在人家眼里也就是一根屌毛，没用。"这话听着很伤人。又一次，是有关河洋学堂的事，说到这学堂，高大华心头就有些堵，要说办学堂是好事，可王天平那是把它当摇钱树，什么时候想着要弄些钱，就说学校开支大，或者是准备搞建设，让孩子们回家向大人要这钱那钱，这么一年来三四回，接二连三有人把孩子叫回家。王天平把各村头人叫来桶子楼，说："我王天平办了学堂，为的是村邻子孙后代读书上进懂文化有出息，四村有几个人念想我这份用心？老辈人说十年树木百年树人，才几年呢，就一个个都不让上学堂，还十年百年。不就收了几个小钱嘛，也是用在学堂开支上，便不高兴，有闲话。没孩子上学，这些费用还是要缴，不然，这学堂怎么持续下去？"王天平召集四村头人议事，通常情况是，大家都不说话，王天平说完，就散场。高大华一般不参加，推说身体不好。毕竟威望高，要是说几句不附和的话，反倒麻烦，所以王天平也乐见高大华不参加讨论，居然有几次连派人叫唤一声也忘了。只是这次，说是讨论学堂的事，高大华觉得自己不应该不参加，所以不请自来。他一来，其他人便盯着他看，他也确实有几句话要说。

"要说办学堂，是个好事善事功德无量的事，好事善事就是个亏钱的事。当年高家家塾，还有早几年的河洋学堂，想到村邻们有难处，学堂的一应开销我就自个儿负担了。现在四村这许多大户年年捐献一些,又各户按田亩缴教育捐,比起过去办学堂条件又好得多……"

高大华话还没结束,王天平听出了话音,心里头恼了,脸上却不动声色,说:"大东家当年办学堂,开支不是还有祖宗田作依靠吗?说到这里,倒让我想到了一个办法,四村各大姓也都留了祖宗田,这祖宗田的收入,最大的一个用处,历来就是办学劝学勉励子孙勤读书争功名,学堂教的是四村各姓各族的子孙,这祖宗田的收入理当要有一部分用在学堂上。我的想法是,各家的祖宗田应该各划出一块来,归到学堂,作为学堂的办学田,要不就把一年的收成划了几成,缴给学堂。"

这么一说,四村头人再闭口不说就不行了。这祖宗田是什么?不知是哪一辈老祖宗留下来的,或者就是一代一代的族人积攒起来的,少的十来亩,多的二三十亩,田租收成归全族人所有,用于救济贫困或重病重灾的族人,兴办全村的共同事业,像筑路架桥修庙办学堂等,还有就是用于资助族中的寒门学子,奖励本族品学兼优的后辈。祖宗留下遗训,祖宗田只能增多不能减少,无论天灾人祸均不得买卖转让他人,有违者全族共诛之,列祖列宗共罪之。王天平冷冷地、带着讥讽的眼神看着四村头人在底下咋咋呼呼,然后盯着高大华。

"大东家什么意见?"

高大华心里清楚,今天这场合,无论自己说什么,在王天平看来都是废话,所以他更要据理说一说,不争结果,也要争一口气。但是还没等他开口,王天平第二句就来了:"也不用更多牢骚了,就一句话,是划田还是缴粮,你们说吧!说不清,就我定,都散了。"

"你这是强抢强占。那是各姓的祖宗田,是各姓祖宗一代一代传下来的产业,是各姓村邻遇到大灾大难求保命的最后一道依靠。这头顶三尺有神明,祖宗都在那看着,小心别遭了报应。"看着王天平霸道得连说话的机会都不留给别人,高大华是真生气了,这一出口,大家都觉得大东家今天真是豁出去了。

王天平却是一副没注意听的样子,冷冷一笑,说:"就这样吧,明天,我让人把各姓该划归的面积向几位通告一声。"

祖宗田不能划在别人别姓的名下,祖宗田的收成分出一大部分给学堂,族里人当然不肯,大家都缴过教育捐,而且明知这些钱大多落入王天平的口袋。这么一来,这笔数目不小的费用便只能由头人和大户们自己承担。对高大华来说,这无异于再一次受到王天平的羞辱。他原本也没想着叫宏宇回河洋,鸟在高枝,见得广飞得远,宏宇要飞得更高更远,不能捆在河洋这小地方。但是听说河洋要设乡,县里正在选乡长,他的想法变了,不能让王天平再这样骑在四村村邻特别是他高大华头上逞威风,那么这乡长就一定要争。

"眼光要看大也要看小,看远也要看近,大的藏在小的里头,远的藏在近的里头。毕梅带着孩子觉得在城里生活习惯,就留在城里,男子汉大丈夫,不要只盯着儿女情长家长里短。况且,又不是上战场,又不是天涯海角,隔十天半个月回一趟城和女人孩子聚一次还不够吗?"

话说到这份上,可见人是有些动怒了。高宏宇无法再反对,担任一乡之长,也算是主政一方,对于他,说都没诱惑力也不是事实。

高宏宇上任伊始就遇到了一项棘手的工作:重新丈量、统计、登记全乡田亩面积。原本是不难,丁口田亩核实造册,民国成立以来已经做过几次,有现成的,直接报上去就行,最多稍稍作些改动。但这次不行,县里要求,据实丈量统计登记,不得漏报瞒报,而且定出一个指标,新登记结果至少应比往年的数字多出百分之二十。可见往年的登记数字是不实的,少报漏报瞒报了不少,而且县里镇里也心知肚明。少报漏报瞒报,不就因为田亩数量直接关系到田赋和各种捐费税收嘛。当然都是那些有田人家。河洋四村四五百户人家,有田人家不超过十分之一,这其中八分一亩两亩三亩的又占多数,大几十亩上百亩甚至两百来亩的也有二十户,最多是洋高大东家,都说占了半河洋,夸张了,差不离占了五分之一或六分之一吧。一些人家,当然主要是那些大户,花钱送礼,疏通了关系,家里有十亩田,到了册子里变成了八亩五亩。但是总量的多少总有个度,不能少得太离谱。这难不倒做登记的人,捏造几个人名还不容易?可到时拿着这捏造的名单找谁征赋征税?摊吧,摊到各家各户头上。凭空多缴了这许多钱,谁都不愿意,你少报漏报瞒报我不管,那是你的能耐,可你得了便宜,就不该让别人来掏钱。牢骚也发了,也叫了骂了,却总没个结果,时间一长,居然成了一件天经地义的事，似乎那赋税原本就该是我的你的他的责任。像一根刺，扎在肉里时间长了，没感觉到痛，可一旦什么时候扎了刺的地方被硬东西顶了一下，或是被谁不经意按了一下，便感到特别疼，才想起原来这儿还埋着一根刺。

四村村邻突然发现王天平这一段时间有些不一样，变了一个人似的。平常是一张脸没见过笑，冷得像披了秋霜的树叶，有些黑，又绷得僵硬，一碰就要裂了碎了一般，没见他拿正眼瞧人。遇见了，你小心地问候，他哼一声，最多瞟一眼就过去了，眼里没见到人呢。有时没来由地想到个什么破事，把你骂一顿。可这些日子，老远见到个谁，就亲热地打招呼，问候，还爱上串门，这家门前走走那家院子坐坐，扯着家长里短，说着耕耙栽种，便说到了田亩测量登记的事。

"听说了吗？乡公所要重新测量、登记田亩，一分都不能少。你家往年登记多少，二十亩？我知道实际上至少有三十亩吧。四村各家各户的田亩数多少，我心里有账本。这些年配合县里镇里的税征处税征队收缴田赋和各类捐税，看那登记册里的数字，不少人家的实际田亩要比这多得多。我要是告一状，或许可以得到一笔不小的奖赏，可我为什么不说？睁一只眼闭一只眼，权当不知情，为什么？那些税征处的专员可不是干吃饭不干活的，他们精着呢，一看数字，再一看这千亩河洋，就估计到这里边有水分，质疑这田亩数是不是漏报。漏报了多少，我还得替大家掩盖，替大家扯谎。这又为什么？都是为了叫村邻们少缴几个钱，少一个是一个少两个是两个。"

"听说这次是一分都不能漏，而且每家每户都要加两成，比如你家原本报的是三亩，现在就要三亩六了。"

"要说洋高大东家，一年光田赋税费就省下不少。你说他家有多少田亩？说半分河洋有点夸张，实际是二百一十多亩。政府的账本里记了多少呢？一百四十亩，整整少了三分之一。这是占了多大的便宜。"

"我听说这次量田亩，人都是在洋高叫的，尺在别人手里，说你多就多说你少就少。绳子多折一折和绷直了，这来往之间就不知道要相差多少。"

"往年说起来也真是不公平。一些人家，特别是家里田亩数多的大户，他们这头漏报，村邻们这一头却要分摊出一大笔无中生有的负担。这不等于大户们漏报的摊派到各家各户头上吗？"

"你说我这些年也置下不少田，是不是也少报虚报？我用不着，县里镇里考虑到我忙于公务，没时间耕作，所以免了我的各类税赋，当作补贴我雇工的花费。"

王天平这么一村一村一家一户地撺掇，大家都有些紧张起来。要重新量田亩的消息早就传出来了，之后乡公所又贴了公告，原先大家似乎都没当作一回事。略略上点心的，是几家大户，有事没事到乡公所探过几次口风，没想着有什么大不了，不外乎到时又费几个钱，疏通疏通罢了。新官上任干劲大，高宏宇很快就组建了工作队，自任队长，乡公所的两个干事小郭和小曾负责登记造册，又雇了几个村邻负责领路、介绍户主、拉尺测量等事务。雇工一天五十个钱仔，做什么这么好挣？高宏宇不知其中深浅，以为不过就是叫几个零工，托高大品去挑几个。高大品挑了自家两兄弟，加上自己三个。高宏宇见了，笑笑，没说什么。他自然想不到这里头会闹猫腻。高大品三兄弟私下里已经向一些人传递过话了，说："尺子在我三兄弟手里呢，我们说多少就是多少，你们可要敬着点哦。"这话，很有一些人听到了，也还没太当一回事，只是见到高家兄弟，便多了些客气。王天平听到了，这话便有了味道，他们这是什么意思，不就是想借机敲诈几个钱吗？

第三天，情况有些不同了。本来呢，初始采集的数据是要保密的，最后还要再核实。可高大品兄弟私下里向一些人家透露，谁家多少谁家又多少，那些村邻一对比，发现比往年多了大几成甚至翻倍，便紧张起来，喊起来。这一喊，其他人也慌了，到高大品三兄弟家串门，自然要提着些东西来，或干脆送来几个大洋的红包。四村村邻都盯着，哪能瞒得住？没两天，四村便闹得沸沸扬扬。王天平又这村那村这家那家地煽几阵风点几把火，村邻们心里头的气在慢慢囤积。高大华听到些言语，高宏宇晚上回家，便问起这事，说："怎么就雇了高大品兄弟？不可靠。"高宏宇没觉出有问题，说："也就是初始数字，最后还要再核实，要和各家各户面对面说清楚。"既然这样，就没什么大不了，高大华也没太放在心上，只是交代了一句，说："高大品兄弟，还是要敲打敲打，要不干脆换人。"

人还没来得及换,那边已经闹起来了。这天到洋里丈量,第一处是内湾那十多亩冷水田。内湾这片冷水田,原本有二十来亩,因为归属问题,洋里洋高两村争了好多年。一大片田亩,哪有是谁的不是谁的都闹不清的道理?要说还真是事出有因。洋里洋高的分界处是溪仔,一条小溪沟,源头在东向的山里,水从东往西流,沿着东坑涧潺潺而下,在山脚下形成一个面积不大的水潭,流过溪仔汇入右小溪。内湾这片冷水田就在溪仔南侧,属于洋高村界,因为三面都被山围住,光照不足,水温地温低,水稻长得半死不活。但也是一大片田亩,用心伺候,一年也能打下大几十担的谷子。七年前的一场台风,风刮得不算太猛,雨却大得吓人,洪水劈头盖脸从东坑涧奔泻下来,撕扯着东坑涧两边的山体岩石冲下山脚,溪仔两边的小土坝本来就又矮又松垮,哪里经受得住?全垮了,石砾泥沙堆满了二十多亩冷水田,一座一座像小山包一般。田主不要了,说:"都是沙石,三年两年,还没整出来,说不定又一个台风一场暴雨,功夫全白费了,还不如把力气用在其他地方。""真不要了?""真不要,你想要你去整,整出来归你。"有了这句话,洋里雷族公领着村邻们用了一年半时间,硬是清理出一大半,说:"十来亩田,一家一户分不到一分两分,干脆不分,就当作公有田,村里族里,每年也有一些共有的开支,就在这里头开销,有剩余,没米下锅的,没钱治病的,学堂要捐要费,四村修路修坝修桥修庙,这里先垫付,不够再说。"可才种了一年,看着原来的沙石滩又种上稻子,虽说面积少了小一半,也是十来亩,收成多差,一年也有一二十担的谷子,洋高的田主不干了,说:"说不要那也就是一句顺口的玩笑,那是田是谷子,说不要就不要,我是败家子呀!"田主要反悔,洋里的村邻当然不答应,说过的话哪能像放屁一样?放屁还臭了一片人呢!"你当作放屁也行,当作玩笑也罢,反正田是我的,这头一年你种了就种了,权当作我付了雇人清理的工钱,第二年我一定要收回来。""不讲信用了不是?做人不讲信用,那就是一堆垃圾。"

凭你怎么说,甚至骂,过了春,赶牛下田犁地,洋高来了七八个人,抓住你的犁把手,揪住牛缰绳,不让犁田。推推搡搡叫叫骂骂一番,就打了起来,都在气头上,下手不讲轻重,拳头脚刀还好,棍棒石头也用上了,有人挂彩了。又有人挂彩了。叫骂声一个比一个粗一个比一个大,把两村的族人全招呼过来,都带着家伙,锄头砍刀斧头,甚至拿着灶台上的菜刀就赶来了。还好高大华和洋里雷族公及时赶到,各劝住本村村邻,说:"都是村邻,不来往还带着三分亲,有什么事不可以坐下来好好谈?"于是约了两村能说上话的,又把那原来的三四户田主喊来商谈,几经讨价还价,达成个不清不楚的意见:田是谁的还是谁的;前五年由洋里村耕种并享有全部收成;再三年仍由洋里村耕种,收成二八开,洋里村占八成,田主占二成;八年后原田主完全收回。都不满意,又没有更好的办法,所以就唠唠叨叨地认了。每年双方却总要争执一回两回,还是两村几个头人出面劝和。

眼下又遇上新情况,要重新丈量、登记田亩,认定这十来亩田是谁的就意味着谁该承担相应的赋税捐费。是冷水田,收成确实差,加上那三四户人家花了些小钱疏通了关系,所以原来这二十来亩不记在政府的登记册里。这天下午见有人来丈量,洋里村邻站在一边看,想到田反正是别人名下的,也不在意。晚上,王天平跑来,和村邻们说:"内湾那十来亩田,认到你们头上,而且不是十来亩,是原来的二十来亩。"村邻们一听,气炸了。王天平又说:"内湾这片田的事,闹了多少年,四村村邻哪一个不清楚?怎么还这样?这不是欺负人吗?而且这一登记,以后这田赋税收可就年年都算在你们头上。但是前五年的期限今年就满了,再过三年,就连一粒谷子也不是你们的,却要替别人永久地缴赋税,这是什么道理?"这话村邻们听进耳朵里,心头更不平了,叫嚷着要讨个说法。找谁?找田主。田主却不理不睬,说:"关我什么事?是乡公所做的。要这么说,那就找乡公所,找高乡长。"可田主又说了一句:"田让你们白种了,不收你们田租已经够可以了,还要我们倒贴政府的赋税,你们还真想得出来,居然还找上门来。"洋里村邻听不下去了,这是怎么说话的,颠倒黑白了!几番口角,不知哪个一时冲动,一脚踹倒了那一家的门槛。洋高人不肯了,就把洋里去的五个围住。外围的人就听到叫嚣的声音像一大群乱石往耳朵里砸,却不知道什么时候里头已经动起手来。

人被打了,打得很惨,王天平早派了人往洋里报信,村邻们一听,男女老少取了锄头枪担棍棒刀斧齐齐往洋高赶来。现场的撕打哄闹已经被压下，高大华站在人群中，尽力提高声音叫："都给我住手，都给我把嘴给堵上。你们这叫做什么事？乡公所就在那儿，有事为什么不找乡公所？动不动就挥拳踢脚，就你的拳头大就你的脚头硬是不？"这话是怎么讲的，什么意思？看着没挑名道姓，怎么听都像是说我们洋里人的不是。高宏宇也赶来了，接过话，说："田亩怎么量怎么登记，政府自有道理，这第一轮测量，只是个最初的数字，以后还要再核实，还要一家一户和大家对了数字，才算数。我是听说这些日子有些村邻不明真相又说七道八，制造谣言，叫村邻们闹心。"这话听着也有些别扭，开头还是实地测量呢，实地测量的数字才是最可靠的，开头的实地测量就糊里糊涂，以后怎么纠正？难不成全都不对还要再来一回吗？有人喊起来，说："人被打伤了，五个人，全伤了，下手这么重，这是往死里打呀。"又听到有人愤怒地斥责："你们开口闭口说乡公所说政府，是，现在你们洋高就是政府，你们洋高人就是政府，这就是你们政府干的事！势头大，拳头大，不怕打死人。村邻们，我们不和他们理论，把自家人抬回去。自古就是官府衙门八边开，有理没钱莫进来，我们找他们说理是说不上了。看这阵势，全洋高都出动了，是想着叫我们看看他们的势力有多大呢。"

女人孩子哭哭骂骂，帮衬着几个男人把受伤的那五个搀扶起来，跌跌撞撞地在众人的护卫下离开。高大华高宏宇在后头叫，要洋里村邻停一停，好好商量商量，"话不是这样说，政府是大家的政府，乡公所是四村人的乡公所，人被打伤的事，乡公所一定会处理，该赔礼赔钱就要赔礼赔钱。"洋里村邻却已经走远了，回村了。当晚，王天平来到洋里时，村邻们已经聚在一堆，骂骂咧咧中定下办法，单靠洋里，人少力薄，对付不过洋高，明天一大早，谁去天门湾谁去蓝脚坪谁去老鸦岩谁去三叠岩谁去兄弟坑谁去双坡谷，把各村各户的畲家宗亲聚集起来，向洋高讨个说法。

乡公所设在洋高后埕的小独。小独就是一座院子，青石砌的围墙，正中开个门，进门，是个长方形的小院子，对面是五溜单层木瓦屋。村邻们称作小独，是因为它的位置。洋高一百五十多户人家，集中在千尺街两侧，里侧沿街一排，后面是一道高高的石墙坎，坎上又是一排，背靠着山，高家大厝便在这第二排。千尺街南一侧，也是两重厝，大致平行，中间是一条宽不过两米的过道，自然也有横插一栋竖插一溜的，或是孤零零地落在边角上，因为不抢眼，倒也不破坏村街的整体观感。唯有小独，落在后埕左侧，与村街显得有些疏远，这大概便是它被叫作小独的原因吧。高宏宇回河洋就任乡长之前，说到办公的问题，县长对他说，先租厝办公，一边筹建乡公所。高宏宇一下子就想到小独，觉得那座独门独院的砖瓦厝作为乡公所临时办公场所最合适。小独住着高大品兄弟四家，高宏宇听高大华说过，那原是太爷手上建的，是粮仓。至于后来怎么就成了堂叔高大品兄弟们的住家，高大华没细说。高大华要他把乡公所放在高家大厝，有的是空房间呢。高宏宇说：" 阿爸，不是很妥当，毕竟是政府，放在家里，难免有些龌龊话，以为我们把政府当作自家的衙门。我看中的是小独，跟村街不远不近，相对独立，挺合适。""那几家人怎么办？"高大华问。高宏宇犹豫着说了自己的想法：" 出钱把小独租下来，把我们家多余的几间厝腾出来让他们暂住一年两年，到时，乡公所也就建起来了。""那不行！"高大华断然否定了高宏宇的主意，说：" 四村这些人没因没由还想着你的东西，住了一年两年，到时赖着不走怎么办？加几个钱，钱够了，他们一定愿出租。至于住哪儿，他们自然会想办法，不用我们为他们操这份心。"果然，一番讨价还价，高大品兄弟欢喜地搬出去，找了南坪湾废弃已久的那处破瓦窑，简单收拾一下就住了进去。高宏宇让人把小独精心清理了一番，该修修该补补，又添置了一干办公桌椅橱柜，辟出三间办公室，一间乡长室，一间文书室，一间事务室；边上两间，一间是会客厅，另一间做卧室，供两名外来的干事小郭小曾居住。又在西墙边围了两小间，一间盘个单眼柴火灶，当作厨房；另一间先空着，预备用作临时关押人犯，叫拘押室。高宏宇原本想住在乡公所，房间不够，便回家住。每十天半月回城一趟，和毕梅、刚满一周岁的女儿团聚，和城里的一帮朋友喝喝小酒，聊聊俗事政事。

乡公所草创，工作千头万绪，上任以来，高宏宇几乎天天晚上都泡在办公室里。白天洋里洋高两村村邻闹争端，不妥善处理，影响田亩测量登记不说，很可能就酿成大问题。该怎么处理呢？晚饭后和阿爸商量了又商量，也没拿出个好思路来。高大华的意见是约四村头人来议一议。叫人到洋左请王天平，回话说人不在。洋里的雷明海又说没办法来，说他要来了，回头劝大家平心静气有话好商量，村邻们还以为自己被收买了。就一个洋口的陈绍荣，又不关他们村的事，能说什么？"等明天，看情况再说。"高大华说。

高宏宇沮丧地坐在办公室里，思前想后，就是不知道该怎么办，手头一件件紧迫的工作，也无心料理，一会儿对着窗户发呆，一会儿烦躁地这翻翻那翻翻。便听到有人敲门。他看了看表，有些惊讶狐疑：都夜里十点多了，是谁这么迟来访？

第 十 八 章

　　北山县委游击大队大队长雷忠可夜访乡公所的这一天，赶巧遇上了洋高洋里两村村邻因为内湾那十来亩冷水田闹得不可开交。经过洋里时，他本想到村里看看，找一两个人说些话。这么多年没回村子，说不想不真实，有时闲下来，没来由就会想起河洋，想起洋里，想村里谁谁现在怎样了，回村走一趟的意愿就越发强烈。但手上事多，又有这样那样的顾虑，就一直没下定决心。这次不走一趟河洋是不行了。山里发病了。先是双坡谷东坡的山良，一个晚上跑了十来趟茅坑，下边没停住，上头又呕吐起来，却只是稀汤黄水，直把人折腾得脚步虚浮全身乏力。西坡李德根老表爷，十里八村村邻有个头疼脑热，就找他，半夜里敲门请来。把脉，看脸色舌面苔，问这两天都吃了什么稀奇的东西。"哪里有什么稀奇的？就是白天吃了几条腌蟹脚。""问题可能就出在这儿，就是拉肚子，没什么大不了的，开几服药，煎了喝了，止住就没事了。"可没止住，第二天还拉还吐。山良今年三十出头，身体硬得像一块铁，拉得头重脚轻，第二天还扛着锄头上山。正是四月间，番薯要赶时间插藤，力使不上来也要使。也不知道是服了李表爷的药，还是干活出汗排去病灶，病减轻了，拉的次数少了，也不再呕吐。中午回家，高兴地想和老人女人说一声身子好了许多，女人却愁眉苦脸地骂："你把病传染给孩子了。"怎么会这样，这病还会传染？叫西坡李表爷开药。开了，都煎了喝了，没一点效果，一上午都跑了八九趟茅坑了。这可怎么办？八九岁的孩子，身子骨弱，哪里抗得住这样又拉又吐？山良的孩子情况没好转，又有好几户人家的大人小孩又拉又吐。先是西坡，才两三天时间就蔓延到东坡，一下子二十来人都出现了一样的症状。这家叫那家呼，把个李老表爷和跟他学医的孙子李均平跑得上气不接下气。李老表爷做先生，说是祖上传下来的本事，可平时村邻们有个什么毛病，都没想着找先生，病真急，不得不找先生，老表爷大多也没什么办法。好在山里人命贱，也淳厚，死了认命，怪不到先生，但对老表爷的名声多少有些损伤，说起来便有些不以为然，说："也就那三斧头吧。"来看病抓药的人不多，老表爷也只把给人看病当作种地种田之外一件附带的事。家里也不摆柜台，搁一张方桌子就是诊案，人来了两边坐下来，望闻问切，也不开方。诊过了，回头在靠壁立着的一个橱柜的格子里或桌底下的麻袋包里、吊在头顶上的竹篮子里圆簸箕里抓几样药，用废纸包一包递过去，交代几句煎法服法。这边双坡谷还应付不过来，周边其他村子也发病了，天天有人来双坡谷请老表爷，算一算，一二十个村子都出了情况。不光山里这些村，连山脚下海港边的徐家渡土角港叉子各村都有村邻犯上了这没来由的病症。有人挨不过，接二连三听到昨天哪个村今天又哪个村死了人。事情变得严重，人心慌乱。这是闹瘟疫，一定是触犯了天地神灵，得请和尚道士搭台作法，敬神祈福，驱邪祛厉。不知道哪里就传来了谣言，说这场瘟疫一定和共产党在山里夺了财主地主的田地山林有关，盘古开天地以来这田地山林自有主人，没听说过别人的产业要夺就夺，这是违了天道惹出天怒了。

"一定要想办法灭了这场瘟疫，病除了，谣言自消。"北山县委开会讨论消灭疫情一事时，彭庆元满脸忧虑。"关键是药品和先生，"雷忠可说，"河洋设乡了，高宏宇任乡长。他家本来就开青草堂，听说前一段又从城里请来一个西药先生坐堂诊病。城里的先生见多识广，这病是怎么回事，该怎么治，他应该比老表爷高明。我和高宏宇前些年还有些交情，明天我就去趟河洋，找他想想办法。"

雷忠可天摸黑时到洋里，村子里还闹哄哄的，叫骂声一片，细心听一阵，就明白白天洋高洋里两村发生了纠纷。他正想进村找雷明海问个明白，却看见王天平坐在雷家祠堂的大厅里，不自觉地摸了摸插在后腰的短枪，犹豫了一番，决定就在暗处候着。这一候就是小半个时辰，看着王天平从祠堂里走出来，他拔出枪偷偷跟上去，准备到金水潭就动手。却又觉得不妥，眼下最急的事，不是杀了王天平，而是找高宏宇谈药品和先生的事，再一个，洋里洋高两村的矛盾闹得这么大，不想办法制止可就要闹出人命了，村和村之间结下仇恨，到时想把他们团结起来共同行动就难了。要是这时把王天平杀了，必然要掀起另外的风波，不但误了山里村邻治病的事，河洋四村也一定会更乱，更不好控制。雷忠可终于收起枪放过王天平，转身往洋高方向走去。

"谁？都什么时候了！"高宏宇很是心烦，话音里都带着气。拉开门，见着面熟，一时想不出这是哪位。看对方笑得亲切，轻轻地叫一声"宏宇哥"，豁然想起来，一把抓过雷忠可，抱着叫："阿可，是你呀！这些年不见，怎么变成了这么个模样？"雷忠可倒是没感觉自己有什么变化，可高宏宇三四年不见，脑子里雷忠可的面貌还是过去的样子，白白净净，略有些胖，剃一个七分头，穿一领青灰色长衫，或是一件畲家的对襟布扣小褂，说起话来先避开人的脸，好像有些不好意思。眼前这张脸，黑了，瘦了，也粗糙了，一头短发，身上是一件汉装式样的无袖对襟短衣，显得精练利索。看那神情、动作、言语，自然、平和、从容。高宏宇拉着雷忠可坐下来，迫不及待地问起这些年的经历。他听说了，雷忠可杀了何五，逃进北山里，从此四村村邻就再也没见过。

"先不说这些年的事，听说河洋设了乡，你来当乡长，心里高兴，来向你道个喜。"雷忠可依然微笑着，话说得不急不缓。

"几年不见，阿可什么时候变得这么会说话了？这破乡长谁爱当？要不是我阿爸逼着，我待在城里不舒服？要来这里受气。"

"这是怎么一回事呢？刚才经过洋里，闹哄哄的，没细听，好像是洋里洋高两村闹起什么争端？"

"唉，也不知哪根筋错了位，没一点事，突然就闹了起来。"高宏宇一脸懊恼，一边说了事情的因由。又问："有人来报信说，你们洋里让人往北山里各村去请人，要和洋高拼命，这是要干吗？"

雷忠可想了想，说："洋里那头，我回头去劝一劝，大事化小小事化了。道理要是能讲到点上，估计就没什么大问题。眼下我这儿倒是有一件紧要的事要你帮个忙。"

高宏宇警惕地盯着对方，说："我就知道你无事不登三宝殿。这三更半夜的找来，哪里是为了给我道喜？"

"我前些年不是杀了何五嘛，河洋待不下去，只好躲进北山里，这一躲就是这么多年不敢回村。听说我阿伯留下的那些田亩，也都让王天平给霸占了。"

"何五那流氓兵痞，杀了也就杀了。你回来，别人不说，我睁一只眼闭一只眼。都这么多年,县里估计也差不多不记得。关键还是王天平,他要不喊不叫,就没事。回头说这场风波,洋里那头,你帮我说些话,把事态平了,我请你喝酒。"

高宏宇停了一会儿,再盯着雷忠可看,说:"你要我帮忙的不是想回洋里这件事吧?"

"还真不是这件事。回河洋,不急,都在北山里待这么多年了,也不差一时半会儿。眼下最急的,是北山里闹瘟疫了,已经死了好多人,山里缺医少药,托我来河洋找你帮忙。"

"北山里差不多已经是共产党的天下,你在山里这么多年,也变色了?"

"我就一个逃命的,北山里村邻们收留了我。人要知恩图报,现在他们遇到生死大难,要我跑个腿帮点小忙,我哪能推辞?山里人洋下人,都是性命,这里头还不少是你的子民,就算归石浦镇和别的地方管,也不能见死不救不是?你家开了青草堂,听说今年又从城里请了个看西医的先生,开药店行医看病,遇到死伤病灾,出手治病救人理所当然。宏宇哥,不,高乡长,你说是不是?"

高宏宇摆摆手,站起来,在房间里踱了一圈,说:"到底是什么病,要我怎么帮?要不我把贺炜叫来,他是医生,你把情况和他说说,看他怎么说。"

贺炜是雷忠可夜访河洋乡公所的第二天清晨,随雷忠可进山的。病急不等人,雷忠可本来打算当晚就带贺炜回北山里,可要不立即劝止洋里村邻们的计划,第二天北山里各村的人马一旦全集中到河洋来,到时群情汹汹唾沫飞溅,一时半会儿能不能劝止住还说不准,加上这么多年不曾与村邻们在一起,大家肯听自己的话吗?又是大白天,会不会引来王天平的保安队巡洋社?这么一想,雷忠可决定夜里先来洋里,和雷明海等人见个面,商量个办法把村邻们的情绪先稳下来,第二天领贺医生进山。

也不知道是几更天了,黑暗把河洋四村裹得严严实实。雷忠可摸到雷明海厝门前,敲了几下,里头警惕地叫了一声:"谁?"

"我,短寿儿,明海你开个门,有事和你商量。"

"啊?短寿儿?"过了好一会儿,一阵窸窸窣窣之后,明海才把门打开,堵在门口,怀疑地问,"这都什么时候了,你这是从哪儿来的?"

"你先让我进屋,舀杯水喝,再说事。"

两人坐下来,明海还是一脸猜疑地盯着雷忠可看。雷忠可笑笑,说:"不认识了,不是假的吧?这看得叫人心慌。"

"还真有些不认识,你这一跑就三四年,都去了哪儿,做了什么?"

雷忠可很快就向明海亮明了身份。他知道这两三年中北山县委和河洋四村几个当年农友会的会员一直保持联系,雷明海就是其中之一。雷明海借着进山做活或者到一些畲家村子做客会亲听歌会的时机也曾几次进山,只是不曾见过面。倒不是因为他刻意避开,而是因为县委考虑到一年两年后他一定要回河洋开展秘密工作,所以不宜太早让村邻们知道他的身份。

"听说过北山里有个雷万兴吗?那就是我。"雷忠可说。

雷明海连夜把几个村邻从被窝里叫醒,拉到家里来,大家睡眼惺忪,嘴里发着牢骚跨进门槛,看见一个陌生人坐在那儿,吃了一惊,待知道那是为逃命出走了几年的短寿儿,一下子没了睡意,围过来问这问那,生怕自个儿比别人显得不够亲热。

雷忠可一一问了好,说:"今晚这么迟把大家吵醒叫来,就是要说说洋里洋高两村吵架的事。我听说了,村邻们去洋高讨说法,被打伤了好几个。但是,就算我们明天叫来更多的人,也把他们打伤几个,能解决什么问题?只是出了一口气,可两村就算结下死仇了。河洋四村,村邻们不沾亲不带故还要叫一声表叔表伯表哥表弟,没事还想着到这村那村这家那家串串门,就算从此不相往来,同在一片洋上讨生活,走一段路还要擦肩碰臂,这以后该怎么相处?再一个,我说句不顺耳的话,村里被打伤的几个人,要治伤养伤,我们可以理直气壮地向对方要补偿费用,要是把他们也打伤几个,到时算是扯平了,去找谁讨要?要是我们又被伤了几个呢?村邻们凑钱给他们治伤养伤吗?要拿出这笔钱,我看大多数人都有难度。"

雷忠可停了一下,又接着说:"这次发生的事,源头在重新量田亩。为什么重新量田亩,大家应该都清楚,是官府想从村邻们口袋里再掏钱。大家一年辛苦刨来的几片,差不多给掏光了,官府却还不满足。这叫什么官府?不把老百姓的命当命,不让老百姓有活路。再说到四村的情况,其实大家比我更清楚,那些大户每年上缴的钱粮比起他们的田亩数,差了一大截，他们减下的部分，都被摊到其他村邻头上了。我们交了这么多年冤枉钱，现在是该有个说法的时候了。四年前四村村邻们抱成一团闹减租除捐，你看王天平多么害怕，躲在楼上都不敢下楼，要不是因为出了突然的变故，他们一定不敢不答应村邻们的要求，一定能把田租减下来，把鸦片捐免除了。要是一户几户甚至一个村，能让他们害怕吗？他们害怕，就因为四村村邻都来了，都参加了。这次，我们还要把四村村邻都集合起来，既然乡公所重新测量了田亩，我们自然可以要求公开重新测量的结果，给大家一个明白，各家各户实有多少就多少，不该记在我们名下的不认。就这一条，我想就一定能让没田少田的村邻们每年都省下不小的一笔开支。当然，那些大户们不会就这么轻易认输，他们会阻拦，会找乡公所闹，高宏宇自家本身就漏报不少。他刚来河洋，很多事还得靠那些大户们，所以嘴上说测量的数据要核实要公开，到时一定只能是装模作样地摆摆样子，最终还是要把新增的落在四村村邻头上。所以，我们还得靠自己，单打独斗不行，还得是四村全发动起来。四村村邻全发动起来，就由不得他们要怎么说就怎么做。

"我听说因为内湾这十来亩田的事，王天平没少来洋里，鼓动村邻们和洋高闹。我就觉得奇怪了，他王天平什么时候替我们洋里说过话？恨不得把我们当作牛马猪狗来糟蹋，这是大家都看得清楚想得明白的事。这次他这么热心，就是想挑起我们和洋高斗，他好从中捞些好处。这些年他和洋高大东家明争暗斗，大家都看在眼里，我听说这次他争乡长争输了，不甘心，就想闹些风浪，让高家下不了台，到头来，这河洋四村依然由着他来说了算。问题是，两村闹了两败俱伤，对我们能有什么好处？对洋高的村邻们又有什么好处？所以我们可不能被他当棋子耍。

"我听到谁在那儿嘀咕，问我现在做什么，是什么人。我是什么人？洋里人，自家人。过去的事，大家清楚得很，不用我多说。这些年在外头飘荡，多少长了一些见识，听说村里出了这么大的事，心里自然放心不下，所以才三更半夜跑到村里来，想和大家商量商量，怎样把事情处理好。前头说了这么多，大家看看，对不对，是不是这个道理。

"你们几个，分头劝劝大家。过一两天我还回洋里，到时我们再一起商量。"

洋里要遍请北山里的畲家宗亲找洋高讨说法，四村村邻都听说了，他们都有些担心，担心中又有些期待。然而第二天，河洋很平静，什么事也没发生，这让村邻们感到放心，放心中又有些许的失望。高宏宇明白这是雷忠可劝说的结果，很是宽慰，也颇有些感激，不过心里那个疑团却也越发大了。阿可是什么人？都说北山里差不多成了共产党的天下，他不会也是共产党吧？看他样子，像。他要是共产党，又该怎样和他相处，抓还是不抓？毕竟是兄弟，而且又帮了自己这么大一个忙。不是还不清楚他是不是吗？什么时候请他吃个饭，喝个酒，套套他的话，弄清他到底是什么人。

河洋四村谁家遇上红白喜事要办酒席，掌厨首选的一定是洋口的陈清政。陈清政四十来岁，没别的爱好，就是爱折腾吃，尤其是对各类海鲜，肉质是紧是松、味儿偏浊偏清、要焖炖油炸要清蒸爆炒、该辛辣该清淡，他一开口准就停不下来。在四村村邻的眼里，他就是一个吃货，一个败家子。上辈也曾给他留下两三亩田几块山地，老人一去世，没几年全喂了一张嘴，连一间老厝也填了肚皮，只好在埠头边垒了两间石头厝，一家人好歹有个容身之处。尽管村邻们不太看得起他，但要说到他的做菜手艺，你不服还真不行。就是一撮臭鱼烂虾，他也能把它做成龙肝凤胆，叫你吃得齿舌生津。他的经历，真应了老话说的那样，不是没头脑，而是还没到开窍的时候。三十五岁那年，有一次因为家里又断炊了，陈清政和女人吵了一架，气哼哼地跨出门，口里突然就冒出一句"手里捧着金饭碗，却提着破拐去讨饭"，随之自个儿一愣，心里便有了打算。第二天，他向叔伯兄弟借了几个钱，到米洋镇上置办了一干厨具，对村邻们说："从今往后，谁家办个大酒小酒，就吩咐一声，帮你拾掇个三五桌十来桌，别的不敢夸口，管叫客人吃得开脾开胃。替你省下几个菜钱，我还是能做得到，至于工钱，看着给几个就行。"掌厨的名声，一是靠菜做得好，二靠拼菜的能耐，菜拼得好，浪费就少，开销就少。靠着这两条，陈清政没两年就在四村红了起来。人一旦开了窍，心思便多了。他又把两间石头厝略略改了一番，又傍着右墙搭了间披厦，盘个新灶，把厨房搬到披厦来，原来的厨房间隔出两小间，开起菜馆。虽说简陋，但因为大家认可他的手艺，加上他储备的鱼虾都是当天从讨海的村邻手里收来的，比起洋高千尺街鱼摊上买的，要新鲜许多。大多数村邻想把一家人的肚皮填个七八分饱都不容易,却也有那些日子过得不错的,或者一年下来也有一些时候手头还算宽裕,想想日子也该添些滋味,又讲究吃个好味道吃个新鲜,就叫上三两个要好的,说,"去清政表叔那儿坐坐吧"。

河洋米洋一带把以餐饮为营生的统称为菜馆,不分规模大小,也不细分类别。比如洋高千尺街的可心菜馆和阿帮肉片店。前者两间门面,楼上楼下开出三个大单间和两个供人叫小菜喝小酒的通间,雇了大厨小工,专做大菜,以时令海鲜菜蔬为主,也不乏家禽野兽,煎炸爆炒,酱卤焖炖,虽不敢说应有尽有,却也能办个像样的宴席。谁家遇上亲友聚餐或是小孩满月周岁,懒得操弄,手头还算宽裕,花得起一笔小钱,就委托了可心菜馆去筹办。店主是个三十来岁的女人,都叫她可心,也不知是真名还是别名,一张鸡蛋脸,黄里透红,看起来没什么出众之处,却让人禁不住想多看一眼两眼。哪儿来的魅力?都说做生意要见客三分笑,她呢,客人来往,面无表情地问候一声:来了,"里头坐";走了,"下回再来"。有人说,可心叫人耐看,就因为她冷,生意人人来亲,那份亲热让人生腻,都见惯了,她这不一样,就叫人好奇。阿帮肉片店只一个门面,后间摆几张小桌,说是肉片店,其实也供各类面食,又备了一些酱卤类的冷食作下酒之用。阿帮和他女人两个,守着这一片小店,不管忙不忙,只要看到有人往店里瞟一眼,脸上便堆满笑,哈头弯腰地问好。要说洋高千尺街,也还有两家能做大菜的大店,四五家与阿帮肉片店相仿的小店,生意却没有这两家好。高宏宇原先打算去可心菜馆,要个单间,想想就两个人,又要私密,订个单间太空荡,无形中觉得就离心离德了,其他几家也不合适,小面店更不行,还是洋口陈清政那儿最好。

"这都几点了,太迟了吧。"雷忠可说。他天色微暗时从双坡谷动身来河洋,到了洋里天就全黑了。来乡公所之前,他与四村十来个农友会会员在金水屿的临水宫见过面,把北山县委计划借乡公所重新测量田亩发动一场减租除捐活动的事向大家作了传达,然后说:"这次我们要准备得绝对充分,只许成功不能失败。今晚的会就开到这里为止,我还要去趟乡公所,所谓知己知彼才能战无不胜,说的就是这个道理。"

"九点还不到,不迟。"高宏宇掏出怀表,看了看,说,"这么久没见,要好好聊聊。再说，这次幸亏有你，把洋里村邻的心结给解开了，摆平了一场大纠纷。"

洋口陈清政的那两间石头厝已经黑了灯，一家人想必已经睡下。再放眼往四村扫一圈，黑暗中零星还闪着几点灯光，有气无力欲灭未灭地飘忽着。听到门外有人一边敲门一边叫"清政表叔"，陈清政起床点灯开门，见是乡长高宏宇，愣了愣，连忙让进厝里，又把女人拉起来。也就一会儿工夫，灶台上乒乒乓乓地忙了一阵，两个炒盘一个汤加一个青菜就端上来，边摆边说："今天收到几条肚仔，我做成清淡汤，你们尝尝。这一个是章鱼，不是八脚章，是正章，这个季节章鱼大脑袋里的黄膏正丰满，我本想煨红酒，想想还是白灼了蘸点酱油或虾油更好，吃它的原味。有两样海鲜，所以又来一碟山兔肉，这一样菜加姜蒜和辣椒爆炒，才能入味。青菜是清炒小笋，北山里有几户人家，拗了新笋，总是先送到我这儿，我吃不进那么多，他们才送去洋高千尺街叫卖。"又问，"是不是要添个吃饱的？粉丝煮猪大排，要不就炒个粉丝或糍粑？"高宏宇征求了雷忠可的意见，点了粉丝煮猪大排，又抬起筷头，指着肚仔汤说："这没事吧？"肚仔鱼学名叫河豚，肉质鲜美，好吃是没得说了，但危险，它的血和内脏都有剧毒，处理得不干净，是要吃死人的，河洋米洋一带，因为一时口舌之贪馋而走险导致丢了性命，还真有过几次。但还是有人爱吃，没办法，人就是这么贱，忍不住的东西太多。高宏宇又说："清政表叔你做的，我放心，有事你去忙，我们俩谈些私事。"

两人坐下来，互相碰了几杯，高宏宇便扯开话头，问起雷忠可这些年的经历。雷忠可沉吟了一会儿，问："宏宇哥，是不是还记得月英？"高宏宇狐疑地看着雷忠可，说："她现在怎样，还好吧？"雷忠可只是盯着他看，不言语。高宏宇有些不自在："这么说这些年你都在北山里，都说北山里共产党闹得很厉害，你不会是他们的人吧？我们兄弟俩，将来别成了死对头。"雷忠可却不顺着高宏宇的话题往下说："月英的阿爸，前几年去世了，挑柴到石浦镇去卖，被范进堂的打手臭哥给打死了。现在家里就剩下三个女人。"

高宏宇默然了一阵，叹了口气："我们不是同一类人，走不到一起的。"

"我知道月英来河洋找过你好多回。有一段时间，她瘦得很厉害。"

"时间久了,事情就过去了。再说,我都已经成了家做了阿爸的人。你见到她,代我问个好,也帮忙说些让她宽心的话。那时说要娶她,也是因为脑子发热的缘故。"

"就因为我们是畲家人吗?还是因为她是山里人,家里穷,配不上?"

"不是的。我要是嫌弃畲家人,我就不会和你这么亲近,当初也就不会随着你北山里这村那村地跑。有些事是说不清的,这也都好几年了,不说这事了。她要是有什么需要我帮忙的,就托你说一声,只要我能做到。还是说说你吧,怎么样,这些年?"

"我能怎样?一个逃犯,躲躲藏藏保一条命。"雷忠可低头喝了一口酒,说,"这几年在北山里,说不知道共产党的事,那是撒谎。我看他们做的事,不过就是想让穷人也有一亩三分地,能吃上一碗饭。山里那些村,村邻们听得进共产党的话,我想大约就是这个原因。"

"要吃要穿,靠的是勤劳,难道靠抢?看来你还真受了共产党的蛊惑,脑子有问题。"

"靠勤劳?"雷忠可哼了一声,说,"我不说北山里,就河洋四村,有几个村邻是懒汉?你看他们像牛一样把头埋在田里地里,连喝一口水解个渴都怕浪费了时间。从正月初一到大年三十辛苦了一整年,又有几户人家能真正吃个饱穿个暖?王天平过去倒是个好吃懒做的,靠着杀人越货欺男霸女发了家,还混成了什么巡洋社长保安队长。两下比一比,你觉得正常吗?共产党说,这世道不公平,我看还真有些不公平。"

"王天平是个败类,不要总盯着一两个败类看。一大缸白米里可能混了一粒老鼠屎,不能以一概全。你家,也曾有田有地有山林,不愁吃不愁穿,我家,也算是河洋一大户,我们靠杀人越货起家的吗?靠欺男霸女发财的吗?河洋四村其他一些大户,是靠杀人越货起家的吗?靠欺男霸女发财的吗?我觉得你看问题的角度不对。"

"哪里就一个王天平?那个何五算不算?再说到你家、我家、四村其他一些家道好的人家,哪一个不是恨不得从别人身上多榨几个?田租地租已经够高了,还不满意,还要放高利贷,还要把自家的田亩算到其他村邻头上。这算什么靠勤劳!"

"这话不像是你说的,倒像是共产党煽动人们造反的话。你究竟——是不是？"高宏宇警惕地眯眼盯着雷忠可。

"我听来的，觉得话说得有道理，所以今天就用上了。不说了，我们喝酒。"雷忠可端起杯，和高宏宇碰了一下，一口就把一满杯酒倒进喉咙。

"我还是要提醒你小心，阿可。王天平是做尽了坏事，不过他有一句话说得很对，参加共产党就是死路一条，这是政府的态度。这个社会是有很多不公正不合理的地方。政府也有很多做得不到位甚至做错了的地方，一个人尚且还不可避免地存在这样那样的缺点，何况我们这么大的一个国家一个社会？我们可以改变这些不合理不正确的，一时改变不了，全国一下子改变不可能，我们就一年一年地改，一个地方一个地方地改，今年改一点，明年改一点，我们国家我们这社会也一定会逐步变得更好，我们每个人的生活也一定会一步一步地好起来。"

"怎么改？穷的为什么穷？因为没产业，富的为什么富？因为占了很多田地山林。要想不让穷人缺吃少穿，就要给他们田给他们地，可田地山林就那么多，都让富人占了，他们能分出一部分给穷人吗？"雷忠可嘴角掠过一丝不易察觉的讥笑，"比方说你家，是四村第一户，有大片的田地山林，你能分出一部分给缺田耕缺地种的村邻吗？不用说你阿爸不肯，就是你，大概也想不到吧。"

雷忠可哼哼地笑了两声，又说："不是我挖苦你。平常见到村邻亲友遇到些小困难，送些钱送些东西接济接济，这做得到，把自家的财产田地平白无故送给他人，就没几个人能做得到了。老百姓靠天靠地靠官府，天要刮风下雨老百姓没办法，能不能拥有自己的一亩三分地又由不得老百姓说了算，只能靠官府。可坐在官府里的，都是有钱人，他们肯为老百姓想办法吗？遇到灾年，穷人过不下去，要饿死人了，官府下拨几个救济钱几袋救济粮不但解决不了什么事，说不定还没发到灾民手里就让一班贪官污吏给瓜分了。当官的难道不知道穷人挨饿挨冻是因为没田产没土地吗？才不，他们可都不是没田没地人家出身，给穷人田产土地，等于把他们自家的东西拿出来送给别人，是吧？这话又说到开头的意思上来了。不说这些了，我们俩这么多年不见，今晚是该好好喝几杯。来，干了！"

第 十 九 章

几天后,一种说法悄悄在四村传开了:前几年去世的洋里雷族公,他那个独子短寿儿这几年一直躲在北山里,而且加入共产党,听说还是共产党的一个大头目。洋高大东家的二少爷、乡长高宏宇和短寿儿的关系亲密,两人在洋口清政表叔的菜馆里喝了一夜的酒,谈了一夜的话。这话是从哪儿传出来的,是陈清政,还是他的女人?

傍晚,王天平从保安队的桶子楼出来,直接就去了陈清政的菜馆,吩咐弄三个小碟,要上一壶酒,拉着陈清政坐下来,说:"一个人喝不了,你陪我喝两杯。"陈清政心里七上八下,屁股下像压着一窝蚂蚁,时不时地咬他一下,叫他挪一挪动一动。王天平叫:"来,碰一杯!"他慌里慌张地抓起碗伸出去,还没触到对方的碗沿呢,赶紧收回来闷着头咕噜咕噜喝了下去,不小心被呛着了,用力憋住气,不让咳出声来。

"我有那么叫人怕吗?"王天平放下酒碗,盯着陈清政看。

"不,不是……"

"那怎么连正眼都不敢看我一眼?"

陈清政便把脸抬起来,眼角觑了王天平一眼,急忙又垂下去。

王天平叹了口气,说:"要说这四村,如果没有我王天平,哪来的太平?就不说村邻们三天两头这争那斗的,单说北山里的共产党,一直瞪着眼想来河洋闹事。没有保安队和巡洋社,河洋早就被他们搅得天翻地覆了。他们不敢来河洋,就因为我王天平手头有枪。你以为他们是三头六臂?他们也怕死,怕撞到我王天平的枪口上。可四村就是有些人不识好歹,明里暗里和他们来往。哪一天让我撞上了,有他们的好看。"

见陈清政一声不响,王天平脸色一变,阴鸷地盯着对方,说:"听说洋里的短寿儿昨晚来喝酒了?"

"谁?哪个?没,嗯,不是……"

"短寿儿身上背着人命案，是官府通缉的要犯，这你是知道的。要是知情不报，等同窝藏。窝藏同罪，你可要想清楚了。而且听说这些年他逃到北山里，参加了共产党，还是北山里共产党的头目。我没少向村邻们警告过，勾结共产党，就是通匪，就是造反，是要杀头灭族的。"

陈清政迟疑了好一会儿，才虚虚地说："昨晚是有人来喝酒，是不是洋里的短寿儿，我说不准。短寿儿走了这么多年，当初是个什么模样，都记不清了。昨晚那个，看着有点像，又不太像，不确定的事，不好说。"

"听说还有高乡长，两个人在你这喝了一夜的酒，有没这事？他们都说了哪些话？难道你的耳朵是被塞住的？"

"还有一个是高乡长。他们俩是来我这喝了一会儿酒。哪里是一夜？很迟才来，我们都睡下了，也就喝了一个时辰左右，就走了。"

"看来你是不准备告诉我了。他们俩三更半夜在这喝酒，除了他们自己，就你和你女人知道。四村都在传，这话不是从你这儿传出去的，难道会是他们自己？"

"我真的没听见他们说了什么话。高乡长叫我们去睡，开头听他们说些好多年没见，今晚多喝几杯，后来我就睡着了。他们走的时候我和我女人都没醒过来，还是他们自个儿把门给掩上。"

"你不说也行，短寿儿如果真是共产党，迟早会跳出来。到时，定你个包庇的罪不算冤枉吧？"

因为请来了贺炜，开办了西医，高宏宇向高大华建议把洋高青草堂的店名改一改，叫河洋保健所。为了区分中医西医，又把通间三间对分成两半，用木板壁隔开，一边是贺炜的西医室，一边是老黄先生和小岐的中医室。老黄先生看着王天平走进中医室，取下鼻梁上的老花镜，抬屁股站起来，问候了一声："王队长今天难得清闲呀。"王天平打了个哈哈，说："这一段肚子老觉得胀，吃不下东西，身子骨就是乏，提不起劲头来，大声说几句话都费劲。想来让黄先生你把把脉，看是哪儿出了毛病，开几帖药，调理调理。"

搭了脉，又看了舌苔，瞅了眼仁，老黄先生说："王队长这是脾气虚浮的症状，没什么大事，吃几帖药就成。不过还要注意少操点心，不要太累着自己。小岐刚才到街上去，说是要买什么，你先坐会儿，等他回来，让他给你抓药。"

"不急，等他。自从河洋成立了乡公所，我便闲了许多，有高乡长在呢，我也乐着清闲一些。要说这些年，四村的事我是没少费心费力，到头来也不见得能落一声好。都说做人难，难做人，你们或许只是说说而已，我算是真的领受了。"

"那当然，你是四村的主心骨，怎么能不操心？人心虽说只隔着一层皮，可谁知道他是怎么想的？自家的十个指头还有长有短呢，哪里能考虑得那么周全？所以总有人不满意，就是叫老天爷来当家，也扯不平的。不过要说为难，却是谁都免不了。比方说我，大东家看得起，在这青草堂一待就是十来年，想着多看几个病人，多卖几帖药，替他多挣几个钱。前些年还马马虎虎，这两年一天看不了一个两个，这就叫作无功受禄，说难听点就是占着茅坑不拉屎，实在是过意不去。几次想辞了，就是开不了口，一是怕拂了大东家的心意，二是自己离家这么多年，在河洋这么多年，真要撇下眼前这营生，不知出路在哪儿。"

"没和黄先生正儿八经攀谈过，不知道黄先生你是这么一个讲情义的人。我听说因为隔壁开了西医室，黄先生的病人又少了许多，是这样的吧？要说这中医中药，中国传了几千年，怎么就不如了西医呢？我看还是因为喜新厌旧。我还是愿意看中医，吃中药，一张处方陈皮黄芪白芍写得一清二楚。那西医是什么？一枚针一管水几粒小圆片，到底是什么东西谁知道，不清不楚的怎么叫人放心？"

"这些年不是兴洋字头的东西吗？油要洋油火要洋火布要洋布，现在是洋医也吃香了。我是给人看病的，都闹不清这西医到底是个什么玩意儿，何况你们？说中医神神道道糊弄人，我还要说西医在玩鬼把戏呢，就那几片白圆片，面粉还是石灰粉制成的都不知道，说能治百病，打死我也不相信。"

"就是就是。"王天平附和两声，话头一转，说，"我听说前一段北山里闹瘟疫，有人来青草堂取了中药，还取了西药，隔壁的贺先生还去了一趟北山里，有这么回事吧？"

"哼，是霍乱，死了不少人。一次是贺先生带了药进山，还有一次好像是高乡长带着一个谁来取的药，夜里天黑，看不清楚。后来还来过一次，也是夜里，是小岐开的门，我还没睡觉，透过门缝，借着那汽灯的光，看到贺先生和一个陌生人一前一后跨进门槛，说陌生又觉得熟悉，一时就是想不起来。后来听到他说话，叫了一声小岐，猛地想起洋里的短寿儿，虽说和过去很不一样，但看着像，应该就是他。"

王天平听到这儿，眼神一亮，说："这个亡命之徒，这么多年，连个影子都没见着一个，总算现身了。"他又盯着老黄先生，说，"洋里雷族公的这个顽劣儿子当年杀保安队何五何队长，你是知道的。听说这些年一直躲在北山里，而且还参加了共产党，他这是注定要死无葬身之地。"

王天平把头凑过来，压低了声音说："老黄，听你刚才说，他来青草堂，高乡长陪他来过一次，隔壁的贺先生陪他来过一次？"

"宏宇，哦不，高乡长陪他来的那一次，没什么异常，也就是取个药，取了药就走了。听他们说话，没什么秘密，只是说北山里闹了瘟疫，很多人倒下了，急需药，让小岐打包。"老黄先生也把声音往低下压，"和贺先生来的那一次，两人先前就在隔壁西医室里嘀咕了好一会儿，来这边取了一麻袋草药之后又回到隔壁嘀咕了一会儿，声音很小，听不清，他们好像说到了枪……"

说到这，老黄先生缩了缩头，一双三角眼向门外的千尺街溜了一眼，便看见小岐从一侧门边转过来，像是刚才就在隔壁的西医室。老黄先生心里咯噔一下，便见小岐不自然地和王天平打个招呼，接过递过来的处方，到药柜后头去抓药配药。

高大华在千尺街建起来的这五溜单层砖瓦厝，也就十来米进深，隔起前后两间，前间门面店，后间当卧室和厨房，贺炜却把西医室后间腾出来用作检查室。三角体的厝顶下还有个阁楼，中医室顶上的两间阁楼被当作药品仓库，贺炜把阁楼当卧室。这被改装成卧室的阁楼藏着秘密。

几天前，一艘从岐角港开往石浦镇的客船经过洋口埠头时，船上下来一个穿西装的年轻人，后头跟着一个挑夫挑着两只木箱子。那两只木箱子做工考究，是富贵人家用来存放衣物鞋帽的那种。保安队的两个队丁坐在埠头上等着开箱检查，西装青年抛过来两枚银圆，说："也就是一些平常衣物，免了吧，扯乱了总有些不开心不是？"两队丁咬着银圆，腾出一只手向他挥了挥,这就表示放行了。又来到洋高千尺街,径直走进河洋保健所西医室,叫了声贺炜,说:"你阿爸阿妈让我把你衣裳被褥什么的都带来了,在船上站了大半天,腿都酸了,说说用什么来犒劳我。"

这是两箱衣物被褥不假,可你要是仔细些,不用太费眼神,就能看出箱子和平常富人家用的衣物箱柜有些不同。不同在哪儿?特笨重,原来是箱底和箱盖太厚。那是双层的,把外一层打开,里头排着几杆火枪,箱底是四杆,箱盖是三杆,总共是七杆。这枪,是福宁县城里的同志偷偷从县保安大队的家贼手中买来送给北山游击队的。来的西装青年,正是中共福宁县党组织临时负责人赖羽钦。

两个月前,上级派员到福宁指导党组织建设,成立一个特别工作组,把全县分为东西南北四个片区,派出四个同志分别到各片区,争取与相应周边地区的其他党组织建立联系。贺炜就是特别工作组的一员,他被派往南片区的米洋河洋一带,任务是联系北山县委和驻地在彭家山的平福中心县委。

贺炜正在思考着应该以什么方式前往米洋河洋时,县中时的同学、新任河洋乡乡长高宏宇找上门来,希望他到河洋保健所坐堂行医。

"米洋镇街上前一年开了一家西医诊所,原先很少人上门,现在很受欢迎。村邻们现在都很看好西医,所以你去,等于是踩着人的脚印走路,顺得很。"

"我在城里待得好好的,又不愁吃穿,干吗要跑到乡下去?还顺得很呢。你这是给谁计划?老同学加老朋友,有什么你直说,别这样心里揣着坏水还给人灌迷魂汤。"

"你这张尖嘴呀,真拿你没办法,想留点皮遮羞呢,一下子就被你撑开了。"高宏宇笑笑,说,"我这不是刚当了个破乡长嘛,又是在河洋,自己的家乡,无论如何也是要做几件让村邻们看得见好处的实事来。这段时间到四村了解一番,发现村邻们对西医西药很欢迎,有急病什么的都往米洋送。可去米洋虽说不远,毕竟有一段路,所以遇到谁得了急病,便老是有人嘀咕说,要是河洋也有一家西医诊所多好。我想我家开了一家青草堂,我辟一块来,安个药橱诊柜,由你负责,另一边还是中医橱柜,老黄坐诊小岐抓药,来个中西合璧。"

这实在是踏破铁鞋无觅处，得来全不费功夫，贺炜表面上却装作不情愿的样子，说："不干，人往高处走，水往低处流，人都想着进城，让我放下城里的舒坦日子，跑到冷冷清清的乡下去，我脑子进水了吗？"

"我们不是同学加好朋友吗？所以才想到请你帮个忙，你也就单身一个，没许多麻烦。家里事自有你那能干的老爸在料理，你就当作一边体验乡村生活，一边帮着我把西医办起来。两年三年，一定有新医生来接着干，到时你想回城，我八抬大轿送你。"

"你都想到过河拆桥的勾当了，算了算了，任你飞鸟尽良弓藏、狡兔死走狗烹，既然认你这个好朋友，这个忙，明知被算计了，也得帮。"

贺炜在县中毕业不久就加入共产党，他的介绍人，是冯有光和赖羽钦。上次进北山里，和北山县委取得联系，知道县委正酝酿要在河洋发动一次暴动。他希望借助这次暴动的成功，在此基础上重新组建福宁县委。

王天平和老黄先生咬耳朵时，小岐并没走远，就在隔壁的西医室。这段时间他和贺先生混熟了，说到想跟贺先生学医。贺先生很是热忱，说："行的，早晚过来，我慢慢教你。"于是有事没事，老往西医室跑。这天，看店里清闲，便和老黄先生打个招呼，说："我出去一趟。"他原来是想到街上走一走，可一跨出门，迟疑了一下，便改变了主意，一拐就进了隔壁的西医室。贺炜在里间忙，他便在外间，这儿摸摸，那儿擦擦，便听见王天平的声音。听到王天平和老黄先生说中医西医，后来又说到洋里的短寿儿，说到共产党，一下子提起精神来。那头的声音却小了下去，贴着墙听，还是不太清晰，便跑了过来。没想到这一跑过来，他们不说了。

王天平午后去小独找乡长高宏宇。雨连续下了几天，时大时小，一阵一阵，看起来一时还停不下来，千尺街到小独的巷道被踩踏得稀巴烂。巷道很窄，两人对过，不侧身就要被卡住。小独前有块宽阔的平地，可以摊二十来张竹簟，夏秋两季水稻收成时节，这里是洋高全村最大的一块晒谷场。村邻们称小独，并不包括这片空地，它有个专有的名称，叫晒谷埕。因为是烂泥地面，经不得踩踏，一年三百六十五天就没见地面干净过，这一洼污水那一坨烂泥，泥泞不堪的叫人下不去脚。只有夏秋之间的那一段，天气连晴，日头猛烈，才把泥地里的水分都逼跑了。过巷道时，王天平用了十二分的小心，鞋面裤管上还是沾上了几点肮脏的泥斑。

办公室里一派忙碌景象，一个趴在桌面上记录，一个翻着本子大声念着姓名和数字，另一个在整理装袋，他们这是在统计、登记、核对各家田亩的信息。高宏宇来乡里任职时，县政府给配备了两个年轻干事，一个是小郭，另一个是小曾。高宏宇征得县里同意，又聘了一个文员，是洋口陈绍荣的小儿子祖宁，在洋高高家私塾跟王秀才读过几年书，后来又在河洋学校上过两年学，一本《三字经》背得滚瓜烂熟，又练得一手好字，说是比先生王秀才的字都要好。这账面上自己的数字是多少，王天平想进办公室里看一看问一问，又觉得不合适，怎么说自己也算得上是一个有分量的人物，向几个小年轻问这类事就掉价了。这么一想，就闪过身直接走进乡长室。

高宏宇客气地招呼了一声，让了座，说："今天什么日子，把王队长给召来了？乡公所成立都几个月了，王队长这是第三次吧，前两次还是我叫人去请，王队长真是把自己当作客人了。县里可是任命你担任乡公所巡察，是乡公所的重要一员。"

"乡长大人公务繁忙，没事老来串门耽误你的时间怎么行？"王天平摆了下头，笑了笑，坐了下来。

"这么说王队长今天是无事不登三宝殿了。先别忙着说事，早上来小独前经过我阿爸的茶馆，抓了一包新茶，是清明前的芽针制成的银针。泡一杯喝了，觉得今年这明前针比往年的口感又更好一些。你也尝尝。"

"今年早春雨水少，日照足，叶芽水分少，晒制出来的茶叶，品相好，耐冲泡，茶水清透，入口清爽，确实比往年要好。要说我们河洋的茶叶，据说几百年前就很有名了，还出口到外国呢。洋左工承标的爷爷，清朝时茶叶生意北做到北平城南做到广州城，是全县有名的大茶商，也不知道怎么回事就在他阿爸手上败落了。不过瘦死的骆驼比马大，坐吃山空两代人，王承标家还能剩下大几十亩的洋田、大几十亩山地茶园，可见当年王家有多少田地山林。都说是王百万，我看千万都不止了。"

王天平话头一转，说："讲到田亩，我想问问，这次重新丈量各家各地有多少田多少地？量完登记完了吗？和往年相比出入多大，到底浮出来多少？我知道四村几家田多的过去都或多或少有少报虚报，包了几年田赋税收，我自然心知肚明。不过都是村邻，过得去就睁一只眼闭一只眼，是多是少都落不到自己的口袋里，犯不着让人指着背后骂。你说是不是？"

高宏宇专注地看着王天平，又低了低头，说："王队长说得在理，现在是县里头明令要增加五分之一以上，这是个难题。再说了，前次内湾那一二十亩田引起洋里洋高两村村邻争吵，暴露出一个问题。很多田其实是你的，登记册子上却变成了他的，正合了我们河洋的一句老话，叫太监娶媳妇——贴床贴女人。"

说到这，高宏宇嘿嘿笑了两声，接着说："话说得粗糙，可想一想还真是那么一回事。我知道要实查实报不好办，正想着向王队长请教，请你给支个招。"

王天平直直盯着高宏宇看，嘴唇动了动，却没发出声。房间里一时静默下来，让人觉得有些不自在。

"眼下河洋四村最大的事不是谁家田亩多少的问题，而是北山里的共产党。就在这后门山上，喊一声，四村就乱了，还不用说闹到村里来。"王天平又停了片刻，目光紧盯着高宏宇，"我听说洋里的那个短寿儿这几年都在北山里，而且参加了共产党，还是他们的一个头目。这些天常在四村偷偷出没，乡长没听说过？"

"你是说阿可？"高宏宇戒备地看了一眼王天平。

"嗯。北山里前一段闹瘟疫，有人来请了你家青草堂的贺先生进山看病。来的人听说就是短寿儿，之后还来了一次两次，到青草堂拿药。都是晚上来，这倒好理解，身上背着何五何队长的一条命呢，虽说过了几年，县政府和保安队的通缉令可没失效。"

"我也听说他杀了人，这都是我回河洋之前的事，不是很清楚。"高宏宇避开王天平逼视的目光，"你说他是共产党，不知道是不是得到了确凿证据，还是只是怀疑？王队长的保安队巡洋社一帮人是不是听到什么风声？"

"四村都在偷偷地传，说他有个晚上还在洋口清政表叔的菜馆里喝酒。还听说——"王天平紧盯着高宏宇，"还听说他到你家青草堂不光是来拿药，而是——拿枪。"

高宏宇跳了起来，惊慌地叫："枪？哪来的枪？你这么说是什么意思，是说我们和北山里的共产党勾结？王队长，没影没迹，可不能栽赃陷害，那不是闹着玩，是要人命的。"

"乡长你反应过头了。这些事我没经过明察暗访，自然不敢胡说。要说你和北山里有勾结，打死我也不信。你是国家培养的人才，是河洋一乡之长，又是富家子弟，怎么可能和那些亡命徒走一条路？都知道前些年你和短寿儿关系好，我是担心你被人蒙骗了利用了。"

高宏宇自觉失态，他控制住自己的情绪，镇静地看着王天平，脑子里却飞快地转着。这个魔王大概是探听到一些消息，自己和阿可喝酒，带他到青草堂拿药，甚至夜里在乡公所攀谈的事，他估计都知道。可枪是怎么一回事，什么人把枪送到青草堂，谁接的手？老黄先生和小岐在青草堂待了多少年，从来没听说他们和外面的什么人来往，不会是他们。难道会是贺炜？不可能，这个同学就是性情古怪一些，嘴刁钻一些，自己在城里这么多年一直和他有交往，这才回到河洋多久？难道这小一段时间他就成了共产党？不可能。王天平明里暗里和我和阿爸较劲，这不是秘密，可这次扣下来的不是简单的屎盆子，那是通匪，是死罪！难道他这是想置我们一家于死地？

"王队长想说什么？不会是用这些捕风捉影的证据来叫我送命吧？还是有什么别的事要商量？"

"乡长想多了。不说我和你阿爸这些年一直肩并肩为四村的事出头露脸，就是你和我，也曾共事过好多年，一起办了河洋学校。我王天平再不近人情，也不至于做出这样猪狗不如的事。今天来，是有两件事，一件，是田亩登记的事，也是怕你难办，想帮个忙，提些建议。你要实查实报，谁实际多少就登记上报多少，你可就要把四村有点面子的人都得罪光了，将来你在乡里还怎么做事？再说，你家二百一十多亩，就我知道，其中一百来亩都是挂在租田户头上；我王天平，这几年多多少少也办了一些田亩，也是米洋镇里念我收赋收税不容易，年年都不计算。我的意思，还是按往年的做法，多出来的五分之一，平摊到四村村邻头上。到时谁有意见，也没得说，这是县里下的命令，谁有意见谁有本事谁去找县长说理。这样你看是不是更妥当？"

王天平喝了一口茶，抬眼望着高宏宇，接着说："这第二件事，就要说到洋里短寿儿的事。命案还挂在那儿，抹不掉。这些年是找不到人，要是他就此逃命他乡，拿不到人也就算了。他现在却又回到河洋，就不能由着他在四村没事儿一般大摇大摆。我的意思，还是要抓。现在不是成立了乡公所吗？抓人的事，而且还是抓杀人犯，自然要乡长你点头，以乡公所的名义来。而且也应该向县政府送个报告，保安大队这边我可以直接报告，县政府那头就要麻烦你了。"

高宏宇低头思索片刻，说："四村缉盗缉凶剿匪的事归你保安队巡洋社管，你说怎么办就怎么办。向县政府报告的事我看就不必了，你向县保安大队一说，吴大自然会找周县长。再说，抓一个人，保安队巡洋社一帮人够了，又不要县里派人来，所以我看就算了。"

"没那么简单。本来是没必要，我们抓到人，送到县里就行了。可短寿儿现在是共产党，背后有整个北山里。事情一闹大，单靠保安队巡洋社，怕是对付不了。到时弄得鸡飞狗跳、人心惶惶，事先又没征得县政府保安大队的批准，怕怪我们没事找事。"

"嗯，行吧，那就按你说的做。抓人的事就你负责，我拟个情况说明向县里报告。我让祖宁配合你吧，乡公所也应该出个人，你说是吗？"

"那再好不过了。还有，起先说的田亩的事，还望乡长你三思。"王天平俯下脑袋品了一口茶，说，"这明前的银针就是好，汤水看着清透，喝起来也清透。"

第 二 十 章

下雨天黑得早。小木耳挑着一担芒草一身水淋淋地从青牛岭下来时，天已经暗了下来。芒草是草中的霸王，一棵就一大丛，草茎强壮坚硬，割起来非常吃力。狭长的叶子边缘又特锋利，即使你十二分小心，只要你身体上有一处裸着，一定要被刮出一道道血痕。小木耳身上穿得又不是像样的衣服，十个八个补丁就算了，还这儿一个洞那儿垂着一绺被撕扯下来的烂布条，上衣和裤子太短，小臂小腿露出一大截，胸前的扣子也掉了几粒，小腹都没法包住。照理说，下雨天上山下地也该穿件棕衣，可他家哪来的棕衣？就一顶破斗笠，也都快散了架。这么难收拾的霸王草，却是耕牛的主食。小木耳已经连割了十来天，每天两担，送到四村几户养了耕牛的大户人家，一担换一个钱仔或是一斤谷子，有时是一小袋的番薯米。今天他把草送到洋左，回洋里前到洋左村头榕树下的王财来店里，买了一小包盐一小袋白糖。王财来把他拉到店里，又探出头往王天平的洋楼瞧一眼，说："回去告诉你们村的明海，就说今晚不能让阿可来。你这样跟明海一说，他就明白。"

"短寿儿阿叔真的在村里？"小木耳怀疑地看着王财来。这几天倒是听说短寿儿阿叔回来了，可他没见过人。他十一岁那年，四村闹饥荒，家里断炊了，在床上躺了三年的阿爸眼看就要挨不过去，阿妈阿姐也饿得差不多要爬不起来，是族公叫短寿儿阿叔送来一小袋谷子，让一家人挺过那一关。阿爸第二年夏天还是走了，他记住阿爸临断气前交代的一句话："一顿饭一份情，何况那是一袋救命的谷子，族公的这份恩情无论如何不能忘。"他记在心头，却又能做什么事呢？族公被杀，他恨上了北山里来的蓝延兴和陈绍元。翠云跳了青牛潭，陈阿赔在一村人的眼前被折磨断了气，水英发了疯又不知下落，他又恨上了王天平，恨上了何五。短寿儿阿叔跑了，跑得没影没踪，王天平抢了他家的田地。在王天平把全村人召集到院埕里时，他挤到大人们的前头，恨不得捡起一块石头向王天平砸过去。短寿儿阿叔是好人，他在心里念着。短寿儿阿叔杀了人后这么多年去了哪里？开始的时候，他常常会在梦里见到短寿儿阿叔，见到他血淋淋地从一处山角钻出来，有时又一脸笑容地伸出手拍拍自己的脑袋。一年后，他才渐渐地忘了短寿儿阿叔，又渐渐地忘了还有这么一个人。现在，短寿儿阿叔又回来了，他一下子记起来，这个人对自己是很重要的，听到人们说到他时是欢喜的。

　　小木耳不姓雷，姓钟。洋里姓钟的就三家，原先是一户，说是雷家哪一户人家的亲家舅，从山里迁到洋里来投靠姐姐姐夫，便落了户，生了三儿子，分出三家人。小木耳是洋里钟家第三代，大名叫钟佑木，四村村邻都叫他小木耳，不叫阿木。畲家人敦厚，一家的亲戚就是全村的亲戚，虽说是外来户，却从来没人把钟家当作外人，都是山哈呢，哪里是外人？但毕竟无根基，小木耳的爷爷在世时钟家日子过得就艰难，三个儿子分了家，两个分到各半间木瓦厝，用竹编漂上石灰泥隔了墙，一边只能搁得下一个柴火灶、一张饭桌和一张木床。又在这一间木瓦厝的后边靠着山垒了一间石头房，容小木耳一家安身。后半间木瓦厝本来就阴暗，又堵了这间石头厝，一年四季就算大六月骄阳如火，厝里也是黑乎乎的。村邻们说，阿芬长得那么白，就是这黑暗里捂出来的。阿芬今年十七岁了，四村好几家人都托人向她阿妈提亲，可她阿妈说，这家穷得没一件像样的东西，将来小木耳用什么娶媳妇？只能靠阿芬给弟弟换一个回来。姑换嫂，穷对穷，阿芬的命就这样，谁叫她是姐姐呢？

　　回到洋里，天已经全黑了。小木耳直接去了雷明海家，叫了几声。厝里回话说，不在家呢，刚出的门，不知去了哪儿。小木耳想了想，径直去村口的祠堂。后堂里点着灯，有人在小声地商量事情。他叫了一声，明海从里头走出来，见是小木耳，很有些惊讶，问："小木耳找我有事？""洋左的财来表叔叫我转告你，说是今晚不能叫短寿儿阿叔来。"一边说，一边伸着头往后堂看，可隔着墙，什么也看不到。明海一惊，说："知道了，你回去吧。"小木耳有些不甘心，磨磨蹭蹭地问："短寿儿阿叔回来了？在里头？"明海恼了他一眼，说："你打听这个干什么？"雷忠可从祠堂后厅走出来，小木耳欢欣地叫了起来："短寿儿阿叔！"雷忠可笑笑，说："小木耳，谢谢你来报信，你先回去吧。估计还没到家是不？家里人该急了。"小木耳还想赖一会儿，雷忠可却转身对明海说："事情先谈到这，我得走了。"说完大步跨向门口。小木耳一急，叫了起来："短寿儿阿叔，有什么事要我跑腿的，你尽管叫啊。"雷忠可怔了怔，回头看了一眼，才发现小木耳已经是个小大人了，身子骨虽然瘦弱，可个子已经快要蹿到跟自己一般高了。他想了想，说："那好，这样吧，你有时间就多跑跑洋里财来表叔的店里，看他有什么话，带回来给明海表哥说一声。要是有机会，帮我留意一下，看洋左的王天平王队长晚上时间会去哪儿转转。"

夜里睡着正沉，也不知道是几更天，村里的那些狗一下子全都开始大叫。狗叫声又引出一番嘈杂的人声。有人大声斥骂着狗，吆喝了一声，说："听好了，这次要再让人给跑了，你们一个个别想有好日子过。"小木耳听出是王天平的声音。"来了！"他嘴里嘟囔了一句，从地铺上跳起来。"什么来了？外头又出什么事了？小木耳你别出去。"阿妈和阿姐阿芬也醒了。

折腾了大半夜，把整个村搅得闹哄哄一团糟，终于还是没抓到人。王天平不相信短寿儿能飞上天去，把全村男女老少连拉带扯赶到院埕里，撂了一段狠话，说："有人瞧见，傍晚时分短寿儿从青牛岭下来，他不到洋里会去哪儿？你们给我听好了，他可是杀人犯，而且还听说是北山里共产党的头目，谁敢和他来往，谁敢把他藏起来，一村人都别想活命。还是快点把他交出来。"他停顿了一会儿，接着说，"乡公所高乡长下了命令，一定要把这个杀人犯抓住，报到县里。我们还好说，要是县里派了警察局和保安大队来，洋里一村都别想太平。"

又搜查了一番，小木耳不知道短寿儿阿叔走了没有，要是没走会藏在哪儿，心里一颤一跳，不时地往身后的大厝瞧。王天平看见他神色不定的样子，走过去一把揪住，拖到前面来，说："你心慌个什么，人藏在哪你知道是不是？快说。"小木耳被揪得难受，挣扎着说："我哪里知道？""不说是吧？"王天平还没把一句话说全，一巴掌就盖过来。小木耳身子一歪，摔到地上，他捂住被甩疼的耳朵，愤怒地盯着王天平。王天平看那神情，一脚又要踩过来，亏得明海手快，一把扯起小木耳，拉到一边。王天平盯着明海，眼里像伸出一排白晃晃的利齿，说："抓不到短寿儿，那就是你了！这些年和北山里共产党勾勾搭搭，你以为我不知道？"明海凶了一句，说：

"人做事天在看！王天平你别坏事做绝，老天睁着呢！不是不报，时辰未到。"

"拿老天来吓唬人啊，别管老天了，先管自己的命吧。短寿儿三天不自个儿送到保安队，那就拿你给何五何队长偿命。带走！"

"王天平太欺负人了，说抓人就抓人！他凭什么？就凭他说谁是共产党谁就是共产党，他说谁该死谁就得死吗？还有没有王法了？叔伯兄弟们，王天平这是捏柿子拣软的捏，他为什么不去洋高抓姓高的，为什么不去洋口抓姓陈的，为什么不抓他洋左本家姓王的？单就一次一次找我们洋里，爬到我们头上拉屎拉尿，我们不答应！"

也不知道是谁大声一嚷，把村邻们憋在心里的那股气引出来。一下子群情激愤，把王天平和保安队巡洋社的十几个人围住，叫嚷着不让抓人。王天平从身边一个保安队丁手中夺过枪，对着天放了一枪，大吼一声："都把枪举起来，对着他们，我倒要看看，今天我王天平能不能把人带走。我还真不相信，在河洋四村，我王天平想抓一个人，还得你们点头。"

有人往后缩，有人怒目相向，逼近的脚步却停住了。

"你们记住，我就把话撂在这儿，三天还看不到短寿儿，你们就准备给明海收尸吧。"王天平恶狠狠地拽了一下明海，掉头往村口走。

小木耳用手去拉了一把明海，没拉住。眼看着王天平一行押着明海走下院坎，他的心里突然清晰地冒出来一个声音：王天平该死了。

晚上，巡洋社一小队队长王道上又来王财来的小店要酒喝。王财来抓了一把莲花豆放在当柜台用的窗板上，又用竹筒从酒瓮里勾出一筒酒，倒到碗里，递上来，问："道上叔，今天把洋里的明海抓了？为什么事抓他？"

"还不是因为短寿儿？抓不到短寿儿，叫明海抵这个坑。"

"怎么能乱抓人？你们巡洋社就没干过人事。"

"财来你不能乱说，这话在我这里讲过就算了，可不能钻进王队长的耳朵里。"王道上呷了一口酒，说，"三天后如果短寿儿还不来，明海就要拉到长命坑去。哎，好端端的日子不过，为什么和共产党扯不清，白白送了命？"

王道上贪杯，差不多每天晚上饭后都要来王财来的店里坐一会儿，有时白天也来，一天来两三趟，一碗酒加一小把莲花豆或花生米或咸萝卜条，边喝边和王财来攀讲。最初王财来收过几回钱，后来就不收了。老话说吃人嘴短拿人手短，王道上心里念着王财来的好，也想有所回报。可他有什么可回报人家的？王财来老问一句话"保安队巡洋社在做什么事，这几天又打算做什么事"，王道上才不管保密不保密，知道了便一一告诉了王财来。有时王天平交代，不能说出去，他是左耳听了右耳就出去了，只是说得小声，说得神秘，说过了，叮嘱一声，不能说出去，这是要保密的。给王财来提供了这些信息，喝他一碗两碗酒便觉得心安理得，有时遇到王天平布置了急迫任务，只要来得及，他总找个机会跑来向王财来扔句话。那天夜里要到洋里抓雷忠可的事，就是他趁着王天平让他回洋左到巡洋社拿东西的间隙，向王财来泄漏了信息。王天平满以为这次抓捕行动绝不会出差错，向他报告雷忠可从青牛岭下来的人信誓旦旦地表示绝对没看走眼，抓捕行动又在保安队桶子楼里临时布置，参加行动的人从得到行动命令到出动去洋里都不曾离开过桶子楼，没有泄密的机会，怎么又让他给跑了呢？王天平就没想到他曾叫王道上回过一趟洋左，王道上也压根儿就没把王财来和雷忠可和北山里的共产党扯上关系。

"道上叔，我说做人还得给自己留点后路。都是村邻，能帮人一把就帮人一把。王天平王队长做了哪些事，四村村邻怎么看，你不是不清楚。你可不能跟太紧了，能放人一把就放人一把，图村邻说一声好，也是给后人积点阴德。"

"你是要我帮明海一把？"王道上迷糊着一双眼看王财来，"帮不了的。我白天听队长说，明海就是北山里共产党的探子，就算短寿儿出面，也不放。先关几天，就是想把短寿儿引出来，到时还是要扔到长命坑去。"

长命坑是洋左后门三重山里的一条大山沟，两边是陡峭的崖壁，沟里的草又长又密，都说是毒蛇窝，从来没人敢下沟里去。过去北山里闹土匪，抓到人换不到钱，就把人砍了往沟里扔，所以也叫死人坑。长命坑下面是洋里洋左两村交界的下溪坑，前几年还听说有人在下溪坑看到骷髅头。

明海自己都被抓了，要向谁报信？王财来心里急，这些年王天平怀疑他和北山里有来往，盯得很紧，说不定这时哪个角落里就有双眼睛正在盯着他呢，他不时到门外东张西望。小木耳正走过来，叫了一声："财来表叔，还没关店门啊？"王财来跨出门，扯住他就往大榕树下拉，又前后左右扫了一圈，趴在小木耳的耳边说："你快点想办法找到短寿儿阿叔，告诉他王天平抓明海是当诱饵，要把他引出来，就算他出面，王天平也不会放明海，到时两人都得死。"

"昨夜里短寿儿阿叔就回北山里了，去哪儿找他？"

"要不你跑一趟双坡谷，到双坡谷一问，一定能找到他。"

"这黑灯瞎火的，双坡谷又那么远……"话刚出口，小木耳马上责怪起自己。难道没走过夜路？一个时辰的山路又才多远？我就不乐意替短寿儿阿叔跑这一趟了？

"我现在就去。"小木耳说，"一定找到短寿儿阿叔，把话带给他。"

小木耳摸黑赶到双坡谷。雷忠可和陈绍元、雷明兵还有月英几个商量营救明海的事。王天平抓了明海，白天已经有人把消息传到双坡谷。雷忠可的意见是，第二天就去河洋把明海换回来。但是陈绍元、雷明兵认为不妥，月英的反对尤其强烈。

"王天平的目的明摆着，就是要抓你。王天平恨不得把你活剥了，你这一去就是送命。"月英有些激动。

"你没被抓住，王天平就不会对明海下手。你要是去了，明海能不能救出来不说，说不定还要搭上一条命。"陈绍元说。

"办法只有一个，杀了王天平。"雷明兵狠狠捶了一下桌子，"明天我和阿可一起去河洋，找个机会，把王天平给灭了。"

雷忠可看了一眼月英，眼里闪动着油灯微弱柔和的光斑。他转过头来，对陈绍元和雷明兵说："王天平一定要杀，我也一直在找机会，但眼下还不是时候。他成天躲在桶子楼里，走一步身后都跟着好几个兵丁，没有下手的空档。我是这样想，我到河洋，不找王天平和保安队，找乡公所，把自己送到高宏宇这头。高宏宇应该不会对我怎么样，不落在王天平手里，就是安全的。乡公所既然抓到我，王天平就不能不放明海。先把明海救回来，这是最紧要的。"

"不行的。小木耳不说了吗？就算你送上门，王天平也不会放明海。你把自己送到乡公所，谁知道那个高宏宇现在是什么想法？他现在是乡长，跟王天平没准早就穿一条裤子了。"月英说。

"高宏宇我是知道的，没王天平那么坏，也还念一点旧情，他不会对我怎么样。我如果不去，王天平一定会杀了明海。我去了，或许还可能把他救出来。大家不用再议论了，这趟河洋，我一定要去。"

"我和你一起去。"月英咬着下唇望着雷忠可，眼里蒙着一团湿气。

"你去干什么？不会有事的。"雷忠可轻轻地向月英摆了摆手。他突然觉得有些慌乱。

第二天，雷忠可就出山去了河洋。他把自己交到乡公所交给高宏宇，却最终没有把明海救回来。明海死了，不是被王天平杀了扔到长命坑去喂毒蛇，而是从保安队筒子楼的枪口窗掉下来摔死的。保安队每一层墙体上都开着四四方方的窗，既是瞭望窗，也是射击口，村邻们都叫枪口窗。王天平说，明海是自寻死路，想逃跑，从筒子楼的枪口窗里爬出来，失足掉了下来，结果摔死了。但四村村邻更相信明海不是被打死后扔出枪口窗，就是被人从枪口窗推下来。保安队的筒子楼里面是什么样子没几个村邻见过，但那外墙，大家闭着眼都能数出横着一圈有几块砖、竖着一列有几块砖。那墙体光溜溜的，没一处可抓手落脚的地方，明海又不是白痴，他难道不清楚根本就不可能爬下来？当高宏宇生气地质问王天平时，王天平却说："不是晚上吗？黑咕隆咚的，谁知道他怎么就往枪口窗跳了下去？"

第二十一章

一大早，高宏宇就来到乡公所，先是在院埕里徘徊了好一会儿，像是下了很大决心走向拘押室，却又在门口徘徊了一会儿，才推开门，走了进去。拘押室的门没上锁，隔壁的厨房里临时搭了一张简易木板床，睡着保安队丁巡洋社丁各一个。两天前雷忠可走进拘押室时，对高宏宇说："你放心，我不会走，你要不放心，就上锁。"高宏宇想了想，说："行，那就不上锁吧，早晚，你也可以在院埕里透透气。"拘押室不开窗，一关上门，厝里就黑魆魆的，只靠门缝和墙瓦间的缝隙透入些微弱的光微弱的空气，又是四月闷湿的季节，里头确实有些闷。高宏宇找来王天平，说："人自个儿送来了，关在乡公所的拘押室里，你把明海给放了吧。"王天平到拘押室看了一番，说："人要带到保安队去，这叫什么关押，哪里能关押得了人？连锁都不上，要是我放了人，这儿又跑了，不是两头空了吗？"高宏宇不同意，说："先在这关着，跑了你找我。"厝里的雷忠可说："王天平，要不你派十个八个来看着我吧。"王天平想想高宏宇毕竟是乡长，不好争执太过，说："人要是跑了，到时上头怪罪下来，乡长你记得，不关我的事就行。"

"明海死了。"高宏宇装作不经意地对雷忠可说。

雷忠可心头一震，目光凛冽地扫了过来。高宏宇感觉到那目光里混合着一团火爆燃时的灼热和刀刃出鞘时的锋利寒意。

"是摔死的。昨晚，他想从筒子楼里逃出来，爬出枪口窗时掉了下来。"

雷忠可的目光定在高宏宇的脸上，鼻息逐渐滞重，似乎憋着一股强大的气流，随时就要爆发了一般。但是他什么都没说。他走到门口，望着门外泥泞不堪的院埕，望着院埕前方的小溪，又望向千亩河洋望向横在千亩河洋尽头的河洋海堤。保安队的筒子楼就矗立在海堤边上，平常就觉得它有点扎眼，现在看它，更像是一头丑恶凶狠的野兽，随时准备张开吃人的大嘴，露出惨白的獠牙舔血的舌头。有一道撕裂的痛感穿过身体。这样的痛感与当初亲眼见到阿伯被枪杀时有所不同，那时有些茫然，有些不知所措，仿佛是深藏在心里的一样东西突然被一阵风刮跑了，一下子消失于无形。这样的痛感也与看到姐姐翠云的遗体听到养父陈阿爸的死讯有所不同，那时他忘了痛，只剩下无法压制的仇恨。明海！他的脑海里晃动着这个人的音容言语动作，晃动着这个人这些年和自己交往的那些场景那些情节。他记起村里有红事白事明海总站在阿伯身边，就像是阿伯的一只胳膊一只手臂；他记起阿伯中枪时明海第一个冲上去抱着阿伯的头抚着阿伯的胸，也是明海找来一张门板领头把阿伯抬回村；他记起明海忙前忙后操办着阿伯的丧事；他记起阿伯去世后明海几次来家里看望他，劝他，要他振作，又约村里的几个长辈一同计划着他成亲的事；他记起这一段时间从北山里每一次偷偷潜回洋里，总想到明海家里看一眼；他记得第一次听说明海是自己人是可靠的同志时，自己是多么欢喜；然后每次到洋里到河洋，他首先联系的是明海，每次与明海见面商量事情时自己是那样放松，一点儿也没去考虑自己有可能被王天平和保安队巡洋社发现的危险，明海是细心的，他已经把方方面面的细节都想到了。这个在辈分上管自己叫叔的人，在他看来，不仅是个可靠的同志，还是始终关心着自己的亲人，唯一在世的亲人。

叫王天平死！一定要叫王天平死！一个声音在心里叫着。他回头冷冷地看了高宏宇一眼，迈步就要往门口跨去。

"你不能走。"高宏宇在身后慌张地叫了一声。他确实不能走，不是因为高宏宇，而是他看到了王天平带着一帮人从小独厝边的巷弄内闯出来。他重新退回屋里，坐在地上，盘起了腿。地上铺着一张草席，上面扔着一条破烂的被单，这是拘押室里唯一的一张床。

"你就当我不知道明海的死。"雷忠可对高宏宇说。

"今天这是什么日子？河洋最厉害的两个大人物一大早前脚后脚赶来看望一个杀人犯，真叫人受宠若惊，又叫人心惊胆战，好像马上就要把我押赴刑场去吃枪子儿了。"王天平裹着一团浓重的浊气走进拘押室时，雷忠可盯着他看，接着又说了一句，"天没塌下来吧？叫你王大队长还是王大社长好呢？"

王天平狐疑地望了望高宏宇，目光游到雷忠可脸上，上上下下左左右右扫视了一圈,不动声色地说:"短寿儿,你犯下的命案,是该有个说法的时候了。"

"王大队长要什么说法呢?让我给他偿命吗?我倒是想问一问,我陈阿爸的命谁来偿?还有那五个被你送到县里丢了性命的村邻,他们的命谁来偿?你要说他们是勾结北山里的共产党,那么洋里上力婶、春田公,还有我的翠云姐姐,他们也和共产党有关吗?"

"哼!"王天平表现出不屑计较的表情,转过头对高宏宇说,"短寿儿今天我要把他带走。我听说从他被关在乡公所的第一天,北山里共产党就有人来河洋活动,而且听说四村有不少人早就加入了他们的组织,正在借机酝酿一个大动作。人关在这里很不牢靠,最好尽快把他送走,送到县里,断了他们的希望,他们的戏也就唱不下去了。"

"不行!"高宏宇断然拒绝,"没接到县里的命令之前,人只能在乡公所。不是我有什么私心,也不是我曾经和阿可有过交好的情谊,而是担心你公报私仇,悄无声息地灭了他。你和阿可之间怎么一回事,四村没人不知道,人是投到乡公所,是扣在乡公所,如果出什么差错,你一擦屁股,什么事没有,我倒成了替罪羊。你总不至于把我这个乡长当作白痴耍吧?"

话说到这儿,也就没给王天平留下讨价还价的余地。王天平想了想,只好退一步,说:"乡长既然这么说,那我自然无话可说。不过这拘押室确实不是关人的地方,这叫什么关押罪犯?倒不如说是招待客人。为乡长大人你着想,我还是得再派两个人帮忙守着,就防他跑了,到时上头追究责任,乡长你不好回应。"高宏宇看了看雷忠可,说:"好吧,你就留两个人下来。给他们交代好了,不得对他动粗,在上头没定下来该怎么定罪怎么处理之前,他还是河洋的村邻,我有责任要保护他。更何况这是在乡公所,关在乡公所,就是乡公所的人,你想动他,自然要我答应。"王天平点了两人,下了命令,又转过身正对着雷忠可,说:"短寿儿,你最好老实一点,你敢跑,他们就敢一枪毙了你。"

陈祖宁恰好这时从小独厝边的巷弄拐出来,这后生仔踏实,就算没什么事,家里吃过早饭,也就来乡公所上班。高宏宇把陈祖宁叫过来,回头对王天平说:"这样吧,你留两个,我这边也安排一个人协助。"

陈祖宁不太爱说话,看见人先自低了头,好像自己总欠着别人钱似的。

上半夜，两个保安队丁还记得轮流守在拘押室门口；到了下半夜，他们撑不住了，对陈祖宁说："接下来轮到你了。"陈祖宁之前一直待在办公室里，听他们这么一说，便提着一只凳子走过来，坐在拘押室门口。拘押室里寂静无声，关在里头的人像是睡着了。其实雷忠可没睡，今晚他必须离开这儿，他正在寻找时机。现在时机来了，隔壁已经传来两个保安队丁的鼾声，至于门口的这个后生，对付他应该要容易得多。要想个办法，免得明天那两个队丁和王天平把责任推在这后生头上。

雷忠可悄无声息地走到门口，轻轻地拍了拍陈祖宁的肩，唬得陈祖宁全身一阵发抖，一声"啊"还没发出来，嘴巴已经被雷忠可用手堵上。

"别出声，我们到你办公室坐坐。"雷忠可几乎是把嘴抵在陈祖宁的耳朵上。

"别担心，我不会伤害你。"坐下来时，雷忠可先用一句话安抚住对方，接着说，"你读书识字，读书识字就明白事理，本想和你多攀讲一会儿，眼前这情况，不是机会，以后吧。"

雷忠可从禁闭室出来时随手从角落里取来一条麻绳，一直抓在手中。他用麻绳把陈祖宁的双臂捆起来，想了想，又从墙上取下一条毛巾，揉成一团，塞住陈祖宁的嘴，一边说："我该走了，为了明天王天平、高宏宇不为难你，只能让你受点委屈。"

雷忠可离开小独不过一炷香的工夫，便听到身后传来乱纷纷的叫喊。看守拘押室的两个保安队丁醒了，一见人跑了，一边叫嚷一边连着向天放了几枪。等王天平领着保安队巡洋社一帮人从洋口冲过来，高宏宇也已经赶到现场。两人争吵了一番，王天平愤恨地叫："先不争这个，才一会儿工夫，跑不了多远。豁子，你领几个去洋里，我估摸着人要往洋里去，记住，要是活捉不了，就一枪蹦了。青斑鱼，你领几个把洋高一家一户地搜个遍，特别是那几家和北山里有来往的，连鸡圈猪栏也不放过，人也可能来不及跑，就在洋高谁家里躲着。还有王道上，你领两个在青牛岭上守着，陈本事，你领两个守在海堤路口。就算他短寿儿长着翅膀，我看他还能往哪儿飞。"

王天平料想得不错，雷忠可确实正在往洋里方向跑。他的打算是到洋里和村里的几个党员、农友会会员交代几句,再回双坡谷和县委一帮人讨论个方案。听到身后的叫喊,他却改变了主意。他完全可以在保安队的豁子和巡洋社的王道上赶到洋里和青牛岭之前从容爬过青牛岭进入北山里,一过了青牛岗,任你王天平就是请来神仙,也无可奈何。但他放弃了原先的计划,直接跨过金水潭奔向洋左。

"这是什么人,都什么时候了,还来敲门?"王财来惺忪着睡眼拔了门闩,嘴里还嘟嘟囔囔着。见是雷忠可,吓了一跳,说:"怎么回事,发生了什么?"听到远远传来零星的枪声和人的叫嚷声,明白了,"你这是从那儿逃出来啊,快进厝。"

"哪里是逃出来?本来就是我送上门去的,我要走,他们想拦也不行。"雷忠可笑笑,接着说,"本来要回山里,差不多这时可以走到青牛岗了,不过觉得还是留下来好。一是看看王天平这些天到底会怎么闹腾,二是有些事要和大家商量。我想可能要在你这儿待几天,是待不是躲。"说到这,他又笑了笑。

"你爱待多久就多久。可关键是你的安全问题,王天平见你跑了,非把四村掀个底朝天不可。上回你说,县委已经计划在河洋出手,你要是有什么闪失,我们怎么向县委交代?再说,如果你出了事,县委计划的行动谁来带领大家实施?你不回山里待在河洋,县委知道吗?"

"不知道,哪里有时间告诉他们?你放心,王天平绝对想不到我会藏在他的眼皮子底下。老话说灯下黑,说的就是这个道理,他找不到这儿。我留下来,目的就一个,尽快把我们计划的行动组织起来。前一段开了两次会,四村党员、农会会员都领了任务,各自秘密发动身边的亲友邻居,我听说总体情况不错。不过王天平似乎也闻到了一些味道,他这两天一直待在乡公所,和高宏宇软磨硬泡,时不时就跑来拘押室瞄一眼,是想把我弄到保安队,好对我下手。就像明海一样,随便编个话,说是摔死的,或是生了暴病死的,谁能证明说不是?就算他明目张胆杀了我,到时高宏宇也拿他没办法。我倒不是怕被他弄死,我是担心要是我死了,这行动可能又得重新再来。所以跑出来,明海的死是一个原因,更主要的还是考虑到我们的行动可能要提前实施。"

王财来住家在洋左王家四门头。河洋米洋一带,大大小小的院子不叫大院子小院子，要不叫雷家祖厝高家大厝陈家老厝，要不叫大门头小门头老门头新门头一门头二门头，一个门头的住户大多同一族同一房，小的十几户，大的二三十户甚至四五十户。零星住着一两户四五户的院子，是不够格叫门头的。洋左有四个门头，一门头是刘厝里，靠着北村口的王家祠堂，也就是河洋国民学校，十来户人，都姓刘，一个宗族。往南又有两个并列的两个大院子，分别是二门头三门头，住的主要是王家人，也有十来户外姓。最南边的这个院子也叫老门头也叫四门头，紧靠着王天平的小洋楼和村口的大榕树。老门头不大，二十来户，厝最破旧，说是王家祖先落居洋左时建的院子。后来有些子孙发达了，相继建了二门头三门头，从老门头迁出去，把老门头的旧厝转让给兄弟叔伯，或是卖给或租给迁来的外姓居住。所以老门头里的住户姓氏有点杂，有姓王的，还有姓张姓马姓林的。

"隔墙有耳，防着点。不多说了，明天你瞅个空档，让洋里的小木耳明晚来这儿，我叫他跑趟北山里。这两天估计王天平盯得很紧，还是要当心点。"

"不用担心，这门头里，除了后堂角那一户，其他人家都等着我们动手行动。那一户，这两天恰好出门，说是洋外有一户亲戚家办喜事，全家人都去喝酒。"王财来大大咧咧地说。

王财来又把门开了一道小缝，伸出脑袋往门外瞅了一眼，差点儿就把他给吓了一跳。他看到王道上嘴里发着牢骚拐进院埕。他回头示意雷忠可不要出声，一边跨过门槛，随手把门拉上，装出一脸的惊讶问："这都什么时候了，道上叔这是从哪里来，要去哪儿？还没回家睡呀？"

"恰好，我还想着这三更半夜敲门不好意思，你倒还没睡。都是洋里的短寿儿闹的，他跑了，大家从被窝里被揪出来找人。这黑灯瞎火的，水里捞虾米一般，怎么找？我呢，带着几个要蹲在青牛岭下守着，谁知道要守到什么时候，这一整夜怕是走不得。想想，还是到你这儿弄些酒带在身上。你去店里吗？找个瓶子罐子，给装上一斤两斤。"

"我本来就睡得浅，远远听到洋高那头响了几声枪，正纳闷着出了什么事，突然就想起有一样东西落在店里，一开门，就遇到你了。行，我们这就去店里。"

直到第三天晚上,才等来小木耳。说是保安队和巡洋社的人看得紧,遇着每一个人都要盘问一番,所以一直没瞅着空隙。王天平这两天都带着人守在洋里,一天各家各户搜一次,村子给闹腾得鸡犬不宁。"他赖村邻们把你藏起来,说再不交人,就要杀人了。"小木耳对雷忠可说。

"再让他蹦跶两天。"雷忠可坐在灶膛前,吧嗒了一口水烟,吩咐小木耳,"我听说晚上青牛岭都有人守着,你明天趁着上山干活,跑一趟北山里,到双坡谷找县委,告诉他们,我从乡公所跑出来了,王天平正在满河洋地找。看绍元书记和明兵主席明晚能不能来一趟洋左,事先和财来表叔通个气,约个见面的地方。当然要注意隐蔽,王天平和保安队巡洋社一帮人狗眼正到处瞄着,要小心别被发现了。"

"要不,我今晚就去。"

"今晚?青牛岭上不是有人守着吗?"

"躲过他们还不容易?"小木耳调皮一笑,说,"我这就动身了。"

洋口村的后门山叫鸡公山,山腰有一处四四方方的宽阔台子。台子突出坡面,很规整,显然是人力夯筑成的。台面虽然长满了杂草,但只要你扒开草丛挖几锄头,就能挖到墙基,砌得很整齐的一道青石墙基。山顶上还有一堆乱石,大多是碎块,很少能找到几块是完整的,看那形状,就可以断定是人工凿出来的。老辈人说,那儿就是南屏卫,是驻兵的军营;山顶上曾耸着一座烽火台,倒塌了,就剩下那堆乱石,据说那是明代的旧物。明初实行卫所屯兵制,作为海防前线,河洋曾驻扎着一支部队,指挥官姓陈,叫陈光大,这个人就是洋口陈姓的开基始祖。洋口陈家人老是吹牛皮,说自己的祖先有多能耐。高大华说,明代军制,几府设卫,一府设所,所分千户所、百户所,百户所下设两总旗,一总旗五十人,总旗下设小旗,每小旗十人。南屏卫称卫不够格,陈光大也就是个总旗长,管辖五个小旗五十个兵,五小旗分驻现在的米洋集镇、岩峰、岭下埕、韩门头、片子城等五处。当时千亩河洋和梅花岔口以西的米洋平原是一片内海,沿海荒无人烟,屯边的官兵在各处驻扎定居,开荒围海,之后军人转为平民,从而形成各个村落。此后陆续又有其他宗族携亲带口前来开基创业,米洋河洋一带便渐渐成为人烟稠密之地、物产丰饶之乡。

王财来把雷忠可和陈绍元、雷明兵的这次见面安排在南屏卫。三个人坐在被荒草包围的那堆烽火石上就把四月十八的行动给谈定了。北山里来河洋米洋,过青牛岗后不走青牛岭,走另一条小道往西翻过八埕岗,再往西南方向下山,山脚就是梅花岔口,跨过梅花岔口就是鸡公山脚。洋左四门头紧挨着山,雷忠可从后门上山,穿过一片竹林,再穿过一片杂树林,不过一炷香工夫,就到了梅花岔口。他爬上南屏卫时,陈绍元和雷明兵已经到了。他让跟着自己的小木耳下到山腰处观察山下的动静,回头伸出两手各拉住陈绍元和雷明兵,高兴地说:"你们来得比我还要快。"

夜色下的河洋安静得就像一个在襁褓中熟睡的婴儿,月光因薄云轻笼显得有些朦胧,村庄和林子影影绰绰,隐约中能发现几豆昏黄的灯火,像是窥探者的眼睛,有所期待,却又不知所以。远处,一摇一荡的海浪发出轻柔的声响,仿佛是婴孩平缓均匀的呼吸,又仿佛是谁的喃喃自问。雷忠可的脑海里浮现出月英的面容,又浮现出双坡谷、东坡、九溜半,一个简陋的家和一家人——月英、月兰还有吴家表姊和隐藏在某个地方的自己。刚才雷明兵说,他们来河洋时,月英一定要跟着来,虽然听从了陈绍元的劝说不再坚持,但看起来很不高兴。"你也真是的,磨蹭什么呢?早点把事情办了,我们也好讨一杯酒喝。"雷明兵半是玩笑半是认真地说。但是,雷忠可总觉得自己和月英之间还隔着点什么,有一股强大的磁力非要把他们吸附在一起不可,却又似乎有一层轻薄而固执的气体阻止着,不肯让他们靠得更近一些。

"是啊,月英是个好阿妹,对你有情有义,你们俩又早前就提过亲,双坡谷的村邻们都认为你们就是天造地设的一对。阿可你还犹豫什么呢?"陈绍元温和地说。

雷忠可轻轻拍了拍陈绍元的肩,说:"怎么就说到这事上去了?跑题了。还是把大后天行动的细节再过一遍,看看还有没有遗漏了一些关键点。"

行动时间确定了,三天后,也就是四月十八。鸡公山北坡有片坳子,坳子里是一片松柏林,明晚,也就是十六晚上,通知各村党员、农会会员在松柏林集中开个会,然后用一天时间分头对自己负责的村邻进行再发动。十八日上午,以锣声为号——这第一声锣,由雷忠可来敲——而后各村敲锣响应，发动村邻，把村邻们聚集起来，到洋高小独的乡公所会合。县委要把游击大队派来，支援这场运动，做好暴动准备，以防王天平和保安队巡洋社现场发难，导致行动受阻乃至失败。

"绍元书记还有明兵，你们倒未必要来，但游击队一定要来，至少也应该来十几二十个。"雷忠可说。

"我们一定要来，带着游击队一起来。游击队八十多号人，我们带来一半，留一半人看家，够了。"陈绍元摆摆手，表示这个事不说，"游行队伍总要有个总指挥，选谁？你合适不合适？"

"没有什么不合适。我是什么人，不光王天平心里明白，估计高宏宇也猜到了，就是四村村邻，大概也猜个八九不离十。各村定个带队的，把人带到小独，剩下的事我来。毕竟都有家有口，又都离不开河洋。我就不一样，说是洋里人，家早就被王天平给毁了，人都在北山里，就算事后王天平还能猖獗，他又能奈我何？何况我还是共产党，还是红军的游击队队长。"

第二十二章

　　计划多么周密,也难免出现意外。天蒙蒙亮,陈绍元和雷明兵带着北山里游击队走下青牛岭进入洋里,偏偏就被巡洋社的王道上看见了。一个个神情兴奋,而且都带着枪,一看就知道不寻常。王道上被吓着了,连忙跑到洋口向王天平报告。"一定是北山里的共产党。"王天平第一个反应是立即召集保安队巡洋社往洋里赶,转头一想,觉得不妥。他们想干什么?既然出动了这么多人,而且都带着家伙,可见事先一定有预谋。如果开了枪,凭保安队和巡洋社这一二十个饭桶,能对付得了他们吗?情况不明朗,最好还是先观察观察,看看他们到底想做什么。这么一想,他便强迫自己冷静下来,静观事态变化。心里七上八下,很是不安,一边把保安队和巡洋社召集到保安队来待命,随时准备应对,一边叫王道上带着保安队的青斑鱼到洋里去探察情况。

　　这几日的天气,时晴时雨,这不,昨天上半夜下了一阵不小的雨,下半夜停了,临近天亮,又来了一阵,一时半会儿还停不下来的样子。洋左这边锣声一响,另三个村几乎同时就响起了锣声,可见几个村牵头的党员、农友会会员早就在等了。村邻们却似乎不那么积极,除了一小部分,其他人似乎因为是下雨天,有些懒散,又因为心里不免有些担心,动作更犹豫了几分。还是叫人一家一家一户一户去叫,费了小半个时辰,各村才人声鼎沸了起来,一路呼喊着口号拖拖拉拉地往洋高去。这么一耽搁再耽搁,高宏宇那边早就获知消息了,连忙要陈祖宁去保安队叫王天平来商量该怎么应对,特意交代陈祖宁让王队长把保安队和巡洋社的人都带来,防备出现大变故。王天平没跟陈祖宁来乡公所,只是捎来口信,说是人有些不舒服,起不了床,估计就是四村村邻们有什么事要向乡长请命,他去了,也帮不上什么忙。

　　这是要看我的笑话吗?高宏宇气得大骂王天平,平时吆五喝六摆威风，一遇到威胁就成了缩头乌龟。想到阿爸高大华在四村声望高，说话办事村邻们都认可，便想去把老人家请来。还没等他从高家大厝返回小独，千尺街已经挤满了人，先是洋高的村邻，而后洋里洋左洋口的村邻队伍从不同方向相继过来。雨小了，却还在淅淅沥沥地下着，每个人都是满头满脸的水滴，清凉的水滴往肌肤往心里钻，反而把身体里所有的冷都逼走了，把五脏六腑都刺激得燥热起来，亢奋地叫着嚷着。

"我们不是奴隶，我们不是牛羊猪狗，我们是人，我们也要活命！"

"不合理的捐税我们不交！高利贷丧尽天良，我们不还！"

"减少田租，减少地租，也给我们一口饭吃！"

"不交巡洋谷，不交保安费，不交鸦片捐！"

"不该我们交的田赋我们不交！"

"解散巡洋社，把保安队赶出河洋！河洋四村的事，四村村邻自己做主！"

声音一波一波，声势浩大，持续撞击着高宏宇的耳膜，撞击着高大华的耳膜。高宏宇紧锁着眉头，低头思索了一会儿，正准备跨出院子去乡公所，一边的高大华拉住他，铁青着脸说："这时候去小独，你是想把自己送给人当盾牌吗？叫他们闹，不理他们，看他们能闹出什么名堂！闹不出名堂，还不是屁颠屁颠地各自散了。"

喧闹声已经到了小独。站在高家大厝院埕，可以看得一清二楚。这么多人呀，难道四村村邻都来了吗？而且，四周还有十来个人手里拿着类似枪的东西警惕地东张西望。高宏宇心里突然一阵颤抖。这时，他听见闹哄哄的小独安静了下来，有一个人爬到晒谷埕左边的土堆上，放大声音喊话。他看得清楚，那是雷忠可，他的好兄弟阿可，洋里的短寿儿。

"村邻们，不知道大家有没有算过这样一笔账？我们一家一户，一年种了多少亩的水田山田，又收了多少担的谷子番薯多少斤的烟膏茶叶？照理，从年头辛苦到年尾，使了这么多的力流了这么多的汗受了这么多的苦，让一家人吃个饱肚子穿个暖身子应该不成问题吧？可四村四五百家，除了几家地主大户，有几家村邻不是半饥半饿地应付着活命，不是衣不蔽体地对付着一年四季？我们辛苦劳动的收获哪里去了？你算过田赋田租吗？算过苛捐杂税吗？算过你什么时候不得不向人借的几斤谷子几个钱要付给人家多少本钱利息吗？算过保安队巡洋社一年到头到你家又吃又喝又拿了多少？算过各村头人要修桥架路建庙办学又要你们承担多少的费用？这么一算，就清楚大家的血汗钱救命粮到底去了哪里。有人说我们不明事理，除了干活百事不会，没脑子的人活该受苦受累还要挨饿受冻。有人说谁穷谁富谁该受苦谁该享福这就是命，是老天注定的。我们不明事理吗？我们至少明白，人人都不干活，大家都得饿死，我们至少明白，我们不干活，他们就没得吃。他们忙的那些什么事，收租呀放债呀我们不会吗？要说是村里要修路搭桥要建庙办学校，我们没出钱出力吗？没有我们出苦力，哪样事又办得成？又说什么富贵贫穷天注定，不黑了心地算计村邻剥削村邻，他们哪来的富贵日子？有人又说了，是他们有好祖宗，留下了田地山林大把金元银圆，那么又要问一句了，他们的祖宗占有的这些田地山林金元银圆又是哪里来的？还不是靠强取豪夺！我们总是说，他们的日子过得体面。难道我们不想体面？我们辛劳地把十个指头当作十只手臂来使，我们节俭地把一个铜钱掰作两半来使，不过就是想攒下一些钱，一辈子能做成几件事，娶妻生子建新厝，不过就是想让一家人吃饱穿暖，让老人能享几天清福，让女人孩子穿着光鲜一些脸色亮堂一些精神一些，走出去有个人模人样，不过就是想逢年过节有客来桌上能摆个几样菜能拿出一壶子酒，亲戚朋友有难时找上门能帮上些忙，人前人后叫人说一声这个人不错。这些本来都是平常人都会想的也是应该能实现的，可是我们做不到。为什么做不到？因为我们勤勤俭俭应该攒下的钱都让别人拿走了。拿了我们的还一副天经地义的样子，还把我们看贱了。这合理吗？"

雷忠可说得越来越激愤，院埕里的村邻们听得也越来越激愤。有些人听得六里雾里，有些人听得一知半解；有些人听进去了，嘀咕着："不合理，这世道确实不合理，很多事都颠倒了。"人群里的党员、农友会会员和北山里来的游击队员领头喊："田租减半，消灭高利贷，废除苛捐杂税，打倒恶霸王天平，把保安队赶出河洋，解散巡洋社……"先是一些人，而后是几百上千人一齐跟着喊，声音或粗大或尖细或拉着长声或急切短促或憋着劲或敷衍附和，参差不齐，像夏夜的稻田里的蛙鸣，又像是暴雨击打水面跳跃着飞溅着的水花。雷忠可用力挥动着手臂，有人把锣敲了三声，"咣咣咣"——这是要让大家安静下来的意思。

他接着说："村邻们，前一段时间，乡公所把四村各家各户的田亩重新丈量了一次。大家知道吗？这次丈量，四村的田亩数要增加至少两成以上。这次丈量，说是因为原先的田亩数登记不实，有漏报虚报，实际上就是要增赋税收。大家想想，增加两成，田赋税收不就跟着增加两成吗？这增加的加田部分，最后归谁来缴？河洋四村实际上有多少田亩？我知道的情况是，官府里的数字确实比实际要少，而且少了不少。谁少报了？我们没田没地，有田有地也就三五分一两亩，可在官府的账本上，没田没地的变成有田有地了，三五分一两亩的变三五亩十来亩了。过去已经是这样，我们因为这多报的，这么多年也不知道多缴了多少田赋税收。我们是替谁多缴的？这些田亩本来应该是谁的？这些田赋税收本来应该谁来缴？大家都心知肚明！这次重新丈量，听说增加的部分又被摊到我们这些没田没地田少地少的村邻们头上，今后我们还要替人负担更多的田赋税收。这是什么道理？今天，我们要把这事弄清楚。"

"大家先等一会儿。"雷忠可跳下土堆，快步向乡公所事务室走去，后头跟过来几个人。乡公所的小郭小曾和陈祖宁刚才还不时地从事务室伸出头来探察院埕里的动静，这时连忙将门关死。

"这事和你们不相干，村邻们就想知道登记簿里自己的田亩数是多少。祖宁，你们把簿子拿出来吧。"

跟在身后的几个村邻有些急躁，又是擂门又是推门，一边叫："跟你们不相干的事，你们别替别人背骂。别让我们把门给踏破了。"

办公室里的三个人给吓着了。过了好一会儿，陈祖宁犹豫地站了起来，从木柜子里取出一叠本子，扫了一眼另外两个，拉开门，双手一递，说："在这儿呢，拿去吧。"

"祖宁，你识字，而且这登记簿就是你们做的，你来给村邻们念一念。"雷忠可说。

按商定的计划，这次行动的两个关键环节，一是借在小独集合四村村邻时控制住乡长高宏宇，进而逼迫高大华和四村地主大户满足村邻们减租降息的要求；二是清算王天平和保安队、巡洋社的劣迹恶行，迫使王天平解散巡洋社和保安队。依雷忠可的意见，要对王天平实施公审，执行处决。

"要叫王天平死,他多活一天,我这心里就憋得难受。"雷忠可说。但陈绍元不同意。

"阿可你以为我不恨王天平?那也是杀我父母的仇人,那是血海深仇,我睁着眼都想着哪一天亲手杀了王天平,杀了何五。当年要不是延兴书记拦着,我早就和他拼命了。个人报仇事大,革命的事更大。现在杀了王天平,必然会激怒县政府和县保安大队,以我们现在的力量,还不够和他们硬碰硬。所以,我的意见是,可以批斗王天平,可以清算王天平,但还不能杀他。如果解散了巡洋社保安队,到时王天平就是一个孤家寡人,杀他还不是易如反掌的事?"

陈绍元说这番话时,又一次想起了十多年前的那个台风夜。自从保安队占用他家的那天开始,阿爸阿妈就把他寄在嫁到同村的姑姑家。那年他十二岁,正是早上睡不醒的年纪。天没亮透,他被一阵剧烈的摇晃吵醒,睁眼便看见姑姑因为过度的急切和惊恐而扭曲的一张脸。一夜大风大雨已经平息下来,天空却还布满厚重的灰黑色云团,像是有一股强大的力量在拉着它们,迫使它们不得不一点一点地向前移动。"快走!去北山里!有个村子叫老鸦岩,那里有个表叔叫钟阿涛,从此不要再回河洋,不要再回洋口!"姑姑急促地叫,湿热腥臭的口气扑面而来。他不知道发生了什么事,但从这一天开始,对于他来说,洋口的家就只存留在记忆里,阿爸阿妈就只存留在记忆里。关于阿爸阿妈被杀的传言,是姑姑带来的。姑姑每年都会来老鸦岩走一次亲戚,已经出嫁的姑姑自然不再和钟阿涛表叔有人情往来,她来老鸦岩,其实是为了看他。阿爸阿妈是被杀的?是王天平、何五杀的?梦里一次次演绎过阿爸阿妈被杀的场景,却始终有些模糊,有些不真实,然而足够激起他的仇恨,激起他复仇的愿望。但是蓝延兴拦住他说:"只手单拳,你这是去送死,仇一定要报,但还不是时候。"

"北山里游击队加各区委的赤卫队、各村红带队,我合计过,不少于一百六十号。加上北山里和河洋四村可以发动起来的村邻,我粗粗估算了一下,可以组织一个五六百人的队伍。有这么多人,就算县保安大队出动,我想我们也能对付得了。我的想法,要干就轰轰烈烈地干他一场,如果这一次能把县保安大队打趴下,不用说河洋,就是在整个米洋也会产生极大的震动,这对于我们扩大活动空间推动革命发展非常有帮助。"雷忠可说。

"你这是冒险。石浦镇樊二的保安队、范进堂的护镇联队瞪着大眼等机会对北山里发动进攻,如果把北山里的游击队赤卫队全部调到河洋,不是把北山里拱手让给他们吗?再说了,就算我们能动员组织起来一支五六百人的队伍,我们拿什么武器和保安大队打这一仗?他们可是人人都有一杆好枪,有的是武器弹药,而且还有机关枪。我们呢?差远了。何况,他们还有全县各乡各镇的民团,邻县临富县城还驻着一个团正规军,临富县城离我们这儿才几十里的路程,一天就赶到了,他们都很可能被调来对付我们。如果是这样,我们打得过吗?"

"那就让王天平再蹦跶几天吧。"对于陈绍元的意见,雷忠可既认可,却又有些不以为然。不过他还是同意先不杀王天平,避免事态扩大难以控制。"要把乡长高宏宇请来,把各村地主尤其是洋高大东家高大华和窝在保安队桶子楼里的王天平强请到小独,不是件容易的事。每户除派去一个农友会会员带路,再加上两个游击队员,带上枪,必要时动动枪杆,当然不能来真的,免得节外生枝,吓唬吓唬就行。"雷忠可说。

大约过了半个时辰,四村十几个地主陆续被请到小独院埕。土包前方已经备下几条长凳,请了好几次,他们才扭扭捏捏地坐下来,局促不安地这儿瞄一眼那儿瞅一下。乡长高宏宇来得有些迟,高大华不来,说是着凉有几天了,头重脚轻的,来不了。任你叫他就是不下楼,拖了有一会儿,跟随农友会会员去请人的游击队员不耐烦了,拉着枪栓就要朝天放枪。一边的高宏宇喝了一句:"你想干什么?光天化日,你们要杀人放火还是打家劫舍?这还是我的家,我还是一乡之长,你们都敢在我家门口撒野,要是普通村邻的家,你们还不破门拆厝?你们眼里还有没有政府,还有没有王法?走,我跟你们走,看看你们想干什么,看看你们想在河洋搅出什么乱子!"高宏宇额头上青筋隐隐,也不管身边的三个人跟上来没有,大踏步地就往小独去。他拐过巷道,瞥了一眼围在土包四周的闹哄哄的人群,自顾走进乡长室,对紧跟在身后的人说:"有什么事,叫人到办公室来,我等着。"

雷忠可走进乡长室时脸上挂着意思不明的微笑,他向高宏宇打了声招呼:"高乡长,把你请来,是希望你主持个公道。四村村邻有什么愿望,你心里是清楚的,其实就是一句话,有钱人要过日子,没钱人也要活命。村邻们不过就是想活命，没别的意思。"

高宏宇乜斜了雷忠可一眼，随即将目光转向别处。

"你这话是什么意思？谁活不下去了，谁不让村邻们活命了？我看是你们要断了村邻们的活路。你知道你们在做什么，你们在怂恿村邻们做什么？什么革命，什么反动？谁反动，你们要革谁的命？你们要革自个儿的命！你们自个儿要选择死路那是你们自个儿的事，四村这么多无辜的村邻，你们想把他们也带到不归路去吗？你们是想把他们的命也给革了吗？"

"有时间我们再来谈反动和革命的话头。今天就是想叫你乡长大人替四村村邻也就是你的子民主持一回公道。村邻们的要求很简单，也很合理，就是田租地租往下降几成，七七八八的苛捐杂税少几个，消灭了吃人肉喝人血的高利贷，再就是散了巡洋社、保安队，不让一帮只会游手好闲只会敲诈勒索的混账在村邻们面前横行霸道。这些就是四村的祸害，村邻们日子过得有一餐没一餐，不得不卖田卖地卖屋卖妻卖儿卖女，细究起来，哪一件不是归结到这几样？你是读过书、当过先生的人，知道历史上兴亡更替，这些道理你比我更清楚。现在你又是一乡之长，是四村村邻的父母官，你不想让村邻们过得好一些，不想留下一些好名声？"

高宏宇沉吟了一会儿，说："这些事是你们管的吗？是你们能管得了的吗？上有国家，下有政府，国家有国家的法度，政府有政府的规矩，有你们什么事？你们还真把自己当作救世主了，你们怎么就不掂量掂量自个儿有几斤几两？"他停了一下，而后语重心长地说，"阿可，收手吧，现在收手还来得及。不管怎么说，你也是河洋四村村邻中的一个，我们曾做过一段兄弟，我不忍心看着你在不归路上继续走下去。"

"我也叫你一声宏宇哥。"雷忠可紧盯着高宏宇，"今天我们能这么和气地坐在这里谈这些话，就因为我们是兄弟，就因为你不是王天平。王天平是什么人，这些年他在河洋做过哪些伤天害理的事，你应该也清楚。村邻们今天还要把他请到台上来，好好替他算一笔账。现在就请你到院坝去，大家都等着你呢。"

"田是别人的，地是别人的，山林是别人的，要租不要租、要多少租是别人的事，我做不了主也不可能替人做这个主，要闹你们去闹吧，我不掺和。"高宏宇一挥手，分明是逐客的意思。

"那就不能怪我了。"雷忠可正要叫人把高宏宇架到院埕去，便听见洋口方向传来一阵密集的枪声。他心里一惊，到保安队叫人的那一组出事了。

事先安排人手去保安队桶子楼叫王天平时，考虑到王天平不比其他人，保安队的筒子楼也不比其他人的院子，雷忠可派了五个人，两个农友会会员三个游击队员。洋口距离洋高，比洋里洋左都要近一些，顺利的话人应该早就到了，这么久还没到场，一定是不顺利。不顺利也正常，王天平哪里肯束手就擒？一定会顽固抗拒。如果不行，先稳住，把这边的事料理清楚，再集合全部人到洋口，围住桶子楼，逼王天平出头。这么多人，就算王天平想下狠手，也必然投鼠忌器。现在情况发生了变化，接下来该怎么办？雷忠可和陈绍元、雷明兵简短商量了一番，决定先放下这边，把四村村邻全拉到洋口，先解决了王天平，回头再继续这边的事。

"解决了王天平，其他人好办。"雷忠可说。

洋口保安队桶子楼前发生了枪战。两个农会会员，一个是洋口的陈光跳，一个是洋高的潘左光，在楼下迭声叫唤着"王队长王社长"，又叫唤着"王天平，小独那边乡公所请你过去"，这把王天平惹恼了。"喷他几枪，叫他们在这儿号丧。"他向队丁社丁们下命令。楼下场院里的几个毫无防备，一下子就被撂倒了三个，潘左光被击中头部当场身亡，陈光跳胸部中弹，因伤太重，虽然被抬到洋高青草堂西医诊所由贺医生施治，还是在第二天天快亮时断了气。还有一个大腿中了一枪，是洋里的钟阿泰。他参加了北山里游击队，虽然中了枪，还是与两位队友迅速退到一个土台子背后，向桶子楼开枪回击，把几次想冲出桶子楼的王天平阻止在门内。

王天平觉得胸口升起一片浓黑的云团，却依然压制不住强烈的不安。他后悔了，在这之前，他完全来得及离开河洋暂避一时，雷忠可和陈绍元的计划显然存在一个巨大的时间漏洞，河洋四村鸡犬相闻近在咫尺，以王天平的嗅觉和机灵，获知消息并做出合理的判断和应对决定，时间绰绰有余。是留下来还是暂避一时，或者赶早到米洋甚至县城去请兵支援，王天平确实在这三个选项间摇摆过，之所以最终选择留下来，还是因为他太轻敌了。而影响他对形势和可能结局的判断的一个重要因素，是他真的想看到抢了他乡长宝座的高宏宇的狼狈相。现在的河洋四村，老大是乡长高宏宇，不是他王天平，要说田多地多，也是他高家，是高大华，天塌下来，有高个子顶着，不会有他王天平多大的事。他一贯这样，只要存在一种可能，就把自己给说服了。即使还有天大的矛盾，那又有什么关系呢？他王天平在河洋四村呼风唤雨惯了，就算有些差错，谁又能把自己怎么样？或许正是这样的惯性思维和处事风格，他决定留下来作壁上观。但是当数百号人一下子声势浩大地围在筒子楼下的院埕里时，他预感到自己这次犯的错误极端危险，甚至无法挽救。

现在，对于他来说，唯一的办法就是紧闭大门负隅顽抗。桶子楼一层的大门是笨重的大铁门，铁门上拴着粗大的铁链，四面圆筒形的墙面是青石青砖，要想打开，除了钥匙，那就只有一个办法，用火把铁链铁门一点一点烧化了，或者用锯子一点一点把铁链铁门锯断了。可能吗？可能。要多久？猴年马月。何况还有保安队和巡洋社二十来号人在门角暗处瞄着，就等着你动大门时放冷枪。楼上的射击口也搭着枪。这射击口当初设计得巧，双层，外层一个小四方形叠着里层一个大圆形，外头想把子弹射进楼里，不容易；里头活动范围大，转动方便，一个射击口可能扫射的角度就大，从一楼至三楼，至少有六个射击口能把子弹打到大门那儿。但王天平还有一点没想到，他的这些队丁社丁实在是插在上好的良田里也青不了的稗草，尤其是那几个跟在身边的巡洋社社丁，看起来像是马上就要尿裤子了一般，要不就像筛米糠一样在发着抖。才发了几枪，不敢放了，全都缩到角落里把自己藏起来。门外一阵阵山呼海喊，要清算王天平的罪行，要王天平杀人偿命，要王天平爬出筒子楼。一阵一阵山呼海喊之间，不时插着雷忠可的声音，要保安队、巡洋社的队丁、社丁们看清形势，是一条道走到黑跟四村村邻对立，还是扔开王天平，敞开大门迎接大伙进筒子楼。楼里的人心乱了，慌乱中就有人抢过钥匙跑去开门。等到王天平楼上楼下转了个圈，门已经开了，开门的豁子和其他几个巡洋社社丁已经混到冲进楼里的人群里。几名保安队队丁也放下枪，只有守在二楼楼道口的王天平一边疯狂呼喊一边向下胡乱开枪，打伤了两个还是三个村邻。雷忠可命令冲到前头的人后撤，自己带着几个游击队员借助内墙楼梯箱柜和猛烈的火力作掩护，强行要往二楼冲。就在这时，从二楼的某个角落里响起一记沉闷的枪声，便看到王天平一头向楼下栽了下来。

开枪的是洋口的陈本事。他一直躲在角落里,这时扔掉枪走出来,举起双手,对着大家喊:"我杀了王天平,是我杀了王天平。"

王天平死了。这固然大快人心,陈绍元却皱起了眉头。他看着雷忠可,目光里似乎含着隐隐的不满。雷忠可却满不在乎,说:"你这样看我干吗?人不是我杀的。"看起来他对这样的结果很满意。现在,最大的障碍解决了,接下来就领着村邻们回到小独,重新把四村的地主召集到一处,包括高宏宇和高大华。王天平的死,或许会让河洋甚至北山里迎来一场残酷的战斗,但那仅仅是一种可能,而眼下,王天平的死显然对四村地主造成不小的威慑,包括乡长高宏宇和一向强硬的洋高大东家高大华。四村村邻有关减租去债的要求得到了满足,更正田亩登记的事也得到了解决;巡洋社自然是解散了,保安队的几个队丁暂时限制自由,以免跑到米洋或县城去报告消息。去除苛捐杂税的事,高宏宇说都是县里定的,他做不了主。在雷忠可看来,这事先不急,运动取得的成果比预想的还要大,王天平和保安队巡洋社彻底覆灭,意味着在河洋四村的反动武装被消灭了,河洋成立党的办事处和苏维埃政府的机会成熟了。

"让高宏宇再任几天乡长,就凭这次四村村邻运动的声势和成果,他又是个有见识有思考的人,应该可以看到革命是顺应民心的,顺应民心的力量是不可战胜的。一句话,通过积极争取,他应该有可能而且很有可能加入我们的队伍,成为我们的同志。"北山县委在洋口保安队桶子楼里举行临时扩大会议时,雷忠可说。

雷忠可意气风发的样子让陈绍元感到特别担心。已经在河洋待了三天,他们必须尽快回北山里,原想让雷明兵和带来的游击队员一并留下,帮助雷忠可在河洋开展工作,但雷忠可说雷明兵是县苏主席,怎么能留在河洋?留下五个队员,足够了。

"眼下最重要的事是封锁消息,如果能拖一段时间不让福宁县里获知河洋发生的事,我们的回旋余地就更大,就能做更多的事。河洋米洋相隔这么近,河洋一点香,香味就飘到米洋,想瞒住米洋,不容易。阿可你一定要小心,随时保持联系,一有情况,要及时叫人给县委送信。"陈绍元交代了再交代,以致雷忠可都感到有些不耐烦,笑着说:"你什么时候变得像个老妈子一样了?走吧走吧,放心回北山里,等我的好消息。"

第二十三章

　　农历四月，正是早稻分蘖时期。刚入田时还弱不禁风的秧苗，几轮和暖的风雨吹过淋过，身姿一天比一天茁壮，精神一天比一天抖擞。望着青葱一片的千亩河洋，高大华的心情却坏到极点。要是往年，这样的眺望总是能让他生出很多快慰的联想。这葱茏的绿意让他看到丰收的希望，只要不发生大的稻瘟病，只要今年的台风不抢在夏稻收成前到来，丰收是一定的。千亩河洋，四村村邻，尽管常常遭遇天灾，年景丰歉不均，那又有什么办法呢？天上还刮风下雨呢，人还有生老病死呢，哪里就处处能遂了人愿？丰年固然值得庆幸，灾年也不至于就等着饿死，这千亩河洋，这三面山的山林草木，只要两只手肯伸出去，只要两只脚肯走出去，就一定有活路有出路。祖先智慧呀！全福宁县，再加上邻省的平南县，几处能像米洋河洋的田，一年能种两季稻子，一年能收成两季谷子？第一季，三月插秧六月收割，除了一些年头台风来得太早，一般是可以避过七八月的台风季。这样，即使第二季因台风造成歉收甚至绝收，一年中也还能抢回一季收成。三月的泥水还有些清凉，秧苗柔弱，下田前先给田下一轮底肥，给秧苗的根须吃些暖土和草木灰，它们就不怕冷了。有一年两熟的这千亩良田，有了这勤俭的四村村邻，还有什么事能难倒河洋人？

　　千亩河洋是温馨安宁的，又是丰饶康乐的。感恩祖先，感恩他们的先知先觉，给子孙后代寻找到这一处福地，依托它的庇护，得以瓜瓞绵长繁衍不息。感恩他们筚路蓝缕开基创业，把这一处荒凉的山脚海隅变成一方丰饶的家园，给予一代一代人以富足安康。在这方家园里的各村各姓各户各家是安乐的，和睦的，尽管有这样那样的矛盾、冲突，闹出这样那样的飞短流长，甚至闹出风浪闹出仇恨闹出人命，那风浪很快就消退了，仇恨很快就泯灭了，平静很快就得到恢复，生活的节奏很快又不紧不慢地回到四季更替的轨道。尽管有人穷有人富，但哪朝哪代没有穷富之分？只要大家遵循规矩，只要大家安守本分，穷人再多一些勤俭，富人再多一些仁义，还有什么不能让大家相安无事？就算有谁要耍赖耍横，就算有谁为富不仁，有他高大华在呢。他高大华就是四村的尺子，就是四村的台柱子主心骨，他高大华的尺子要量的就是谁短谁长，他这根台柱子主心骨就是要撑住河洋这座大厦刮风不摇下雨不漏。那些小心的拘谨的谦卑的恭顺的甚至讨好的奉迎的笑脸、请教、求助、申诉，那些在自己威严的目光下变得绵软无力的蛮横、暴怒、攻讦、詈骂，那些屈服的、敬爱的、感恩的神情，面对这些，尽管他往往表现出有些厌烦的神情，有时也确实让他感到厌烦，但内心是满足的欢愉的甚至是得意的。他相信自己是一个品德高尚的人，他当然是四村最富有的人，而且在米洋镇公所福宁县政府都能找到几个熟人说上几句话，但他从不以财以势压人，从不欺凌村邻，更不欺凌弱小，从不算计人占人便宜。相反，他对村邻们是和气的，是关爱的。对于四村公共的事，他是热心的，每每都要挑头操办。很多次，他是表示过不愿插手了，但怎么可能，其他人怎么可能在没有请示他之前就自作主张呢？对于村邻们个人的疑难事，他也总是热心的，扶贫助困救灾救病，这样的事他没少做过。为了公共的事，为这救助的事，他没少掏过自己的腰包。他是和人说过，而且不止一次说过：我这是干什么呀，操心吃力不说，到头来落不下一点好处，还总是贴钱贴工夫，我这做的叫什么事呀，以后这样的事，你们真的不要再来烦我了。他这样说的时候脸上堆积着深深的懊恼。

何五和保安队来到河洋后，情况慢慢发生了变化。先是征赋征丁的事绕过他，不用他操心，而后修海堤修水渠办学堂保四村平安的事不由他做主，再之后是闹纠纷争短长的事找上门来求他主持公道明断是非的也少了。他的心里一天比一天落空，空得让他憋闷难受。他看着王天平在四村蹦跶得欢，看着王天平在村里说一不二，看着王天平在自己面前一天比一天更张狂，心里就闹气。这个骗子，这个强盗，这个阳间鬼，他在心里恨恨地骂。骂归骂，闹气归闹气，他发现自己却拿他没办法。他觉得自己受骗了，当初办巡洋社，他是点头的，或者竟是授权给王天平去操办的。他觉得王天平从自己身上抢夺走了很多东西，虽然他说不出来到底有哪些。他是轻易不骂人的，更不肯使用恶毒的言辞，他这样的人，怎么能用那些丑恶的言辞呢？骂一个人是阳间鬼，等于就是骂这个人不是人，还算不上是畜生，而是活在人世间的鬼，等于是诅咒，咒他死，要他回到阴间去。这样的词，尽管四村村邻常常挂在嘴边，他每每听到总要皱眉头，然而现在，他自己也在心里叫上了骂上了。

他还有些信心，有些期待。他相信王天平蹦跶不了很久，那就是一只跳蚤，一个小丑，一时得意而已。看看他做的那些事，看看四村村邻的眼神，听听四村村邻是怎么在私下里偷偷骂的，就可以想得到王天平长久不了。往前推不到十年，他王天平还是一个人见人厌谁都可以讥讽谩骂的浪荡子，要根基没根基，要品德没品德，他有什么资本和我高大华比高下？一个人的根基，是一生一世就可以夯牢的吗？那是要历经几代甚至十几代几十代人一层一层积攒起来的。当河洋设乡，儿子高宏宇当上乡长，他相信他已经看到了王天平重新回到像一头癞皮狗一样在自己面前摇头摆尾的下场。但是，情况又发生了新的变化，共产党来了。他们不是王天平，王天平改变不了河洋，最多给河洋带来一场不大不小的台风，刮几阵糊里糊涂的风，下几阵糊里糊涂的雨，掀飞几片厝瓦，吹乱田里的稻株，刮倒几根树木，风雨过后，花点时间清理清理，一切便又恢复了原样。但共产党不一样，他们带来的一定是1929年那样可怕的大台风，甚至比台风更大更可怕，是要把河洋掀个底朝天，是要把河洋的根端掉。他们想干什么，不知道，也无法知道，有一点是清楚的，他们大概就是要对付像他高大华这样的人，只要他们在河洋一天，只要他们把事闹成了，他高大华就没有好日子过。要命的是，他们把四村村邻的心都说动了，他们把四村村邻都变成了疯子，他们得到了四村村邻的拥戴。这些混账！他在心里又恨恨地骂人了。我为四村，为你们做了那么多，付出了那么多，不感念这份恩情也就罢了，现在还要来对付我算计我，你们这些忘恩负义的东西，你们这些一辈子也甭想摆脱穷命的东西。尽管没骂出口，但动不动心里又冒出这些骂人的甚至是诅咒人的言语，这是过去从来没有过的。他却还没发觉自己的这些变化。你们也想和我平起平坐？也不去照照镜子，看看自己是什么东西。一想起昨天夜里雷忠可上门找他和宏宇说事，就有一股怒气腾起来，却又混着无奈的悲凉。你一个浑水摸鱼的坏种，下巴还没长几条胡须，往常只有束手肃立在一边，求我帮忙求我教训的份，居然面对面就坐下来，还端着皮笑肉不笑的一张脸，装腔作势要和我高大华谈什么世道人心，谈什么国运民生，谈什么兴亡更替。你才读过几天书，认得几个字，你也配谈这些！但是……我为什么不出声训斥这小子几句，我为什么不说话，为什么让他在我的面前指手画脚，为什么让他那可恶的声音在耳边嗡嗡地叫？我这是在怕什么？

雷忠可是在吃过晚饭后，又这边那边溜达了一圈，才向洋高千尺街走去。这个时间，村邻们大多已经完成了一天的正事杂事，因为不舍得多费几滴煤油，即使还没想着要睡下，大多也已熄灯躺下。洋高千尺街上的几家酒店面店，往常这时还没歇业，都亮着灯，厝里传出喝酒猜拳的声音，或有几个客人在门前进出。这些天，人们察觉到河洋的天空有些变样，笼着一层看不见也摸不着猜不透的气息，不知不觉中便小心了起来，白天里还尽量不往人堆里挤、尽量少说话呢，夜里自然是能不出门就不出门。这些当然都是四村的有钱人体面人。其他村邻呢，前些天倒有些咋咋呼呼的，特别是那些年轻人，因为兴奋，总想折腾出一些动静来。能折腾出什么动静？实在没有别的乐子，只有到酒馆里喝酒猜拳。但袋里缺钱呀，缺钱不怕，要不赊欠，要不叫哪个地主家的来做东。可那三家能炒几个热菜烧几个鲜汤的酒店把店门关了，他们也小心，几个钱不挣不行吗，干吗叫自己提心吊胆？关几天，看看情势再说。剩下几家面店，也行，也都备酒，也备有一些下酒的小盘小碟，但不让赊，这样的小面店从来就不赊账。也就几个小钱，也不完全付不起，却舍不得，那就叫一两个大户来出钱请客。雷忠可不高兴了，把他们叫来，狠狠地骂了一顿，说："你们做的这事叫什么？敲竹竿！保安队和巡洋社那伙人过去常常做的把戏，你们是想和他们成一路货吗？"那些还想着今晚又要叫谁来出钱请客喝小酒的年轻后生不敢了，骂了自己几句，立下保证，才灰头土脸地钻出保安队的桶子楼。这样一来，天一黑，洋高千尺街也便一并就黑了。还亮着浊黄色灯光的，除了两家还想捡一两个客人的小面馆，另一家是青草堂。雷忠可原先不想选择在青草堂与高大华、高宏宇谈事，虽然四村有人传言说贺炜也是共产党，但还只是传言，他和贺炜的往来仍然很隐秘，眼下还不是亮明贺炜身份的时候。但贺炜说："高家大厝那木板壁能隔什么音？谁夜里说一句梦话，一院子的人都要醒了。人多嘴杂，不如放在青草堂，耳朵少，我就说是给宏宇和大东家带个话，没什么不妥。要不就是小独，只是小独远一些，高大华未必肯出来，而且在小独，我出面叫人，就有些不妥了。"

　　雷忠可不住洋里，和北山里来的几个游击队员就住在洋口保安队的桶子楼里。洋里祖厝厅堂边还有两间老屋，这些年自己不在村里，早叫哪个叔伯哪个兄弟给借住了。人家倒是客气，要搬出来，还给他，话是这样说，却迟迟没有动作。他知道这是不情愿，或是有难处，就说："算了，不搬了，我一个人，哪里就找不到一块铺席子的地方？你们那是一家子，不容易，就先住着吧。"还有那些田地山林，原先是被王天平占了，现在王天平死了，他的家人又都在城里，王天平的家产怎么处理？王天平的这些家产一大半是强抢强占来的，包括他短寿儿的二十多亩田，那些被抢被占的人都盯着。雷忠可的意思是强抢强占来的，还回去；属于王天平自己的，分了，分给那些连一分田亩也没有的人家。他今晚找高大华、高宏宇要谈两件事，一是有关王天平的死如何向上头说明，二是要地主们各舍出一些田分给没田亩的村邻。按他原先的想法，就借这次运动的机会，把地主们都打倒了，分掉他们多余的田地山林和农具牲畜，在河洋建立县委的办事处，成立苏维埃政府，或者干脆就在河洋筹建福宁县委。但北山县委不同意，中心县委也不同意。陈绍元前一天来河洋时，带来了彭庆元和北山县委的意见，说："建立办事处和苏维埃政府的条件都不成熟，眼下最重要的是要巩固运动成果，不能搞得太过火，尽可能不激怒福宁县政府和保安大队，避免敌人大举进攻河洋。"陈绍元对他说，彭庆元还交代，要安抚四村的地主大户尤其是高大华和高宏宇，迫使他们同意，向上报告说王天平是突发暴病而亡，保安队不能群龙无首，建议由高宏宇暂时兼管；当然也要让村邻们从运动中得到一些实惠，办法是让四村地主各舍出一些田，加上没收的王天平的田亩，分给没田亩的村邻。完成这个任务，需要说服高大华顺应形势领头示范，至于山林园地农具牲畜，以后再说。雷忠可尽管有些不甘心，以为县委和彭庆元、陈绍元过于谨慎了，但还是决定遵从县委的意见，说："我家原先被王天平霸占的二十多亩田，也全部分给无田的村邻，如果一户一亩，也能解决二十来户。"

　　贺炜说雷忠可托他传话在青草堂等着高大东家和高乡长前去议事时，高大华本不想一道去，等高宏宇和贺炜跨出门槛，突然叫了一声："我也去看看，看他到底要怎样。"三个人来到青草堂，贺炜表示出识相的样子，说是他该睡了，便转进后间爬上阁楼去，竖着耳朵听前间楼下三个人的谈话。隔壁屋还有老黄先生和药剂生小岐，贺炜贴着木板壁听了一会儿，那边没一点动静，像是睡着了。楼下那三个人，话谈得显然很不投机，不是冷场，就是争执，可以猜得到，气氛很有些别扭。高大华和高宏宇始终冷着脸。说是三个人议事，却主要是雷忠可在说，说到哪儿了，高宏宇听得不高兴了，就顶几句，冷嘲热讽的。雷忠可有时笑笑，和气地解释，有时有些发火，声音便有些尖锐，高大华却一直没张口。至少有一个时辰了，听见高宏宇说："都十点了，到上床睡觉的时候了。我阿爸年岁大，加上身体不太好，老人家本就睡得早，又这么长时间坐着，经不起这份累，没什么别的事，我们就回去了。"

"那就代表你们同意了。"雷忠可说。

直到雷忠可离开青草堂，贺炜才听到高大华发出一声严厉的呼唤："宏宇！"但是高大华转头往阁楼的方向望了一眼之后，突然就把声音压得很低，低得就像是一缕似有若无的烟岚，贺炜调动了全部的注意力，还是徒劳无功，听不清高大华说什么。

高大华对高宏宇说："想办法把共产党和四村村邻闹事的消息报到县里，请求县里出兵，一定要把这股歪势力打下去，否则不但今后在河洋站不住脚，而且还可能连活路都没了。还有，要想办法把洋里这个坏种控制住，可能的话，就让他悄悄从这个世上消失了。"

高宏宇坚持每天到乡公所上班。坐在办公室里，他却不知道自己该做些什么，似乎还没完全弄清这几天发生的事件。陈祖宁和另两个办事员小郭小曾看来也很茫然，时不时来乡长室门前晃一晃，像是希望得到交代，给个什么事做，又像是仅仅想观察观察乡长的表现，以便从中得出什么判断。高宏宇心里憋着闷气，见不得有人在眼前晃，恶声恶气地喝道："该干什么干什么去，别在人眼皮底下晃荡，叫人心添堵。"

没人在眼前晃，心里照样堵。什么东西堵在里头呢？来河洋任乡长，他是有过犹豫的。但阿爸态度坚决，而且毕梅也表示支持。毕梅说："一个男人，一辈子总要活出点名堂，活出点出息，人前有头脸人后有声音，那才叫体面，才叫活出人样，女人孩子也跟着受人看重，亲邻好友以你为荣，这一辈子算是有个交代。这两年你大概习惯了安逸日子，没了志向，少了热情，就想守着老婆孩子守着一个旱涝保收的饭碗过安稳的日子，作为一个男人，这是不应该的。我何尝不想你留在城里留在身边？但男人对家庭儿女固然要照顾，毕竟还是要以事业为重。"毕梅是说到点上了，他尽管还常常做白日梦，幻想着自己在这方面那方面做出不同凡响的成就，享受着被掌声和鲜花簇拥的兴奋，还凭空给自己设计了种种通达成功的路径，也尽管偶尔对按部就班的日子感到有些厌倦有些伤感，但一想到未知的结局，想到一家人其乐融融的欢乐场景，那些从脑子里蹿出来的不切实际的想法就退到脑后去了。毕梅又说："河洋虽然远一些，而且还小，但是个新建立的乡，是一张白纸，做出一点点的东西都是你的成绩，这就是优势。你放心去上任，家里的事不用你操心，十天半个月抽空回家看看，就行了。"毕梅的这一番话让他回忆起当年在县中读书时的那一段日子。他看起来要比同学们沉稳谦和许多，只有他自己知道，他其实也是愤世嫉俗的，是很多事都看不惯的。县政府的那些老爷们对老百姓上门办事时的那种爱理不理的傲慢、动辄大声呵斥的霸道他看不惯，有钱有势人家的子弟在街头欺凌弱小他看不惯，保安队的兵丁们游手好闲敲诈勒索他看不惯，一边是当官的做生意的花天酒地一边是老百姓穷困潦倒他看不惯，痞子流氓横行霸道他看不惯……北洋政府垮台了，国民政府成立了，他隐隐觉得，社会不应该是这个样子，但是他理想中的新社会应该是什么样子呢？他却不能给自己找到一个答案。

也是这个时候，他认识了冯有光，冯有光告诉他，新社会应该是人人平等的，人人可以依靠自己的努力，拥有一份自己的生活自己的追求自己的幸福。冯有光说："你看现在这个社会，钻营取巧鱼肉乡里乃至作奸犯科的人，却养尊处优高高在上要风得风要雨得雨，更多人安守本分终年辛劳把自己当成牛马驱使，却依然饥寒交迫卑贱屈辱。为什么？因为社会制度有问题，要想改变这个社会，只有改变社会的制度。"那时他是那么相信冯有光，相信冯有光的眼睛里有条宽阔的道路，心里也有一条宽阔的道路，这条道路便是自己在寻找的，迫不及待想踏上的。但是他不久又发现，冯有光所描绘的那种社会等同于大同，似乎只存在于人类的理想里，永远无法成为现实。他怀疑那些卑微怯弱的人并不觉得他们的生活有什么不对，他们似乎不需要也不相信有人会真诚地为改变他们的命运而给予无私的帮助，他们不敢以自己的一条贱命做赌注，不敢以微弱得不能再微弱的尊严做赌注，所以他们习惯于屈辱卑贱，满足于屈辱卑贱，麻木于屈辱卑贱。另一部分敢赌一把的，除了输个精光，再搭上命，余下的或许成了人上人。那些最终成为人上人的，他们的经历多么残酷，他们从经受过的苦难和折磨中总结出自己的人生经验：人要活着，人要活出体面来，只可以信奉一条道理，那就是不能靠别人施舍，不能有廉耻心，不能有同情心。

问题的根本在于人心，人心的贪念不除，这社会就会有劫掠争夺，就会有暴力和阴谋，就会有无耻和凶恶，就会有弱肉强食，就会有不公正的规则和制度。一方面是愚昧，一方面是贪念，要想改变这两种人，或者说改变人的这两种状态，唯有靠教育，靠开启民智，才能让人知荣知辱、分明是非、温良恭俭让，社会才可能公正公道。但是，在河洋学校任职的三年，他又发现，所谓的教育，从来就不能独立存在，从来就只是强权和金钱的附庸。他迷茫、痛苦甚至绝望，他不知道该何去何从。正在这时，他遇见了吴月英，他需要一个寄托，来安放自己迷失的内心，他有了新的希望，他愿意就这样在平淡从容的生活里享受简朴而切实的快乐。但是，希望又落空了，因为阿爸的坚决反对，他不得不离开北山里，离开河洋，离开月英。他来到县城，当他重新来审视自己过去的思想和生活时，他发现自己错了，他一直就在缥缈的虚无世界里飘浮，那不是人间，也永远不可能成为人间，他必须回到现实中来。

他终于解脱了，他终于明白自己该选择怎样的生活了。但是，心里却始终还藏着一个不甘的声音：不能就在庸常中无所事事地混着日子，等着老死，我应该在这个社会中活出自己的高度，也让人们看到自己的高度，我还应该在这一生中留下一点什么。当说到河洋乡长这个职位时，他并非无动于衷，他的心既是犹豫的，又是跃动的。赴任之前，他和倪海林有过一次深入的交谈，仍然是后府街那家小酒馆，两人边喝边聊，他说到就任乡长之后的打算。

"老百姓的贫穷困苦，根子在愚昧。要想改变他们的命运，关键在于改造人。不是给他钱，没有图变图强的思想，给他再多的钱，只能让他们变得更懒更堕落更不思进取。也不是给他们地位，没有奉公爱人的思想，给他们地位就等于给他们胡作非为欺男霸女的本钱。改造人关键在改造他们的脑子，改造他们的思想，培养他们作为一个社会公民国家公民的意识，使他们知道德、懂礼法、讲仁义，使他们学会爱自己、爱他人、爱家乡爱国家，做一个有责任有担当的人。只有先把他们的脑子改造好了，接下来才能改造他们的环境，改造他们的生活，改变他们的各种不良习惯，尤其是卫生习惯。乡下人，因为不讲卫生导致生病，因生病导致穷上加穷，这样的人这样的事都太多了。接下来才谈得上改造生产，种什么养什么，怎么种怎么养。老百姓都是盲目的，他们只懂得按祖祖辈辈传下来的方式生产，只懂得大家种什么养什么我就种什么养什么，大家怎么种怎么养我就怎么种怎么养。他们没去想有时候就是把一条水渠像样地修一修，把土地像样地整一整，给肥料添加些什么，生产的成果就可能大为不同。再比如，粮食自然是糊口保命的根本，但是还有茶叶呢？还有果树呢？有些年头茶叶行情好，是不是可以多种一些？"

高宏宇越说越兴奋，目光从倪海林的脸上移开，穿过边墙上的窗户，望向深邃的夜空。

"我想用三年时间，让河洋有个大变样。首先是推动教育，河洋已经有了国民学校，办了很多年还是不三不四，必须加以改造。除了培养四村的孩子，还要办成年人的夜班，主要是教他们学道德、学礼仪、学习如何正确对待生活。其次是要组织开展清扫卫生运动，清理厝前厝后的卫生，清浚溪河，改造茅厕和牛猪鸡鸭圈栏，办好卫生保健所，除了原来的中医外，还要把西医办起来。第三要引导村邻改造海堤水渠、改造田亩山地，要帮助他们想办法种植、养殖见效好、见效快的产业。只要把这几件事办成了，到时河洋就一定会有崭新的面貌，四村村邻的日子也一定会大变样。对了，你看，我还只记着四村，不仅四村呢，还有北山里的那些村子，也是河洋的，也是要跟着四村一起变化的。"

高宏宇说得兴致勃勃，倪海林却兜头给了他一盆冷水，说："高乡长，你没睡着吧？你以为你画了一个饼，这个饼就可以吃了？能吃的饼是面粉做的，面粉是要出钱买的，把面粉变成饼是要请师傅的，师傅做饼是要有工具的。人们要不要听你说还不一定，就算听你的，按你说的这套实施开来，能不能就产生你预想中的结果呢？我看你还是依着县里的指令去做。河洋刚设乡，你又是从没做过一方诸侯，缺经验，说不定连县里指令的事你还做不好，三下五除二就让人给换了。你要知道，不单一个你们河洋的王天平，还有不少人的眼睛都盯着这个位置呢。"

倪海林的警告很快就变成了现实。凭你如何动员，把孩子送到学校读书的，仍然就那些人家，要多花钱呢，而且孩子在家里多多少少也能帮忙些事。办夜校，王天平倒没什么意见，但村邻们不干。累了一天，恨不得四仰八叉地躺着，还要跑到洋左王家祠堂里坐着，听那些没用的话，何况晚上时间多多少少也还有些事要办。卫生运动呢，组织了一次，大家嘻嘻哈哈地把厝前厝后院埕村路扫了一遍，第二次就没几个人了。怎么可以为了这花架子把田里地里的活放下呢？那些要改造的东西，诸如人用的茅厕牛猪鸡鸭用的圈栏，一直就这样用着，也没什么不好，有必要费那个时间和钱吗？卫生保健所倒是挂了牌，也就在洋高青草堂辟出一间厝，请了个贺炜贺先生坐堂，总算有一项落地。至于生产上要改造的，还没排上时间表，原本是想借重新丈量田亩的机会结合起来实施，可就这事，却掀起这么大的风浪。

北山里闹共产党，高宏宇早有耳闻，虽然河洋紧邻着北山里，他却真没太上心，总觉得共产党的事和河洋远着呢。来河洋赴任之时，毕梅对这事倒是有点担心，说："都说共产党是一群亡命之徒，你可要小心，如果有危险，就赶紧往城里跑。"他当时不以为然地说："我就是河洋人，就算共产党的手伸到河洋，那也是客，我可是地头蛇。"现在，他感受到了威胁，尤其是他的兄弟阿可，自己的印象里一个说话期期艾艾、眼里的天下只有河洋这么大的乡村小年轻，居然脱胎换骨成了一个让人刮目相看、让人心生寒战的领头闹事的共产党，还在河洋掀起这么大的动静来。共产党要把河洋变成什么样子？如果鼓动穷人闹一闹，就可以得到好处，可以减了田租可以分到土地可以欠债不用还可以不缴政府的赋税，甚至可以叫体面人斯文扫地，这不是把河洋变成一个无规则无秩序的乱世吗？接下来会发生什么？是要把他这个乡长打倒了，把包括他阿爸在内的四村有德望的当家人都打倒吗?是要随心所欲地掠夺占用别人的财产甚至女人吗?他感到胆战心惊。一定要把这阵邪风压住,不压住这份邪风,河洋就没有他立身说话的份,更不用说实现他改造河洋造福桑梓的理想。

小郭又在门前晃了晃。高宏宇叫住他,叫进厝里,轻声对他说:"我这里有封信,你今天想办法混过埠头边巡查的人,坐船回县城,把这信交给县政府民政科的倪海林倪科长,嘱他一定要传给周县长和保安大队吴大队长。你先别急着回河洋,得到消息后再回来,把情况告诉我。"

傍晚时分,高宏宇叫来陈祖宁,说:"你去筒子楼找阿可,哦,就是洋里的短寿儿,告诉他,待会儿我在海堤这头等他,有事要和他攀谈。"

洋高高大品四兄弟把小独租给乡公所后,就搬到南坪湾旧瓦窑里居住。

洋高南村口的岸坪是一处宽阔的平地,说是平地,其实地面十分粗糙,尽是大大小小棱棱角角的石块。最初这里是与山连成整体的,是山坡的一部分,表面披了一层土,长着稀疏的杂草和一些低矮的灌木,土层底下却是岩石。洋高村邻不论是私人起新厝、围猪圈、给菜园子砌基础,还是村里修路基、修海堤、修祠堂、围水沟,要用的石头和土方,都在这儿挖。挖多了时间长了,这里便空成一块平地。又胡乱打下些岩石,用最简单粗糙的办法——也就是大铁锤一顿乱砸,再用锄头摊一摊整一整,这里便成了洋高千尺街的延伸。每月逢八集市,十里八乡的村邻提着扛着挑着背着自家生产的物品赶来,随意找个地方就做起生意。拐过山口,便是一个大湾,这就叫南坪湾。南坪湾的山坡下有个废弃的瓦窑,说是前清时的遗物,紧靠着瓦窑边上有五间单层的石头厝,是供开窑的人办公和窑工住的地方。高大品之所以不担心把小独租给乡公所,就是因为心里早就惦记上了这五间石头厝。

高大华要高宏宇想办法控制雷忠可时,高宏宇一下子就想到了高大品兄弟和南坪湾旧瓦窑。果然,给高大品四兄弟这么一说,再承诺给些好处,高大品四兄弟便摩拳擦掌。陈祖宁给雷忠可带来高宏宇的口信时,雷忠可以为前两天与高家父子说的事有回复了,毫无防备地跑来。见了高宏宇,先就亲热地叫了一声:"宏宇哥。"高宏宇却不冷不热,说:"我们一边走一边说你提的事。"两人漫不经心地往南坪湾方向去。刚拐过山口,突然便扑上来几条影子，将雷忠可的双臂和腰身紧紧箍住，一道粗大的绳子已经绕过脖子，扎得让他几近喘不过气来，当然更无法叫喊。任凭他身手了得，也无法施展手脚，只能束手就擒。他双眼暴突，愤怒地瞪着高宏宇和高大品四兄弟，张开嘴"啊啊"地叫着，声音却嘶哑而微弱。

"阿可，委屈你几天。"高宏宇拍了雷忠可肩膀一把，回头对高大品兄弟说："人就交给你们。一日三餐，你们伺候好了，不要伤他，事后我自有处置。如果能不捆着最好，但是他有些功夫，又拼命，要是不绑，怕是你们四个都对付不了他。该怎么办你们看着办吧，反正不能让他跑了，也不能伤害他。"

现在，雷忠可被高大品兄弟关在五间石头厝最左侧那一间，仍被捆着，那是条粗大麻绳，还打了死结。绳子那一头连着木门，木门前吊着两个空铁罐，这样，只要他一动，就会扯动绳子，铁罐就会发出警示的声响。又是把脚捆死了，四兄弟又是一天十二个时辰轮流看守不轮空，料想应该不会出问题，但就是怕三更半夜谁犯困走神出差错，所以才又加了一道保险。厝里原先有一张破木板床，雷忠可叫高大品拆了，说："你就让我打地铺。你把我这双脚捆得这么结实，弄一张床，你是让我成天躺在床上闷死吗？睡地铺，我要动动筋骨，想挪一步也方便。"高大品讨好地说："不是我们和你过不去，人家是乡长，要我们做这事，我们不能不做，你可别记恨我们呀。"一边听话地拆了床，在地上铺了席子被褥，一边在心里头嘀咕着：这洋里短寿儿可是共产党，是不要命的主，事后要是让他得了势，或就只是脱了身，是不是会找我们算这笔账？要不就偷偷把他放了，就算不落下人情，一抓 放也算两清了，但跟高宏宇和乡公所这边怎么交代？要不就偷偷把他沉了海，海就在脚下呢，方便得很。到时高宏宇要人也没什么，死一个共产党而已，高宏宇不过就是碍着面子，谁敢说他不希望这个人死？说不定到时还会借个理由给几个钱的奖赏。晚上把三兄弟叫来算计了一番，都说行。然而毕竟是杀人，嘴上说归说，却迟迟下不了决心实施行动。

北墙有个磨盘大小的圆形小窗口，胡乱钉了几根烂木条，披了一席干稻草编成的草幔。雷忠可对高大品说："你把草幔取走，也得让我见些光，透透气。"草幔并无防阻的功能，所以高大品二话不说就同意了。这样，雷忠可就可以透过窗口看到外面的天空。

眼下正是河洋革命发展的关键时期，自己却不明不白地被人关押到这样一个谁也想不到的地方，雷忠可感到十分烦躁。他想站起来走一走，屈一屈腿，才想起双脚被捆死了。抬头向窗外望去，看到一轮白月将圆未圆的样子，雷忠可想起今天已是四月十二了。四月十二是什么日子？他记得月英说过，这一天是她的生日。这个时候竟然会想起月英，他自己也觉得有些诧异。大概是因为这轮白色的笼着薄雾的月亮吧，双坡谷砣臼岩的月亮比这个月亮可要清亮得多了。他想起月英一次又一次问自己：我们一起来砣臼岩有过几次，都因为什么而来？来过几次，他从来没想过，但月英记得，每一次都记得，记得那么清楚。他想起月英描述的那些夜晚，那些声音，那些细节，像被砣臼岩清澈的月光洗过了一般，清晰地呈现在眼前。

窗外突然飞进来一个小小的黑影，掉下一件什么东西。雷忠可受了一惊，借着月光看到地上多了一把剪刀，他明白了，这是有人在帮他。他把剪刀收好，挣扎着站起来探着身子往窗外看，却没看到人。是谁呢？高大品四兄弟在洋高村子里住着的时候，除非不得已，村邻们是不愿上他们家门的，这家人太计较、太难缠、太会耍赖，不小心你就惹出一身麻烦，不给一些便宜脱不了身。何况他们搬来的这处南坪湾旧瓦窑，就算白天大家都不愿光临，夜里就更不用说了。那么是同志们吗？他是在神不知鬼不觉的情况下被绑架的，又被关押在这样一个没人愿意光临的地方，同志们又是从哪里得到消息呢？

有人在暗中帮我。几天之后，雷忠可和陈绍元、雷明兵说起从南坪湾旧瓦窑脱身时，确认帮助自己的不是同志，而是另有其人。他还来不及去寻访这个恩人，便听说南坪湾旧瓦窑出人命了。高大品四兄弟中的老三，他的媳妇，就是曾闹出过奸情的王菊英死了，是被他的那个粗暴的男人失手打死的。在乡下农村，一个女人被男人失手打死，这不算太大的事，最多也就娘家人跑来大闹几天，可是王菊英的娘家早就没人了。把王菊英的暴死和自己被救的事联系起来仔细想一想，雷忠可猜想那个给自己扔剪刀的人或许就是王菊英。只是现在人却又死了，便无从找到答案。过了一段日子，雷忠可想查明当时是不是王菊英救了自己，把高大品兄弟和他们的女人叫到桶子楼。高大品兄弟和他们的女人一口咬定，绑人的事确实是他们干的，高宏宇是乡长，他的话他们这样的贫农不敢不听；扔剪刀救人的事也是他们做的，之所以采取这样的办法，是想如果高宏宇事后要盘查，他们有话可应答，说不是他们放的人，是他自己挣脱了绳子逃出去的。又问王菊英的死是怎么一回事。高大品老婆却哭骂了起来，说："高大品不是人，做出没脸没皮的事，钻弟媳妇的被窝。那女人，只要是男人就要献殷勤。人关在石头厝里，一天到晚有人看着，她还想和人家有交情，半夜里给人扔剪刀……"她还没完没了又哭又骂，猛然就有一只手臂扫了过来，把她给打醒了。她发现自己说漏了嘴，又一迭声地辩解："我说的不是雷表弟你，是别人。"但是她怎么也说不出来这别人是谁。她把嘴死死地闭住，任你怎么逼，就是再也不开口。

第二十四章

雷忠可三更半夜在筒子楼下叫门时，二楼还亮着灯。陈绍元带着一帮人快步下楼，打开铁门，冲出来一把抱住他，大叫："你总算回来了，叫人急死了。怎么回事，是高宏宇做的吗？"

小木耳到双坡谷报告雷忠可失踪的消息时说："有人看见，短寿儿阿叔失踪前一天傍晚，陈祖宁来叫唤，说高宏宇有事找他商量。"陈绍元猜到，人应该是被高宏宇秘密关押在一个什么地方。如果单纯是高宏宇做的手脚，依他的性格，一时半会儿阿可还不会有危险。问题是，河洋前些天发生的可是惊天动地的大事，不可能不传出去，所以也很有可能是县里来人设局抓走了阿可，而高宏宇只是一个参与者，一个诱饵。如果是后一种情况，阿可就危险了。县里来的谁知道会是什么人，要是个颟顸而又心狠的东西，说不定阿可都可能遇害了。一想到这，陈绍元心里剧烈地颤抖了一阵，决定立即赶往河洋。

他吩咐雷明兵："叫一个人去彭家山，向彭特派员报告发生的事。你这边把游击队和各区、村赤卫队组织好，随时准备赶往河洋。我估计福宁县政府和保安大队一定得知消息了，说不定会有一场恶战。"

从贺炜处传来的消息称，福宁县政府和保安大队已经定下了进剿河洋的计划，保安大队三个中队七八百号人全部出动，由大队长吴觉富担任总指挥，从海路和陆路两个方向奔袭河洋。情况已经十分危急，陈绍元最初的意见是撤离，把四村共产党员和农友会会员转移到北山里。

"保安大队全员出动，以我们的力量尤其是武器装备，是对付不了的，保全革命火种更重要。有道是留得青山在，不怕没柴烧。"

雷忠可却认为不能撤离，应该和敌人好好打一仗，而且大有可能打赢这一仗。

"要是我们撤离，只会更助长他们的气焰。吴觉富的整个保安大队开进河洋，会是个什么结果？非把四村挖地三尺不可。四村的同志，党员和农会会员，甚至一些在前次运动中表现得比较勇敢的村邻，都可能成为敌人的报复清算对象。到时不用说保全革命火种，我担心连根都要让敌人给拔了。我的意见，是和敌人好好干一仗。敌人不是分水陆两路来吗？陆路必定从米洋方向而来，梅花岔口是必经之路；海路自然要在洋口埠头上岸。这两个地方，是阻击敌人最佳位置。我们占了地利的优势，只要事先在梅花岔口布下埋伏，再安排一队人马守在洋口埠头阻击敌人，完全可以把敌人阻截在河洋之外，说不定还能叫敌人大败而逃。要是那样，不但能大大张扬我们的气势，也一定会让四村和周边其他村甚至米洋镇的村邻更认可、信任我们，更愿意支持我们。"

"你这是侥幸，是投机心理。"陈绍元反驳，"你的设想只是一厢情愿，没考虑到客观的实际情况。无论是在梅花岔口还是在洋口埠头阻击敌人，一个最现实的问题就是需要足够的火力。我们有那么多的枪和子弹吗？保安队的配备比我们精良得多，而且吴觉富带兵打仗多年，虽说他的那些兵平常就是无赖，但毕竟都是经过正规的军事训练，未必一遭突袭阻击就乱了阵脚。不过你说的一种情况我觉得有道理，我们撤离，也未必能保全河洋四村。这一仗我也想打，但要打就必须打赢！赢了震慑敌人，至少可以保证一段时间敌人不敢对河洋对北山里轻举妄动。我想请求中心县委支持。听说中央红军北上抗日先遣队前几天刚到达彭家山，那可是我们的正规部队，我想，要打、想打赢，就必须请求他们的支援。"

"我们两个，不管意见怎么不同，结果一定是一致的，你和我想到一块去了。"雷忠可笑得很是开心，"如果有中央红军的支援，这一仗就有十成的胜利把握。"

两人又细致地商量了方方面面的安排，拿出周全的计划，嘱咐一名游击队员和小木耳连夜进山，要雷明兵一方面组织县委游击队和各区、村赤卫队第二天晚上务必赶到河洋，在笔头山的八坪坳集中，一方面叫人赶往彭家山请中央红军派兵支援。这一干事项安排妥当，天差不多就亮了。雷忠可胡乱吃了点早餐，才觉得困得厉害，往木板床上一靠就睡着了。这一睡就到了正午，听到有人在叫唤才醒了过来。原来是陈绍元。陈绍元说："高宏宇叫人送信来，说是月英在他那儿，要你过去乡公所。"雷忠可拔腿就要往外冲，被陈绍元扯了一把，说："谅他高宏宇一时半会儿不敢对月英怎么样，我想在眼下这种情况下他敢叫人来通知你去他那儿，一定有陷阱，不急。我们要先弄清月英被他关在什么地方，再行动。不管怎么说，眼下河洋还在我们控制之下。"雷忠可想想有道理，但心里烦躁不安，有些魂不守舍。

吴月英来洋高小独找高宏宇时，雷忠可已经失踪了五天。

坐在面前的月英上身是一件蓝底印花短衫，下身是一条黑色直筒裤，头发绾成一束垂挂脑后，简朴，素净，甚至有些清冷。这样的穿着打扮与高宏宇记忆里的月英很不相同。记忆中月英一定是一副畲家阿妹的装扮，底子是黑的，黑的底色上是浓烈的红，边边角角的地方又镶着许多黄的金的绿的蓝的粉红的丝线，就连一头乌黑的长发，也被一条宽大的红头巾扎着，给人的感觉，就是黑与红对比强烈，很是抢眼。"你们畲族阿妹穿的这衣裳真是好看，裁这样一件衣裳，要花多少功夫呀！"高宏宇在端详着月英穿凤凰装的样子时，曾由衷地发出赞美。当一身汉装的月英走进办公室时，他一时居然没认出来，还问了一句："你这是找谁呢？"

月英站在门口，不说话，毫无表情地看着高宏宇。

"月英，怎么是你！"高宏宇感到有些慌乱，连忙让座，冲茶水。月英却依然站着不动，盯着高宏宇看。

"阿可在哪里，你把他藏到什么地方？"

"上次听阿可说过你家的一些事，想着去看看，可是手头事多，老是腾不出时间来。你怎么样，还好吧？"

从双坡谷来河洋的路上，月英想过见到高宏宇时会是怎样的一种场景。这个人被遗忘很久了，他的脸他的身影他的声音和他有关的一切都已模糊不清。她很不情愿地从很遥远的埋藏得很深的地方把他拉回来，拉到眼前来，却始终到达不了应该到达的位置，好像有一道门，那个人想往门口走，却就是走不进来。她发现，这个人看着有点面熟，却是完全陌生的。这样一个陌生人，她还要去找他吗？她去找他干什么？她把自己此行的目的弄迷糊了。

我是去找阿可。想起阿可，她的脑子才渐渐清亮了一些。有人把阿可藏起来了，藏在很深很空又很暗的地洞中。洞口上有人影在晃动，她揪到这个晃动的人影，才能找到地洞里的阿可。

她的记忆变得清晰，高宏宇的面孔变得清晰，一道尖锐的荆芒刮过胸口，细微的疼痛持续了好一会儿。辛酸，幽怨，却又杂着丝丝缕缕若有若无的暖意。她为此痛恨自己，她不是要想起他，她不过就是问一句话，或者就是去取寄存在他那儿的一样东西。她要怎么和他说呢？一想到这个问题，她的脑子就乱了，好像有很多答案，又好像一个答案也找不到。

"阿可在哪儿？"她又问了一句，目光飘过高宏宇，飘往北墙上的窗口。

"月英——"高宏宇不能再敷衍了，"没错，阿可在我这儿，不过你放心，他不会有事。我这样做，也是为他好。你知道阿可是什么人吗？你应该是知道的，既然你知道，你就明白我的良苦用心。他现在跟谁在一起？跟共产党！那就是一群乱党，一群土匪。别看他们现在闹得起劲，那是政府还不把他们放在心上，不想把心思把力气放在他们这些小打小闹的土匪身上。要是哪一天，把政府真正惹恼了，或是哪一天政府有了闲工夫，想起要料理料理，只要轻轻动个小指头，他们就死无葬身之地。我在河洋四村，要说朋友，也就阿可一个，我不能让他和共产党和红军混在一起，不能让他在死路上一条道走到黑。"

"你把人还给我，我带回家。"

"现在不行，先不说阿可不会听你的，就是他听你的，共产党那帮人也不肯放过他。"高宏宇突然感觉有些异样，"你和阿可，是一个家？"

"他是我男人。"月英斜了一眼高宏宇，又说了一句，"他是我男人，我要把他带回家。"

"可是——"高宏宇一下子结巴起来，"可是他是共产党，你怎么……"

"他不是！"月英冷冷地说，"他是为了报仇，杀了人，才跑到北山里。他是男人，有仇报仇有恩报恩，敢作敢当。"

"但是他亲口和我说，他是共产党，而且还是游击队的大队长，是共产党的头目。"

"我也生活在北山里，我说我也是共产党你信吗？"

"月英——"高宏宇语重心长地说，"这些年，要说我都没想起你，不是真的，毕竟我们相好过一段，我想……"但是他还没说完，就被月英的一声呵斥打断："你闭嘴，谁和你相好过！要不是你抓了阿可，我才不上你的门。我还怕自己不小心踩到牛屎狗屎呢。"

高宏宇定着眼神看了月英好一会儿，摇了摇头，坐下来，说："我们确实不是同一类人。这些年，我一直感到是我欠了你，希望看到你的日子过得好，希望自己能帮你点什么忙。你嫁给阿可，阿可娶了你，要是过去，我一定会很欣慰很开心。就算洋里雷族公过世，他还留下不少田地山林，也是四村数得上的好人家，吃穿用度是不愁的。你一个山里的畲家阿妹，能嫁到这样的人家，也算是有福了。可是现在的阿可，他是个杀人犯，还是个共产党，不说洋里的产业早就折腾得一干二净，哪天丢了性命都不知道，我是真的为你们俩担心。"

"哼！"月英不屑地看了高宏宇一眼，说，"我们怎么过日子，我们是死是活，和你扯不上关系。我们穷苦人山里人畲家人，过惯了苦日子。有一口饭吃，有一件破衣裳包身子，一家人有个遮风挡雨的地方就满足了，过不了也从来没想着要过什么好日子。我们贱命一条，但我们不是任人踩踏的路边草，不是一捏就死的蚂蚁，更不会求人施舍。我今天也不是来求你，阿可是杀了人，但和你没关系，他杀的是何五，是石浦镇的臭哥，是老天都看不过去的坏种。他是为自己报仇，也是为村邻们除害，他没杀过你的什么人，要抓他要杀他轮不到你。"

"你这样说不对，谁犯了法谁有罪，谁该关在监牢里，谁该押到刑场去砍头吃枪子，那是由政府，由法庭审判决定的，不是你说谁该关监牢，谁就要进监牢，谁该杀就砍谁脑袋。要是因为私怨私仇就打人杀人放火，这社会还不乱了套，还要政府干什么，政府还要设立法庭干什么？我是一乡之长，维护地方的秩序是我的职责，他们作乱怎么就和我没关系？"

"你读过书当过先生还是官老爷，你要怎么说你要怎么做那是你的事。阿可是我男人，我只要我的男人。"月英突然软了口气，"就当作我们曾好过一场，你放了阿可吧。"

高宏宇叹了一口气，说："好吧，我带你去看他，走吧。"

月英跟随着高宏宇走出小独，横过晒谷埕，沿左小溪一侧走到海堤坝下，爬上坝坡，拐过山脚就到了南坪湾。日头爬上东山头有一段时间了，海潮刚刚开始上涨，大片滩涂还裸着银灰的肌肤，红树林郁郁葱葱，绿得明亮，又笼着太阳的光晕。这样的场景和记忆中有很大的不同，她记得这一片海水是漫漶的，红树林只剩下冠盖在水面上晃荡，边上有一只小竹筏随着水波心神不定地一摇一晃，天是阴的，弥漫着薄薄的灰色云层。她记起来了，那时还有阿菊，但她没叫来高宏宇，高宏宇到城里去已经好几个月了。

"人跑了。"高大品无奈地向高宏宇摊着手，说，"两只脚绑得死死的，还打了死结，怎么就给解了呢？"他像是在为自己辩解。

高宏宇恼怒地瞪了他一眼，又扫了他兄弟几个一眼，眼睛落在麻木地坐在一边的王菊英身上。看得出来，她刚刚承受过一阵粗暴的殴打，头发和衣裳都很零乱，脸上还留着拳头和棍棒击打的伤痕。她瞄了一眼高宏宇和月英，扯了扯衣裳，站起来就往坡下走。

地上留下一团剪断的粗麻绳，北墙上的小圆窗有磨损的痕迹。人当然是从窗口爬出去的。但是剪刀是从哪里来的呢？难道是谁走漏了风声，北山里来人把人给救走了？高宏宇没想到是高大品这边出了问题。他来回走了几趟，回头对月英说："人跑了，我们回乡公所吧，有一些话，一定要和你说清楚。"

把月英控制在手中，这是高宏宇突然间冒出的想法。他相信，以雷忠可的性格，女人在自己手上，他一定会找上门来。他原想把月英关在旧瓦窑，由高大品他们看管，但是他不放心，毕竟是个女人，要是出了什么事，他相信自己会一辈子都不安生。还是把她关在乡公所的拘押室里。这做法有些下三烂，他略略感到不安、羞耻。等月英走进拘押室，他从门外把门锁上，说："月英，要委屈你在这里待几天。你放心好了，我就在办公室里守着，陪着你。"

月英用脚踢着门，尖厉地叫了起来："你想干什么？想把我当作人质，逼阿可来？"

"我们都是为阿可好，只要他在我手里，我就有办法救他。"他叫来陈祖宁和小郭，严厉地说："看着这个房间，不准让人跑了。要是人跑了，你们就回家，不用来乡公所了。"

福宁县保安大队大队长吴觉富带领二中队三中队直到第三天才到达河

洋。海路的一中队,由一中队中队长平志成带领,因为临时征用不到足够的船只,又比陆路延迟了一天。吴觉富计划会合龚山利的保境安民团,当天就开进河洋。米洋镇镇长郝立朋和龚山利对吴觉富说,无论如何要让他们先尽一尽地主之谊,再说,河洋保安队的筒子楼已经被共产党占领了,据说乡长高宏宇也被共产党控制,部队到河洋吃住没人安排,不如把作战指挥部设在米洋,先好好吃顿饭,睡一觉,养足了精神,等海路那一队到了洋口埠头,两边同时进攻,一举捣毁河洋的共产党组织。"这次大部队出动,吴大你又亲自出马指挥,就那几个共产党和一群做田人,还不是手到擒来?"

"也不能太轻敌了,听说北山里共产党的游击队有大几百号人、几十杆枪。我们也曾吃过败仗。"嘴上这样说,吴觉富心里却也不以为然,于是听从了劝说,先在米洋安营扎寨。他让河洋乡公所的小郭先潜回河洋,让高宏宇想办法来米洋一趟讨论。

从米洋进入河洋,梅花岔口是必经之路。梅花岔口南边是洋口后门的鸡公山,北边的笔头山与莽莽苍苍的北山里连成一体。山脚下有一丛野梅花,仔细一看,其实就两株,枝干强劲,旁逸斜出,交织在一处,你搂我我抱你的样子,看起来就是一大丛。两株梅树一株开白花,一株开红花,每年冬春之交,花开得团团簇簇,红白相映,煞是好看。问老辈人那梅花是怎么来的,他们却说:"谁知道呢?反正是我还没出生,它就长在那儿了。"梅花树边还有一间小庙,就一个衣柜那么大,要不是铺了黑瓦的人字形庙顶,那就是个方方正正的箱柜。青石神案上供着一尊女神像,说是梅花神,又说是媒婆神。阿妹阿哥到了成亲年龄,想嫁个娶个可心的,或自个儿或家里的大人会偷偷地备好红烛香烛,到庙里来供烛供香,跪三跪叩三叩,祈求梅花神媒婆神恩赐一桩好姻缘。鸡公山和笔头山夹住的这一处山口,不算太窄,有二三十步宽,中间是一条河,河面三四米宽,河两侧的路一宽一窄。说宽,也就是推一辆板车可以通过吧,洋口村邻去米洋镇,走宽的这一侧。那窄的一侧,说是路,其实就是田塍,比平常的田塍稍宽一些而已,是洋左洋高洋里通往米洋的通道。

北山游击队和各区、村赤卫队加上中央红军支援的部队早已在梅花岔口做好伏击敌人的准备。直到接近中午,米洋方向来的敌人才一路呼呼喝喝、趾高气扬地走进山口。只听得从两边山坡的柏树林里传出一声断喝，一阵激烈的枪声"噼噼啪啪"响起，密集的子弹夹杂着石块、箭矢直向他们飞来。一瞬间，前头就倒下十来个，其他人哭爹叫妈向来路奔窜，直到吴觉富连开了几枪，才压住阵脚。"就地趴下！开枪反击！"吴觉富发出怒吼，向身后挥了挥手，带着一队人马快速贴近山脚，组织火力向林子里射击。显然，他是想借山体的掩护躲开林子里飞来的子弹，同时组织反击，坚守到对方弹药不足，就能反客为主，变被动为主动。他没想到，林子里早已准备了大量的石头滚木，这时正接连不断地滚下来砸下来，撞着他们的脑袋，碾着他们的身子，逼他们退离山脚。林子的枪声依然密集，火力没有弱下来的征兆，显然，这一仗共产党这边准备得十分充分，集中了充足的弹药，从晃动的穿着军装的人影来看，估计还有红军的正规部队。看来今天是栽定了。他又气又恼地喝了一声："撤！快撤！"

雷忠可打得兴起，领着队伍跑出林子一路追击。保安队只顾往米洋方向逃窜，却不承想临近米洋城门口时，迎面又飞来一阵弹雨。事先，在雷忠可和陈绍元的战斗计划里，就安排了一支突击队在前一天夜里穿过笔头山腹地，潜伏在米洋镇背靠的枕头山林子里，等保安队和龚山利民团出动开往河洋，立即打进镇里，断了保安队和龚山利民团退路，控制镇公所。要是保安队在梅花岔口吃了败仗，必然会退回米洋，一旦在米洋休整一两天，就可能卷土重来。打蛇要致死，免得被反咬。保安队和龚山利团进攻河洋，米洋镇内空虚，正是偷袭的好机会，游击队占领了米洋镇，保安队便只剩下一条路，逃回县城。

梅花岔口和米洋镇的战斗结束了，才听到洋口方向传来一阵激烈的枪声。保安大队一中队的船队刚靠近洋口埠头，正忙着抛锚准备上岸，岸上突然就爆发了一阵喊打声，子弹"嗖嗖"地向他们飞来。倒了几个，翻到水里又是几个，其他人争抢着缩到船舱里。平志成大叫："都下水，贴着船掩护好，回头向岸上射击。"枪来弹往打了不过一炷香的工夫，岸上有人兴奋地喊："吴觉富被打败了，带着残兵败将丢盔弃甲往县城逃命去了！游击队和红军正往这边赶呢！"平志成的手下慌了，枪声一下子变得稀里哗啦，一大部分人顾不得射击，就等着平志成下令撤退。"跑吧！"平志成举着手枪向岸上狠狠地连射了几枪，吼了一声，"走！这笔账留着下次来算！"

这场战斗后来被称为河洋保卫战。多年后，陈绍元谈到这场战斗时，对于这场战斗的评价，似乎有些矛盾。一方面，他认为，这场战斗取得了完胜，在打击反动势力、巩固河洋革命基础、激发群众的革命热情、扩大党的影响等方向都起到正面作用。另一方面，他又觉得，正是因为这场战斗，导致之后几年河洋和北山里成为国民党地方势力的眼中钉，多次重兵"清剿"，造成河洋和北山里革命根据地损失惨重。尤其是中央红军北上抗日离开北山里，又带走一大部分游击队员后，党的地方武装力量不足。而国民党方面却加强了当地的兵力部署，先后有多支正牌军派驻福宁，且一度在米洋镇保留一个营的驻军，加上县保安大队和各地民团以及平南县、石浦镇方面的反动军警、民团，双方力量相差悬殊。革命最困难的三年时期，河洋完全在反动势力的掌控之下，北山里革命根据地遭受极大破坏，不得不化整为零，以更隐秘的形式坚持斗争。最让人痛心的是，大批的共产党员和革命群众被敌人捕杀。北山县委主要领导人和北山游击队创建人之一的雷忠可也在敌人的疯狂反扑中受伤被捕，英勇就义。

牺牲是半年后的事，眼下的雷忠可正沉浸在胜利带来的巨大激动之中。

"米洋河洋应该成为革命新中心，建议把北山县委迁到米洋或河洋。要不就在米洋或河洋重建福宁县委，建立县、乡、村各级苏维埃政府，组织村邻开展斗土豪分田地运动，把米洋河洋与北山里革命根据地连成一片。"

中心县委和北山县委没有接受他的意见。彭庆元和陈绍元认为，一场战斗的胜利不能改变敌我力量悬殊的这个现实，敌人不会甘心失败，反扑是一定的，估计也不会等太久。况且这次战斗北山县委动员了全部可用力量，又有中央红军的支援，才打赢了。如果再来一场大战，可能会是另一种情况。对于敌人来说，吃了败仗他们也会吸取教训，他们完全可以和平南县、石浦镇的保安队、民团联手，一边进攻北山里，一边进攻河洋，这是有先例的。再者，福宁县西边邻居临富县驻着国民党八十师的一个团，这可不是保安队，是兵强马壮、枪械精良的正牌军。而临富赶到米洋河洋不过一夜工夫，如果吴觉富搬来这个救兵，局面更不堪设想。就我们一方来说，中央红军先遣队不日即将北上，中心县委的红军独立团将实施战略转移，进入浙江西南部，到时估计无法给我们支援。以目前北山游击队一百多号人和各区、村几乎是手无寸铁的三百来号赤卫队、肃反队，在一马平川没遮没拦的米洋河洋地面上对付敌人，那就是拿鸡蛋碰石头。

潜伏在石浦镇的同志送来情报说，樊二的保安中队和范进堂的民团准备乘虚对北山里实施偷袭，他们还搬来了平南县保安大队一个中队参加偷袭行动。情况危急，河洋这边只能暂且放下。

"今晚，我们就得带领游击队和各区、村赤卫队赶回北山里。"陈绍元对雷忠可说。

月英被雷忠可从乡公所里救出来之后，这两天住在洋里，一定要等着和雷忠可一起回双坡谷。看着雷忠可一脸闷闷不乐的样子，月英有些不明白："不是刚打了胜仗吗？"

雷忠可愣愣地看着月英，说："这次回北山里，我们就成亲！"

第二十五章

民国二十四年（1935）农历八月初五，雷忠可和吴月英在双坡谷拜堂成亲。

雷忠可直到八月初四才回了一趟洋里，又叫人把天门湾族公雷上阵等几个拿主意的人请到洋里来，向族亲们报告了要成亲的事，邀请大家第二天到双坡谷吃酒。但是族亲们都觉得有些不妥。哪里就不妥了呢？雷上阵说："短寿儿你这做的叫什么事？是上门招还是做两头家？你阿爸就你这一根独苗，要是他在世，叫你给人招女婿或做两头家，他老人家铁定是不会点头的。将来是在男家还是在女家过生活，孩子随谁的姓，这些事都要事先说清楚，该立下字据就一定要立下字据，不可以马虎。"

"有那么麻烦吗？"雷忠可打着哈哈，"我阿伯在世时，也是同意我和月英成亲的。我们总算要办亲事了，也算是遂了他老人家的心愿。"

"同意归同意，当初可没上门给人招的意思，也没有做两头家的意思。把女方娶过门来，那她就是我们的人，要是你上门招，你就成了她们的人，这就完全变了一个样。你又不是穷得娶不起女人，也不是胳膊啊腿脚啊有什么毛病，怎么可以上门让人招呢？你不怕丢这面子，洋里还有天门湾的雷家人以后都要抬不起头来呀。"

"哪里就说得这么严重？"雷忠可不笑了。他低着头闷想了好一会儿，听大家七嘴八舌地说了一通，抬起头来时脸上又露出了笑，说："月英家也就两阿妹，缺个兄弟，吴家表叔又去世了，我呢，就是这个家唯一的男人。我总不能把月英娶回家，扔下一老一小两个女人不管吧？再说了，我当初杀了何五逃到双坡谷，要不是月英一家收留，指不定会流落到哪儿，可能早就成了一堆白骨了。人家对我有救命之恩，就算当上门女婿，又哪里报得了这份大恩？而且，你们也看到了，现在我在洋里是什么也没有了，往后也就只能住在双坡谷。所以，我和月英也商量过，不说是上门还是做两头家，先把亲事办了，以后是以后的事。"

村邻们没话说，毕竟不是自家的事，提了意见谈了说法算是尽了责任，至于怎么决定那是人家自个儿的事。现如今的短寿儿也不是一个没主见的人，在四村在北山里，他都是一个非常的人物，他的事，你多嘴什么？再说，要丢面子也是人家的面子，和你又有什么相干？

天门湾族公却有些不识相，追着雷忠可的话往下说："洋里你怎么就什么都没有了呢？三间新厝是被烧了，可祖厝不是还有四间屋吗？田地山林你说分给了人家，那是你自家的产业，你要是回村子来，人家难道不还给你吗？"

族公话里有话，在座的人都听出来了。有人便在心里恼恼地骂，和你有什么关系？天门湾几户人家都理不清，还要来洋里扯事，又不是住你的厝种你的田你的地，你难受个什么眼红个什么？心里不痛快，嘴上却不好说什么，脸上的神色便有些不自然。雷忠可舞起两手挥了挥，说："不说了不说了，一年半载我也回不了洋里。厝空着可惜，田地荒着更可惜，谁住谁种不是一个样？我和月英的事呢，也只能这样，一家人，哪里就一定要争什么名分？明天，大家记得到双坡谷吃杯酒哦。"

也不知道是觉得上女方的村子吃酒丢面子，还是因为雷忠可通知得太迟，第二天，洋里和天门湾族亲到双坡谷吃喜酒的，还不满两桌人。月英有些意见，说："叫你早些和族亲们说一声，你老是说没什么事。现在你看，才来这几个，叫人看轻了。太迟通知，人家都认为你没把他们放在眼里，怎么肯来呢？"

"不来就不来吧。眼下是特殊时期，山外知道的人少一些好。我们成亲，这才是大事，其他都是小节。"

但有些礼节是不能少的，比如送猪蹄。据说过去双坡谷家家户户都养猪养鸡，有些人家还养羊养鸭，可不知从什么时候开始，村邻们就不养猪了，说是人都不够填肚皮，哪里还有剩下给猪吃的？北山里各村也不见有人家养猪，雷忠可叫人到十里八村走了一圈，却空着手回来。没办法，只好叫人到河洋或米洋集市上去砍两份猪蹄回来。本来嘛，男方家今年要有婚娶的事，或是花钱托人养或是自家养，这一头猪的事是前一年就要安排好的。到了喜事前两天，猪养肥了，该它做贡献的时候了，请来杀猪师傅，再请一两个村邻做帮手，把猪杀了，卸下其中的两大蹄膀，用一对礼品箩装好，却让刮得干净洗得发白上面还烙着红双喜绑着红线的蹄膀在箩外招摇，一直送到女方家，这就叫送猪蹄。送猪蹄是亲家伯的事，杀猪这一天的午饭，叫杀猪饭。听这叫法，好像请的主客是杀猪师傅，其实主客是亲家伯，好酒好菜招呼了亲家伯，还要封一个红包，这是表示要请他出力，还要他出脑子呢。

当这亲家伯的，一般是新郎的叔伯兄弟。雷忠可现在住在月英家，男方女方的事全都拢在一起办，找亲家伯送猪蹄的事能省下吗？爱华表嫂说："省什么？不省！你到洋里叫两个阿叔阿伯或阿哥阿弟来双坡谷，挑着猪蹄在两坡走一圈，表示一下意思。"

"也不用去洋里找了，就雷明兵吧。雷明兵是天门湾的，和我同宗。"

"也行，不过雷明兵能唱山歌不？这亲家伯，不是那么好当的。没有过五关斩六将的本领，非他好看不可。"

"山歌倒是能唱几句，不过就他那水平，姑姑你就别难为人家了，意思意思就行。"

"我意思意思可以，别人要怎么闹我就做不了主。"爱华表嫂开怀大笑。她是既当至亲长辈又当媒婆，吴家表婶又不太会管事，这些天里里外外净是她在筹划打理。这不，今天，她才带着月英完成了做表姐。什么叫做表姐？其实就是新娘向舅舅姑姑阿姨和各个成家后另立门户的表兄弟做客辞行，表示从此就要嫁为人妇了。每到一家，对方一定要备了一桌子最丰盛的酒菜来招待客人，还要互相抱着哭一番，表示不舍的意思。月英不哭，说喜事呢，不哭了，开心多好！吃过饭，村里的年轻人就来约了，到村口岭头去盘歌，一方对准新娘表示祝福，一方表示感谢，双方又在歌里共同怀念着过去相处的快乐时光。唱着唱着，就把人给唱哭了。月英不哭，月英自始至终不哭，就连哭嫁，她也免了。吴家表婶这些天倒是有些不太一样，看着看着月英，眼圈就红了，有时就哭了起来。这时候，作为即将嫁人的月英是要上前来搂着阿妈哭的，一边哭还要一边唱：

女儿养了十八春，今朝出嫁做新人。
双亲膝前拜三拜，明后更难尽孝心。

> 门里门外帮不上，天寒天暖托人问。
> 才听阿妈腿脚疼，又说阿爸腰更弯。
> 心急只想回家看，奈何男家事又烦。
> 女儿生来就命苦，双亲跟前无兄长。
> 双亲跟前无兄长，头疼脑热缺使唤。
> 一切全凭自照看，双亲啊！生女从来不如男。

女儿这么一唱，阿妈早已眼泪鼻涕糊满了脸，一边接着歌头往下唱：

> 女儿养了十八春，一朝出嫁做新人。
> 从今往后别两家，阿妈心头丢了魂。
> 摔伤磕皮问不到，头疼脑热更不晓。
> 只盼公婆懂疼人，又盼女婿脾气好。
> 大姑小姑不为难，阿婶伯姆合得欢。
> 四邻说我女儿乖，亲戚都爱上门来。
> 听到女儿好名声，阿爸阿妈心头宽。
> 做人媳妇千般难，一切都靠自担当。
> 女儿啊！不是爸妈心肠狠，女大本就该嫁人。

这么一来一往，又一来一往，女儿唱不下去了，阿妈也唱不下去了，在边上的阿爸、姐妹、兄嫂、阿舅跟着擦眼泪。谁又接过歌头，唱起了告别歌，又有谁唱起了劝说歌，止住离别的伤情。于是欢喜回到大家的脸上来，一干人马分头去筹办陪嫁的礼担。月英不哭不唱，说："又不是嫁到七远八远的地方去，还不是在双坡谷，还不是住在一个地方一起过日子，有什么好伤心的？"

亲事的筹办由姑姑爱华表嫂主导，雷忠可乐得当个闲人。虽说大家都同意亲事简单办一办就行，但毕竟是成亲的大事，太潦草了担心落人闲话，而且也对不起月英。何况爱华表嫂又是个事事都爱讲究的人。这么一来，家里人进人出你呼我叫连着纷乱了好几天。纷乱中就迎来了成亲的日子。按雷忠可和吴月英的意思，就一个瓦檐下住着，坐什么轿？直接到祖厅里拜个堂，然后招呼亲戚村邻吃喜酒，就算完成了。但爱华表嫂不肯，说："不能简省的就不能简省，成亲那是一辈子的大事，哪里可以马马虎虎对待？"爱华表嫂的意思，轿子是一定要坐，还要在两坡走一趟。于是一大早，亲家伯雷明兵领着四个轿夫抬着红轿到门前来。二楼里的一帮女人却磨磨蹭蹭着不肯下楼，舅母姨母姑姑姐妹们围着月英，又是说又是唱，说不尽的体贴，唱不止的祝福。就听到楼下轿夫扯开嗓门唱起三请新娘歌：

  一请新娘换新妆，换了新妆就起身。
  莫叫亲邻齐等候，红轿已在大门前。
  二请新娘下楼来，喜炮一响轿门开。
  莫叫亲邻齐等候，拜堂时辰把人催。
  三请新娘出门廊，红轿抬你去拜堂。
  莫叫亲邻齐等候，一山望过一山长。

  月英一听就知道今天这四个轿夫都是谁。不是谁都可以当轿夫，力气不是最主要的，四个大男人还抬不动一个阿妹吗？关键是会唱会闹，又能把握闹的分寸，闹得恰到好处。比方说晃轿，新娘上轿后就要出发，这时轿夫要有一个动作，就是晃轿，前进三步再后退三步，往返三次，这是替出嫁的新娘表示对双亲依依惜别的心意。再比方说颠轿，这一路上，调皮的轿夫总是闹一些恶作剧，有时是因为心血来潮图个乐子，有时是因为听说女方家太计较彩礼多少，之前闹出一些不愉快，或是女方家太小气给的红包太小，心里不满想出出气，所以一路上轿子颠得厉害，闹得轿子里的新娘颠来晃去，甚至就晃晕了吐了。当然一般不会闹得太过，男方女方都交代过了，适可而止，乐一乐就行。要是闹得太过分，下次有谁办成亲喜事，主人家在挑轿夫时就把你给排除了。雷忠可和月英又是两坡村邻们早就看好的一对，今天两人总算成亲了，两坡村邻人人满心欢喜。充当轿夫的自然也满心欢喜，心里一欢喜就爱闹，加上大概是因为忙，事先忘了向轿夫们多交代几句，便闹得有些过头。月英一上轿，还没坐稳，轿子就开始又进又退，把月英晃得颠三倒四、头晕眼花。月英有点恼，新娘子本来只能承受不能发脾气，她却在轿里吆喝起来，说："要再这样，我下轿，宁可走路，厅堂我又不是不懂走。"这么一吆喝，把四个轿夫给喝醒了，才觉得闹得有些过分。这时爱华表嫂也送过来红包，轿夫脸上便笑得更灿烂，一边有节奏地踏着步子，带动着红轿轻摇轻晃，一边唱起了抬轿歌。一个后生在前头敲锣开路，又一个男孩提着灯笼在前头引路，接下来是一摇一摆的媒婆和亲家伯伴在红轿两侧一路说说笑笑。轿子后头是吹鼓班、一担接着一担的礼担，只需在礼担上贴着红纸剪的红双喜，或在唢呐上绑一条红头巾，红色便成了主色，让人感觉到眼里心里一片火火的红，欢欢喜喜热热闹闹的红。一路敲锣打鼓鞭炮噼啪就把两坡绕了一圈，回到了东坡吴厝九溜半的厅堂。厅堂里早就准备好，正堂是一张八仙桌，上头两只大红烛已经在旺旺地燃烧。八仙桌两侧是两张太师椅，披了红毯子，吴家表姊坐在一侧，等着女儿女婿来行跪拜大礼。雷忠可也已经被簇拥到厅堂里等候了，似乎是因为今天这一身穿着，或是因为自己要扮演的角色，他总觉得有些局促不安，一副手脚不知搁哪儿的样子。他今天穿的是一件斜襟红绸长衫，腰间扎一条宽大的黑色布带，头戴一顶黑色状元帽，帽子的一侧还插着两支花色鸟翎。要说畲家的婚俗，新郎的穿着其实和汉家新郎无异，新娘的穿着打扮却与汉家完全不同。不过月英却嫌麻烦，除了头发由着阿妈梳成媳妇的发型，再用红绳盘起凤冠，额际用宽大的红布巾缠住，身上的衣裳却是穿过的，虽然保存得好，依然鲜亮，但毕竟是旧衣。雷忠可原先准备为月英定制一套新凤凰装，月英却说，也就走个形式，花那个钱干什么？再说，一件凤凰装也不是一天两天就能做成，以后也只是逢年过节时穿一穿，既然已经有了一件，又要做一件就浪费了。

一阵激烈的鞭炮响起，红轿进了院埕，媒婆爱华表嫂拉着长调在叫。人们早就簇拥到院埕里，却又不约而同地让出一条走道，亲家伯提着一叠红布袋，铺到轿门前，应和着媒人的声音叫："来啰！接人种啰！"于是新娘月英被迎进厅堂，与雷忠可一拜天地、二拜高堂、夫妻对拜。夫妻对拜时，只新郎拜新娘，月英是不拜的。据畲家传说，畲家的女性始祖是高辛帝的三公主，地位尊贵，所以畲家男女拜堂时，男拜女不拜。

婚礼办得还是有些仓促，拜了堂吃了两餐酒，晚上几个后生闹了半个时辰洞房，第二天就冷清了下来。毕竟是情况特殊，该简则简，酒席只办了五桌，除了最近的几家亲戚最近的几个本家叔伯兄弟，连西坡李家村邻都没上桌。县委和县苏维埃的也就请了三个,彭特派员和陈书记,当亲家伯的雷明兵和月英的本家叔叔阿牛叔不算,还有一个就是西坡的李阿漂表哥,其他人,都没请。恼得那些游击队员一个个缠着雷忠可要酒喝。雷忠可说:"算了算了,等忙过这一段,我再请大家吃酒。"

第二十六章

雷忠可没机会请他的同志们吃酒了。婚后不到一个月,他便回到了河洋,其间虽然来往于河洋和双坡谷多次,但每次都是屁股没坐热又急着离开。就连回家,也是来去匆匆,也不知道什么时候进的家门,第二天一早,便没见到人。

贺炜借出诊看病的机会进了一次山,向县委报告了河洋的近况。高宏宇回来了,还带来县保安大队的一个中队,说是接了吴大的军令状,务必要把河洋的共产党一网打尽,一个不得漏网。为提防游击队的袭击,驻临富县的国民军新十八师二团三营被派驻到米洋,为保安中队压阵。这几天保安中队已经开始挨家挨户搜查抓人,已经抓了七八个,有三个被拉到长命坑杀了,另几个还在桶子楼里关着,听说家里人找了大户出面求情,才暂时留了性命。保安队说了,这次就是挖地三尺,也要把共产党斩草除根,就算错杀了十个,也不放过一个。他们就像是一群饿红了眼的山猪,冲进村子里来横冲直撞,遇到一块石头也想把它给咬碎了吞了。村邻们苦啊,门被踩破了、家被翻烂了、东西被抢了、人被抓了,谁敢瞪一瞪眼,轻的是一顿拳脚枪托,重的就五花三绑地拖走关进桶子楼。大家苦啊,都偷偷问游击队什么时候去河洋,把这些瘟神给收拾了。

"保安队带兵的是谁?"雷忠可虽然心里又急又恨,表情却冷静,甚至有些严峻。他首先想到肯定要跟保安队再干一仗。上次那场战斗打得是过瘾,过瘾归过瘾,他一直担心的就是保安队秋后算账。游击队可以退回北山里,可四村村邻们怎么办,他们怎么可能拖家带口地退到山里来?再说了,这么多年培养的革命力量,那些同志们,党员和农会会员,他们处境不是困难,而是危险,是面临牺牲。他曾要求把他们转移到北山里,县委也同意了,可他们自己不肯。理由很简单,他们有家有口,有田有地要种,女人孩子老人要照顾,他们不能一走了之,让家里人替自己顶罪受折磨。

事情就是这么矛盾。雷忠可和彭庆元、陈绍元，和县委、县苏一帮人讨论过多少次了，能拿出的一个方案就是：两头行动。一方面加快在米洋、河洋及周边其他地区成立党的组织、农会组织，发展党员和农会会员，暗地里组建武装力量，一旦有运动，可以一呼百应，而只要力量足够强大，就能保护好自己，进而击败敌人。当然这项工作不是十天半个月就可以完成，所以为自我保护计，还得考虑另一方面的行动，分化利用反动势力。如果能把高大华和高宏宇父子俩争取过来，或许可以借助他们的力量阻止保安队祸害四村。

争取高大华和高宏宇，是雷忠可的意见。雷忠可至今依然认为，高大华还是一个比较开明的地主，他在河洋四村威望高，说话有人听；关键是，河洋遭遇过几次兵祸，他都主动带头出面，想方设法把乱兵送走，可见他深知兵祸之可怕。阻止保安队骚扰祸害河洋这事上，这个人应该可以争取为同盟。至于高宏宇，雷忠可的意见是，他虽然当了乡长，但没什么劣迹，而且也想为四村村邻做好事做实事，何况早年他确实有过参加革命的愿望，也为革命做过一些事。他一定不愿看到保安队在四村为非作歹，把村邻们放在脚底下任意踩踏，或许还可能把他争取过来，成为我们的同志。

"他读过书，明事理，何况我们俩交情不浅，我有信心说服他。"雷忠可说。

贺炜却说，县里的保安队这次开进河洋，是否是高宏宇请来的不说，从高大华和高宏宇的表现来看，他们显然是欢迎的。对保安队在四村打砸抢掠和搜捕杀人行为，他们并没只言片语的劝说，反而天天大摆酒席与保安队一帮人把酒欢谈。作为同学和受聘坐堂的医生，贺炜私下里劝过高宏宇，也劝过高大华，说保安队不过就是一群兵痞，任他们欺凌作践村邻，到时他们一走了之，坏的还是高家的名声。高宏宇和高大华说，已经不是名声的问题，几粒老鼠屎坏了一缸米，不把他们清除，河洋就不可能有太平日子，高家想要一个站脚的地方可能都得不到，还说什么名声？

我有信心说服他。雷忠可在心里想，又说："眼下不是争论的时候，保安队已经再一次进入河洋，而且开始抓人杀人了，最紧要的事是马上采取措施阻止保安队继续杀人。"他最先想到和保安队再打一仗，但是他马上就否决了自己的想法。对方已经在河洋扎下营来，想取胜本就没几分把握。

而且稍有动静，消息立马就会传到驻米洋的新十八师二团三营，如果那样的话，不说胜仗不可能，反而要让四村村邻受害更加惨重。

"保安队带兵的是谁？"在狠狠吸了几筒水烟后，他才想起，刚才提出这个问题还没获得答案。他把烟筒转手递给身边的李阿漂，接着问："他是个什么样的人？在河洋的这几天每天的行动有什么规律？"

"都叫葛队长，真名不知道，听说还有一个绰号，叫马桌。四村很多人都认得他，原先是个赌徒，在四村也都开过赌局。我让人探了一下底，白天他这村那村显摆着威风，晚上都不住河洋，天黑了就去米洋，那边有赌局，为他准备的。"

马桌？一听到这个名字，雷忠可就想起记忆里是有这么一个人，自己是有些年没见到他了。这个赌棍怎么成了吴觉富的中队长了呢？他不知道，正是因为赌，马桌和吴觉富攀上了关系。两人在赌桌认识，吴觉富从马桌手上赢了不少钱，又在马桌的帮助下赢了别人不少钱，所以当马桌表示想在保安队混个一官半职时，吴觉富二话没说，先把马桌放在自己身边当副官，之后不久就放到中队去，任二中队副中队长。因为他是大队长的红人，中队长和队丁们都巴结他，结果他这个副中队长倒成为全中队的老大，那个姓黄的中队长事事唯他马首是瞻，整个儿弄颠倒了。吴觉富本没想着刚吃了败仗就急着再出手，再出手是为了雪耻，输不起，所以无论如何要准备得更充分一些。但马桌对他说："他们正得意呢，得意就必定会放松警惕，也想不到我们会这么快就卷土重来，兵法上讲究攻其不备、乘虚而入，这是下手的好时机。凭他们那些家底，给我一个中队，我一定把河洋给铲半了。"马桌精明，善于谋划，在赌桌上吴觉富是领教过的，所以虽然还有些疑虑，他还是愿意相信马桌。

雷忠可心里有主意了。当天晚上，他带了五个游击队员出山，绕过几重山岭穿过几片林子进入米洋镇。现在的河洋，风吹草动都逃不过保安队的眼睛，显然不可以冒险进入，即使让你进入也没办法有什么动作。马桌每晚必去米洋，雷忠可本可以带人在梅花岔口截他抓他，但这家伙每次都带了一队人马，荷枪实弹的。一旦遇上难免要交火，即使除掉马桌，也于事无补，反而可能把动静闹大，造成不可收拾的局面。这次行动的目的不是为了把马桌杀了，而是要把他抓在手中，逼他听从指挥。

探察清楚了，马桌在龚山利家后院。赌桌上除了马桌、龚山利，还有米洋镇长郝立朋、十八师二团三营营长姚回庭和米洋镇上几个有钱的主。龚山利独占了一座两重四合院，前门临街，跨进门厅穿过天井、前堂，又是一个宽敞的四合院，这里是龚家后院。雷忠可在巡洋社期间曾走过一趟，算是熟门熟路。可这次不说进到后院，就是靠近前院都难。门前有兵守着，不是一个两个，而是七八个，看那穿着，既有马桌的手下，也有十八师的人，还有龚山利的团丁。趴到邻居的阁楼小窗往龚家院里瞧，才清楚其中还布了几层看护。显然在龚家是无从下手了。那就等，等时机。但是这一夜，他们没等到机会，眼看着天边就要泛出白光，院子里的那一伙人还没有停手的意思。不得已，先撤，找个地方把自己藏好再说。雷忠可有些急躁，多等一天，就可能又要丢了几个人的性命。怎么办？对了，马桌不是亭下人吗？他的一家老小都在亭下呢，把他家老的小的握在手中，不怕他不听话。从米洋到亭下，不过七八里，几个人绕山路赶到亭下，寻到马桌的家。

马桌刚返回河洋洋口筒子楼，正准备躺下睡会儿，就听说老家亭下来人，有重要的事要当面向他报告。来人一身普通村邻穿着，马桌却不认识，正警觉着，对方亮了身份，说是北山游击队的，他的老阿爸老阿妈还有女人孩子的性命都攥在游击队手里，务必请他走一趟，商量商量该怎么办。"我要是不去呢？"马桌瞪着发红的眼，恨得咬牙切齿。"不去？也行，保安队在河洋杀一个人，那头就一定有一个人跟着陪葬。"来人不急不躁地说。

保安队在河洋横行了五天，烧了八间厝，打伤了三十八个村邻，杀了五个人，捣毁了五十五户人家的门窗、墙壁、厝顶，糟蹋了几个女人，抢了多少东西，就算不清楚了。第六天，马桌在筒子楼里摆了一桌酒，由洋口陈清政主厨，请来高大华等四村五个大户、河洋乡乡长高宏宇、米洋镇镇长郝立朋、十八师营长姚回庭、米洋保境安民团团总龚山利赴宴，庆祝保安团圆满完成任务，宣布当天下午保安队就将班师。高宏宇和高大华都感到有些蹊跷，又见马桌神色不安的样子，便觉得一定有隐情。晚上，父子俩说到四村现在成了一个烂摊子，保安队却一走了之，很是不满。又想起当年马桌赶上门来讨赌债的事，这些天却要好吃好喝供着他巴结他，心里更不是滋味。

"就是一个赌棍,头上顶个帽子,也改不了赌棍本性。他这趟来河洋,就是来赌一场,赢走了钱,留下了债,却叫别人给他擦屁股。"高大华气愤地说。

赶走马桌和县保安队之后,北山县委开会讨论今后工作。说到河洋的事,雷忠可说:"福宁县保安队包括米洋的姚回庭部队都有可能再次进犯河洋,要保护河洋,办法只有一个,那就是尽快成立河洋办事处。只有成立办事处,发动村邻组建河洋赤卫队,或者是河洋游击队,和北山里游击大队联合起来,才能迅速发动河洋四村还有米洋、周边各村村邻应对敌人来犯。"

北山县委接受了雷忠可的意见,并把成立北山县委河洋办事处的工作交由雷忠可主持。

筹划得差不多了,开成立大会的时间也已经定下来,农历十二月十八,按新历算,也就是1936年的1月10日,地点在三叠岩。从洋里登上青牛岭过青牛岗再往上爬一段山岭,面前分出三条路。一条往上,往双坡谷走这一条。另一条往左,上坡几次又下坡几次,中途又分出岔道,分别通到天门湾、蓝脚坪、老鸦岩。右边的一条沿着一道沟壑斜向下行,一路长草绕膝,林木荫蔽,在拐过几重谷口之后,眼前豁然开朗,原来山脚下就是大海。险峻的半山坡突兀地耸立着一堆岩石,岩石下却有一片窄小的平地,两排呈L形排列的茅草厝就龟缩在一角,这就是三叠岩了。数一数村后门山坡上的大岩石,也不知道是风剥雨蚀留下的痕迹,还是本就是石头相叠,果然就是三层。

雷忠可几番犹豫之后,最终还是决定,邀请高宏宇参加河洋办事处成立的会议。他本想征求陈绍元和雷明兵的意见,再向县委报告,考虑到他们可能不会同意,他决定先不问也不说。

会场设在三叠岩村邻、共产党员雷挺信家里,一间前后两进的茅草厝。参加会议的共有十二个人,北山县委书记陈绍元、县苏维埃政府主席雷明兵作为县委的代表来宣布决定、指导工作。就在陈绍元郑重宣布县委同意成立河洋办事处的决定时,不足百米远的前方山口传来枪声,负责岗哨工作的两名游击队员在遭受敌人的毒手时,其中一个用最后一口气勾动了扳机。草垛里的十二个人还没反应过来，那边已经枪声大作，敌人点燃了火把，如群犬狂吠般叫嚷着向村口冲过来。

"快撤！"雷忠可一声断喝。然而已经来不及了，敌人已经赶过来，把村口围了起来，抢在前头的边射击边爬上山坡，最近的离茅草屋不过十来步。

这是一场屠杀。雷挺信一家四口包括他本人、他女人和十三岁的女儿、八岁的儿子，参加会议的十二人中的九个，担任岗哨的两个游击队员，共十五人遇害。事后，北山县委派人去现场查看情况。村头山坡上的那间茅草屋已化为一堆灰烬，火堆里共扒出十三具遗体，另外在村子后门山大岩石下方的林子里发现两位同志的尸体，看来是在跳下断崖时摔死的。火堆里扒出的十三具遗体已被烧得面目全非，有好几具认不出是谁，断崖下发现的两具，其中之一是雷明兵。陈绍元是亲眼看着雷明兵把自己推下断崖时被一颗子弹击中，身子前后晃了晃便仰面向断崖下栽去。

"以他的身手，完全可以轻松跳下断崖成功脱身，但是他始终挡在我的身前，他是为掩护我而牺牲的。"一想到雷明兵的死，陈绍元心痛得恨不得扒开自己的胸口。

还有两位逃了出去，他们会是谁？阿可牺牲了吗？悲愤中，陈绍元心怀侥幸的希望。

敌人是从哪里得到情报的？半个月后，小木耳一路哭着回到双坡谷，向县委报告了雷忠可受伤被捕的情况，说："短寿儿阿叔说，他没有向县委报告，自作主张邀请高宏宇参加会议，犯了大错，希望组织给予严厉批评、严肃处理。"这么说，这次会议之所以泄了密遭袭击，原因是雷忠可私自邀请高宏宇参加会议，而高宏宇又向驻米洋的国民党姚回庭部队通风报信，甚至可能是请求姚回庭出兵偷袭？但陈绍元对于小木耳的说法深表怀疑。县委展开调查。根据调查的结果，引来新十八师姚营的是庄阿平。庄阿平是米洋镇上人，是雷忠可刚刚发展的一名党员，雷忠可还向县委建议由庄阿平担任河洋办事处肃反委员，但庄阿平却缺席了当晚的会议，而且是唯一的缺席人。这本身就是一个重大疑点，更让人怀疑的是，北山县委派出的锄奸队经过调查，发现庄阿平一直与米洋镇保境安民团有来往。龚山利民团当晚也参加了偷袭行动。面对锄奸队的盘问，庄阿平极力辩解，说缺席三叠岩会议是因为感冒发烧，而与龚山利来往完全是为了刺探敌人的情报。他最终被锄奸队拉到长命坑给处决了。

平南县的同志送来消息，说北山里红军游击队大队长雷忠可被捕，关在平南县监狱，同志们正在积极营救。阿可还活着？陈绍元又是欢喜又是焦急，想着为营救阿可自己能做些什么，却只能两次三次跑到砣臼岩，去站一会儿，眺望着海港对面的石浦镇和更远的、屏蔽在重重山峦之后的平南县城。砣臼岩上已经站着一个人，呆呆地向山下望，向海港对面望，目光空茫，脸色苍白，轻得像一片孤单的叶子，让人担心一阵微弱的风就可能把她吹下崖壁。是月英，双坡谷最会唱歌的月英，北山里最会唱歌的月英。腊月的山风已经很凛冽了，带着冰刀的冷酷，刮在脸上，一阵阵绷紧的疼。有两行泪不声不响地从眼眶里溢出，垂下来，挂在两腮边。他听见月英唱了起来，唱得叫人揪心，叫人心里一阵阵发冷。

> 阿妹等哥千万天，红轿八月停厝前。
> 厅堂三拜成亲后，一世跟哥同酸甜。
> 九月风吹树叶黄，十月霜降夜清凉。
> 一天不见哥一面，阿妹心里空慌张。
> 十一月来乌云飞，阿哥日日忙不回。
> 双坡溪水清又浅，砣臼岩上盼哥归。
> 十二月里风刀冷，阿妹心里阵阵疼。
> 山里山外隔几重，阿哥你在哪一层？

陈绍元感到连抬起脚步都有些困难。他走到月英面前，想伸过手去握住月英的手，终于还是缩了回来。

"月英你别太担心，阿可还活着，说是关在平南县，那边的同志都在想办法营救。阿可福大命大，不会有事的。"

但是，仅仅过了一个月，平南县方面就送来了雷忠可牺牲的消息：营救不成功，雷忠可同志被敌人杀害了。

雷忠可和小木耳跳下三叠岩村后断崖时，一条腿摔断了。那是两丈高的断崖，崖下林子茂密，杂草疯长，然而那些隐藏在林子里草丛中的粗粝岩石像是潜伏的杀手，他跳下断崖时不幸落在一块岩石上。好在他身手敏捷，在临近地面时紧急翻了一个跟斗，头部和身体躲过了，但右腿来不及回收，重重砸在石头上。他想爬起来，伤腿却疼得钻心，他不禁呻吟了一声。小木耳幸运地落到一棵树杈上，只是擦破点皮毛。他听到呻吟，从树上跳下来，爬到雷忠可身边，听见他嘘了一声："腿摔断了。"

小木耳扶着雷忠可连滚带爬下到坡底。微光中他们看到面前有一条溪涧，溪岸溪中怪石嶙峋，藤萝遍布。黑暗中不知摔了多少跤，身上留下多少荆芒刮过的血痕、砾石擦伤撞伤的青斑，他们已经完全失去对疼痛和疲劳的感知，只是凭着本能互相牵引着拉扯着，跌跌撞撞向顺着溪流的方向爬去。天已大亮，抬起眼皮往前方一看，眼前又是一片悬崖，崖壁如斧劈刀削一般，裸露出赭红的肤色，中间裂开一道长长的口子，直插入山体，涧水从高处一跃而下，顺着裂口汇入大海。远近除了莽莽苍苍的群山，看不到一处村落。雷忠可吃力地转了转眼珠，认得这是个叫豹鼻头的地方，一处突入大海的半岛，从这里沿着海岸往北行，到徐家渡至少还有半天的路程，往西面走，最近的村子是米洋镇的叠湾村，至少也要走半天，从叠湾村到米洋镇，还要半天。稍稍清醒过来，才感觉到全身就像要散成碎块一般，疼痛和饥饿猛烈袭来，他强撑着拖动身子，靠在一处隆起的小土包上，虚弱地对小木耳说："我已经走不动了，三叠岩的事是我的失误造成的，你趁着还有些气力，快走，回双坡谷，替我向县委和绍元书记请求处分。另外……"

像是接不上气来，他停顿了一会儿，把气息调匀了："你月英婶子，我对不起她，你要好好活下来，帮我照顾好你婶子，照顾好她们一家子。"

他又停顿了好一会儿，接着说："告诉她，一定要再嫁个人家，早点找一个合适的人，最好是安守本分的，不爱折腾的，能守着女人孩子安安心心过日子的。"

"你别说话，我不可能离开你。你别说话，别挪动，这么重的伤，又受了一整个晚上的跌撞，差不多都虚脱了。休息休息，养一养精气。我还能动，我这就去弄点吃的，先让肚子填点东西，再想办法回北山里回双坡谷。"小木耳向雷忠可摆了摆手，用双手撑着地面，才好不容易站起来，而后摇摇晃晃地往一边山坡走去。他记得爬出涧口，挺了挺身子时，头上撞到从枝上垂挂下来的果实，当时没去注意，现在想起来，一定是野柿子。这是一种十月成熟的野果，未成熟时味道麻涩，成熟了便有些甜中带酸，也是因为长在这人迹不至的地方，果子才可以在枝上挂到这个时候，要不，早进了孩子们的肚皮了。

吃了几个野柿子，调息了一番，两人都觉得又攒了一些力气。但路太难走，其实根本就没路，就是在草丛中荆棘中乱石中小心翼翼地一脚深一脚浅地往北走。这是往徐家渡的方向。小木耳蹲下来，要背着雷忠可走，雷忠可不肯。其实也不可能，这又坎坷又湿滑的山坡，加上小木耳本身也已疲倦不堪，哪里背得动他？那就让雷忠可整个往自己身上靠，半背半扶着往前走。他们用了整整一天时间，才终于走到了离徐家渡不远的一处小山坳。这里有一片橘子林，林子边上搭了一顶草寮，眼下是冬天，早过了橘子采摘季节，草寮也空闲了一段时间，破败得厉害，在来年橘子结果之前，没人会想到去修葺它。贸然进入村子是不行的，先在草寮安下身，这里离双坡谷不远了，先休息一个晚上，找点热的东西吃一口，明天托谁进一趟山送个话，让双坡谷来几个人。

但是，当天夜里，雷忠可发烧了，烧得全身滚烫，神志不清，一直说胡话。小木耳急了，一边哭，一边忙乱地一会儿抱抱雷忠可，一会儿又跑出门外去东看西望，盼望着有个谁来帮一把。又去林子边的水沟里取水，扯下自己的衣服浸湿了，敷在雷忠可的额头上，把他的身子一遍一遍地擦。他听见雷忠可一直在叫月英，叫了一阵子，昏迷过去了，又叫一阵子。他急昏了，跑到徐家渡，敲开一户人家，哭叫着："求求你救救我阿叔！求求你救救我阿叔！"这一喊，就把村里人都喊醒了，大家跟着小木耳来草寮，七嘴八舌地议论着救人办法。

"谁去烧碗姜糖水？谁去抱床棉被来？喝碗姜糖水，再用棉被捂一捂，看看能不能出大汗，只要大汗一出，就没事了。"

"这是谁？"

"是双坡谷的雷万兴吧，看着像呢。"

谁也没注意，有个人偷偷地溜出草寮，连夜叫渡船去了对岸的石浦镇，向范大财主范进堂报告了北山里的雷万兴病倒在徐家渡的消息。范进堂连夜赶到保安中队找樊二，说："北山里那个雷什么的，还记得吧？杀了我的护院头臭哥，绑了你的宝贝儿子诈了你的枪的那个，现在正躺在徐家渡的一顶草寮里，说是病得快不行了。""不说病得快不行，就是一具尸体，我们也要把他夺过来，不把他脑袋砍了，在城头上挂三天五天，我吞不下这口气。"

樊二的保安队和范进堂的护院队大呼小叫围住徐家渡橘子园的草寮时，村里人都已回家休息，小木耳折腾了一夜，此时正趴在雷忠可的身边沉沉大睡。雷忠可已经醒了，他听见草寮外的叫闹声，明白是怎么一回事，连忙拽醒小木耳，说："快，从后门出去，穿过橘子林，往北跑百来步，那里有个洞，你钻进去躲一躲，别出来。记住，一定要回到双坡谷，把我昨天和你说的话带给县委和绍元书记，带给你婶子。要好好活下去，替我照顾好你婶子。"

小木耳不走，雷忠可生气了，他嚎起来："你再不听我的话，我就不当你是我的好侄子，永远不认你这个侄子。"他从身边捞起一根棍子，用力向小木耳甩过去，一甩，再甩。小木耳没办法了，哭叫着说："你怎么办？你怎么办？要是叫他们抓住，你哪里还能活命？"

樊二领着一帮人已经冲进草寮。小木耳也已经无法脱身了，两个队丁奔过去，一个掐脖子一个揪肩膀紧紧把他按在地上。躺在一边的雷忠可提起一口气大喝一声："他不过是路过这儿，看到我摔断腿又生了病，好心照顾了我一个晚上。还是个孩子，是谁我都不知道，你们放了他，我的事和他无关。"樊二嘿嘿一笑，说："倒是有些骨气，这时候还记得替别人开脱。不过你说了不算，我们得带回去，问清楚了才能认定是不是和你无关。要是真像你所说的，倒还真是个好小子，我答应你放了他。"

樊二一副意犹未尽的样子，调侃地说："直接间接也打过几次交道了，好像是叫雷万兴吧？今天不万幸了。"

雷忠可不屑地斜了一眼樊二："哼，就凭你樊二手下的这帮饭桶，要是我好手好脚的，你想见我我还不愿意呢，还想把我抓住。我不叫雷万兴，雷万兴是谁谅你也不知道。那是我们畲家人的英雄，几十万大军都奈何不了他，我哪配叫他的名字？我叫雷忠可，你记住了，我叫雷忠可，共产党北山游击大队大队长。我还是大的，你樊二，充其量不过就是个中队长。

要在你们那儿，我还算是你们的长官。"

"甩他一巴掌，都落到这份上，竟然还敢狂妄，甩他。"有保安队丁在边上起哄。

"算了，是条汉子，我佩服，就不要太难为他了，都带走吧。"樊二大度地说。

一个月后，共产党北山县游击大队大队长雷忠可的头颅被挂在平南县城门头。人们看到，那颗头颅满是伤口，面目全非。雷忠可就义的第二天，樊二放了小木耳。据说当时范进堂不肯让樊二送走雷忠可，他还向平南县政府和保安大队申请，要在石浦镇开公审大会，公开枪决，然后割下雷忠可的脑袋在石浦镇城门口示众。但是他的申请没有得到县政府和保安大队的批准，雷忠可还是被送到了县政府的监狱。他退而求其次，要以小木耳做替身，公审、枪决、示众，但是樊二没同意。回到双坡谷的小木耳全身已找不到一块好的皮肉，他也经受了敌人的毒刑，胸口留下了火钳烙过的印痕。当他拖着伤痕累累的身体出现在吴月英面前时，她的心受到沉重的一击。一阵猛烈的疼痛之后，她默默地抚了一下膨胀的肚子，慢慢弯下腰来，从地面上捡起一条细小的树枝。树枝上还挂着一片叶子，残留的绿意虚弱而孤单。

五十天后，吴月英带着小木耳回到洋里。河洋米洋一带，人死后，要做七。所谓的七个七，就是每隔七天祭奠一次，主题不太相同，每次的供品却大同小异，整个仪式结束，共七七四十九天。那时吴月英的身子已经有五个月了，她腆着一个大肚子忙前忙后。直到完成了七七，然后对吴家表婶说："阿妈，我嫁给了阿可，就是阿可的人，我要回到洋里，在他家里生下他的孩子。月兰留在家里，招个本分的男人，就让她替我尽孝心了。"吴家表婶、月兰留不住她，陈绍元也留不住她。陈绍元说："月英，你还年轻，往后的路还长，阿可虽然牺牲了，但你一定要好好活着。再说，你还是县苏的妇女委员，你应该继续走下去，这应该也是阿可的愿望。"吴月英盯着陈绍元看，有一会儿，才开口："我就一个女人，阿可走了，我要把他的孩子生下来，平平安安地生下来，抚养成人，洋里的那个家才能延续下去。"

尾　声

　　民国二十五年（1936）农历六月十六，千亩河洋看起来就像是一个孩子手抓画笔在上面东涂一笔西抹一道的画布一般，金黄、浅绿、灰白无规则地交相错杂，却似乎也有些说不清道不明的韵味，叫人觉得那就是一幅后现代主义油画作品。金黄的是还未收割的稻子；浅绿的则是割了稻新插了秋秧的田亩，秋秧还很娇弱，站立不稳的样子；另一些田亩，稻谷颗粒归仓了，却还来不及把秧苗插入田里，让它裸露着泥水的灰白肤色。正是早稻抢割晚稻抢插的季节，各家各户都忙得脸不是脸头不是头，一副无暇旁顾的样子。然而正在这大忙时节，农历六月十六这一天，河洋发生了一生一死两件事：洋里吴月英、我的太婆生下了我的奶奶雷凤儿，洋高大东家高大华在下院埕时不小心摔了一跌，没过两个时辰就断了气。更让人觉得有些不同寻常的是，前一天还是骄阳似火，前半夜空中依然是金星晒谷，过了午夜，突然就起风了。一阵一阵的风，"沙啦沙啦"地刮过村前村后的竹林树林，之后风更猛了，还夹带着粗大的雨点，急一阵缓一阵，摔打着门窗、外墙和厝顶的瓦片。没一点儿征兆，怎么就刮起了台风呢？大家都有些忧心，这可是抢收抢插的季节，刮台风了可怎么办？尤其是稻子还没收割的人家，就更慌了，有些人家还半夜把一家人全拉起来，摸黑下田收割稻子。天亮了，天空早已阴云密布，团团簇簇地随着不定方向的风盲目地乱窜。雨还是一阵一阵地下，除了一两阵暴躁一些、粗鲁一些，因而急促一些，大多时候都表现得不紧不慢的样子。这台风，远着，关系不大，刮几阵风，下几阵雨，就过去了。但是先是传来洋高大东家高大华摔伤致死的消息，没过多久洋里响起了新生婴儿哇哇大哭的声音，村邻们心头一动。有人又算出来，今天恰好又是另一个人的生日。谁呢？洋里的短寿儿，雷忠可，曾经把四村搞得天翻地覆的那个人。

　　"莫非天意？"有人疑惑地说。

"要说高大东家天天都要到青草堂坐一坐,到千尺街逛一逛,也没听说他有什么不得了的毛病。而且还会点医术,自家又是开诊所青草店的,先生药材现成,怎么这么快?"

"六十岁吧,一轮甲子刚轮到头,说走就走了。说是四村第一家,可待人还真是不错,有难扶一把有事帮一手,也是为四村做了不少好事,所以这老天也怜惜,在为他哭呢,在落泪呢。"

"要是那个贺先生在,也许可以抢救过来。都说西医救急救死有奇功,可惜贺先生走了。"

"贺先生怎么就走了?听说他也是共产党,这是真的吗?他一个城里人,据说家里很有钱,老子在城里开了很大一家药店,中医西医兼有,是好人家的后生,还有本事,懂西医,又读过不少书,和高乡长,也就是大东家的二少爷,还是同学。他哪里吃错了药,要跟共产党走一块去?我看他这一年来在村里行医坐诊,怎么也看不出他也是个共产党,可别冤枉了人家。"

"你别说,共产党里面还有不少读过大书又有大本事的人。记得前些年在学堂当过先生的冯有光冯先生吗?他可是米洋油坊冯掌柜的儿子,读书都读到省城去,他也是共产党。"

"贺先生差一点就走不了,抓他的人都已经奔到千尺街青草堂了。要不是他事先听到风声逃进北山里,说不定早没命了。也不知道他现在在哪里。那一次我家那小子发了一夜烧,要是没叫他来扎一针,不烧死估计也要烧坏了脑子。"

"说来说去怎么说起贺先生?我说一生一死的,短寿儿的孩子可别就是大东家投的胎,要不怎么就这么巧,赶到一块了?"

"我也是这么想,六年前的今天,洋里雷族公办了那么排场的一场成人酒,现在还记得很清楚呢!不承想这六年间河洋发生了多少事啊,雷族公这一家又发生了多少事啊!雷族公没病没灾突然就遭了意外,这短寿儿周岁才二十二呢就被砍了头,雷族公当初想尽办法要让自己这个宝贝儿子平平安安长命百岁,可到头来还是年纪轻轻就死了。回头看一下,真叫凄惨,当妈的生他时死了,好不容易养到十六周岁,办了成年酒,当爸的就遭了意外,替他亲爸养着他的阿赔和他女儿都丢了性命。这命真是太硬,克亲人。"

"说起来还真是有些蹊跷，洋里的短寿儿，与洋高大东家一家还真有些说不清道不明的牵扯。你说他在大东家办的私塾里读过书，和高家二少爷又曾兄弟过一段，但据说大东家对他是恨之入骨，曾要高二少爷想办法除了他。据说最后也是因为二少爷做下的手脚，所以米洋的部队才偷袭了三叠岩，短寿儿被抓，最后送了命。"

"不是二少爷做的手脚，我听说就是大东家请来的部队。二少爷是得到消息，告诉了他阿爸。要是这样，说起来和他也有关系。"

"但主要还是大东家。都说共产党恩怨分明，我估摸着或许真是短寿儿的魂来报仇。他只取了大东家的性命，二少爷却一点儿也没事，你说这里头是不是有些蹊跷？"

"不扯了不扯了，天命高深，哪里是我们这些做田人可以胡猜的？喏，洋高那边要叫帮忙了，大东家的白事，我们不帮忙是说不过去的。走吧。"

"那就走吧。"

我听奶奶说，她降生在酉时，太阳刚落山那个时辰。那是个台风天，可过了午后，风停雨霁，天空中先是堆满了乌云，在移动中云团渐渐分散成小一些又再小一些的云朵，色彩从黑到灰到银白，最后变得像雪团一样白。太阳在云朵里穿行，一时露脸一时又把自己藏起来，像是有意变换着给云朵镶嵌不同颜色的花边。傍晚，满天云朵像一团团燃烧的火，像喧腾的红色潮水，一波一波地向天边奔涌而去。远处的大海也被燃烧的云霞染红了，一波一波的红潮奔涌向天边，与天上的红潮汇合一处，以更汹涌的态势穿越天地。